Attraction suspecte

Une innocente en fuite

CAROL ERICSON

Attraction suspecte

BLACK *ROSE*

HARLEQUIN

Collection : BLACK ROSE

Titre original : THE HILL

Traduction française de CHRISTINE BOYER

HARLEQUIN®
est une marque déposée par le Groupe Harlequin

BLACK ROSE®
est une marque déposée par Harlequin

HARLEQUIN

83-85, boulevard Vincent-Auriol, 75646 PARIS CEDEX 13.

Service Lectrices — Tél. : 01 45 82 47 47

www.harlequin.fr

ISBN 978-2-2803-3027-5 — **ISSN** 1950-2753

1

« Votre père a été assassiné. Vous pourriez être la prochaine sur la liste. »

Abasourdie par la teneur du message, aussi violente qu'inattendue, London Breck attrapa par le bras le serveur qui venait de lui remettre la missive pour l'empêcher de s'éloigner.

— Qui vous a donné cette lettre ?

— Comme je vous l'ai expliqué, mademoiselle Breck, balbutia le jeune homme, j'ai trouvé ce feuillet plié en quatre sur mon plateau avec votre nom écrit dessus. Je… Je ne sais pas du tout qui l'y avait laissé… et je ne l'ai pas lu.

Hochant la tête, London froissa le papier dans son poing avant de le fourrer au fond de son minuscule sac de soirée. Elle en tira un billet qu'elle tendit au serveur.

— D'accord. Merci de me l'avoir apporté.

Il empocha les dix dollars avant de se sauver à toutes jambes sans un regard en arrière.

Que signifiaient ces menaces à peine voilées ? s'interrogea London en repoussant une mèche de ses cheveux blonds derrière son oreille. Il s'agissait soit d'une mauvaise plaisanterie, soit d'une manœuvre pour tenter de l'arnaquer. Dans cette seconde hypothèse, si un petit escroc s'imaginait pouvoir lui extorquer de l'argent ou soutirer quoi que ce soit du groupe Breck Global Enterprises, il n'allait pas tarder à découvrir la redoutable efficacité de leurs avocats.

Redressant les épaules, elle se tourna vers l'assistance. Depuis le début de la soirée de gala, elle souriait tellement qu'elle finissait par en avoir des crampes à la mâchoire. Cela faisait partie des risques du métier — en admettant qu'accueillir des donateurs en puissance pour collecter des fonds puisse être considéré comme une activité professionnelle, ce qui restait à prouver. En tout cas, London n'en avait jamais exercé d'autre et elle n'avait jamais été formée à d'autres fonctions.

Elle s'empara avec aisance d'une flûte de champagne sur le plateau d'un serveur qui passait près d'elle et, tout en la sirotant, elle considéra la foule d'hommes et de femmes en tenues de soirée qui se pressait dans les luxueux salons du Fairmont Hotel. Qui parmi tous ces riches et généreux bienfaiteurs lui avait fait parvenir cette note ?

Comme elle balayait la salle des yeux, elle repéra un beau brun ténébreux dans un coin. Même s'il était vêtu d'un smoking comme l'exigeait le code vestimentaire de la soirée, il émanait de lui quelque chose qui le distinguait nettement du reste de l'assistance. Il semblait engoncé dans sa veste, trop étriquée pour sa puissante musculature et ses larges épaules.

A en juger à sa façon de se tenir un peu à l'écart, en alerte, — et aussi, à ses lunettes noires —, elle devina qu'il faisait partie de la cohorte de gardes du corps chargés de la sécurité de leurs clients. Cet inconnu n'était sans doute pas l'auteur de la mystérieuse missive mais il méritait certainement qu'elle l'examine de plus près.

Oubliant presque les menaces qui venaient de lui être adressées, London se fraya un chemin parmi ces gens habillés par les plus grands couturiers et couverts d'or, de diamants ou de rubis. Elle ne pouvait s'empêcher de se demander qui avait invité ce fauve racé qui détonnait au milieu de ces rejetons de riches familles et de ces politiciens carriéristes.

— Ignores-tu que froncer les sourcils donne des rides, ma chère ? lança soudain une voix moqueuse derrière elle.

Elle se retourna et découvrit son cousin, une flûte à la main.

— Niles ! As-tu vu Roger ce soir ?

— Ton soupirant aux dents longues ? Non et je serais surpris de le croiser à cette réception. Pour quelqu'un qui dirige de fait l'entreprise, il me paraît snober un peu trop souvent ces soirées. Il pourrait quand même faire l'effort d'honorer certaines de sa présence, non ?

London réprima un soupir. Elle n'avait pas envie de parler du groupe.

— As-tu fait monter les enchères sur un objet fabuleux, Niles ?

— Bien sûr, mais ce gala arrive trop tard, non ? ajouta-t-il en s'emparant d'un petit canapé au caviar qu'il inspecta d'un œil critique avant de l'enfourner dans sa bouche.

— Trop tard ? Que veux-tu dire ? demanda-t-elle, se préparant à une des remarques acides dont son cousin était friand.

— Cette réception est destinée à réunir des fonds pour la recherche sur les maladies cardio-vasculaires. Mais ton père vient de passer l'arme à gauche, victime justement d'un infarctus. Il aurait mieux valu organiser cette collecte *avant* qu'il ne succombe à une crise cardiaque. Cela dit, il t'a laissé une fortune astronomique et les rênes de Breck Global. Tout est bien qui finit bien.

— Je vois que je peux toujours compter sur toi pour me dire ce qu'il faut au moment voulu et m'apporter un peu de réconfort dans l'épreuve.

Niles esquissa un geste de la main, un geste presque féminin que, London en était certaine, le félin aux lunettes noires n'avait jamais eu de sa vie.

Puis il se pencha vers elle, l'haleine chargée d'alcool, pour lui souffler à l'oreille :

— Inutile de jouer la comédie de l'orpheline brisée de chagrin avec moi, ma chère cousine. Je sais que tu méprisais Spencer autant que moi.

Il rejeta son écharpe de soie sur son épaule et envoya de loin un baiser à une dame d'un certain âge qui le saluait de l'autre côté de la salle.

Niles avait peut-être rédigé cette note, se dit London. Cette éventualité n'avait rien d'absurde. A la mort de son propre père, son cousin avait hérité de millions de dollars mais il semblait n'en avoir jamais assez. Avait-il voulu tenter de mettre la main sur une partie du magot de Spencer ?

En tout cas, si Niles et son père, feu oncle Jay, avaient toujours honni Spencer, les relations qu'elle-même avait entretenues avec son père avaient été, certes, difficiles mais ne se réduisaient pas à de l'aversion.

Elle reposa sa flûte sur le buffet d'un geste si brusque qu'une partie du breuvage se renversa. Comme par magie, un serveur apparut aussitôt. En un clin d'œil, il posa une serviette propre sur la nappe pour dissimuler les dégâts. Il emporta même à l'office une assiette de caviar qui n'avait pourtant pas reçu une goutte de champagne.

La migraine dont elle était la proie depuis le début de la soirée revint tourmenter London. Les bavardages insipides commençaient à l'épuiser. Il était sans doute temps de rentrer se coucher.

Comme elle tournait les talons, elle heurta un mur de brique, un mur de brique recouvert d'un smoking. Le beau brun ténébreux qu'elle avait remarqué plus tôt prit son bras avec une douceur inattendue pour l'empêcher de tomber.

— Pardonnez-moi, je suis désolé.

Sa voix de baryton la fit frissonner.

Il avait retiré ses lunettes noires et elle croisa des yeux d'un bleu superbe.

— Ne vous excusez pas, c'était… ma faute.

Avec un hochement de tête, il la lâcha et s'éloigna.

Elle le regarda fendre la foule pour s'arrêter devant Bunny Harris, une femme d'un certain âge. Il se pencha pour lui chuchoter quelque chose à l'oreille.

Suivant des yeux leur échange, London se mordilla les lèvres. Etait-il le nouveau gigolo de Bunny ? Si tel était le cas, ses goûts en matière d'hommes avaient considérablement évolué.

London se glissa hors de la salle pour gagner les toilettes.

En chemin, elle croisa le capitaine Williams de la Police Judiciaire de San Francisco.

— Ce gala de charité est une réussite, London. Vous l'avez organisé d'une main de maître. Votre père aurait été fier de vous.

— Merci, capitaine.

Il secoua un doigt réprobateur devant son visage.

— Combien de fois dois-je vous répéter de m'appeler Les ? Je vous connais depuis votre plus tendre enfance mais maintenant que vous êtes devenue une femme, mon prénom me semble moins protocolaire, non ?

— D'accord, j'essaierai de ne pas oublier, Les. A présent, si vous voulez bien m'excuser…

Tout en lui parlant, elle avait réussi à s'éloigner sans en avoir l'air et elle n'eut plus qu'à tourner les talons pour prendre le large. Si le capitaine Les Williams pensait qu'elle pouvait le pistonner pour lui permettre de grimper les échelons hiérarchiques de la police, il se trompait lourdement et il ferait mieux de cirer les chaussures de quelqu'un d'autre. Elle savait que son père — qui se targuait pourtant de nombreuses relations au sein de la Police Judiciaire de San Francisco — n'y était jamais parvenu. Elle n'avait donc aucune chance d'aboutir.

Elle poussa la porte des toilettes des dames. Deux femmes se remaquillaient devant les miroirs. Elles interrompirent leurs commérages pour lui sourire.

London les salua d'un hochement de tête et elle s'approcha des lavabos. Prenant deux cachets d'antalgiques dans son sac, elle les avala avec un peu d'eau froide.

Soudain, des protestations aiguës se firent entendre à l'extérieur et bientôt, un homme fit irruption dans les toilettes.

Il leva les mains vers elle dans un geste d'apaisement.

— N'ayez pas peur, mademoiselle Breck. J'aimerais seulement vous poser quelques questions. Je suis Ray Lopez de la KFGG, vous avez certainement déjà vu mon émission.

Elle posa les poings sur les hanches.

— Dites-moi que je rêve ! Vous me suivez jusqu'ici dans l'espoir d'obtenir une interview ?

— Je ne vous demande qu'un bref commentaire, trois fois rien.

— Et pourquoi ne pas m'appeler au siège du groupe ?

Il lui sourit.

— Vous savez aussi bien que moi qu'il est très difficile de vous joindre à votre... bureau. Je n'ai qu'une petite question à vous poser à propos de la mort de votre père.

Une des femmes qui avaient tenté d'interdire l'accès des toilettes au journaliste et qui l'avait suivi à l'intérieur le fusilla d'un regard froid.

— La sécurité arrive.

Avec un haussement d'épaules, il se rapprocha de London. Cette dernière secoua la tête.

— J'ai déjà accordé cette interview, monsieur Lopez. Mais pas à vous.

Se tournant vers le miroir, elle se caressa un sourcil du pouce.

— Il y a pourtant une question à laquelle vous n'avez jamais répondu. Avez-vous trouvé suspecte la mort de votre père ?

— Pas du tout.

D'un geste résolu, elle glissa son sac sous le bras et passa devant Lopez pour prendre la porte. Lui avait-il envoyé cette missive menaçante dans l'espoir de produire un bon sujet de reportage ? Pourquoi l'interrogeait-il au sujet de son père ? Mais elle se refusait de lui donner la satisfaction de rentrer dans son jeu en le sondant sur ses mobiles.

Comme elle s'éloignait dans le couloir, un agent de sécurité la bouscula pour se jeter sur le journaliste.

— Monsieur, vous n'êtes pas autorisé à entrer dans les toilettes pour dames. Je me vois contraint de vous reconduire à la porte de cet hôtel.

Tandis que l'homme l'entraînait sans ménagement vers la sortie, Lopez se retourna pour lancer un dernier regard à London. Puis il disparut, happé par l'escalator.

Elle poussa un gros soupir. Même dans les toilettes, elle était poursuivie, harcelée. Elle en avait assez, assez des faux-semblants, des sourires de façade, des journalistes… et des menaces anonymes. Son père était mort, un mois plus tôt — de mort naturelle. Tout le monde comprendrait qu'elle s'éclipse avant la fin de la soirée.

Sortant son téléphone portable de son sac, elle appela son chauffeur.

— Theodore, je suis prête à partir. Retrouvez-moi dans la ruelle. Je préfère éviter l'entrée principale.

— Les paparazzis vous courent-ils encore après, mademoiselle ?

— Je n'en peux plus.

— J'arrive.

Comme elle traversait la salle de réception, elle repéra son cousin qui racontait une histoire en l'arrangeant sans doute pour se donner le beau rôle. Quand elle lui fit signe de la rejoindre, il abandonna aussitôt ses admiratrices.

— Je m'en vais, Niles, lui dit-elle. Les gens comprendront. Ils me trouvent déjà très courageuse d'être venue à ce gala si peu de temps après l'enterrement de papa.

— D'autant qu'il est mort très brutalement.

Tout le monde partageait-il les mêmes doutes ?

— Il souffrait du cœur depuis des années.

— Son argent aurait logiquement dû lui permettre de se soigner et surtout de se ménager.

— M'as-tu envoyé un mot, ce soir, Niles ?

— Un mot ? s'exclama-t-il en fronçant les sourcils. De quoi parles-tu ?

— De rien, laisse tomber.

Croyait-elle vraiment qu'il l'avouerait ? Bien sûr, peut-être n'était-il réellement au courant de rien.

— Je rentre chez moi, poursuivit-elle. S'il te plaît, peux-tu prendre le relais des mondanités ? Je te charge d'annoncer les noms des heureux gagnants au tirage au sort, de remercier tout le monde et tutti quanti.

Il lui tapota le bras de la main.

— Bien sûr ! Je suis très heureux de te remplacer, ma chère. Quant à toi, je te souhaite une bonne nuit de sommeil… peuplée de rêves sur les millions dont tu viens d'hériter.

Elle poussa un soupir.

— Tu n'es pas à la soupe populaire non plus, mon cousin.

— Non, en effet, mais ton père a eu plus de chance et d'ambition que le reste de la famille.

— Ecoute, j'ai déjà mal à la tête alors je t'en prie, ne commençons pas à laver notre linge sale.

Elle l'embrassa rapidement avant de tourner les talons.

Au vestiaire, elle faillit entrer en collision avec Bunny Harris accrochée au bras d'un homme beaucoup plus jeune qu'elle mais qui n'était pas le beau brun aux lunettes noires.

— Excusez-moi, Bunny. Vous partez déjà ?

— Ne t'inquiète pas, London. J'ai fait un don généreux à la cause. Ton père était l'un de mes meilleurs amis. Il me manque terriblement.

— Merci.

Le regard de London glissa vers le compagnon de Bunny qui patientait devant les baies vitrées. Il était si séduisant qu'il aurait pu être mannequin.

— Laisse-moi te présenter…

— Lance, l'interrompit le beau gosse en lui tendant la main. Ravi de faire votre connaissance, mademoiselle Breck.

— Bonne soirée.

Lance posa la fourrure de Bunny sur ses épaules et tous deux se dirigèrent vers l'escalator.

Secouant la tête, London chercha son ticket dans son sac. Comme elle tombait sur la mystérieuse missive, elle s'en empara pour relire les mots tracés au feutre noir.

Elle la garderait quelques jours au cas où elle en recevrait d'autres puis elle l'apporterait à l'équipe chargée de la sécurité de l'entreprise. Elle ne serait pas étonnée que le journaliste soit l'auteur de ces menaces. Pour faire un bon papier, certains ne reculaient devant rien.

L'employé des vestiaires lui tendit son blouson de cuir.

— Vous n'êtes pas très couverte, mademoiselle.

Avec un sourire, London lui laissa un bon pourboire et elle gagna l'escalator, soulevant sa robe longue d'une main.

Dans le hall, un groom s'approcha.

— Avez-vous besoin d'un taxi, mademoiselle Breck ?

— Non, merci. Mon chauffeur m'attend.

Theodore était théoriquement celui de son père mais à la mort de ce dernier, London n'avait pas eu le cœur de le licencier, même si elle se sentait idiote avec un chauffeur.

Elle enfila son blouson. Si Theodore avait pris la voiture au manoir de son père, à Pacific Heights, il ne lui fallait qu'un petit quart d'heure pour arriver jusqu'ici. Il n'allait pas tarder.

D'un coup d'œil par-dessus son épaule, elle s'assura qu'il n'y avait ni photographes ni journalistes dans les parages. Cela dit, ils l'attendaient sans doute devant l'entrée principale.

Elle se dirigea vers une sortie dérobée, descendit une volée de marches et elle poussa une porte métallique qui se referma derrière elle avec un claquement sec.

La ruelle était sombre et déserte, une benne à ordures obstruait la vue. London fit quelques pas sur le trottoir.

Theodore n'était pas encore là et, craignant qu'il ne soit en retard, elle voulut retourner à l'intérieur, se mettre à l'abri dans l'hôtel. Mais la porte métallique refusa de s'ouvrir.

Des bruits de pas précipités derrière elle la surprirent. Avant qu'elle n'ait le temps de se retourner, elle sentit un bras l'attraper par le cou.

Elle avait eu tort de chercher à fuir les paparazzis…

2

Enfermé dans les toilettes pour hommes, Judd glissa la pochette en velours contenant les bijoux dans la poche intérieure de sa veste de smoking avant de s'assurer que son .45 était bien placé à son épaule, de l'autre côté.

Il ignorait où Bunny Harris finirait la soirée avec son gigolo mais, au moins, ses joyaux seraient-ils en sécurité.

En sortant, il salua d'un geste du menton un blondinet qui se savonnait les mains et qui le regardait dans le miroir. Tout à l'heure, il avait vu cet inconnu discuter avec London Breck. Sans doute s'agissait-il d'un membre de sa famille. D'après ses renseignements, la femme la plus riche de San Francisco n'avait ni mari ni petit ami attitré. Les tabloïds annonçaient ses fiançailles tous les deux mois, chaque fois avec un type différent… Cela dit, Judd ne lisait pas souvent la presse de caniveau, sauf pour raisons professionnelles.

En tout cas, l'homme devant le lavabo ressemblait beaucoup à la riche héritière — mêmes cheveux blonds, même look nordique, même regard distant. London était ravissante — et à la tête d'une fortune colossale, ce qui ne retirait rien à ses charmes — mais elle n'était pas son genre. Le métier de Judd l'obligeait à fréquenter les membres de la jet-set mais il supportait difficilement les caprices de ces fils et filles à papa.

Après s'être lavé les mains, Judd s'apprêtait à gagner la porte quand le blond l'interpella en brandissant un flacon d'eau de Cologne.

— Envie de vous parfumer ? Cela sent bon… Des fragrances très viriles.

— Non, merci, répondit Judd un peu interloqué.

Comme il poussait la porte, il entendit plusieurs « pschitts » lui indiquant que son interlocuteur s'aspergeait copieusement, lui, de parfum. Les habitudes des riches le déconcertaient toujours.

Tout en consultant sa montre, Judd descendit l'escalator au pas de course. Bunny lui avait dit que son chauffeur l'attendrait devant l'entrée de service de l'hôtel pour le reconduire. Avant de quitter le hall, Judd salua d'un geste le réceptionniste et envoya une bourrade amicale au groom.

— A plus tard, vieux.

Il dégringola une volée de marches et poussa la porte métallique qui donnait sur la ruelle plongée dans la pénombre. Comme il avançait sur le trottoir, il sentit des débris de verre crisser sous ses chaussures. Surpris de cette obscurité inhabituelle aux abords d'un palace, il leva la tête et il se rendit compte que les lumières extérieures de l'établissement avaient été cassées.

Des cris attirèrent soudain son attention et Judd s'approcha pour comprendre de quoi il s'agissait. Mais une voiture garée en travers de la rue, en bloquant l'accès, l'assombrissait davantage encore.

Sortant une lampe de poche, Judd pointa le faisceau sur la scène. Un homme, dont le visage était dissimulé sous une cagoule, tentait d'entraîner une grande blonde vers le véhicule. Il la tenait à la gorge et elle se débattait.

Sans hésiter, Judd se précipita au secours de la jeune femme.

— Hey !

Dès qu'il l'aperçut, le type lâcha sa proie et courut s'engouffrer dans la voiture. A peine avait-il claqué la portière que le conducteur démarra en trombe et s'éloigna à vive allure. Judd n'avait pas la moindre chance de le rattraper et il remarqua alors que la plaque d'immatriculation du véhicule avait été retirée.

Judd revint sur ses pas, vers la jeune femme. Sa robe longue s'était entortillée autour de ses jambes, l'empêchant de se relever. Il la souleva par les épaules et la reposa sur ses talons aiguilles d'une hauteur invraisemblable. Inutile de se demander pourquoi elle n'avait pas pu échapper à son agresseur.

Ses cheveux blonds formaient un halo de lumière au-dessus de sa tête et les paillettes sur sa robe scintillaient sous la faible lueur d'un réverbère.

Entre deux quintes de toux, elle poussa un juron.

— Bon sang, s'il voulait mon collier, pourquoi ne me l'a-t-il pas simplement demandé ?

Judd regarda London Breck, échevelée et folle de rage. Son visage était parfait, ravissant. Le désordre de sa chevelure comme sa colère ne faisaient que souligner sa beauté.

En le reconnaissant, elle écarquilla les yeux, des yeux aussi brillants que les diamants autour de son cou.

— Vous !

— Que fabriquez-vous dans cette ruelle ? demanda-t-il en se penchant pour ramasser son sac, surpris que le voleur ne s'en soit pas emparé.

— J'attends mon chauffeur. Et vous ?

— J'attends le chauffeur de Bunny Harris.

Comme elle vacillait sur ses stilettos, il la rattrapa lui évitant de s'effondrer sur lui. Sa robe fourreau, ses escarpins délicats et les joyaux qui ornaient ses bras prouvaient qu'elle était riche et bien née. Elle savait s'habiller avec goût alors pourquoi avait-elle eu l'idée saugrenue de porter un blouson de cuir sur une tenue de soirée !

— Si vous voulez réussir à marcher, je vous conseille de retrousser un peu votre jupe.

— Je déteste les robes longues.

Se penchant en avant, elle déchira la sienne sous le genou pour la raccourcir avant de jeter le morceau de tissu coupé dans le caniveau. Elle venait de ruiner une robe qui avait sans doute coûté plus cher que sa moto, songea Judd, sidéré.

— Voilà, dit-elle avant de lui tendre la main. Bonsoir,

je me présente, London Breck. Merci de m'avoir sauvée, même si je me demande ce que voulait exactement mon agresseur.

Il s'attendait à une poignée de main molle, très « girly » mais London le surprit par son énergie.

— Judd Brody, répondit-il. Il s'agissait d'un vol à l'arraché, non ? poursuivit-il en regardant tour à tour l'énorme diamant qu'elle portait au doigt, le collier de perles à son cou et le bracelet d'or qui dansait à son poignet.

Elle caressa sa gorge.

— Je n'en suis pas si sûre. Au départ, j'ai cru, moi aussi, qu'il cherchait à s'emparer de mon collier mais en fait, il n'a pas essayé de me l'arracher. Il s'en est servi pour m'étrangler afin de pouvoir m'entraîner plus facilement vers la voiture qui l'attendait.

Il leva un sourcil surpris.

— Une tentative d'enlèvement ? Il est vrai que vous valez un paquet d'argent.

— Oui, mais je ne suis pas certaine que mes ravisseurs auraient obtenu grand-chose, répliqua-t-elle avec une grimace. Mon cousin ne verserait pas un centime pour me faire libérer, je le connais. Quant aux membres de mon conseil d'administration, ils seraient si heureux d'être débarrassés de moi qu'ils proposeraient plutôt de payer pour que je ne revienne jamais.

Une limousine noire surgit au bout de la ruelle. Ebloui par les phares, Judd cligna des yeux.

La portière s'ouvrit et un homme à la silhouette massive apparut.

— Mademoiselle Breck ? Tout va bien ? Je suis désolé d'être en retard. J'ai eu un petit accrochage en route.

— Tout va bien, Theodore. M. Brody a mis en fuite mon agresseur qui n'était sans doute qu'un voleur peu doué.

— Vous vous êtes fait agresser ? s'exclama Theodore en se dandinant vers eux. Tout est ma faute. Mais je vous avais bien recommandé de ne pas m'attendre dans la ruelle.

— Je pensais que vous y seriez avant moi. Nous nous

sommes mal compris, ce n'est pas grave, ajouta-t-elle en lui tapotant le bras. Ne vous reprochez rien, cela arrive.

Theodore prit la main de Judd et la secoua avec force.

— Merci, monsieur.

Une autre limousine s'engouffra dans la ruelle et annonça son arrivée d'un bref coup de Klaxon.

— Qui est-ce encore ? grommela Theodore, la main en visière.

— Le chauffeur de Mme Harris vient sans doute me chercher pour me reconduire chez elle, répondit Judd en réajustant sa veste de smoking.

Theodore se tourna vers lui.

— Etes-vous l'un de ses jeunes… amants ?

London faillit s'étrangler. Theodore travaillait pour le gratin de la ville depuis plus de trente ans mais il n'avait jamais appris à châtier son langage. Son franc-parler la ravissait.

— Seigneur, non, répliqua Judd. J'étais à ses côtés toute la soirée mais… en tant que garde du corps.

— Puis-je vous offrir un verre ? lança London. Après ce que vous avez fait pour moi, cela semble la moindre des choses. Theodore peut nous emmener quelque part.

— Bien sûr, confirma le chauffeur.

Prendre un verre avec la riche et belle London Breck ? se demanda Judd. Pourquoi pas ? Ses frères en seraient verts de jalousie quand il le leur raconterait.

— D'accord.

Theodore prit les choses en main.

— Je vais prévenir le chauffeur de Bunny, je le connais.

Il s'éloigna, se plaçant au milieu du faisceau lumineux et Judd et London se retrouvèrent dans l'obscurité.

Elle semblait soudain vulnérable avec ses cheveux blonds en désordre et sa robe déchirée.

Judd se frotta la nuque.

— Ça va ?

— Je me sens un peu ankylosée mais j'en survivrai.

— Souhaitez-vous aller trouver les flics ? Porter plainte ?

— Avez-vous relevé le numéro d'immatriculation ? Avez-vous vu mon agresseur ou le gars qui l'attendait au volant de la voiture ?

— Les plaques avaient été retirées et le conducteur avait lui aussi le visage recouvert d'une cagoule, avec une couture blanche en zigzag sur le côté, seul détail qui différenciait les deux hommes.

— Alors, non. La police classera l'affaire sans suite et je n'ai pas besoin de publicité.

Theodore grimpa sur le trottoir et sans sa silhouette massive pour l'obstruer, le faisceau lumineux des phares inonda de nouveau la ruelle, éclairant London, sa somptueuse chevelure, ses bijoux, sa robe. Elle parut à Judd ravissante et pleine de vie. Comment avait-il pu l'imaginer vulnérable ?

— Vous n'en manquez pas, je crois. De publicité.

Elle haussa les épaules.

— C'est le revers de la médaille.

Theodore apparut.

— J'ai renvoyé dans ses foyers le chauffeur de Mme Bunny. Tout est réglé. Etes-vous prête à partir, mademoiselle ?

— Après cette soirée plutôt mouvementée ? Plus que prête !

Pivotant sur ses stilettos, elle se dirigea vers la limousine, évitant avec brio les flaques d'eau.

Judd admira sa démarche chaloupée, ses longues jambes fuselées. Grande, svelte, London était superbe et il l'aurait volontiers fourrée dans son lit.

Il hâta le pas pour parvenir le premier à la voiture et lui ouvrir la portière puis il se glissa sur la banquette arrière, à côté d'elle, tandis que Theodore s'installait au volant.

Une bonne odeur de cuir flottait dans l'habitacle.

La vitre qui séparait l'avant du véhicule de l'arrière s'entrebâilla et Theodore demanda :

— Où souhaitez-vous aller, mademoiselle ?

— Pourquoi pas au Sneaky Pete, dans le Lower Haight ?

— Si je peux me permettre, mademoiselle, ce quartier n'est pas très bien famé.

— En compagnie du garde du corps de Bunny Harris, je ne risque rien. Il a de quoi me défendre, non ? ajouta-t-elle en tapotant le torse de Judd.

— Est-ce si visible ?

— Pour un œil exercé.

De son « œil exercé », elle parcourut son corps et Judd sentit une douce chaleur l'envahir.

— Je pensais que nous irions prendre un verre dans un endroit chic et branché.

Elle le lâcha et reposa la main sur ses genoux, là où sa robe déchirée laissait deviner des cuisses crémeuses.

— Je n'ai pas envie d'un bar à la mode et sans surprise. Déçu ?

— Pas du tout mais si nous nous rendons là-bas, j'ai besoin de faire un petit détour au préalable. Est-ce un souci ?

— Pas pour moi. Et pour vous, Theodore ? lança-t-elle.

— Aucun problème. Où désirez-vous aller, monsieur ?

Judd sortit de sa poche le sac de bijoux.

— Je dois les déposer chez Bunny.

— Je vois très bien où se trouve la propriété des Harris. Leur manoir n'est pas loin. Nous y serons dans moins d'un quart d'heure.

La vitre se referma comme par magie tandis que Theodore manœuvrait pour regagner la rue.

London caressa la pochette de velours.

— Je suis certaine que c'est vous qui avez eu l'idée de mettre ses joyaux à l'abri. Il est de notoriété publique que Bunny est insouciante, surtout lorsqu'elle vient de faire la connaissance d'un jeune étalon.

— Je l'ai remarqué, oui.

— Etes-vous chargé de la protéger depuis longtemps ?

— Non. En fait, il s'agit d'une mission ponctuelle. J'ai dépanné un copain qui ne pouvait se libérer ce soir. Je ne suis responsable que de ses bijoux et quand j'ai compris qu'elle allait quitter le gala de charité avec un inconnu pour finir la nuit avec lui, Dieu sait où, j'ai insisté pour qu'elle me les confie.

— Vous êtes l’un des fils Brody, n’est-ce pas ?

— Oui, répondit-il laconiquement.

Evidemment, elle connaissait sa famille, au moins de nom. Les Breck vivaient à San Francisco depuis bien plus longtemps que les Brody. Il se pencha pour jeter un coup d’œil sur le minibar devant lui. Débouchant une carafe remplie d’un liquide ambré, il en huma les riches arômes.

— Vous devez être heureux qu’après toutes ces années, l’un de vos frères et une journaliste aient dernièrement découvert la vérité, à savoir que votre père n’avait pas été le Tueur de l’Annuaire.

— En effet, dit-il en inspectant le contenu d’un autre flacon.

— Vous semblez plutôt décontracté sur le sujet.

— Cette histoire remonte à loin.

Il avait remisé cette tranche de vie au fond de son cœur, laissant ses frères tenter de blanchir le nom de Joey Brody. Pour sa part, il avait toujours refusé de penser à son père et de s’intéresser aux accusations qui pesaient sur lui.

Elle posa la main sur le carafon.

— Aimeriez-vous boire quelque chose ?

La douceur de sa peau sur la sienne ne laissa pas Judd indifférent. Etait-elle douce de partout ? Etait-elle parfaite de la tête aux pieds ? Il ne lui déplairait pas de le vérifier.

Il reporta son attention sur la cloison de verre. Theodore s’en soucierait-il ? La banquette était assez spacieuse pour accueillir des ébats torrides. Mais London méritait davantage qu’un coup rapide à l’arrière d’une voiture.

Il posa les yeux sur ses prunelles d’un magnifique vert émeraude.

— Je peux attendre.

Comme les ongles bien manucurés de London glissaient sur son bras, il réprima un frisson.

Elle donnait peut-être une image froide et distante mais elle aimait jouer avec le feu, songea-t-il. Il avait vu les tabloïds. London Breck sautant nue dans une fontaine, London Breck fuguant à dix-sept ans pour rejoindre un groupe de rockers en tournée, London Breck arrêtée au Qatar avec en sa possession l'un des plus gros diamants du monde. Elle avait prétendu qu'un cheikh marié le lui avait offert.

Elle aimait s'amuser, les défis, et sans doute avait-elle envie à présent de s'encanailler avec un détective privé.

Il acceptait, bien sûr, de jouer le jeu.

Pourquoi s'était-il dit qu'elle n'était pas son genre ? Toutes les jolies femmes d'accord pour passer du bon temps avec lui étaient son genre.

La limousine s'arrêta en douceur devant les grilles d'un manoir bâti sur Pacific Heights. Au loin, les lumières de la ville ressemblaient à une rivière scintillant dans la nuit.

De nouveau, la cloison intérieure vitrée s'entrouvrit et Theodore se tourna vers Judd.

— Je ne crois pas pouvoir passer les barrières de sécurité, monsieur.

— Mme Harris a prévenu ses domestiques de ma venue. Avancez jusqu'à l'Interphone, s'il vous plaît.

Theodore obtempéra et Judd pressa alors sur le bouton.

— Allô ? Je suis Judd Brody.

— Bonsoir, monsieur Brody. Mme Harris nous a laissé des instructions.

Lorsque les grilles s'ouvrirent, Theodore remonta le chemin pavé jusqu'au grand manoir d'un style victorien. London vivait-elle dans une résidence aussi luxueuse ?

— Je reviens tout de suite.

Judd bondit de la voiture avant que Theodore n'ait la possibilité de descendre l'y aider. Il grimpa quatre à quatre les marches du perron et actionna la sonnette qui résonna à l'intérieur de l'immense bâtisse.

Le visage pincé du majordome de Bunny apparut et Judd lui tendit le petit sac.

— Mme Harris aimerait que vous mettiez ceci en lieu sûr, dans le coffre.

— Bien sûr.

Le vieil homme s'empara de la pochette et la serra contre son cœur.

— Je vous remercie de veiller sur les trésors de Bunny, monsieur Brody.

— Apparemment, quelqu'un d'autre cherche à explorer d'autres trésors de votre patronne, à présent.

Le majordome en resta bouche bée et Judd le salua rapidement pour s'élancer vers la voiture. Ouvrant la portière, il s'engouffra à l'intérieur.

— Et maintenant, direction le Haigth et le Sneaky Pete.

Quand Theodore accéléra, London, déséquilibrée, s'effondra contre son épaule. Elle prit son temps pour se redresser. Avait-elle senti quelque chose entre eux, elle aussi ?

Il avait intérêt à garder le contrôle. Le trajet jusqu'au Haight n'était pas si long, trop bref pour espérer aller plus loin avec elle pendant ce laps de temps.

Il s'éclaircit la gorge.

— Vivez-vous dans le quartier de Pacific Heights ?

Elle secoua la tête.

— Non, j'habite sur Nob Hill mais mon père possédait un manoir par ici. J'en ai hérité mais je n'ai aucune intention de m'y installer.

Il remarqua que ses lèvres sensuelles avaient pris une expression déterminée. Sa question pourtant innocente avait manifestement refroidi l'ambiance dans la voiture.

Les mains sur les genoux, London se tourna vers la fenêtre. Elle semblait n'avoir plus aucune envie de flirter et apparemment, il n'aurait donc pas la chance de faire l'amour à une riche héritière, ce soir.

Theodore se gara le long du trottoir et cette fois, il fut plus rapide que Judd et ouvrit la portière de London.

— Je n'aime pas cela, mademoiselle.

— Tout va bien, Theodore. Aimeriez-vous vous joindre à nous pour prendre un verre ?

Les bras croisés sur son gros ventre, le chauffeur prit un air offusqué.

— Je ne bois jamais lorsque je conduis.

Sortant à son tour de la voiture, Judd considéra le bar minable sur lequel London avait jeté son dévolu. Une fresque psychédélique ornait les murs extérieurs et l'enseigne lumineuse semblait sur le point de se décrocher.

— Je veillerai sur elle, Theodore.

— Merci, monsieur.

London poussa un soupir théâtral mais ne protesta pas.

— Rentrez chez vous avec la limousine, Theodore. Nous prendrons un taxi.

— J'ai des principes, mademoiselle. Lorsque je vous conduis quelque part, je vous ramène ensuite. C'est ainsi. Téléphonez-moi quand vous souhaiterez repartir.

— Si vous insistez, répondit-elle avec un clin d'œil à Judd.

— Attendez.

Judd retira la veste de son smoking et son nœud papillon et les laissa sur la banquette arrière de la voiture.

— Inutile d'être trop habillé dans ce genre d'endroits.

London referma son blouson pour dissimuler partiellement sa robe.

— Bien vu.

Judd poussa la porte du bar et l'invita à le suivre à l'intérieur. Un juke-box hurlait un morceau de rock. S'il n'était pas interdit de fumer dans les cafés de cette ville, l'atmosphère y serait irrespirable.

Des clients debout au comptoir croquaient des pistaches dont ils balançaient les coques par terre. Quelques couples dansaient sur une piste aménagée dans un coin. Personne ne parut s'intéresser à eux.

Tout en retroussant les manches de sa chemise blanche, Judd entraîna London à une table à l'écart et il s'installa en face d'elle.

— Venez-vous souvent ici ? demanda-t-il.

— De temps en temps.

Ses yeux émeraude se posèrent un instant sur les tatouages qui ornaient ses bras. Puis elle lui désigna le bar du doigt.

— Mieux vaut aller commander. Le personnel semble débordé.

— Je ne suis pas pressé. Et vous ?

Comme pour la contredire, une serveuse vêtue d'un short et d'un débardeur noué sous les seins s'approcha d'eux.

— Bonsoir. Qu'aimeriez-vous boire ?

— Une bière pression, pour moi, répondit Judd.

— Deux.

London reporta son attention sur Judd.

— Comment avez-vous fait pour qu'elle vienne si vite ?

Il haussa les épaules.

— Je l'ai juste regardée dans les yeux. Croiser le regard de quelqu'un est plus efficace que l'appeler.

London hocha la tête d'un air songeur.

— D'accord. Alors, quel métier exercez-vous lorsque vous ne dépannez pas un ami pour veiller sur les bijoux des riches et fringantes vieilles dames ?

— Je veille sur les bijoux d'autres riches et fringantes vieilles dames.

— Vraiment ?

— Je suis détective privé et/ou garde du corps. Le mois dernier, par exemple, je protégeais les joyaux de la famille royale d'Arabie Saoudite.

— Je connais bien le Moyen-Orient, répondit-elle avec un sourire. Votre travail vous plaît-il ? Est-il intéressant ?

— Il peut l'être. Et il me permet de voyager.

— J'aime bien découvrir le monde, moi aussi.

Elle pressa les mains l'une contre l'autre.

— Tout va être un peu différent pour moi, maintenant. Maintenant que…

— Que votre père est mort. J'en suis navré.

— Merci.

— Il vous a laissé la tête de son groupe, non ?

Elle plissa les yeux.

— Vous en semblez surpris.

— Vous paraissez sur la défensive.

Avec un gros soupir, elle repoussa ses cheveux en arrière.

— Disons que je suis confrontée à beaucoup de problèmes actuellement. Peu de gens s'attendaient que mon père laisse les rênes de Breck Global Enterprises aux mains de sa fille, si frivole.

— Etes-vous sa seule enfant ?

Il le savait, bien sûr, même s'il ne suivait pas d'un œil assidu les nouvelles des riches dynasties de San Francisco. Mais il fit mine de tout ignorer d'elle.

— La seule à qui il ait laissé son nom, en tout cas, répondit-elle. J'ai un demi-frère et je suis certaine que mon père aurait préféré que je sois la bâtarde et Wade le fils légitime. Et vous, vous avez trois frères, je crois, non ?

Il fut surpris qu'elle soit au courant mais le retour de la serveuse avec leurs chopes le dispensa de répondre.

— Aimeriez-vous dîner ? demanda la jeune employée.

— Non, merci. Et vous, London ?

— Non, merci, je me suis goinfrée de petits-fours pendant toute la soirée.

Judd sirota sa bière, espérant que London allait changer de sujet mais elle insista :

— L'aîné de vos frères est inspecteur de police à San Francisco et un autre a travaillé avec cette journaliste…

— Vous semblez tout connaître des Brody.

— Les journaux parlent presque autant de la famille Brody que de la mienne, répondit-elle en sirotant sa bière.

— Oui, mais pas pour les mêmes raisons. Nous, nous sommes plutôt à la rubrique « Faits divers ».

Il s'interdit de regarder plus longtemps ses lèvres sensuelles. Il la laisserait faire tous les travaux d'approche.

— Pendant que vous cherchiez à obtenir justice, les Breck cherchaient, eux, à engranger toujours plus d'argent.

— Les deux sont également nécessaires. De plus, je ne cherche pas à obtenir justice. Je veille sur les belles personnes et sur leurs biens les plus précieux, voilà tout.

Il ne croyait plus à la justice, pas après avoir perdu son père alors qu'il n'était qu'un bébé, pas après avoir vu sa mère sombrer dans l'alcool et les calmants. Sean avait été un grand frère formidable mais un grand frère ne remplaçait jamais totalement un papa et une maman.

— Et j'en remercie Dieu, dit-elle en trinquant avec lui.

La chanson qui passait sur le juke-box se termina et une ballade empreinte de nostalgie emplit la salle. La chanteuse pleurait un amour perdu et il était impossible de rester indifférent à sa voix superbe. Mais elle avait tort. L'amour ne donnait envie de pleurer qu'à ceux qui y accordaient trop d'importance en oubliant qu'il ne s'agissait que d'un jeu.

London planta les yeux dans les siens.

— Aimeriez-vous danser ?

— Vous plaisantez !

— Allez ! Je vous promets de ne pas sauter sur la table à la fin du morceau.

Du bout des doigts, elle lui caressa le bras et de nouveau, une douce chaleur envahit Judd.

— L'avez-vous déjà fait ? Sauter sur les tables ?

Elle esquissa un sourire en coin.

— Ne faites pas semblant d'ignorer qui je suis, Judd Brody.

Bon. Il se leva et l'entraîna sur la piste. S'il s'agissait pour elle d'un rituel précédant l'accouplement, il la suivrait.

Il la plaqua étroitement contre lui. Croyait-elle pouvoir jouer avec lui comme avec l'un de ses petits camarades de la haute ? Il ne jouait pas. Lorsqu'une femme lui montrait qu'il l'intéressait comme le faisait London, il répondait présent. Toujours.

La joue dans ses cheveux, ses mèches blondes lui chatouillant le menton, il descendit d'une main experte le zip de son blouson pour presser ses seins contre son torse.

Il sentit ses lèvres se promener sensuellement le long de son cou.

Serrant les mâchoires pour réprimer le frisson qui lui parcourait l'échine, il se laissa enivrer par son parfum et pour la première fois depuis très longtemps, il comprit qu'il était à deux doigts de perdre le contrôle.

Mais soudain, les portes du bar s'ouvrirent et Theodore, couvert de sang, entra en titubant avant de s'écrouler sur le sol.

3

A la vue du visage ensanglanté de Theodore, London poussa un cri. S'arrachant des bras de Judd, elle s'élança vers le vieil homme.

Mais Judd fut plus rapide et, la tirant en arrière, il se positionna de façon à lui cacher le triste spectacle. Theodore gisait dans un coin de la salle.

London attrapa Judd par la ceinture de son pantalon et le suivit. Spontanément, les gens s'écartèrent pour leur permettre d'approcher la forme inerte de Theodore.

Par-dessus son épaule, Judd cria au barman :

— Appelez les secours ! Tout de suite !

Il s'accroupit près du chauffeur et prit son poignet, cherchant son pouls.

— Des torchons, donnez-moi des torchons propres pour juguler l'hémorragie !

London n'avait jamais vu tant de sang.

— Que s'est-il passé ? Lui a-t-on tiré dessus ? Est-il encore en vie ? demanda-t-elle en déboutonnant le haut de la chemise de Theodore.

— Il respire et je ne vois aucune blessure par balles.

La serveuse, qui leur avait apporté leurs bières, se précipita dans la réserve. Elle revint avec une pile de torchons qu'elle tendit à Judd.

— Comment va-t-il ?

— Il a perdu conscience.

L'un des barmen s'agenouilla près de Judd avec une carafe.

— Une ambulance arrive. Avez-vous besoin d'eau ?

London humecta l'un des torchons et le posa sur les lèvres du chauffeur tandis que Judd en mouillait un autre pour nettoyer sa plaie à la tête.

London prit la grande main de Theodore dans la sienne.

— Tenez bon, ça va aller, assura-t-elle.

Des sirènes hurlaient déjà dans la rue et bientôt, les urgentistes entrèrent au pas de charge, chassant les curieux qui faisaient cercle autour de Theodore. Ils s'activèrent sur le blessé, tandis que Judd leur exposait la situation. Rapidement, ils installèrent le vieil homme sur un brancard pour l'emporter dans l'ambulance.

Un officier de police s'approcha de Judd.

— Connaissez-vous la victime ?

Judd lui désigna London d'un geste du menton.

— Il s'agit de son chauffeur.

— Conduisait-il une limousine noire, immatriculée… BGE21 ? ajouta-t-il après avoir consulté son calepin.

Le cœur de London se serra.

— Exactement. Qu'est-il arrivé à Theodore ?

Le policier tapota son menton de son bloc-notes.

— La Mercedes est au nom de Spencer Breck et de la société Breck Global Enterprises.

— C'est moi, expliqua London. Je suis la société Breck Global Enterprises.

Interdit, l'homme écarquilla les yeux et finit par remarquer la rivière de diamants au cou de London.

— Bien sûr, mademoiselle Breck. La voiture, *votre* voiture, a été retrouvée aux abords du parc, le moteur tournant au ralenti, la portière du conducteur ouverte. Apparemment, elle a roulé toute seule un moment avant d'entrer en collision avec un autre véhicule.

Judd redressa aussitôt la tête.

— Il y avait du sang près de la limousine ? Sur les sièges ?

— Tout à fait. Selon toute vraisemblance, quelqu'un a sorti brutalement votre chauffeur de l'habitacle et l'a roué de coups. L'agresseur souhaitait sans doute s'emparer de la Mercedes mais lorsque celle-ci a continué à rouler et a embouti un autre véhicule, le voleur a dû renoncer à son projet initial. Mais qui êtes-vous, monsieur ? ajouta-t-il en fronçant les sourcils.

— Judd Brody.

— Brody…

— C'est un ami, il est avec moi, intervint London. Si je vous comprends bien, toute cette histoire se résume à une tentative de vol de voiture ?

— Ou peut-être de jeunes qui avaient envie de faire un tour.

Judd secoua la tête.

— Je ne pense pas que des jeunes auraient pu amocher à ce point une armoire à glace comme Theodore.

London fut soulagée de constater que Judd partageait son opinion. Les mains sur les hanches, elle reprit :

— Et je ne les imagine pas non plus s'attaquer à une limousine. Pour « faire un tour », comme vous dites, un véhicule plus discret aurait mieux fait l'affaire.

— Peut-être voulaient-ils frimer au volant d'une belle bagnole. Aucun témoin n'ayant assisté à la scène, nous ne pouvons que spéculer. En tout cas, je suis surpris que votre chauffeur ait réussi à marcher dans son état. Il aurait dû appeler la police au lieu de se traîner jusqu'au bar.

L'officier leur posa d'autres questions et leur indiqua dans quel hôpital avait été conduit le blessé. Theodore avait une fille à New York, une autre à Atlanta, et London se promit de leur téléphoner dès qu'elle se serait elle-même rendue au chevet du pauvre homme.

Elle ne comprenait pas ce qui s'était passé. Au cours des trente ans durant lesquels Theodore avait conduit son père aux quatre coins de la ville, il n'avait jamais eu d'ennuis. Si elle n'était même pas capable de prendre soin de ses employés, comment pouvait-elle espérer réussir à diriger le groupe ? Elle n'y connaissait rien. Sans doute avait-elle vraiment besoin de l'aide de Roger.

Elle contacta une dépanneuse pour prendre en charge

la voiture accidentée et la rapporter chez son père. Puis Judd appela un taxi.

London se tordait les mains.

— Tout est de ma faute. J'aurais dû insister pour qu'il ramène la limousine au manoir au lieu de nous attendre dans ce quartier mal famé.

— Les seuls à devoir se reprocher quelque chose sont ceux qui l'ont attaqué, répondit Judd en repoussant en arrière une mèche de ses cheveux blonds. D'ailleurs, vous n'auriez jamais réussi à convaincre Theodore de vous laisser. Il est fier d'effectuer son travail consciencieusement.

— Vous avez raison mais nous aurions mieux fait de prendre un verre ailleurs, dit-elle en enfonçant les mains dans les poches de son blouson. Je dois cesser de jouer les sales gamines rebelles.

Il lui souleva le menton du bout des doigts.

— Qui a dit que vous en étiez une ?

La douceur de son ton fit monter les larmes aux yeux de London. Le beau gosse séduisant en diable qui la faisait virevolter sur la piste de danse semblait s'être métamorphosé en homme tendre au regard compréhensif. Comment avait-il pu se transformer ainsi ? Et pourquoi tombait-elle si vite sous son charme ?

Elle s'écarta d'un mouvement de tête et regarda par les baies vitrées.

— Je crois que notre taxi est là.

Comme ils s'engouffraient à l'arrière de la voiture, elle posa soudain la main sur le bras de Judd.

— Votre veste est restée dans la limousine.

— Ne vous inquiétez pas pour ça. Je ne pense pas en avoir besoin prochainement.

— Où habitez-vous ?

— Nous allons d'abord nous arrêter chez vous.

Elle donna son adresse au chauffeur.

— J'espère que Theodore va s'en tirer. Peut-être devrions-nous suivre l'ambulance, nous rendre à l'hôpital.

— Et déclencher tout un cirque médiatique ? Cela ne

me paraît pas une bonne idée. Theodore a perdu beaucoup de sang mais il est doté d'une constitution solide. Et j'ai vu des gars dans un pire état après des bagarres s'en tirer. Je suis sûr qu'il se remettra de ses blessures.

— En tout cas, merci de lui avoir prodigué les premiers soins. Vous occuper des blessés en attendant l'arrivée des secours fait-il partie de votre travail ?

— J'ai passé plusieurs étés à travailler comme sauveteur à Santa Cruz ce qui m'a permis de me former et d'acquérir une bonne expérience en la matière.

Elle ferma les paupières. Y avait-il quelque chose que cet homme ne savait pas faire ?

Trop vite, le taxi s'arrêta devant chez elle.

Judd tapota l'épaule du chauffeur.

— Attendez-moi, je reviens tout de suite.

Il aida London à s'extraire de l'habitacle mais il la lâcha dès qu'ils furent sur l'allée qui menait à son immeuble. Elle composa le code pour ouvrir les portes du hall. Dans d'autres circonstances, elle aurait invité Judd à monter prendre un dernier verre pour voir si son jeu de séduction sur la piste de danse tenait ses promesses.

Mais à présent, elle n'avait qu'une envie : se laver les mains, rouges de sang, du sang de Theodore.

— Merci pour tout ce que vous avez fait ce soir, Judd Brody.

— De rien, London Breck. Voulez-vous que je vous escorte jusqu'à votre appartement ?

Elle lui montra l'agent de sécurité assis dans le hall devant les images des caméras de surveillance.

— Cette résidence bénéficie d'une protection digne de la Maison Blanche. Je ne suis pas la seule célébrité à y vivre.

— Tant mieux mais n'oubliez pas comment la soirée a commencé. Vous vous êtes fait agresser dans la ruelle.

Et Judd ne savait rien des menaces que quelqu'un lui avait fait parvenir, songea London.

— Apparemment, Theodore et moi étions dans le collimateur de quelqu'un, ce soir.

— C'est certain, répondit Judd d'un air sombre.

Il ne semblait pas d'humeur à l'embrasser furieusement pour lui dire bonsoir. Aussi, même si elle avait grand besoin de réconfort, lui tendit-elle la main.

— Bonne nuit.

— Au revoir.

Et après une poignée de main virile, il tourna les talons et s'éloigna.

Ouch. Apparemment, elle n'était pas près de le revoir. Et pourquoi en serait-il autrement, d'ailleurs ? Ils ne se connaissaient pas, leurs routes s'étaient croisées par hasard, sous la pression d'événements extraordinaires indépendants de leur volonté. Certes, ils avaient un peu flirté mais une danse n'engageait à rien. Un homme comme Judd Brody devait avoir l'habitude de séduire et son tableau de chasse était certainement conséquent.

De toute façon, elle avait des choses plus graves à se soucier. Elle devait grandir enfin, prendre la direction d'un groupe pesant plusieurs millions de dollars et assumer ses nouvelles responsabilités. Et Judd Brody ne lui serait d'aucune utilité.

Le lendemain, London approcha une chaise du lit d'hôpital et elle tapota le bras de Theodore.

— Je ne comprends pas pourquoi quelqu'un voulait voler cette Mercedes. Ni pourquoi vous vous êtes traîné jusqu'au bar au lieu d'appeler la police et surtout, les secours.

Theodore tourna la tête vers elle et poussa un gémissement.

— Ils m'ont sorti violemment de l'habitacle et j'ai perdu mon téléphone dans la bagarre. Et il n'était pas question de les laisser… prendre la limousine.

— Mais c'est idiot ! A quoi bon risquer sa vie pour une bagnole ? Vous auriez dû la leur laisser et vous sauver.

— Impossible. Je devais vous protéger.

— Moi ? Mais je n'étais même pas dans la voiture ! J'étais en parfaite sécurité dans le bar avec… dans le bar.

Elle s'était endormie en se remémorant la force des bras puissants de Judd sur la piste de danse et la saveur de sa peau. Puis elle s'était rappelée la façon dont il lui avait dit au revoir. Froidement, brièvement. Comme pour mettre un point final à leurs relations.

— S'ils avaient pu s'emparer de la Mercedes… ils auraient pu vous enlever ensuite.

Elle fronça les sourcils, la lettre de menaces lui revenant brusquement à la mémoire.

— Que voulez-vous dire ?

Mais Theodore s'était rendormi.

Une infirmière entra dans la chambre.

— Il s'est assoupi ? Tant mieux. L'antalgique que je lui avais donné fait son effet.

— Combien de temps va-t-il devoir rester à l'hôpital ?

— Vous le lui demanderez. Comme vous n'êtes pas de sa famille, nous n'avons pas le droit de vous communiquer d'informations. Nous sommes tenus au secret professionnel.

London leva les yeux au ciel et se mit sur pied.

— En tout cas, ses frais médicaux sont couverts par une assurance-santé de Breck Global. J'ai sa carte d'assuré.

— Merci de la laisser aux services administratifs. Ils vous enverront la facture.

Un quart d'heure plus tard, London s'installa au volant de la Mini qu'elle avait garée sur le parking de l'hôpital. Elle décida de s'assurer que la limousine avait bien été remorquée jusqu'au manoir de son père.

Pourquoi Theodore avait-il cru qu'il la protégeait en interdisant à ses agresseurs de s'emparer de la voiture ? Peut-être n'avait-il pas voulu qu'ils prennent les clés ou les papiers du véhicule. Mais la Mercedes était au nom de l'entreprise et la carte grise indiquait l'adresse du siège du groupe et non celle de London.

Elle longea le Parc Lafayette, traversant des rues bien entretenues, passant devant de belles demeures aux pelouses ornées de fleurs, jusqu'au manoir familial. Le conducteur de la dépanneuse n'avait pas dû trouver la télécommande dans la boîte à gants parce qu'il avait laissé la limousine dans la rue.

London ouvrit les grilles avec son passe. Le couple qui s'occupait de l'entretien de la propriété paternelle y vivait toujours. London n'avait pas eu le cœur de les congédier, pas plus qu'elle n'avait eu envie de remercier Theodore.

L'aile gauche de la Mercedes était défoncée et l'une des vitres avait explosé. Les flics avaient tenté de relever des empreintes dans la voiture mais elle savait qu'ils n'en avaient pas trouvé.

Elle ouvrit la portière et se pétrifia à la vue du sang sur le siège du conducteur. Elle ferait nettoyer la voiture en même temps qu'elle la ferait réparer. En inspectant l'intérieur, elle repéra le téléphone de Theodore sous la banquette et elle s'en empara.

Remarquant alors la veste de smoking de Judd oubliée à l'arrière du véhicule, elle sentit un frisson d'excitation lui parcourir l'échine. Maintenant, elle avait un bon prétexte pour l'appeler. Puis elle se remémora sa façon abrupte de lui dire au revoir, la veille. Elle demanderait plutôt à Victor de lui rapporter sa veste. Après tout, il était payé pour rendre ce genre de services.

Elle récupéra le vêtement. Incapable de s'en empêcher, elle enfouit son visage dans la veste, s'enivrant de son odeur d'homme.

— Mademoiselle Breck ?

La voix de la gouvernante la fit sursauter.

— Bonjour, Anna.

— Vous allez bien ?

Anna arborait cette expression pincée que London lui avait toujours vue. Elle savait que, quelle que soit sa réponse, la gouvernante estimerait qu'elle n'allait pas bien. Anna s'occupait du manoir depuis toujours. Elle travaillait là du vivant de sa mère et elle avait été témoin de toutes les bêtises de London à l'adolescence.

— Très bien, merci. Victor vous a-t-il raconté ce qu'il était arrivé à Theodore ?

— Quel imbécile ! Il aurait dû les laisser voler la limousine.

— C'est exactement ce que je lui ai dit mais il m'a expliqué qu'il cherchait à me protéger.

Anna grimaça.

— Allez-vous faire réparer la voiture ?

— Oui mais mon ami a oublié sa veste à l'intérieur.

L'expression de la gouvernante se durcit encore comme si elle ne se faisait aucune illusion sur ce qu'avaient fabriqué London et son soi-disant ami à l'arrière de la Mercedes.

Malheureusement, il n'en avait rien été.

— Victor pourra peut-être la lui rapporter, poursuivit-elle.

— Bien sûr. Comptez-vous rester, mademoiselle ?

— Non, je venais seulement récupérer cette veste.

Et m'enivrer de son odeur.

L'ancienne London l'aurait dit à voix haute pour avoir le plaisir de voir le visage d'Anna virer écarlate mais la nouvelle London, qui dirigeait à présent un groupe et des centaines de salariés, garda cette réflexion pour elle.

— Confiez-la à Victor avec l'adresse de votre ami et il se fera un plaisir de la lui rendre.

Et tournant les talons, Anna s'éloigna vers la maison.

Lorsque London entendit la porte claquer, elle s'installa à l'arrière de la voiture pour prendre la ceinture que Judd avait également retirée la veille au soir. Elle avait glissé sous la banquette. Comme ses doigts la cherchaient à tâtons, elle sentit quelque chose de mou.

Elle s'en empara. En voyant de quoi il s'agissait, elle fronça les sourcils.

C'était une cagoule de ski.

Une cagoule noire ornée d'une broderie blanche en zigzag sur le côté.

4

Avec colère, Judd jeta son téléphone portable sur son bureau et se laissa choir sur sa chaise qui grinça en signe de protestation. Il venait d'appeler l'hôpital pour prendre des nouvelles de Theodore mais le personnel médical refusait de lui répondre et il n'avait personne à contacter à la Police Judiciaire de San Francisco pour obtenir le renseignement, son frère Sean étant toujours en vacances.

Par les baies vitrées de son petit bureau sur North Beach, il observa un moment les piétons qui déambulaient dans la rue. Pour travailler, il ne bénéficiait que d'une pièce minuscule qu'il avait meublée de façon spartiate — un vieux bureau, deux chaises branlantes, une étagère vermoulue, le tout acheté dans une brocante — et de deux plantes vertes en piteux état. L'ensemble ne payait pas de mine mais ses clients n'y montaient jamais.

Réprimant un bâillement, il se gratta le menton. Une mission venait d'être annulée et il aurait pu en profiter pour faire un peu de travail administratif mais il détestait la paperasserie. Il avait besoin d'une secrétaire ou d'une assistante mais il n'aimait pas que des tiers viennent fourrer le nez dans ses affaires. De toute manière, la pièce était trop exiguë pour accueillir deux personnes.

Il reprit son Smartphone qu'il caressa un moment du bout des doigts. Il lui serait facile de laisser un message à London au siège de sa société. Elle avait toujours sa veste de smoking qu'il avait oubliée la veille dans la limousine.

Il pourrait se servir de ce détail comme prétexte pour la joindre.

Il poussa un juron. Pourquoi avait-il besoin d'un prétexte ? London Breck n'était pas la reine d'Angleterre. Il pouvait l'appeler s'il en avait envie.

De nouveau, il lança son Smartphone sur le bureau. Il savait très bien que ce n'était ni sa fortune ni le pouvoir que lui conférait sa position de P.-D.G. d'une multinationale qui l'empêchaient de passer un coup de fil à London. Mais uniquement le trouble dans lequel le jetait cette femme. Et la crainte des ennuis qui, forcément, en découleraient.

Il se passa la main dans ses cheveux.

— Laisse tomber, Brody.

— Que devez-vous laisser tomber ?

Il se retourna et à la vue de London qui se tenait dans l'embrasure de la porte ouverte, il se demanda s'il avait la faculté de faire apparaître quelqu'un par la simple force de son esprit. Une main sur la hanche, l'autre sur le chambranle, elle le fixait avec circonspection. Vêtue d'un jean étroit qui mettait en valeur ses longues jambes fuselées, d'une paire de cuissardes à hauts talons, d'un pull vert au décolleté plongeant assorti à ses yeux émeraude, elle avait noué ses cheveux blonds en queue-de-cheval.

Il sentit aussitôt le danger.

— Comment avez-vous trouvé mon adresse ?

Elle entra dans la pièce d'un pas souple, traînant un gros sac derrière elle.

— Vous plaisantez, je suppose ? Vous oubliez que j'ai à ma disposition les ressources du groupe. Dénicher vos bureaux a été un jeu d'enfant.

— Comment va Theodore ?

— Il est tiré d'affaire. J'ai appelé ses filles, ce matin, et l'une d'elles sera là dans quelques jours.

— Tant mieux.

Laissant tomber son sac à ses pieds, London balaya la pièce du regard.

— Votre repaire me fait penser au bureau du détective

privé, tel qu'il est décrit dans les romans. Il ne manque qu'une vieille machine à écrire et un cendrier débordant de mégots.

— Je ne fume pas et un ordinateur est plus efficace qu'une machine à écrire.

— Vous savez bien ce que je veux dire. Un quartier mal famé, un trou à rats, un vieux bureau jonché de papiers…

— Vous en parlez comme d'un endroit… plein de charme. S'agit-il de ma veste ? ajouta-t-il en désignant le sac d'un geste du menton.

— Oui.

Elle semblait dans l'expectative comme si elle hésitait à lui exposer l'objet de sa visite.

Elle avait sans doute eu envie de le revoir. Autrement, il lui aurait été facile d'envoyer l'un de ses laquais lui rapporter ses affaires. Voulait-elle lui demander de sortir avec elle ? Poursuivre leur petit flirt ? Espérait-elle qu'il allait la prendre sauvagement sur son bureau ?

Il s'éclaircit la gorge et posa ses pieds chaussés de bottes de motard sur ledit bureau, juste au cas où.

Elle l'observa un instant avant de lancer :

— J'ai une proposition à vous faire.

Il sentit son cœur s'accélérer dans sa poitrine. Il adorait les propositions émanant de jolies femmes. Il ne lui faudrait qu'un instant pour débarrasser sa table de travail de tout ce qui l'encombrait.

— Oui ?

— J'aimerais… vous embaucher.

Il eut l'impression de recevoir un seau d'eau froide en pleine figure mais il resta impassible.

— Pour faire quoi ?

— Pour faire ce que vous faites habituellement, bien sûr. Pour être mon garde du corps.

Il serra les mâchoires. Il n'en était pas question. Qu'avait-elle espéré ? Flirter avec elle ne lui avait pas déplu mais si elle s'imaginait, en l'engageant, pouvoir le tenir en laisse et lui donner des ordres comme à un petit chien obéissant, elle se faisait des illusions. Il ne mangeait pas de ce pain-là.

— Non, répondit-il en laissant lourdement retomber ses pieds sur le sol.

Elle battit des paupières.

— Pourquoi ? C'est votre métier, non ? Si c'est une question d'argent, je…

Il secoua la tête.

— Je sais que vous vous montreriez généreuse mais je ne pratique pas ce genre de protection rapprochée.

Elle pencha la tête d'un air interrogateur.

— Que voulez-vous dire ?

— Je refuse d'être à votre disposition, de jouer les petits chiens bien dressés, de porter vos paquets…

Il se leva et croisa les bras sur son torse au cas où elle n'aurait pas bien compris le message.

Elle rougit et elle entrouvrit légèrement les lèvres.

— Je n'ai jamais… Vous ne… Il n'a jamais été question de vous demander ça.

— Vraiment ?

— J'ai besoin d'un garde du corps, pas d'un chien tenu en laisse.

Elle prit son sac, en tira la veste de smoking et la jeta sur le bureau. Puis elle lança la ceinture par terre avant de se redresser de toute sa hauteur pour exhiber au bout de bras d'un air dégoûté une cagoule noire.

— J'ai besoin d'être protégée contre ça, ajouta-t-elle en l'agitant sous son nez.

Les sourcils froncés, il s'empara de la cagoule, repérant aussitôt la broderie blanche sur le côté.

— Où l'avez-vous trouvée ?

— Sous la banquette arrière de la limousine, répondit-elle en continuant à l'agiter. L'un des agresseurs de Theodore a dû la perdre dans la bagarre — Theodore a confirmé qu'il avait eu affaire à deux assaillants. Ce qui m'inquiète est que le type qui a tenté de m'enlever à la sortie du gala de charité, dans la ruelle, quelques heures avant de s'en prendre à mon chauffeur, portait la même cagoule. Il s'agit du même homme.

— Montrez-la-moi, dit-il en tendant la main.

Quand elle la laissa tomber dans sa paume, il l'examina avec attention. Désignant la broderie en zigzag sur le côté, il opina.

— En effet, c'est bien la même cagoule.

— Quelqu'un m'a attaquée hier soir puis il a suivi la Mercedes et pour une raison qui m'échappe, il a essayé de s'emparer de cette voiture. Et il n'a pas hésité à rouer Theodore de coups pour y parvenir.

— Oui, c'est certain. Peut-être avait-il depuis le départ l'intention de vous voler votre rivière de diamants. Sa première tentative ayant échoué, au lieu de renoncer, il a essayé autre chose.

— Peut-être mais il est sans doute temps de vous parler de la lettre.

— La lettre ?

Levant le nez d'un air interrogateur, il vit London tirer une feuille de son sac.

Elle la lui tendit, l'agitant devant lui comme elle l'avait fait pour la cagoule.

— Hier, pendant la soirée de gala, quelqu'un m'a fait porter ce message. Il l'a posé sur le plateau d'un serveur qui me l'a remis.

— Pouvez-vous cesser de secouer ce que vous voulez me montrer devant mon visage ?

Il déplia le papier et le lut à voix haute.

— « Votre père a été assassiné. Vous pourriez être la prochaine sur la liste. »

— Apparemment, l'auteur de cette missive a voulu me montrer que ses menaces n'étaient pas des paroles en l'air.

— Pourquoi ne m'en avez-vous pas parlé plus tôt ?

— De cette lettre ? Sincèrement, je n'avais pas tout de suite fait le rapprochement entre ce mot et les événements d'hier soir. J'ai cru que ma mésaventure dans la ruelle se résumait à une tentative de vol de bijoux à l'arraché et l'agression de Theodore à une tentative de vol de voiture. Mais ce matin, quand j'ai vu Theodore à l'hôpital, il m'a dit quelque chose qui m'a troublée. Il m'a expliqué qu'il s'était battu, au lieu de laisser la voiture à ses agresseurs, « pour me protéger », hier soir. Il s'est rendormi avant de m'en dire davantage mais brutalement, ces menaces sont remontées à ma mémoire.

— La tournure de la phrase est étrange. « Vous *pourriez* être la prochaine sur la liste. » Pourquoi n'a-t-il pas écrit : « Vous *êtes* la prochaine sur la liste » ? Le conditionnel implique que ce n'est pas certain. Vous seriez assassinée si la situation l'exigeait, si par exemple, vous ne faisiez pas ci ou ça.

Elle opina.

— Et voilà pourquoi j'ai besoin de vous.

— Les deux agressions sont certainement liées entre elles mais rien ne dit qu'elles sont liées à ces menaces, répondit-il en posant le papier sur son bureau. Pensez-vous que votre père a été assassiné ?

— Non. En tout cas, je ne le pensais pas avant hier soir, avant de recevoir ce message. Il souffrait du cœur depuis des années et il avait déjà subi un triple pontage mais il ne se souciait pas de sa santé. Il buvait trop, menait une vie de fou et il ne pratiquait aucun sport, à l'exception du golf et encore ! Il parcourait le terrain à bord d'un cart.

— Une autopsie a-t-elle été pratiquée ?

— Pour un homme aussi riche que l'était mon père, c'était presque une obligation. Les médecins ont conclu à un infarctus. Ses artères étaient sclérosées.

— Cette lettre pourrait être une tentative d'escroquerie.

— J'y ai pensé, oui.

— Mais quel en serait le mobile ?

— L'argent, bien sûr. Toujours l'argent, répondit-elle en enfonçant les mains dans les poches de son jean. Alors, acceptez-vous ma proposition ? Je ferai en sorte que cela vaille la peine.

Il donna un coup de pied dans l'autre chaise du bureau pour l'avancer vers elle.

— Asseyez-vous.

Elle s'y installa et demanda :

— Cela veut-il dire oui ?

— Mmm.

Il ouvrit un tiroir, en sortit un dossier rempli de contrats à compléter et le posa sur son buvard. A la vue de sa raideur, il leva un sourcil surpris.

— Détendez-vous. Je veux seulement vous exposer mes conditions. Je ne vous demanderai pas si vous avez des enfants illégitimes, je vous rassure.

Une rougeur soudaine envahit la gorge de London, ses joues, et très vite son visage entier devint écarlate.

Il comprit qu'il devait cesser de la taquiner. Vu son état nerveux, elle n'était pas capable d'apprécier ses traits d'humour. De plus, il lui fallait rester professionnel pour contrecarrer l'attirance qu'elle exerçait sur lui. Un garde du corps n'était d'aucune utilité s'il passait son temps à draguer celle qu'il était censé protéger.

— Voici mon contrat standard, poursuivit-il en lui tendant un formulaire. Si vous souhaitez le faire relire par votre avocat…

— Inutile, je suis sûre qu'il est parfait.

Elle le parcourut des yeux.

— Comme il s'agit d'un contrat standard, est-il possible d'y ajouter des demandes spécifiques en fonction de mes besoins particuliers ? demanda-t-elle. J'ai plusieurs soirées prévues ces prochaines semaines et peut-être un déplacement à l'étranger.

— Bien sûr. Une partie du texte y fait référence. Page trois. Une fois que vous aurez lu et signé le contrat, je vous demanderai un acompte et nous pourrons commencer.

— Combien ? répondit-elle aussitôt en sortant son chéquier de son sac. Je tiens à ce que vous démarriez tout de suite. Je n'ai pas besoin de lire le contrat en détail, je vous fais confiance. Vous m'avez déjà sauvé une fois la vie et vous étiez là pour venir en aide à Theodore.

Il se rassit. Trouver cette cagoule lui avait vraiment fait peur, à moins que ce soit la lettre pleine de menaces.

Lorsqu'il lui indiqua le montant de sa rémunération, elle n'eut pas un battement de cils. Elle remplit rapidement le chèque, le signa et le laissa devant lui.

— Par où commençons-nous ?

Il le prit et le rangea avec soin sous son buvard.

— Avant de commencer, j'ai une question à vous poser. J'imagine que Breck Global Enterprises a des agents chargés de la sécurité à son service.

— Bien sûr.

— Pourquoi ne pas solliciter leur aide ? Vous pourriez exiger un garde du corps personnel, quelqu'un qui serait déjà habitué aux standards de votre société.

Elle jeta un bref regard par-dessus son épaule pour s'assurer que la porte était bien fermée.

— Je n'ai aucun lien avec eux. Je ne dirige la société que depuis un mois.

— Vous ne leur faites pas confiance…

Cette méfiance manifeste corsait encore l'affaire.

— Qui dirige le groupe depuis la mort de votre père ? J'imagine que vous en êtes encore… à trouver vos marques.

Elle bondit sur ses pieds si brusquement que la chaise tomba avec fracas sur le sol.

— Je cherche encore mes marques, oui, mais j'apprends vite et je vais y arriver.

Devant sa colère manifeste, il leva un sourcil étonné et remit ses bottes sur le bureau.

— Vous avez besoin de vous calmer. Si vous êtes en permanence sur la défensive, vos collaborateurs et salariés vont douter davantage encore de votre capacité à remplir votre mission. J'ai l'impression que vous voir prendre la direction du groupe en a surpris plus d'un.

Elle frappa le mur de la main.

— Quel que soit l'endroit vers lequel je me tourne, je ne

tombe que sur des gens qui s'interrogent sur ma présence à la tête de l'entreprise. C'est la faute de papa. Il ne m'a jamais élevée pour prendre sa suite.

— A-t-il formé quelqu'un d'autre ? Avait-il un dauphin en vue ? Pensait-il à un autre membre de la famille pour prendre sa succession aux affaires ?

Avec un gros soupir, elle se rassit.

— Non, pas vraiment. Il se comportait comme s'il était immortel, même après son triple pontage. Mon cousin Niles a des intérêts dans l'entreprise et mon demi-frère y travaille. Pour répondre à votre question précédente, Richard Taylor dirige la société depuis la mort de papa. Lui et… son fils sont en permanence à mes côtés depuis un mois.

Judd se frotta les joues. Apparemment, tout semblait limpide. Ses cousins et ses collaborateurs n'avaient pas dû apprécier que leur ancien patron laisse les rênes du groupe à sa fille qui n'avait pourtant aucune expérience en la matière. Peut-être avaient-ils décidé de l'effrayer avec des menaces et des agressions pour la pousser à renoncer à ses nouvelles responsabilités et pour l'encourager à reprendre sa vie de fêtarde invétérée.

Elle se pencha en avant, ses cheveux tombant sur le côté. Les fragrances de son parfum chatouillèrent les narines de Judd et il la vit entrouvrir les lèvres.

Cette mission pourrait être simple ou se révéler très, très délicate.

— Croyez-vous que vous êtes en mesure de m'aider ?

— Vous me payez pour ça.

Il rangea finalement le chèque dans le tiroir du bureau.

— Commençons par le commencement. Je veux jeter un œil à votre appartement et vérifier la sécurité des lieux. Quand pourriez-vous m'y conduire ?

— Immédiatement mais vous avez vu ma résidence. La sécurité de l'immeuble est digne de Fort Knox.

Il repoussa sa chaise en arrière.

— Allez-vous me laisser effectuer mon travail, mademoiselle Breck ou avez-vous l'intention de me mettre des bâtons dans les roues pour mener l'affaire à votre idée ?

— London, appelez-moi London. Après tout, nous nous connaissons un peu. Nous avons pris un verre ensemble, dansé et… d'autres choses.

C'était justement les « autres choses » qui le préoccupaient.

— Vous n'avez pas répondu à ma question, London.

— J'ai suffisamment de dossiers à m'occuper, Judd. Je vous laisse carte blanche pour la direction de cette opération.

— Vous n'êtes pas venue jusqu'ici en voiture, n'est-ce pas ?

— Pour ne pas attirer l'attention des paparazzis, je suis partie discrètement de chez moi et une fois dans la rue, j'ai hélé un taxi.

— Acceptez-vous de circuler à l'arrière d'une moto ?

Elle considéra les bottes de Judd.

— D'une moto ? répéta-t-elle.

— Oui.

— J'ai passé beaucoup de temps à l'arrière de motos.

Judd n'en doutait pas.

— Je vais vous reconduire chez vous et inspecter les lieux, vérifier votre système d'alarme, m'assurer que la résidence est correctement sécurisée et prendre des notes.

— Cela me semble très bien.

Il ferma le bureau derrière eux et il la suivit dans l'escalier. Ses hauts talons frappant les marches avec bruit. Lorsqu'ils arrivèrent devant sa Harley, il en déverrouilla le coffre et en sortit un casque.

— Mettez-le. Si je me fais pincer à rouler sans protection, mon frère Sean me fera sauter ma contravention à son retour.

— C'est pratique d'avoir le bras long.

— Je plaisantais, répondit-il en fixant les sangles sous le menton de London. Mon frère n'accepterait jamais de faire sauter un PV ni pour moi ni pour personne. Enfilez ça aussi, ajouta-t-il en lui tendant son blouson. Le vent est frais et vous n'avez pratiquement rien sur le dos.

Docilement, elle obtempéra.

Enfourchant son engin, il démarra et il lui ordonna d'un geste de le rejoindre.

— Tenez-vous à moi si vous en ressentez la nécessité. Mais surtout, ne gigotez pas pendant que je roule.

Posant une main sur son épaule pour prendre appui, elle grimpa sur la Harley. Ses jambes touchaient les siennes et tout en s'asseyant, elle enlaça la taille de Judd, veillant à ne pas se plaquer de trop près contre lui. Dès qu'ils rouleraient à travers la ville, montant et descendant les collines de San Francisco, elle ne resterait sans doute pas longtemps dans cette position.

Il accéléra et quand la moto bondit en avant, London s'agrippa à sa chemise.

Lorsqu'il s'arrêta au feu rouge, elle lui cria à l'oreille :

— Vous souvenez-vous de mon adresse ?

Il hocha la tête. Comment aurait-il pu l'oublier ? Elle vivait dans l'un des quartiers les plus huppés de la ville, une zone où les riches escrocs avaient leurs résidences autrefois, avant qu'un tremblement de terre n'en détruise la plupart.

Il gravit une colline en haut de laquelle la vue était à couper le souffle et London l'étreignit plus fort. Lorsqu'il redescendit, il la sentit s'effondrer sur lui.

— Désolée !

Mais le vent emporta ses paroles.

Il n'avait pas besoin qu'elle s'excuse de se plaquer contre lui, d'enrouler ses bras autour de sa taille, d'enivrer ses sens de son parfum et encore moins de coller ses jambes aux siennes.

Trop vite, il s'arrêta devant son immeuble. Il coupa le moteur.

— Descendez. Je vais me garer entre ces deux voitures.

Il posa les pieds sur le sol pour stabiliser sa bécane tandis qu'elle se laissait glisser à terre.

Quand il la rejoignit sur le trottoir, elle se débattait avec la sangle du casque.

— Laissez-moi faire, il faut avoir l'habitude.

Une fois libérée, elle secoua sa chevelure avant de la rejeter en arrière.

— J'adore les balades à moto.

— Vraiment ?

Une mèche de ses cheveux restait collée à ses lèvres et il la repoussa du bout des doigts, caressant au passage sa joue. Elle battit des paupières.

S'il s'agissait d'une invite à l'embrasser, il préféra faire semblant de ne pas avoir compris. Sa bouche avait-elle également un goût de riche ? Comme le champagne ou le caviar ?

Toucher son argent en pièces sonnantes et trébuchantes — ou plutôt en chèque tel celui qu'elle lui avait tendu et qui l'attendait dans son tiroir — avait changé la manière dont il la percevait. Et lui donnait envie de prendre ses distances.

Il gravit les marches qui menaient à la porte de l'immeuble et posant la main dessus, il l'inspecta du regard.

— S'agit-il de la première ligne de défense ?

— Eh, oui.

Il actionna la poignée mais les portes ne bougèrent pas.

— Il y a un code.

Comme la veille au soir, elle pianota sur le clavier et la serrure se débloqua.

— Attendez.

Il commença à taper des chiffres au hasard.

Après plusieurs tentatives infructueuses, une voix se fit entendre.

— Oui ?

Judd se pencha.

— J'ai oublié le code.

La porte émit un « clic » et Judd secoua la tête.

— Pas terrible comme protection.

Comme ils entraient dans le hall marbré, elle lui montra l'agent de sécurité assis à son bureau devant des écrans.

Le gardien leva son nez de son magazine et effleura sa casquette.

— Bonjour, London.

— Bonjour, Griff, dit-elle en s'approchant. Griff, je voulais vous présenter Judd Brody. Je l'ai engagé pour assurer ma protection personnelle. Aussi si vous le voyez dans les parages, ne vous inquiétez pas. Judd, voici Gene Griffin mais tout le monde l'appelle Griff.

Le vieil homme ne se leva même pas et Judd se pencha pour lui serrer la main.

— Etes-vous un policier en retraite ?

Griff sourit.

— Cela se voit-il tant que cela ?

Il était en effet évident qu'il avait ainsi trouvé un moyen facile d'améliorer son ordinaire.

— Deux de mes frères sont dans la police alors j'ai l'œil. Pourquoi celui-ci est-il noir ? ajouta-t-il en pointant l'un des écrans.

— Je ne pourrais pas vous dire. Je ne suis pas technicien. Je le signalerai et quelqu'un viendra réparer.

— Quelle partie de l'immeuble filmait la caméra tombée en panne ?

— Le garage, je crois.

Il referma son magazine et tapota le clavier de son ordinateur.

— Oui, c'est le garage.

— Combien d'équipes se relaient-elles à votre poste ?

Griff regarda rapidement London, qui haussa les épaules, avant de répondre :

— Un collègue de huit à quatre heures, un autre de quatre à minuit et un dernier de minuit à huit heures. Et on tourne.

— Vous arrive-t-il de vous éloigner de votre bureau ?

— Quand j'ai envie d'aller aux toilettes…

— Et pour les repas ? Et effectuez-vous des rondes aux alentours de la résidence ?

— Oui.

— D'accord. Merci d'avoir répondu à mes questions, Griff.

Il n'avait pas voulu énerver le vieil homme mais certaines

personnes prenaient mal ses questions. Cela dit, si London l'avait chargé d'assurer sa protection, il se moquait d'être bien ou mal perçu par des agents de sécurité négligents. Il espérait que les gars qui travaillaient la nuit étaient plus sérieux.

Tout en suivant London jusqu'aux ascenseurs, il repéra les caméras installées dans les coins. Elles étaient visibles et faciles à casser ou à bloquer.

London appela la cabine.

— Pourquoi bombardiez-vous Griff de questions ? C'est un brave homme.

— C'est un flic à la retraite qui a trouvé une bonne planque pour arrondir ses fins de mois. Il passe son temps assis à lire des tabloïds.

Les sourcils froncés, elle posa un doigt sur ses lèvres.

— Chut ! Il risque de vous entendre.

Les portes de l'ascenseur s'ouvrirent en silence et il escorta London dans la cabine tapissée de miroirs.

— C'est la vérité, non ? Je suis ici pour vérifier que vous êtes en sécurité dans cet immeuble et je suis au regret de constater que ce n'est pas le cas. Vous n'avez pas envie que n'importe qui entre dans cette résidence comme dans un moulin, n'est-ce pas ?

— Non.

— Et pourtant, cet imbécile ne m'a même pas demandé mon nom avant de m'ouvrir. A quoi sert-il d'avoir mis un code s'il suffit de demander pour que le gardien débloque la serrure ?

— Vous avez raison.

— Vous moquez-vous de moi ? Parce que je parle sérieusement. Il s'agit de votre sécurité.

Le sourire de London se crispa.

— Oui, oui, je comprends mais je vous ai trouvé dur avec ce pauvre Griff et avec moi.

Décidément, il n'avait pas le savoir-faire de ses frères. Il croisa les bras sur son torse.

— Je fais seulement mon travail, madame.

— Et je vous en remercie.

L'ascenseur arriva à destination et les portes s'ouvrirent sur un couloir désert. Une épaisse moquette recouvrait le sol.

— Combien y a-t-il d'appartements à cet étage ?

Techniquement, elle occupait le dernier étage mais il avait deviné qu'il y avait un autre appartement.

— Deux, répondit-elle en sortant ses clés.

— Qui est votre voisin ?

— Je n'en ai pas.

— L'autre appartement est-il à vendre ?

— Non. Il est à moi. Je l'ai acheté quand l'ancien propriétaire a déménagé.

Devinant qu'elle était gênée de le dire, il leva les mains.

— Je ne vous reproche rien. A votre place, j'aurais fait la même chose.

Comme elle glissait la clé dans sa serrure, elle se pétrifia soudain.

— Judd.

— Quoi ?

— Je ferme toujours à clé en partant et là, la serrure n'est pas verrouillée.

Une décharge d'adrénaline le traversa et il s'empara de son arme.

— Restez en arrière, London. Laissez-moi entrer en premier.

Il poussa la porte et entra, brandissant son revolver.

D'un bref regard circulaire, il évalua la situation. Soit London Breck était vraiment très désordonnée, soit son appartement avait été mis à sac.

Dans son dos, London poussa un cri suivi d'une ribambelle de jurons.

Son appartement avait bien été mis à sac.

5

London voulut pousser Judd pour entrer dans l'appartement mais avant qu'elle n'y parvienne, il la rattrapa par la taille et la tira en arrière.

— Attendez. Nous ne savons pas si l'auteur de ce désordre est toujours là ou pas.

Le sang battait aux oreilles de London et elle réprima l'envie violente de frapper le mur.

— « L'auteur de ce désordre » ? répéta-t-elle avec colère. J'ai d'autres noms en magasin pour le désigner.

— Je sais, vous venez de me les hurler aux oreilles. Quelle est la taille de cet appartement ?

— Il est grand.

L'arme au poing, Judd avança à l'intérieur et London se surprit à espérer que l'intrus soit encore chez elle pour que Judd puisse lui faire la peau.

— Suivez-moi, London. Nous allons faire le tour des lieux à moins que vous ne préfériez partir maintenant et prévenir la police.

— Si nous avons une chance de le prendre en flagrant délit, il n'est pas question de la laisser filer et en tout cas, je n'attends pas les flics.

— Très bien, Calamity Jane. Mais restez derrière moi au cas où.

Sans discuter, elle veilla à demeurer dans son dos tout en le guidant à travers les pièces. Toutes avaient été mises à sac. Le chaos était indescriptible. Ils regardèrent partout, y compris dans les placards et sous les lits mais visiblement, après avoir ravagé l'appartement, le voyou avait filé.

Judd remit son arme dans son holster et glissa les pouces sous son ceinturon.

— Bon, maintenant que nous nous sommes assurés qu'il n'était plus là, voulez-vous regarder ce qu'il vous a pris ? Ce qui manque ? Je vais en profiter pour appeler les flics.

Mais London n'avait pas fini son inspection. Lui faisant signe de la suivre, elle traversa l'immense salon pour gagner une grande bibliothèque. Une fois à l'intérieur, elle posa les deux mains sur une étagère qu'elle poussa. L'ensemble pivota alors vers le mur dévoilant une grande niche au fond de laquelle se trouvait un coffre-fort.

Judd émit un sifflement.

— C'est digne d'un film de James Bond, ce truc !

— Tous mes papiers importants et mes bijoux sont là, à l'exception de certains documents qui se trouvent dans d'autres coffres, au siège.

— Vérifiez son contenu, par précaution.

Elle s'accroupit devant le coffre et Judd se détourna pendant qu'elle tapait la combinaison qui permettait de l'ouvrir. Il faisait son travail sérieusement.

Quand la fermeture du coffre se débloqua avec un petit clic, elle lança à Judd :

— Voilà, maintenant, vous pouvez y jeter un coup d'œil.

Il s'agenouilla à côté d'elle, les épaules frôlant les siennes. Ils étaient presque aussi proches qu'ils ne l'avaient été sur la moto, pensa-t-elle. Chaque fois qu'ils avaient été en descente, ce qui s'était souvent produit, London avait été obligée de se plaquer contre son dos. Mais elle s'était interdit de poser la tête sur son épaule ou de glisser les mains sous sa chemise.

Cette balade à moto avec Judd entre les jambes et l'engin vrombissant sous eux avait été l'expérience la plus sensuelle de son existence.

Mais le retour sur terre avait été brutal lorsqu'à peine

descendus de la Harley, ils avaient découvert son appartement saccagé.

Il pencha la tête, ses longs cheveux noirs caressant la joue de London et il finit par lui lancer :

— Alors ?

Plongeant les mains dans le coffre-fort, elle en sortit des piles d'actions-papier qu'elle exposa à la lumière. Puis elle attrapa une cassette en velours dont elle renversa le contenu par terre. Les joyaux se mirent à scintiller.

— Vous ont-ils été offerts par la reine d'Angleterre ou quelque chose ? demanda-t-il en s'emparant d'un collier de rubis et de diamants roses qu'il fit couler entre ses doigts.

— Mon père avait acheté ce bijou pour ma mère. Je n'ai pas la moindre idée de son origine. Mais ce n'est pas mon style, ajouta-t-elle avec une petite grimace.

Il laissa retomber le collier dans le coffret.

— Ni le mien. Je crois savoir que les diamants jaunes de trois cents carats vous plaisent davantage.

Elle poussa un soupir. Il savait vraiment *tout* sur elle. Enfin, peut-être pas tout.

— Le cheikh al Sayid m'avait offert cette pierre. Bien sûr, quand sa femme — enfin, l'une de ses épouses pour être exacte — a découvert le pot aux roses, il a préféré nier et il a prétendu que je le lui avais volé. Mais ce n'était pas vrai. Il m'en avait fait cadeau, je le jure.

— La seule question intéressante est « qu'aviez-vous fait en contrepartie de ce diamant ? »

— Qu'allez-vous imaginer ? répliqua-t-elle en lui envoyant le poing dans l'épaule. Vous avez vraiment l'esprit mal tourné !

Le frapper se révéla une erreur et elle se frotta les doigts, meurtris.

Il n'était pas le seul à avoir l'esprit mal tourné.

— Avez-vous d'autres trésors dans ce coffre-fort ?

Il y en avait mais elle préférait ne pas les lui montrer.

— Il n'y manque rien, répondit-elle en en claquant la porte. Si le cambrioleur m'a dérobé mes appareils photos, mes ordinateurs ou je ne sais quel gadget électronique, grand bien lui fasse !

— Vos ordinateurs ? S'il s'en est emparé, vous pourriez vous attendre à de graves ennuis.

— Toutes les données concernant le groupe et les comptes sont stockées dans les ordinateurs de mon bureau, au siège. Je n'en fais rien de chez moi, pas même à partir d'un ordinateur portable. J'ai un système de sauvegarde pour être certaine de ne pas perdre mes photos ou mes morceaux de musique préférés.

Traversée par une brusque angoisse, elle plongea soudain le visage dans ses mains. Comment avait-elle pu oublier le contenu de son ordinateur portable ? Elle y gardait des photos qu'elle préférait que personne ne voie, pas même un vulgaire cambrioleur.

— Que vous arrive-t-il ?

Judd s'était rapproché.

Elle planta les yeux dans les siens. Dans la pénombre, les prunelles bleues des mers du sud de Judd prenaient un éclat extraordinaire. Sans doute avait-elle intérêt à tout lui dire, à lui avouer toute la vérité. Non. Maddie n'avait rien à voir avec cette histoire et il ne semblait pas indispensable que Judd ait une image plus négative d'elle qu'il ne l'avait déjà. S'il apprenait ce qu'elle préférait lui cacher, il la prendrait pour une fille volage ou pire, pour une égoïste sans cœur.

— Vous avez raison. Si le cambrioleur met la main sur les fichiers de ces ordinateurs, les conséquences seraient graves.

Il se mit sur pied et lui tendit la main pour l'aider à se relever.

— Allez voir ce qu'il en est, ce que ce malfrat vous a pris exactement. Pendant ce temps-là, j'appelle les flics.

Il montra le coffre et son emplacement et ajouta :

— Cela dit, à votre place, je ne parlerais pas de ce coffre-fort ni de sa cachette. A personne.

— Personne n'est au courant de son existence, mis à

part vous et moi. Mon père l'avait fait installer quand j'ai acheté cet appartement.

Elle prit sa main et il la tira vers lui.

Le réduit dans lequel ils se trouvaient était si exigu que les fragrances qui émanaient de Judd l'enveloppèrent aussitôt. Une odeur de savon, des senteurs mentholées et autre chose, quelque chose qu'elle ne put identifier mais qui lui fit penser à des draps froissés, à une peau nue et à des lèvres meurtries.

Toutes les tensions provoquées par ce cambriolage inattendu expliquaient sans doute son trouble soudain mais si Judd avait voulu la prendre sauvagement, là sur le coffre, elle n'aurait pas protesté. Au contraire, elle se serait arrangée pour se surpasser, pour lui laisser un souvenir impérissable et le convaincre qu'elle était la seule femme à sa hauteur — même s'il était évident qu'il en avait connu beaucoup d'autres.

Il referma le coffre-fort et lui demanda brusquement :

— Où se trouve le reste de vos affaires ?

Elle sursauta.

Le ton dur qu'il employa pour lui poser la question la fit brutalement revenir sur terre. Il lui avait bien fait comprendre qu'elle ne l'intéressait pas et qu'il n'avait aucune envie de la prendre où que ce soit. Certes, il n'était pas insensible aux étincelles qu'il y avait entre eux — elle était capable de décrypter un homme aussi bien que n'importe quelle autre fille — mais il n'avait aucune intention de concrétiser avec elle.

Elle se pencha vers lui et ce fut lui qui sursauta, cette fois. Avec un sourire, elle brouilla la combinaison.

— Voilà, il est de nouveau bien fermé.

Passant devant elle, il retourna dans la bibliothèque, frôlant ses seins au passage. Avec un long soupir, il passa les doigts dans ses cheveux.

— Je deviens claustrophobe dans ce réduit.

Il l'aida à remettre la bibliothèque à sa place puis elle se retourna pour balayer la pièce du regard.

L'écran de son ordinateur de bureau était de travers et elle constata que l'unité centrale de l'appareil ne se trouvait plus sous la table.

— Un ordinateur a disparu.

— Je suppose que l'intrus s'est cru obligé de partir avec quelque chose pour donner plus de crédibilité à ce soi-disant cambriolage.

Elle posa la main sur le bras de Judd, enfonçant ses ongles dans sa chair.

— Que voulez-vous dire ?

— London, ce qui s'est passé ici est évidemment lié aux menaces et agressions dont vous êtes la cible depuis hier. Quelqu'un cherche à vous faire peur ou à vous mettre en garde. Il ne s'agit pas d'un cambriolage ordinaire. Je pensais que vous l'aviez compris à l'instant où nous étions entrés chez vous.

— Sans doute, oui.

Elle tortilla une mèche de ses cheveux. En réalité, elle ne s'était pas demandé qui était derrière ce cambriolage et elle s'était encore moins interrogée sur les raisons de cette intrusion. Elle n'avait éprouvé qu'une sourde colère mais elle devait l'admettre, les propos de Judd n'étaient pas dénués de fondements.

— Vous pensez donc que la personne qui est entrée chez moi se moquait en réalité complètement de mon ordinateur ?

— Je ne peux pas l'affirmer avec certitude mais à mon avis, il s'agit d'une autre tactique destinée à vous effrayer. L'intrus vous signale que vous êtes à sa merci.

— Mais que veut-il ? S'il espère ainsi me pousser à faire ou à ne pas faire quelque chose, il faudrait au moins que je sache de quoi il s'agit. Comment pourrais-je deviner ce qu'il attend de moi s'il ne me dit rien ?

— Peut-être imagine-t-il que tout cela va tellement vous angoisser, que vous renoncerez de vous-même à assumer la direction de votre groupe.

La personne derrière ces agressions était forcément quelqu'un qui la connaissait bien parce que, il n'y a pas si longtemps, elle aurait en effet réagi de cette façon. Quand les choses devenaient trop compliquées ou trop difficiles, London Breck s'en lavait les mains et prenait des vacances. L'*ancienne* London Breck.

— Je ne sais pas, Judd.

Elle quitta la bibliothèque pour gagner la cuisine. Elle laissait en général son ordinateur portable sur un coin de la table.

— Mon ordinateur portable a également disparu.

Un petit frisson de peur lui parcourut l'échine. Qui que soit le voleur qui s'était emparé de l'appareil, il pourrait faire des déductions intéressantes à la vue des photos qu'il contenait.

Elle fit le tour de l'appartement et découvrit d'autres disparitions. Des appareils électroniques, des bijoux de pacotille, trois sacs de marque, rien d'important. Ces vols tendaient à désigner le coupable comme un type cherchant à revendre facilement son butin pour toucher de l'argent.

Elle poussa un long soupir.

— Les flics vont-ils bientôt arriver ?

— Sans doute. Avant qu'ils ne débarquent, j'aimerais dire un mot à Griff.

— Je ne suis pas sûre que ce soit une bonne idée. Il ne m'adressera sans doute plus jamais la parole.

— Il risque de perdre son travail. Ce cambriolage s'est produit pendant ses heures de service. Il était censé surveiller la résidence.

Elle rouvrit les yeux.

— Je vous en prie. Débrouillez-vous pour qu'il ne se fasse pas virer.

— Avez-vous peur d'être mal vue par vos voisins ? Les copropriétaires de l'immeuble vous remercieront, au contraire. Je suis sûr qu'ils ont envie d'être protégés par quelqu'un de plus sérieux. De plus, à votre place, je ne m'inquiéterais pas trop pour le vieux Griff. Il touche une retraite correcte et il ne va pas se retrouver à la rue.

— Je ne veux pas être responsable de la mise à pied de quelqu'un.

— Si vous espérez diriger une entreprise qui brasse des millions de dollars et qui emploie des centaines de salariés, il faut vous préparer à être responsable de beaucoup de conséquences désagréables. Vous allez être obligée de changer de mentalité. Et beaucoup d'autres choses, d'ailleurs.

— Et quoi ? Que devrais-je faire ? Je n'en ai pas la moindre idée. Et vous ?

— Moi ? Je n'ai même pas réussi à mettre au point un système de classement efficace pour mes propres activités.

Elle suivit Judd jusqu'au hall de l'immeuble, se focalisant sur ses jolies fesses pour ne pas penser à ce qu'il venait de lui asséner qui lui rappelait douloureusement à quel point tout allait au plus mal dans sa vie. S'il ne cherchait pas à l'affoler, pourquoi portait-il des jeans aussi moulants ? Pourquoi ses yeux bleus pétillaient-ils chaque fois qu'ils se posaient sur elle ? Pourquoi ses longs cheveux se prenaient-ils dans son col, lui donnant envie de les remettre en place ?

Judd s'approcha du gardien.

— Griff, nous avons un problème.

L'homme leva le nez de son magazine.

— Encore vous ?

— Quelqu'un s'est introduit par effraction chez Mlle Breck, a tout mis à sac et a emporté plusieurs affaires.

Griff écarquilla les yeux et lâcha sa revue qui tomba par terre.

— Ce n'est pas possible !

Judd posa les mains sur la petite table, dévoilant ses tatouages.

— Non seulement c'est possible mais c'est arrivé. A quelle heure avez-vous quitté votre poste après le départ de Mlle Breck, ce matin ?

— Quitté mon poste ? A vous entendre, je l'aurais fait exprès, ajouta-t-il en plissant les yeux d'un air soupçonneux.

Judd se redressa de toute sa hauteur et croisa les bras sur son torse puissant.

— Pourquoi évoquez-vous cette hypothèse ? rétorqua-t-il. Avez-vous fait quelque chose à dessein ? A vous écouter, tout porte à le croire.

— Je ne comprends pas un mot de ce que vous me racontez. Mais en tout cas, n'essayez pas de me faire peur, ajouta-t-il en agitant un doigt menaçant. Je sais très bien qui vous êtes, monsieur Brody.

Il cracha pratiquement le nom et Judd se raidit davantage. Il semblait prêt à lui sauter à la gorge.

D'un bref regard, London comprit que Griff l'avait également senti. Le gardien rougit mais il poursuivit :

— Votre frère et cette journaliste ont peut-être cherché à disculper Joey Brody dans leur bouquin mais je n'ai pas cru un mot de leur version des événements. S'il n'avait pas tué toutes ces femmes, s'il n'était pas le Tueur de l'Annuaire, pourquoi votre père se serait-il suicidé, hein ? Pourquoi aurait-il sauté du Golden Gate, s'il était innocent ?

Judd serra les mâchoires et London leva une main tremblante dans l'espoir de le calmer, comme s'il était possible de retenir un fauve une fois lancé.

Des coups précipités contre la porte vitrée les firent tous trois sursauter et ils se tournèrent vers l'entrée. Deux officiers en uniforme collaient le nez sur les baies vitrées pour regarder le hall.

Griff se jeta sur le bouton qui déclenchait l'ouverture des portes.

Les policiers se précipitèrent vers London et lui demandèrent :

— Etes-vous London Breck ? Venez-vous d'être victime d'un cambriolage ?

— Oui, répondit-elle en leur tendant la main. Nous étions justement en train de discuter avec l'agent chargé de la sécurité de l'immeuble pour découvrir s'il avait remarqué quelque chose.

L'homme lui serra la main.

— Bonjour, mademoiselle. Je suis l'officier Jessup et voici mon coéquipier, l'officier Spann.

Judd s'écarta du bureau pour s'approcher.

— Bonjour, je suis Judd Brody. Mlle London m'a chargé d'assurer sa sécurité.

— Vraiment ! s'exclama Jessup, surpris. Avez-vous déjà été cambriolée, mademoiselle ? Est-ce la raison qui vous a poussée à faire appel aux services d'un détective privé ?

London ne prit pas la peine de demander comment il savait que Judd était détective privé et non un simple garde du corps. Apparemment, tous les policiers de la ville connaissaient les frères Brody.

— Non, je n'ai pas été victime d'autres cambriolages dernièrement mais depuis la mort de mon père, j'ai eu quelques problèmes.

— Bien sûr. Toutes nos condoléances, mademoiselle. Les dons de votre père au profit de la Police Judiciaire de San Francisco ont toujours été très généreux. Il va nous manquer.

— Merci.

L'officier Spann s'approcha de Griff qui semblait dans ses petits souliers.

— Avez-vous remarqué quelque chose ?

— Non, j'ai fait mes rondes comme d'habitude. Je me suis octroyé quelques pauses. Ce qui est autorisé, ajouta-t-il en jetant un regard de biais à Judd.

Le policier montra du doigt les écrans.

— Vous avez des caméras de surveillance et vous conservez les enregistrements, n'est-ce pas ?

— Oui quand elles marchent. Celle-ci est en panne.

— Pouvons-nous voir les images enregistrées par les autres appareils ?

Tandis que l'officier Spann discutait avec Griff, l'officier Jessup sortit un calepin de sa poche et se tourna vers London.

— Que vous a-t-on pris, mademoiselle Breck ?

— Deux ou trois ordinateurs, des bijoux fantaisie, un Caméscope et deux ou trois bricoles. Si vous voulez, je vous ferai parvenir la liste que j'enverrai à ma compagnie d'assurances.

Il se tourna vers Judd.

— Des traces d'effraction ?

— Non. Il a forcé la serrure ou il avait une clé.

Le regard de Judd se posa sur Griff qui pianotait le clavier en fixant des écrans.

Manifestement, il nourrissait des doutes envers Griff et il n'avait pas apprécié les accusations de ce dernier concernant son père, songea London. Judd lui avait dit que toute cette affaire était pour lui de l'histoire ancienne, qu'il avait tourné la page depuis longtemps, mais sa réaction prouvait qu'il n'en était rien.

Elle s'éclaircit la gorge.

— S'il avait eu une clé, il aurait verrouillé en sortant et il n'en a rien fait.

— A moins qu'il ne l'ait pas fait pour que vous ne vous doutiez pas qu'il possédait une clé.

— Bon, montons voir, dit Jessup en considérant le haut plafond du hall. En tout cas, puisque votre appartement se trouve au dernier étage, il n'est certainement pas entré par la fenêtre après avoir escaladé la façade.

— Viens voir ça, Jessup ! lança Spann.

Le cœur de London s'accéléra dans sa poitrine.

— Qu'y a-t-il ? Le cambrioleur apparaît-il sur l'une des vidéos ?

— Non seulement il n'y est pas mais personne n'y est. La caméra installée dans le hall d'entrée n'a enregistré aucune image, ce matin.

London frappa le sol du pied d'un air excédé.

— Ce n'est pas possible ! Quel est l'intérêt d'avoir des caméras de surveillance si elles sont en panne en permanence ?

— Exactement.

Les yeux de Judd lançaient des éclairs.

La pomme d'Adam de Griff montait et descendait le long de sa gorge.

Prenant Judd par la manche, London reprit :

— Montrons mon appartement aux policiers. Peut-être pourront-ils relever des empreintes.

Les policiers examinèrent la porte et firent le tour de l'appartement dévasté mais ils ne purent relever d'empreintes ni dire quoi que ce soit concernant le cambriolage. London leur promit de leur adresser la liste des objets volés mais elle n'espérait pas les retrouver un jour.

Quand ils partirent, London se laissa choir sur le canapé.

— Mes affaires n'ont pas fini chez un prêteur sur gages, n'est-ce pas ? Le ou les cambrioleurs ne me les ont pas pris pour les revendre.

— Vous avez tout compris, répondit Judd. Ils ont fait en sorte que cela ressemble à un cambriolage mais nous savons, vous et moi, qu'ils voulaient surtout vous effrayer.

Elle posa les pieds sur la table basse.

— Il m'en faut plus pour renoncer à diriger le groupe.

— C'est ce qui m'inquiète, London. Si je ne démasque pas ces types très vite, jusqu'où vont-ils aller pour parvenir à leurs fins ?

— Nous les coincerons peut-être la prochaine fois.

— Je ne veux pas de prochaine fois, je dois absolument les arrêter maintenant, dit-il en frappant la paume du poing. Et je sais qui interroger pour me mettre sur une piste.

Comme il se dirigeait vers la porte, elle tenta de le retenir.

— Vous n'allez pas encore tourmenter Griff, n'est-ce pas ?

— Le tourmenter ? Il sait quelque chose, London. Croyez-vous vraiment que si les caméras sont tombées en panne ce matin, c'est la faute à « pas de chance » ? Si celle du hall n'a enregistré aucune image au moment du cambriolage, il ne s'agit certainement pas d'un hasard.

— Attendez. Insinuez-vous que Griff soit de mèche avec les cambrioleurs ? Qu'il travaille pour eux ?

— Pourquoi avez-vous tant de mal à le croire ? Ce type bénéficie d'une retraite confortable et pourtant, il a pris un emploi de gardien. Manifestement, il a besoin d'argent.

Il ouvrit la porte et elle se hâta de le suivre.

— Je vous accompagne pour que personne ne soit blessé.

Quand Judd fit irruption dans le hall, Griff en resta bouche bée.

— Que voulez-vous à la fin ? J'ai dit tout ce que je savais aux flics et je n'ai rien à ajouter… et sûrement pas à vous.

Judd l'attrapa par le col de sa chemise et le souleva de sa chaise.

— Vous allez pourtant vous expliquer et tout de suite !

Griff se tortilla, tentant de se libérer de son emprise.

— Lâchez-moi !

Judd le secoua comme une poupée de chiffon avant de le laisser retomber sur sa chaise.

— Pourquoi avez-vous mis la caméra hors d'état de fonctionner ? Qui avez-vous laissé entrer ? Qui vous a payé ?

Griff secoua la tête.

— Vous êtes fou et violent, exactement comme votre père.

Il n'aurait pas dû dire cela. Il était soit très courageux, soit totalement stupide, songea London en retenant son souffle.

Judd laissa passer un petit moment puis brutalement, il se jeta de nouveau sur Griff et le plaqua contre le mur.

Au même instant, Mme Schrader entrait avec une amie dans l'immeuble. Toutes deux s'immobilisèrent, saisies.

— Tout va bien, London ?

— Euh, j'ai été victime d'un cambriolage, ce matin. Les policiers essaient d'obtenir des réponses de Griff.

Si les deux femmes s'interrogèrent sur les méthodes d'interrogatoire desdits policiers, elles n'en laissèrent rien paraître et ne posèrent aucune question.

Sans un regard en arrière, elles se hâtèrent vers l'ascenseur.

Judd enfonça la main dans la poche de Griff et en tira une épaisse enveloppe. Il la jeta sur le bureau et quelques billets s'en échappèrent.

— Qui vous a donné cet argent ?

Griff s'affala contre le mur.

— J'ignorais qu'ils allaient vous cambrioler, London. Je le jure.

— Quoi ? Vous avez été payé pour laisser entrer des gens dans l'immeuble et mettre la caméra hors service ?

— Oui, reconnut Griff. Ce n'était pas la première fois et jamais rien, aucun cambriolage, n'en a été suivi.

— Vous l'aviez déjà fait ? cria Judd en serrant les poings.

— Oui.

— Mais pourquoi ? demanda London, abasourdie.

— Pour l'argent. Ils voulaient juste prendre des photos, ils me l'avaient dit et je n'avais aucune raison d'en douter.

— Des photos ? répéta Judd, les sourcils froncés. Vous avez cru avoir affaire à des paparazzis ?

Le visage de Griff devint écarlate.

— Ils paient cher pour pouvoir entrer dans une résidence comme celle-ci. Désolé, London. Je ne pensais pas que vous en subiriez de telles conséquences. En général, ils se contentent de prendre quelques photos, parfois d'inspecter les poubelles. J'ai longtemps travaillé pour Ray Lopez, c'est un chic type.

— Vous les auriez laissés fouiller mes poubelles ? répéta-t-elle au bord de la nausée.

— Vous n'étiez pas la seule visée, London. D'autres résidents les intéressaient aussi. Vous devinez qui.

Judd frappa le bureau du poing.

— Cette fois, ils ont voulu cambrioler l'appartement. Mais s'ils avaient voulu tuer quelqu'un, que se serait-il passé ? Auriez-vous accepté de les aider ? D'être leur complice ?

— Jamais de la vie ! protesta Griff en secouant la tête. Personne n'a jamais voulu tuer quiconque. Ils ne cherchaient que des renseignements, des scoops. Vous savez ce qui intéresse un gars comme Ray Lopez.

— Les types qui sont entrés chez London n'étaient pas des paparazzis.

— Mais si ! s'exclama Griff. Ils m'ont affirmé qu'ils en étaient.

— Combien de temps avez-vous travaillé dans la police ? demanda Judd.

— J'ai déjà fait souvent ce genre de choses et je n'ai jamais eu le moindre problème.

Judd serra les poings.

— Comment étaient-ils ces paparazzis ?

— Je… Je ne sais pas.

— Quoi ?

Griff croisa ses mains sur son ventre.

— Ils étaient déguisés avec des lunettes noires, une casquette, une fausse barbe.

London en resta bouche bée.

— Et cela ne vous a pas paru curieux ?

— Non, ils font toujours ça. Il leur faut prendre des risques, tout tenter, pour prendre de bonnes photos.

— Pouvez-vous au moins me donner leur âge, leur silhouette, leur poids approximatif, leur accent… ?

Griff prit une feuille de papier et commença à écrire.

Lorsqu'il tendit la description demandée à Judd, ce dernier rangea le feuillet dans sa poche et poursuivit :

— Vous ont-ils rendu la clé ?

— Je ne leur ai pas donné de clé, assura Griff en levant les mains. Je le jure, London. Ils m'ont seulement demandé l'étage où vous habitiez.

Elle se tourna vers Judd.

— Et ils ont sans doute forcé la serrure.

— Sans doute, oui. Les avez-vous vus partir ? demanda-t-il à Griff.

— Cela faisait partie du contrat. Je ne devais pas rester dans les parages pendant qu'ils opéraient. London, êtes-vous obligée de parler de cette histoire à ma direction ? Je risque mon poste…

— Griff, ce n'est plus de ma responsabilité. L'agence qui vous emploie va apprendre qu'un cambriolage a eu lieu et voudra comprendre pourquoi.

Avec un gros soupir, il s'adossa à sa chaise.

— Bon, je crois que je vais devoir chercher un autre emploi.

Judd prit le bras de London.

— Remontons là-haut. Il y a autre chose que je voudrais vérifier avec vous.

Cette fois, elle introduisit la clé dans la serrure pour la déverrouiller.

— Au moins ne sont-ils pas revenus en catimini pendant que nous étions en bas. Je vais commencer à ranger. Que vouliez-vous vérifier ?

Judd se promena dans le salon, examina les abat-jours et les tableaux avant de répondre :

— Je vais faire une brève inspection pour m'assurer qu'aucun dispositif espion n'a été installé. J'ai au bureau du matériel qui me permettra de mener des investigations plus complètes. Je l'apporterai plus tard.

London frissonna.

— J'espère que vous ne trouverez rien.

— Je pense qu'ils sont entrés chez vous et ont tout mis à sac pour vous faire peur, une fois de plus, pour vous pousser à lâcher la direction du groupe. Mais si vous n'y renoncez pas, vous espionner pourrait faire partie d'un arsenal destiné à vous abattre. J'ai déjà eu affaire avec des cas d'espionnage industriel. Ce n'est pas rare.

London baissa la tête. Si les cambrioleurs parvenaient à découvrir les photos contenues sur ses ordinateurs, ils auraient d'autres armes à leur actif, les moyens de la faire chanter.

Elle remit les coussins en place, les livres sur les étagères pendant que Judd cherchait des appareils d'écoute qu'elle craignait davantage encore que les araignées.

Quand il eut fini son inspection, il secoua la tête.

— Je n'ai rien trouvé mais je reviendrai demain pour une recherche plus approfondie.

Apparemment, il avait donc l'intention de s'en aller, se dit-elle, dépitée. Cela dit, elle n'avait jamais espéré que Judd resterait avec elle pour toujours.

— Je repasserai dans l'après-midi, corrigea-t-il. Pendant ce temps-là, faites changer vos serrures et vous me laisserez une clé par sécurité.

— Très bien. Revenez quand vous voudrez. En attendant, je vais continuer à tout ranger.

— Si vous découvrez quelque chose ou que vous vous apercevez qu'il manque quoi que ce soit d'autre, prévenez-moi aussitôt.

— Bien sûr. Merci pour tout, Judd. Sans votre ténacité, nous n'aurions jamais obtenu la vérité de la bouche de Griff.

— Je suis heureux que vous le preniez ainsi.

Il attrapa son blouson et son casque.

— On s'appelle demain.

Elle ferma la porte derrière lui et la verrouilla avec soin. S'il ne l'avait pas accompagnée tout à l'heure, elle aurait dû affronter seule cet appartement dévasté. En engageant Judd Brody pour la protéger, elle avait pris la bonne décision, la première d'une longue série, du moins l'espérait-elle.

London passa le reste de l'après-midi à ranger et à nettoyer son appartement. Elle ne remarqua aucune autre disparition d'objets ni dispositifs espions.

Quand son estomac cria famine, elle se rendit compte qu'elle avait oublié de déjeuner. Elle aurait bien invité Judd à partager un petit dîner dans un restaurant de la ville mais elle ne voulait pas avoir l'air de le draguer ou se montrer trop familière avec lui.

Il semblait tenir à des relations strictement professionnelles et elle devait absolument s'y cantonner. Les professionnels connaissent la ligne de démarcation entre travail et plaisir et ils ne s'en écartaient jamais. Si elle comptait être perçue comme P.-D.G. de Breck Global Enterprises, elle ferait mieux d'apprendre à se comporter comme telle.

Si Judd Brody parvenait à contenir son désir pendant qu'ils travaillaient ensemble, elle devrait y arriver, elle aussi.

Son Smartphone retentit et en voyant le nom de la personne qui l'appelait sur l'écran, elle prit aussitôt l'appel.

— Salut, April.

— Bonjour, London. Je voulais juste m'assurer que tu étais toujours d'accord pour nous retrouver dans cette nouvelle boîte de nuit, ce soir.

London ouvrit les baies vitrées coulissantes et sortit sur le balcon.

— Non, je ne pense pas.

Son amie gémit.

— Tu deviens un vrai éteignoir, London ! Le cousin de Gemma sera là. Il arrive de Monte Carlo et il a vraiment très envie de faire ta connaissance.

— Le joueur de casino ? Je suis certaine qu'il a très envie de me rencontrer mais je doute qu'il soit désintéressé.

— Arrête ! Tous les hommes ne convoitent pas ta fortune, London. Ne me dis pas que tu songes sérieusement à accepter la demande en mariage de Roger Taylor. Certes, il est milliardaire mais cela ne fait pas de lui l'homme qu'il te faut.

London se remémora les prunelles bleues des mers du sud et la Harley de Judd et elle sut que Roger n'était pas, ne serait jamais, l'homme qu'il lui fallait.

— Ne t'inquiète pas, je n'ai rien d'un éteignoir. Je me suis fait cambrioler aujourd'hui et j'ai passé la journée à tout ranger. Voilà pourquoi je ne suis pas d'une humeur particulièrement festive.

— Tu t'es fait cambrioler ? s'exclama April. Que t'a-t-on pris ?

— Rien d'important — à l'exception de l'ordinateur portable, pensa-t-elle in petto — mais du coup, je n'ai pas très envie d'aller danser ce soir.

— Je comprends. Bon, je te ferai un rapport complet sur cette nouvelle discothèque et… sur cet homme.

— Amuse-toi bien, April.

L'appareil à la main, London contempla les lumières de la ville. Elle avait faim mais elle ne s'imaginait pas sortir seule dîner quelque part et elle n'avait pas envie non plus de se préparer quelque chose.

Elle chercha le numéro d'un restaurant italien local et commanda une pizza végétarienne.

Le temps que le livreur arrive, elle avait eu le temps de prendre une douche rapide et de se changer pour revêtir une tenue d'intérieur en lin.

Quand il sonna, elle répondit dans l'Interphone.

— Je descends tout de suite.

Elle sortit quelques billets de son sac, ferma la porte et se dirigea vers l'ascenseur.

Jerome, l'agent de sécurité du soir, surveillait le livreur comme s'il s'attendait à ce que l'adolescent ne sorte une kalachnikov de sa boîte à pizza.

London paya et remercia le jeune homme avant de s'approcher de Jerome.

— Je suppose que vous avez entendu parler de ce qui s'est passé, ce matin.

Il hocha la tête d'un air accablé.

— J'ai toujours senti que Griff n'était pas net. Il est toujours le nez dans les tabloïds. J'aurais dû me douter qu'il accepterait de l'argent des paparazzis en mal de clichés compromettants.

— Savez-vous s'il a été viré ?

— Je l'ignore. Nous l'apprendrons demain à huit heures du matin, dit-il en redressant les épaules. Nous verrons s'il se présente ou si un autre le remplace. J'espère que vous êtes certaine que je ne me comporterais jamais ainsi, mademoiselle Breck.

— Bien sûr mais je n'en reviens pas que Griff n'ait jamais songé aux conséquences de ses actes.

Jerome montra du doigt la boîte à pizza.

— Si je comprends bien, vous ne faites pas la fête, ce soir.

— Je crois que j'ai définitivement fini de faire la fête, Jerome.

La pizza à la main, elle remonta chez elle et elle s'installa devant sa table de cuisine. Elle avait plusieurs dossiers à étudier pour l'assemblée générale des actionnaires qui se tiendrait demain matin et elle préférait ne pas les tacher de sauce tomate.

Elle finissait de se restaurer quand son Smartphone retentit de nouveau. Si April imaginait pouvoir la convaincre de sortir danser ce soir, elle se trompait lourdement. Même si son amie lui racontait que le type de Monte Carlo était beau comme un dieu, London ne céderait pas.

Elle se lava les mains et prit l'appareil pour lire le texto.

Sortez les poubelles.

Elle fronça les sourcils. Qui lui avait envoyé ce message ? Le numéro de l'émetteur n'apparaissait pas. Sans doute s'agissait-il d'une erreur de numéro.

De nouveau, son Smartphone vibra pour signaler l'arrivée d'un nouveau texto et elle grimaça. Quelque part, un mari allait avoir droit à une scène pour ne pas avoir sorti les poubelles.

En bâillant, elle glissa son téléphone dans sa poche. Quand il retentit encore, elle s'interrogea.

Elle finit par taper une réponse « Erreur de numéro. »

Comme elle passait un coup d'éponge sur la table, elle reçut un autre sms. Elle s'essuya les mains dans le torchon avant d'ouvrir le message.

Sortez les poubelles, London.

Pétrifiée, elle resta un instant interdite. S'agissait-il d'une plaisanterie ? April avait-elle demandé à un copain de lui écrire ? Que signifiait ce texte ?

Son mystérieux correspondant continuait à la bombarder de textos et elle considéra la boîte à pizza vide. De toute façon, elle devait la jeter.

Elle prit l'emballage en carton sous le bras, attrapa ses clés, verrouilla sa porte et se dirigea vers le bout du couloir où se trouvait le local à ordures.

Comme elle soulevait le couvercle du gros conduit dans lequel les résidents glissaient leurs poubelles, une odeur désagréable emplit le réduit. Fronçant le nez, elle laissa tomber la boîte en carton et referma.

S'emparant de son téléphone, elle lui lança :

— Voilà, tu es content ?

April avait certainement voulu lui faire une blague. Peut-être avait-elle essayé de lui suggérer de faire le ménage dans sa vie amoureuse pour faire de la place pour un autre homme. Oui, April était certainement derrière tout ça.

En retournant chez elle, London appela son amie.

April répondit aussitôt.

— Tu as changé d'avis ? Tu viens ?

— Non, non. Est-ce toi qui m'envoies ces textos à propos des poubelles ?

Elle retint son souffle, espérant qu'April allait avouer qu'elle avait voulu la faire tourner en bourrique.

— Quoi ?

— M'as-tu envoyé des textos pour m'enjoindre de descendre les poubelles ?

— De quoi parles-tu, London ? Je suis dans un taxi pour assister à un cocktail au Bay Club puis je me rendrai à la nouvelle discothèque. Si tu changes d'avis, n'hésite pas à nous rejoindre.

— Tu ne m'as pas envoyé de textos ?

Elle se rendit compte que sa voix était plus aiguë qu'à l'accoutumée.

— A propos de tes poubelles ? Non, certainement pas. Tu perds l'esprit.

Oui, sans doute. Et le plus troublant était qu'au cours de sa conversation avec April, elle avait reçu quatre ou cinq sms supplémentaires.

Pourquoi les poubelles ? Les affaires volées s'y trouvaient-elles ? Les cambrioleurs avaient-ils des remords et voulaient-ils lui rendre ses biens ? Peut-être avaient-ils vu la police débarquer dans l'immeuble. Mais comment avaient-ils obtenu son numéro de portable ?

Tous les conduits à ordures de l'immeuble débouchaient sur d'immenses bennes remisées non loin du hall d'entrée. Etait-ce là où elle devait descendre ?

Elle avait peur de s'y rendre seule.

Mais Jerome était en bas. Il pourrait l'accompagner.

De nouveau, elle glissa son Smartphone dans sa poche et quitta l'appartement. Un couple entra dans l'ascenseur au troisième étage et elle les salua d'un mouvement de tête.

La femme se tourna vers elle.

— Est-il vrai que vous avez été victime d'un cambriolage, aujourd'hui ?

— Oui et j'ai découvert que Griff permettait aux paparazzis de visiter certains appartements.

Son interlocutrice se pinça les lèvres.

— C'est un scandale ! J'espère qu'il a été licencié.

— Oui, je crois.

A cause de Judd.

Quand l'ascenseur s'ouvrit sur le hall, le couple s'éloigna vers la sortie devant laquelle un taxi les attendait.

Jerome lui sourit.

— Vous êtes-vous fait livrer une autre pizza, London ?

— Non. En fait, j'ai reçu un étrange texto émanant d'un inconnu m'enjoignant de descendre mes poubelles. J'ai regardé dans le vide-ordures de l'étage mais il n'y avait rien de particulier.

Il leva un sourcil étonné.

— Ce n'est pas parce que quelqu'un vous demande de faire quelque chose que vous devez vous sentir obligée d'obéir.

— Je sais, dit-elle en posant une main tremblante sur son appareil. Mais je me dis que ce qu'on m'a volé m'attend peut-être dans le local à ordures. Cela vous ennuierait-il de m'y accompagner ?

Le regard de Jerome se posa sur le hall désert et sur les écrans au-dessus de son bureau.

— Je ne veux pas quitter mon poste, surtout du fait que Griff a mis hors d'état de fonctionner la caméra du hall et celle du garage.

Elle se tourna vers la porte qui menait aux bennes.

— Je suis encore un peu nerveuse après le cambriolage de mon appartement.

— Voilà ce que vous allez faire, dit-il en lui tendant des cales de bois. Bloquez les portes pour qu'elles restent ouvertes et ainsi je vous verrai d'ici.

— Ça marche, merci.

Elle se dirigea vers la première porte. Elle l'ouvrit et glissa le morceau de bois dessous pour empêcher sa fermeture.

Il faisait frais dans cet endroit et elle frissonna. Elle regarda la porte métallique au bout du couloir.

— Les bennes à ordures sont derrière cette porte, n'est-ce pas ?

— Oui, mettez également une cale de bois pour la maintenir ouverte.

— Très bien, répondit-elle d'un ton plus assuré qu'elle ne l'était.

Peut-être devait-elle tout oublier et demander demain à Judd de retracer l'appel anonyme.

Son Smartphone retentit de nouveau et elle reçut une nouvelle fois un texto comme pour la narguer. Si elle voulait rester crédible à la direction du groupe, elle devait montrer aux imbéciles qu'ils ne lui faisaient pas peur.

— D'accord, je me rends au bout du couloir. Il faudra peut-être demander qu'une caméra y soit installée.

Jerome l'appela du hall d'entrée. Il semblait très loin d'elle.

— Je soumettrai votre proposition à mes supérieurs. Il n'y a rien non plus à l'extérieur, dans la ruelle.

Relevant les épaules, London remonta le corridor. Elle attrapa la poignée et elle poussa le battant d'un coup de hanche. Il s'ouvrit avec un craquement.

— Ces gonds ont besoin d'être huilés. Jerome ? ajouta-t-elle avec inquiétude.

— Je vous ai entendue, oui. J'en parlerai également à mes chefs. Voyez-vous quelque chose ?

— Rien, à part les bennes, répondit-elle en se pinçant le nez.

Un bruit rythmé la fit reculer.

— Il y a des rats ici ?

— J'espère que non.

Elle s'accroupit pour glisser la cale sous la porte. Comme elle se redressait un sac atterrit, venu d'un étage, pour s'écraser dans la benne ouverte et elle poussa un cri.

— Que se passe-t-il ? lança Jerome

— Rien, un sac d'ordures qui tombe. Cela m'a fait peur.

— Cela n'a pourtant rien d'étonnant. Recevoir des détritus est la finalité d'un vide-ordures.

Elle s'approcha de la benne et regarda à l'intérieur. Il y avait des sacs-poubelles, certains explosés mais ni ordinateur, ni Caméscope, ni bijoux.

Quelqu'un avait décidé de l'énerver avec ces textos, peut-être les cambrioleurs, peut-être pas.

Un tapement retentit de nouveau et elle remarqua une autre porte au fond du réduit.

— Jerome ?

— Avez-vous fini ?

— Oui… Non. Où mène la porte au fond du local ?

— A l'extérieur, dans la ruelle. Les jours où les éboueurs passent, nous la laissons ouverte pour leur permettre de collecter les bennes de la résidence.

Elle n'avait jamais remarqué une petite porte sur le côté.

— Est-elle verrouillée ?

— De l'intérieur uniquement mais pourquoi voulez-vous aller là-dedans ?

— J'entends du bruit à l'intérieur.

— Il s'agit sans doute de chats.

— Sans doute.

Elle s'approcha de la porte et posa les mains dessus pour la pousser.

La porte heurta quelque chose qui pendait du plafond. Levant les yeux, London chercha de quoi il s'agissait et elle regretta aussitôt sa curiosité.

Le cadavre de Griff se balançait au-dessus de la porte, une revue tabloïd sortant de sa poche.

6

Judd caressait le dos de London qui, recroquevillée sur son fauteuil à bascule, se balançait d'avant en arrière. A intervalles irréguliers, elle était prise de tremblements et elle se mettait à claquer des dents.

Il mourait d'envie de la prendre dans ses bras, de la réconforter.

Mais il tint bon et il parvint à résister à la tentation.

L'inspecteur de la Police Judiciaire de San Francisco, un des collègues de son frère, tapota le sac en plastique dans lequel il avait glissé le Smartphone de London.

— Nous n'aurons aucune difficulté à retracer l'appel et à identifier le numéro de l'émetteur des textos mais il est probable qu'il s'agira d'un appareil jetable. Les gens qui commettent des meurtres n'envoient pas de messages à l'aide de téléphones classiques.

— Vous avez sans doute raison, répondit Judd mais cela vaut le coup d'essayer. Vous aurez peut-être de la chance.

Contrairement à Griff. Le malheureux s'était acoquiné avec des personnes qu'il aurait mieux fait d'éviter. Il avait cru pouvoir arrondir ses fins de mois sans trop se fatiguer en collaborant avec des paparazzis. A présent, son cadavre était remisé à la morgue, les techniciens des scènes de crime s'activaient dans le sous-sol et le coroner était attendu d'un instant à l'autre.

L'inspecteur Curtis posa les mains sur ses genoux et se mit sur pied.

— Merci pour votre aide, Judd. Je ne comprends pas

pourquoi quelqu'un — et surtout un ancien flic — a pu laisser des inconnus dissimulés derrière de fausses barbes et des postiches entrer dans une résidence comme celle-ci. Cela me dépasse.

Judd se leva à son tour et lui serra la main.

— Il l'a fait pour de l'argent. J'imagine que la retraite des policiers ne doit pas être généreuse.

— Vous dites qu'il avait sur lui une enveloppe remplie de billets de banque ?

— Sa quote-part du cambriolage, c'est évident.

— Qui que soit son meurtrier, il a récupéré l'argent, en tout cas.

London souleva les cheveux qui tombaient sur son visage et elle écarquilla les yeux.

— Griff n'avait pas de famille, n'est-ce pas ? Il n'a jamais fait la moindre allusion à une femme ou à des enfants.

— Je n'en suis pas certain, mademoiselle. Nous allons prendre contact avec son employeur pour nous renseigner sur la question et, le cas échéant, prévenir ses proches. Mais d'après l'un de ses collègues, Griff avait divorcé il y a plusieurs années.

Judd reconduisit Curtis à la porte de l'appartement. Emmitouflée dans une couverture, London semblait déconnectée du reste du monde, refermée sur elle-même.

— Prenez soin de vous, mademoiselle, lui dit Curtis. J'ai appelé le capitaine Williams pour le mettre au courant de la situation. Nous vous tiendrons au courant s'il y a du nouveau. En attendant, je vous laisse entre de bonnes mains.

Après avoir salué Curtis, Judd revint aux côtés de London.

— Aimeriez-vous un verre de vin ? Une tasse de thé ? Un peu d'eau ?

Elle releva brusquement la tête.

— Je n'ai pas suivi la conversation que vous avez eue avec l'inspecteur Curtis. Mais dites-moi, c'est important : Griff était-il mort avant d'être pendu ou l'ont-ils tué par strangulation ?

— Vous n'avez pas entendu nos échanges parce que

vous n'étiez pas en état de le faire. Avez-vous vraiment envie de connaître ces détails sordides ?

Elle avait surtout besoin d'un peu de vin, songea-t-il en se dirigeant vers la cuisine pour chercher une bouteille.

— Oui, répondit-elle en se tordant nerveusement les mains. Il m'est indispensable de tout savoir, de tout comprendre.

— Où rangez-vous vos bouteilles ?

— Dans la cave à vin.

Pour Judd, une cave était une pièce sombre et froide, remplie de tonneaux, de bouteilles et de toiles d'araignée, qui se trouvait sous les maisons. Et il ne voyait pas bien comment London, vivant en appartement, pouvait bénéficier d'une cave.

Elle dut deviner sa perplexité parce qu'elle reprit :

— J'ai dans la cuisine une armoire réfrigérée à la température optimale pour conserver les plus grands crus.

Il sortit dudit frigo une bouteille de blanc et une canette de bière. Vu ce que contenait sa cave, London pouvait ouvrir un bar. D'ailleurs, elle avait aussi la possibilité de tenir un café parce qu'elle avait dans sa cuisine un percolateur de professionnel et un nombre incroyable de gadgets.

Il lui versa un verre de vin et décapsula la canette. Après cet échec retentissant, il avait besoin d'un petit remontant, lui aussi. Il avait cru que les intrus avaient cherché à terrifier London en cambriolant son appartement mais il n'avait pas imaginé qu'ils iraient jusqu'à un meurtre. Le fait qu'ils aient assassiné Griff — et qu'ils se soient arrangés pour que London découvre le cadavre — changeait la donne.

Pourquoi allaient-ils si loin ?

Etaient-ils vraiment prêts à attenter à la vie de London si elle ne renonçait pas à la direction du groupe ?

Il lui fallait absolument rencontrer au plus vite les principaux acteurs de Breck Global Enterprises, même si les coupables étaient peut-être extérieurs à l'entreprise. Il pouvait s'agir de concurrents ou d'un ancien collaborateur mis sur la touche cherchant à prendre sa revanche.

Il s'assit près de London et il posa son verre sur la table basse. Elle avait le droit de savoir à quoi elle était confrontée.

— Ils avaient tué Griff avant de le pendre. Ils l'avaient étouffé.

Elle avala une gorgée de vin et demanda :

— Pourquoi ? Pourquoi l'ont-ils assassiné ?

— Pour qu'il ne puisse pas parler, les identifier, risquer de les faire tomber. Griff avait vendu la mèche, échangé avec les flics, et il n'est pas exclu qu'ils aient voulu se venger. Mais il est plus probable qu'ils se sont débarrassés de lui pour éviter qu'il ne devienne une menace.

— Croyez-vous que Griff disait la vérité en nous racontant qu'ils étaient déguisés ? Peut-être ne portaient-ils pas de fausses barbes ni de chapeaux. Peut-être lui avaient-ils simplement demandé de ne rien dire qui puisse permettre de les démasquer. Et Griff n'a sans doute jamais eu l'intention de nous révéler quoi que ce soit sur eux.

— Si c'est le cas, il a été loyal avec des gens qui ne le méritaient pas et cette erreur de jugement lui a coûté la vie. Qui est le capitaine Williams ? ajouta-t-il en jouant avec sa bouteille de bière. Son nom me dit quelque chose.

— C'est le capitaine des Homicides à la P.J. de San Francisco. Votre frère le connaît certainement. Il s'entendait bien avec mon père et depuis des années, il tente d'obtenir des soutiens pour devenir le grand patron de la police de la ville.

— Williams, oui, j'y suis. Par ailleurs, vous avez besoin d'un nouveau Smartphone et d'un nouveau numéro, poursuivit-il après avoir avalé une gorgée de bière.

— Je m'en occuperai demain.

— Aujourd'hui, répliqua-t-il en consultant sa montre. Il est plus de minuit.

Elle caressa son verre du bout des doigts.

— J'ai l'habitude d'affronter les problèmes auxquels sont confrontés tous ceux qui sont riches et célèbres — les paparazzis, les médias, les ragots… Mais là… c'est grave.

— Très grave. Rouer de coups Theodore l'était déjà mais les agresseurs sont passés à un stade supérieur.

— Je ne comprends pas ce qu'ils veulent. Pourquoi ne me communiquent-ils pas leurs exigences, quelles qu'elles soient ?

— Peut-être n'en ont-ils pas.

— Vous voulez dire qu'ils cherchent simplement à me tuer ?

— Je ne pense pas qu'ils cherchent à vous tuer. Si tel était leur but, ils auraient eu plusieurs fois l'occasion de le faire, dans la ruelle de l'hôtel, ici ou dans le vide-ordures. A ce sujet, vous avez vraiment été folle de vous y rendre. Pourquoi avez-vous pris un tel risque après tout ce qui s'était passé ?

Il la vit rougir lorsqu'il la traita de folle.

— J'avais prévu de demander à Jerome de m'accompagner et il était tout près.

Judd broya sa canette vide entre ses doigts.

— Pas assez près. En tout cas, je reste ici cette nuit.

Elle faillit s'étrangler.

— Pardon ?

— J'ai l'intention de camper dans votre salon jour et nuit.

— Dois-je vous payer un supplément pour cette garde rapprochée ?

— Vous le verrez sur ma facture.

— Si vous devez assurer ma protection vingt-quatre heures sur vingt-quatre, autant vous installer confortablement. Je dispose de chambres d'amis dans cet appartement. Les lits sont faits.

— Je pense préférable de rester dans le salon. Sauf, bien sûr si ce canapé a une valeur inestimable qui en fait une œuvre d'art ou une pièce de musée.

Même si les tensions de la soirée assombrissaient encore son regard, elle esquissa un sourire.

— Le prix de ce canapé vous choquerait et il est inutile que vous le connaissiez mais libre à vous de l'utiliser, tant que vous retirez vos bottes avant de vous y allonger.

— Je ne retirerai pas que mes bottes.

Faisant mine de ne pas remarquer son expression, il se leva.

— Si vous voulez être en forme demain pour votre assemblée générale, vous avez besoin d'une bonne nuit de sommeil. Et comme j'ai l'intention de vous y accompagner, je vais également me coucher.

Elle prit son verre, manquant de peu de le renverser.

— Vous… m'accompagnerez ?

— Oui.

— A quel titre ?

— Garde du corps.

— Dois-je vous présenter ainsi ?

— Présentez-moi comme il vous plaira de le faire ou ne me présentez pas du tout mais je compte sur vous pour ne rien dire au sein de l'entreprise des événements de ces derniers jours.

— Il va m'être difficile de cacher que l'homme chargé de la sécurité de mon immeuble a été assassiné et que j'ai découvert son cadavre.

— Ne dites rien de plus. Ne savez-vous pas garder des secrets ?

— Bien sûr que si. Bon, je vais vous chercher un oreiller et une couverture, ajouta-t-elle en se mettant sur pied.

Elle disparut à l'étage.

Fidèle à sa promesse, Judd s'assit et retira ses bottes. Puis il poussa plusieurs coussins du canapé pour faire de la place. Le sofa était grand mais lui l'était davantage encore.

Sans doute aurait-il été plus confortablement installé dans une des chambres d'amis de London mais il la protégerait mieux en étant près de l'entrée. De plus, il ne voulait pas être dans un lit douillet et imaginer London dans un autre. Il n'avait pas besoin de distraction.

— Voilà, je vous ai également apporté un drap. Aimeriez-vous une couverture supplémentaire ?

— Inutile, merci. Il fait bon ici.

— Je vais vous aider à faire le lit.

Une fois la couche prête, Judd consulta sa montre.

— A quelle heure est votre réunion demain matin ? J'aurai besoin de passer d'abord chez moi puis je vous retrouverai dans les locaux du siège.

— Connaissez-vous l'adresse ?

— Oui, j'ai effectué quelques recherches sur vous, hier.

Elle leva un sourcil surpris.

— Avez-vous découvert quelque chose d'intéressant ?

— Voyons voir, répondit-il en levant les yeux au ciel. Beaucoup de fêtes, toutes plus folles les unes que les autres, des amis bizarres, une fugue d'un pensionnat au cours de votre adolescence, quelques arrestations, des voyages dans des pays exotiques. Vous avez mené la vie typique d'une fille riche et oisive.

Elle porta les mains sur son ventre comme s'il lui avait donné un coup de poignard et, tout en éteignant la lampe, Judd ajouta :

— Hey, je ne porte pas de jugement. Maintenant, bonne nuit, London.

Elle s'enfonça dans l'obscurité pour gagner l'escalier.

— Je suis en train de changer, murmura-t-elle. Je ne suis plus la fille dont vous avez appris les frasques dans les tabloïds.

Sans lui laisser le temps de répondre, elle grimpa les marches et une porte claqua.

Cela valait sans doute mieux qu'il n'ait pas pu répondre. Il lui aurait assuré que ce qu'elle faisait ne le regardait pas. Cela aurait été un mensonge.

Tout ce qui touchait à London Breck le concernait de près.

Judd retira sa veste de motard et l'enfonça dans l'une des sacoches de sa moto. Puis il sortit d'une autre un veston et l'enfila.

Sean l'avait aidé à acheter ce costume. Même si faire du shopping avec son frère n'était pas une partie de plaisir, Judd devait admettre que son aîné savait reconnaître les vêtements de qualité et l'avait bien conseillé en la matière. Judd préférait ne pas faire tache au milieu des collaborateurs et des salariés de Breck Global Enterprises.

Une fois en tenue, il se hâta vers le hall de l'immeuble où l'entreprise de London occupait quatre étages. Il se positionna près d'une plante verte, non loin des portes tambour qui permettaient de passer de la rue au hall.

Une grande blonde en tailleur chic et coiffée d'un chignon poussa les portes. London planta ses lunettes noires sur le haut de son crâne et rehaussa son attaché-case sur son épaule.

Quand Judd alla à sa rencontre, elle ralentit mais ne s'arrêta pas. Il lui emboîta le pas vers l'ascenseur.

Elle appuya sur le bouton puis tourna la tête pour l'inspecter de la tête aux pieds.

— Joli costume. Vous ressemblez à un agent secret avec ces lunettes noires.

Il les retira et les glissa dans sa poche.

— C'est mieux ?

— Comment avez-vous dormi cette nuit ? Je ne pensais pas que vous seriez déjà parti quand je me suis levée.

Le cœur de Judd s'accéléra dans sa poitrine.

— Tout s'est-il bien passé, ce matin ?

— Très bien. Avez-vous réussi à vous reposer cette nuit malgré les conditions spartiates ?

— Absolument.

En réalité, il avait peu dormi. Quelques bruits l'avaient mis en alerte mais il ne s'agissait que des bruits normaux de l'immeuble.

D'autres personnes les rejoignirent dans l'ascenseur.

London se pencha vers lui.

— Laissez-moi vous exposer l'emploi du temps de la matinée. Je vais commencer par consulter ma boîte e-mail, répondre à mon courrier et passer quelques coups de fil. La réunion est prévue à neuf heures. J'essaierai de vous faire le portrait de mes principaux collaborateurs et peut-être pourrez-vous patienter dans mon bureau pendant cette A.G. et consulter les dossiers de la société.

— Cela me semble parfait.

Les portes de la cabine s'ouvrirent et Judd en sortit pour laisser passer ceux qui descendaient à cet étage.

Quand ils se retrouvèrent seuls, London reprit la parole :

— Si quelqu'un vous pose la question, vous êtes un agent de sécurité supplémentaire.

— Compris. Ravi de vous rencontrer, je suis agent de sécurité supplémentaire.

— Très drôle. Avez-vous du nouveau à propos de Griff ? Les journaux en parlent-ils ?

— Je n'ai rien entendu et je n'ai rien vu dans la presse mais l'info doit circuler sur internet.

— Je ne sais rien, dit-elle en caressant ses lèvres.

Il avait bien fait d'insister pour dormir dans le salon. Cette femme — qui semblait si forte à l'extérieur mais qu'il devinait douce et fragile à l'intérieur — le rendait fou. Sa réputation de fêtarde invétérée l'agaçait mais il ne pouvait résister à son humour redoutable.

L'ascenseur les déposa au dernier étage de l'immeuble, recouvert d'une épaisse moquette. Une cloison de verre ornée du logo de Breck Global Enterprises leur faisait face.

London s'engagea sur la droite et il la suivit jusqu'à une salle de réception décorée de tableaux de maître, meublée de fauteuils de cuir, de quelques plantes vertes et d'une réceptionniste ravissante assise derrière un grand bureau en acajou.

— Bonjour, Arianna.

London sourit à la jeune femme qui aurait pu être mannequin.

— Bonjour, London, répondit-elle en regardant Judd.

— Je vous présente Judd Brody. Il va assurer ma sécurité personnelle pendant quelques mois.

Quelques mois ? Devrait-il garder des relations strictement professionnelles avec cette femme pendant des mois ? Y parvenir relèverait de l'exploit.

Il salua d'un mouvement de tête la jeune beauté qui lui sourit d'un air serein comme s'il était banal d'avoir un garde du corps personnel collé à ses basques.

London poursuivit sa traversée du bâtiment. En passant devant les portes ouvertes de ce long labyrinthe, elle salua d'un geste les uns et les autres jusqu'au moment où elle parvint à un autre salon de réception. Une autre jeune et jolie fille, bien coiffée et bien habillée, les accueillit en souriant.

— Bonjour, London.

— Bonjour, Celine. Tout est-il prêt pour la réunion ?

La dénommée Celine regarda Judd avant de reporter son attention sur London.

— J'ai tout laissé sur votre bureau. Roger y a jeté un coup d'œil, tout à l'heure.

— Merci. Voici Judd Brody. Il est… de la Sécurité.

Celine lui sourit avec chaleur.

— Aimeriez-vous un café, London ?

— Volontiers. Et vous, Judd ?

— Noir.

Celine se leva et disparut derrière une porte.

Un homme âgé aux tempes argentées, au costume impeccable et bien coupé, arriva dans les bureaux.

— Heureux de vous voir ici, London. Etes-vous prête à présider le conseil d'administration ?

— Absolument.

— Je serai assis à votre droite et je serai ainsi à même de vous guider et de vous renseigner si nécessaire.

— Merci, Richard. Richard, j'aimerais vous présenter Judd Brody, ajouta-t-elle en se tournant vers ce dernier. Il sera chargé de ma sécurité. Judd, voici Richard Taylor, vice-président de la société.

Richard le salua d'un petit sourire.

— Bienvenue à bord.

Richard avait dû comprendre que Judd était un nouvel employé ou quelque chose mais comme London ne le corrigea pas, Judd s'en abstint également.

Le vice-président avait-il envie de prendre la direction du groupe ? se demandait-il.

Avant de s'éloigner, Richard lança à London :

— A tout de suite. Le conseil se réunira à neuf heures précises.

En sortant de la salle, il faillit entrer en collision avec Celine qui revenait avec deux tasses de café.

— Pardonnez-moi, monsieur Taylor.

Celine envoya un clin d'œil à London en leur tendant leurs tasses.

London entraîna Judd dans une pièce lumineuse.

— Mon bureau, dit-elle en fermant la porte. Vous n'imaginez pas à quel point je déteste cette traversée au milieu des salariés, ajouta-t-elle avec un soupir.

— Pourquoi ?

— Je ne sais pas. Ils travaillent tous pour moi, leurs vies et le bien-être de leurs familles dépendent de mes décisions. J'ai toujours l'impression qu'ils me jugent.

— C'est sans doute le cas.

Il se percha sur son bureau et croisa les bras.

— Pourquoi me donnez-vous un titre différent chaque fois que vous me présentez à quelqu'un ?

— Je ne sais pas, répondit-elle en se laissant tomber sur son fauteuil de cuir. Vous ne voulez pas que je parle de ces menaces et je n'ai pas envie d'être perçue comme une paranoïaque.

— Vous êtes réellement dans le collimateur de quelqu'un, une cible. Il ne s'agit donc pas de paranoïa.

Introduisant son code d'accès sur son ordinateur, elle répliqua :

— Mais je ne dois pas parler de toute l'affaire.

— Si vous le faisiez, il serait amusant de voir leurs réactions. Je me demande si quelque chose pourrait fendre le masque de Richard Taylor. Il est quelqu'un de lisse, non ?

— Et il l'a toujours été. Souhaitez-vous rencontrer les autres suspects probables ? ajouta-t-elle en tournant l'écran vers lui. Je les ai tous en photo. Venez voir cette bande de gredins.

Il contourna le bureau et se pencha par-dessus son épaule pour découvrir l'organigramme orné des portraits des uns et des autres. Il tapota celui de l'homme au-dessus des autres — Spencer Breck.

— Il faut le mettre à jour.

— Et mettre ma photo à la place de celle de mon père, oui. Mais j'aurais alors l'impression de l'enterrer une seconde fois. Asseyez-vous, ajouta-t-elle en lui désignant un fauteuil.

Il le rapprocha du bureau.

Elle lui énonça les noms et les responsabilités de ses collaborateurs. Plus tard, il imprimerait cet organigramme et l'étudierait de plus près, se promit-il. Peut-être devrait-il mener des investigations sur les antécédents de chacun.

Lorsqu'elle lui désigna son cousin Niles, il leva la main.

— Parlez-moi de lui.

— Il n'est pas très bon en affaires. Mon père et lui ne s'entendaient pas. Papa ne l'a jamais apprécié. Il lui a laissé de l'argent et une participation dans ses fonds d'investissements mais aucune responsabilité au sein du groupe.

— Niles est-il fils unique, lui aussi ?

— Lui aussi ?

— Comme vous.

— Je pensais vous avoir dit l'autre soir, dans le bar, que je n'étais pas fille unique, ajouta-t-elle en posant le doigt sur un jeune brun d'une trentaine d'années. Voici mon demi-frère, Wade.

— Vous m'aviez parlé de votre demi-frère, oui. Il s'appelle Wade Vickers. Il n'est donc pas un Breck ?

— Vickers est le nom de sa mère. Il n'a jamais pris le nom de Breck.

— Parce qu'il était un bâtard ?

— D'une certaine façon. Wade est né avant le mariage de mes parents. Mon père aurait donc pu épouser la mère de Wade. Il ne l'a pas fait.

— Pourtant votre père lui a donné un poste dans la société.

— Il n'avait aucune raison de ne pas le faire. Wade est intelligent, il comprend vite et il est doué en affaires. Il est beaucoup plus dans son élément au sein d'une entreprise que moi.

— Pourtant votre père vous a laissé la direction du groupe.

— J'en ai été sidérée.

Il se tourna vers elle.

— Pourquoi occupez-vous ce poste, London ?

— Parce que mon père a souhaité que je prenne sa suite, il s'agit de ses dernières volontés, et que j'ai quelque chose à prouver, répondit-elle d'une voix tremblante. Jusqu'au bout, il a désiré que… que…

— Que vous deveniez lui ? dit-il en désignant d'un geste les surfaces brillantes et les fauteuils de cuir. C'est lui, ce bureau. Pas vous.

Elle promena les yeux dans la pièce.

— J'ai l'intention de le redécorer.

— Je ne parlais pas de la couleur de la moquette. Mais de l'entreprise, de cette réunion d'actionnaires, de l'essence même de ces fonctions.

— C'est moi.

Elle bondit sur ses pieds et frappa le bureau de ses mains.

— Je peux y arriver, vous ne savez pas de quoi je suis capable. Vous ne me connaissez pas, Judd Brody. Je ne suis pas la fille dont les photos s'étalent dans les tabloïds. Je ne suis plus cette fille-là.

Elle avait raison. De quel droit la conseillait-il, la jugeait-il ? Et pourquoi s'en souciait-il ?

— D'accord, d'accord, dit-il avec un haussement d'épaules. Peut-être est-ce vous. Comment pourrais-je le savoir, d'ailleurs ?

— Revenons à ce que vous savez. Il y a quelque chose à propos de ces types qui vous interpelle ? Sincèrement, je n'imagine aucun de ces braves gens me menacer, aller si loin pour me faire peur. Certains d'entre eux m'ont dit en face que ce poste n'était pas pour moi, que je serais incapable de diriger le groupe et ils m'ont conseillée de renoncer, un peu comme vous.

— Attendez, je n'ai jamais dit ça. Vous êtes tout à fait capable de faire ce que vous voulez dans la vie, dès lors que vous êtes décidée à y arriver, que vous êtes motivée, que vous vous donnez les moyens d'y parvenir. Je ne pensais pas que le monde de l'entreprise vous convenait mais je n'en sais rien et vous avez eu raison de me remettre à ma place. En tout cas, ajouta-t-il en lui montrant l'écran, n'importe lequel de ces types a le mobile, de bonnes raisons de chercher à se débarrasser de vous. Comment vous entendez-vous avec votre frère ?

Elle réajusta une mèche de cheveux qui s'était échappée de son chignon. Cette coiffure ne lui allait pas.

— Wade ressemble plus à notre père que moi. Il a dix ans de plus que moi, une femme, des enfants. C'est un brave type, un peu terne.

— Entre les quatre murs d'un bureau, tout le monde devient terne. Etes-vous en bons termes ?

— Oui, je peux le dire.

— Votre père l'a-t-il couché sur son testament ? Votre frère est-il content de travailler avec vous ?

— Wade est très à l'aise financièrement, grâce à papa, et il est heureux de son sort, ajouta-t-elle en se perchant sur le bureau. J'aimerais pouvoir vous désigner un méchant mais je n'en vois pas dans le groupe.

La porte du bureau s'ouvrit avec fracas et un homme massif surgit, Celine sur les talons.

Cette dernière se répandit en excuses.

— Je lui ai demandé de patienter, London, mais…

L'intrus se jeta sur London et l'embrassa avec effusion sur la bouche.

— Tu m'as tellement manqué, La-La. Je viens d'atterrir, je suis venu directement de l'aéroport.

Judd se leva, les poings serrés. Qui était ce type et qui était La-La ?

— London ?

En rougissant, elle se tourna vers Judd, les mains posées sur le torse de l'intrus.

Le nouveau venu se tourna vers Judd comme s'il découvrait sa présence et il leva un sourcil surpris.

— Qui est-ce ?

Judd redressa les épaules et s'avança.

— Et vous, qui diable êtes-vous ?

L'homme lâcha enfin les épaules de London et fit face à Judd.

— Le fiancé de London.

7

London leva les yeux au ciel.

« C'est reparti pour un tour », songea-t-elle, agacée.

Elle devait dire quelque chose, vu que Judd semblait sur le point de prendre Roger à la gorge et Roger de gifler Judd de son gant.

Elle s'avança entre les deux hommes.

— Pas exactement, Roger.

— Tu veux dire « Pas encore ».

Il lui souleva le menton du bout des doigts, un geste que Judd avait eu un moment plus tôt. A la différence qu'avec Roger, elle avait l'impression d'avoir deux ans.

— Roger, je te présente Judd Brody que je viens d'engager pour assurer ma sécurité. Judd, voici Roger Taylor, le directeur financier de Breck Global et le fils de Richard.

Judd lui tendit la main.

— Désolé du quiproquo. Mlle Breck ne m'avait jamais parlé de ses fiançailles aussi la vue d'un homme surgissant dans son bureau pour se jeter sur elle m'a inquiété.

Roger fixa les tatouages qui ornaient les bras de Judd.

— Pas de problème. London a bien le droit de se protéger. Mais si je comprends bien, vous n'êtes pas salarié de Breck Global, n'est-ce pas ? A moins que vous n'ayez été embauché lorsque j'étais à l'étranger.

— En effet, il a intégré l'entreprise pendant ton absence.

Se tournant vers Judd, elle posa un doigt sur ses lèvres. Tout serait infiniment plus simple si Roger ignorait qu'elle ne faisait pas confiance à l'équipe chargée de la sécurité au sein du groupe. En tout cas, pas pour protéger sa vie. Elle avait simplement besoin de s'en tenir à la même histoire avec tout le monde.

Judd baissa la tête.

— Je viens d'être recruté.

London poussa un soupir de soulagement.

— Je te verrai en conseil dans un instant, Roger. Mais en attendant, j'ai deux ou trois petites choses à dire à Judd.

Roger voulut de nouveau la prendre dans ses bras mais cette fois, London l'évita d'un mouvement souple. Elle détestait qu'il se montre si entreprenant, surtout sous le nez de Judd.

Roger lui envoya un clin d'œil.

— Ne t'inquiète pas, ma chérie. Je veillerai personnellement sur toi au cours du conseil d'administration.

Affichant un sourire poli, elle hocha la tête.

Roger sortit du bureau en criant à Celine.

— Apportez-moi un café, mon petit.

London claqua la porte et posa la tête contre le battant de bois avec un gros soupir.

— Maintenant, je vais devoir calmer Celine qui ne supporte pas de recevoir des ordres de Roger. Il a d'ailleurs sa propre assistante.

— Etes-vous fiancés ?

— Non. Il se plaît à répéter que nous nous comprenons et avons beaucoup de points en commun mais c'est faux. Nous sommes sortis ensemble il y a quelques années et nous avons eu mille fois l'occasion de constater que nous ne sommes pas compatibles et ne le serons jamais.

— Je n'arrive pas à imaginer comment un type comme lui, aussi coincé, peut s'imaginer heureux avec une femme aussi incontrôlable que vous.

Comme elle ouvrait la bouche pour protester, Judd leva les mains dans un geste d'apaisement.

— Je parlais de l'ancienne London.

Elle repoussa une mèche pour la énième fois depuis le début de la matinée.

— Il aime mon côté fofolle, fêtarde. Il me dit souvent que mes bêtises le fatiguent mais en réalité, mes nombreuses mésaventures lui permettent de se montrer paternel, de me gronder, de me sermonner.

— Curieuse relation…

— Cela explique en partie mon implication dans les affaires, dit-elle en montrant d'un geste le bureau. Si je continue à faire n'importe quoi, il en profitera pour me maintenir davantage encore sous sa coupe et pour contrôler plus étroitement le groupe. En tout cas, il en est persuadé.

— Désire-t-il le pouvoir au point de tuer pour l'obtenir ?

— Roger ? Je ne le perçois pas comme un tueur. Par contre, il est certainement prêt à m'épouser pour parvenir à ses fins.

Les yeux de Judd pétillèrent.

— Et serait-ce une telle épreuve pour lui ?

Une douce chaleur envahit London et elle rougit. Pour se donner une contenance, elle s'assit et ouvrit un tiroir.

— M'avoir pour femme ne serait pas simple pour lui, en effet — je ne suis pas un cadeau — mais je lui épargnerai ce sacrifice.

Elle tira une feuille de papier et la posa sur son buvard.

— Vous pourrez travailler ici pendant que je présiderai ce conseil.

— Combien de temps va-t-il durer ?

— Environ deux heures, répondit-elle avec une petite grimace. Puis je passerai à l'hôpital rendre visite à Theodore. Voulez-vous m'accompagner ?

— Absolument. Je suis votre garde du corps, l'auriez-vous oublié ?

Lorsqu'il la dévorait des yeux ainsi, qu'elle voyait ses muscles sous son costume, qu'il se montrait si possessif, elle n'avait pas envie d'oublier.

Elle n'avait pas fermé l'œil de la nuit, tant le savoir dans son salon l'avait perturbée. Elle comprenait son souhait de cantonner leurs relations dans un cadre strictement professionnel. Toutes ses clientes devaient avoir envie de se jeter sur lui et il ne pouvait pas accepter toutes les propositions qui lui étaient faites.

Celine frappa à la porte, brisant le charme.

— Entrez.

— Le conseil d'administration se réunit dans dix minutes, London. Vous désirez sans doute y arriver la première.

— Merci, Celine. Désolé pour Roger.

— Qu'il est pénible !

— Je sais, je lui parlerai.

Elle désigna Judd qui avait retiré son veston.

— Judd va travailler dans mon bureau pendant le conseil. Après, je serai absente le reste de la journée.

Celine écarquilla les yeux derrières ses lunettes comme si la vue des muscles de Judd sous sa chemise la troublait. Elle déglutit avec difficulté.

— D'accord. Si vous avez besoin de quelque chose, d'un autre café, d'eau, de crayons…, dites-le-moi.

D'un massage, d'un oreiller pour votre tête, d'une mère pour vos enfants…

Les pensées de Celine qui transparaissaient sur son visage auraient pu être celles de London.

London attrapa son attaché-case. Peut-être valait-il mieux donner l'air de savoir ce qu'elle faisait, même si elle était complètement perdue.

Judd leva les yeux, manifestement conscient de ce qu'il provoquait chez les deux femmes.

— Imposez-vous. Montrez-leur que vous êtes le patron.

London replaça une barrette dans ses cheveux.

— J'y compte bien.

Avec un soupir, Judd se leva pour se poster à la fenêtre. La vue était spectaculaire. Mais il avait du mal à rester longtemps sans bouger dans un bureau et il se sentait déguisé en costume.

Etre P.-D.G. d'un groupe international ne convenait pas à London. Ses compétences, son intelligence ou son côté incontrôlable n'avaient rien à voir avec ce constat. Mais elle n'avait pas le profil, elle n'avait pas la personnalité requise pour le poste. Elle était trop éprise de liberté, trop sauvage pour accepter de vivre en cage.

Pourquoi un brillant homme d'affaires comme Spencer Breck avait-il voulu laisser la direction de son entreprise à sa fille ? Peut-être l'avait-il fait par méchanceté.

Le père et la fille ne s'étaient peut-être jamais entendus. Elle n'avait pas paru brisée par la mort de Spencer. Bien sûr, qui était-il pour juger de son chagrin ? Les grandes douleurs sont souvent muettes. De toute façon, il refusait de critiquer qui que ce soit sur ce plan.

Ses frères avaient été bouleversés quand le véritable Tueur de l'Annuaire s'était dénoncé mais lui n'en avait pas été affecté. La nouvelle ne lui avait fait ni chaud ni froid. Son père s'était suicidé. Comment avait-il pu faire un coup pareil à sa famille ?

Au bout du compte, Joey Brody avait été un bon inspecteur de police. Quand le Tueur de l'Annuaire avait commencé à semer la mort, il s'était mis à communiquer avec l'inspecteur Brody. Les responsables de la Police Judiciaire de San Francisco avaient vite nourri des soupçons. Puis des preuves incriminant son père s'étaient multipliées. S'il était innocent, pourquoi ne s'était-il pas battu pour le prouver au lieu de sauter du haut du Golden Gate ?

Celine frappa à la porte pour la dixième fois depuis une heure et il l'invita à entrer. Elle n'était pas seule.

— Judd ? Désolée de vous déranger encore mais nous devons déposer quelque chose dans le bureau de London.

La quinquagénaire qui accompagnait Celine fixa Judd d'un air sévère.

— Qui êtes-vous ?

Celine rougit.

— Je vous l'ai dit, Mary. Judd travaille pour London.

Mary considéra la silhouette musclée de Judd.

— A quoi ?

Avec un petit rire, Celine expliqua :

— Il assure sa sécurité.

La vieille femme se retourna et lança sèchement à Celine :

— Ce sera tout, Celine. Merci.

Jetant un dernier regard à Judd par-dessus l'épaule du dragon, Celine se retira.

Une fois la porte close, Mary se redressa et croisa les bras sur son opulente poitrine.

— Un agent chargé de la sécurité reste-t-il seul dans le bureau de sa patronne ? Dans ces conditions, comment pouvez-vous protéger London ?

Judd posa les pieds sur le bureau et croisa ses mains derrière la tête.

— Celine a oublié ses manières. Qui êtes-vous et que voulez-vous laisser à London ?

Son interlocutrice se redressa sur toute sa hauteur.

— Je m'appelle Mary Kowalski et j'ai été la secrétaire de M. Breck pendant plus de quarante ans. Je n'étais pas son assistante mais sa secrétaire. Je prenais ses lettres en sténo, je tapais cents mots à la minute et oui, je lui préparais ses cafés et je passais souvent chez le teinturier. Il faut vous dire qu'à l'époque où j'ai été embauchée, les secrétaires en avaient l'habitude et que j'étais fière de faire correctement mon travail. J'ai continué à exercer ces responsabilités jusqu'au moment où j'ai pris ma retraite.

Judd leva les sourcils en écoutant les propos de Mary.

Retirant ses pieds du bureau, il se leva.

— Je suis ravi de faire votre connaissance, madame. Je suis Judd Brody et Mlle Breck m'a engagé pour être son garde du corps personnel.

— Vous avez le physique de l'emploi, répondit-elle. C'est pratique.

Elle fouilla dans son énorme besace pour en tirer une enveloppe.

— Vous êtes l'un des fils Brody. J'ai suivi cette affaire de près. Votre père était un excellent policier et j'ai toujours été persuadée qu'il n'était pas le tueur.

— Il était bien mon père, madame.

— Cessez de me servir du « madame » et appelez-moi Mary.

Elle s'assit en face de lui.

— Comment va London ? Se promène-t-elle toujours juchée sur ses échasses ?

— Ses échasses ?

— Etes-vous garde du corps ou perroquet ?

Il se mit à rire.

— Je crois qu'elle va bien.

— Non, bien sûr que non. Elle n'est pas faite pour ce travail. Je ne sais pas quelle mouche a piqué M. Breck en lui laissant les rênes du groupe.

Comme Judd se posait la même question, il n'en apprécia que davantage cette Mary, même s'il lui rappelait Mme Treated, une institutrice qui l'avait longtemps terrifié.

— London est majeure et vaccinée. Elle est assez grande pour décider de son sort mais je suis là pour m'assurer qu'elle est en sécurité.

— Cela semble indispensable. J'ai entendu dire que Theodore s'était fait agresser avant-hier soir.

Elle n'était manifestement pas au courant de ce qui concernait Griff.

— Il est à l'hôpital.

Elle posa l'enveloppe près d'un cadre à photo sur le bureau. La photo représentait Spencer Breck serrant la main d'un homme en uniforme qui venait de recevoir une promotion, apparemment.

— Alors London a bien fait de vous embaucher. C'est la première chose sensée qu'elle ait faite depuis la mort de son père.

— Tous deux étaient-ils proches ?

Elle passa la main sur sa jupe.

— Elle ne le reconnaîtrait pas facilement mais il aimait et admirait sa fille.

— Admirait ?

Cela semblait un sentiment étrange d'un père pour sa fille. En général, les enfants admiraient leurs parents. Pas le contraire. Cela dit, lui n'éprouvait aucune admiration pour son père.

— Il admirait son honnêteté et son courage de faire ce qu'elle voulait. Ce n'est que lorsqu'elle essaie de faire plaisir aux autres qu'elle perd ses moyens. Comme maintenant.

Judd partageait totalement son avis mais il savait que personne ne pourrait dissuader London de prendre la direction du groupe, pas même un tueur.

Consultant sa montre, il poursuivit :

— Elle devrait revenir bientôt. Souhaitez-vous l'attendre ?

— Non, répondit-elle en se levant. J'étais seulement venue lui apporter cette lettre.

— Saura-t-elle de quoi il s'agit ?

— Je ne sais pas moi-même de quoi il s'agit. Son père me l'a confiée il y a deux ans et il m'avait demandé de la remettre à London après sa mort.

— Peut-être est-ce le sursis qu'elle attendait. Peut-être y annule-t-il son souhait de la voir diriger le groupe.

— Je l'espère. En tout cas, depuis que j'ai pris ma retraite, l'année dernière, j'ai demandé à M. Breck s'il voulait toujours que je remette cette enveloppe à London quand il ne serait plus là et il me l'a confirmé. Il a maintenu ses instructions et si j'étais morte la première, il les aurait données à une autre, j'en suis certaine.

— Mary !

London se jeta au cou de Mary pour l'embrasser avec chaleur.

— Que faites-vous ici ? Votre présence signifie-t-elle que vous êtes d'accord pour revenir travailler dans l'entreprise ?

Mary sourit pour la première fois qu'elle était entrée dans le bureau et caressa affectueusement les cheveux de London.

— Tu as l'air en forme, un peu fatiguée peut-être.

— Les derniers jours ont été de la folie pure. Mais avez-vous fait la connaissance de Judd Brody ?

— Nous parlions de toi, justement. Cet homme est bien musclé, tu as bien fait de lui demander d'assurer ta protection.

— Mais vous, qu'est-ce qui vous amène ?

— Ton père m'avait chargée de te remettre cette enveloppe. J'ignore ce qu'elle contient. Il me l'avait donnée il y a quelques années avec la consigne de te la remettre après sa mort.

— Cela semble bien mystérieux. Pourquoi ne l'avait-il pas confiée à son avocat ?

— Je ne me serais jamais permis de l'interroger, je restais à ma place.

Comme London s'emparait de la missive, Mary ajouta :

— Ne l'ouvre pas en ma présence. Il s'agit d'un sujet privé qui doit le rester.

— D'accord, j'attendrai pour en prendre connaissance. Puis-je vous inviter à déjeuner ?

— Non, je vais me balader avec des amies le long de la baie cet après-midi.

— C'est formidable, Mary.

— En tout cas, mon médecin est content. Prenez soin d'elle, Judd Brody. Elle mérite la lune et les étoiles.

London accompagna Mary aux portes de la société et revint en riant.

— Mary est vraiment une personnalité. Vous a-t-elle fait peur ?

— Elle m'a un peu donné l'impression d'être retourné à l'école maternelle.

Elle pencha la tête.

— Je ne vous imagine pas en petit écolier. Etiez-vous timide et solitaire ?

— Et le dernier de la classe. Alors comment s'est passé votre conseil d'administration ?

— Les exposés m'ont paru longs, ennuyeux et souvent incompréhensibles, dit-elle en se laissant tomber sur son fauteuil. Mais intéressants, ajouta-t-elle en redressant les épaules. Et très instructifs.

Il désigna l'enveloppe.

— Allez-vous ouvrir la lettre de votre père ?

— Le père de London est mort, non ? lança Niles en entrant dans le bureau.

— Voulais-tu ajouter quelque chose après ce conseil d'administration, Niles ?

— Non mais j'ai entendu dire que tu avais engagé un garde du corps et j'avais envie de faire sa connaissance.

— Judd Brody, mon cousin Niles Breck.

Judd le salua d'un signe de tête mais il ne se leva pas. London n'avait pas à le présenter comme s'ils sortaient ensemble.

— Pourquoi as-tu besoin d'un garde du corps particulier, London ? Bunny m'a raconté ce qui s'était passé dans la ruelle après le gala. Je t'avais dit de sortir par la porte principale. Les paparazzis sont pénibles, je te l'accorde, mais eux, au moins, ils ne s'attaquent pas à tes bijoux.

— Il y a eu autre chose. De toute façon, ce n'est pas toi qui le paieras alors ne t'inquiète pas.

— Qu'est-ce que j'ai entendu en entrant ? As-tu vraiment reçu une lettre de ton père ? D'outre-tombe ? Comment a-t-il réussi ce tour de force ?

Un grand brun surgit derrière Niles et lui tapota l'épaule.

— As-tu les chiffres que je t'ai demandés ?

— Es-tu venu voir le nouveau garde du corps de London, toi aussi, Wade ?

Grand et mince, le frère de London esquissa une grimace.

— Non mais elle a eu raison de l'engager.

— Brody, dit Niles. Si je ne m'abuse, votre frère est inspecteur de police et votre père…

— C'est exact, répondit Judd en croisant les bras.

Wade se raidit mais encouragea Niles à le suivre hors du bureau.

— Alors ces chiffres ? Je les veux tout de suite.

— Le devoir m'appelle. Je te laisse avec ce message d'outre-tombe, ma cousine.

Quand la porte se referma sur les deux hommes, Judd poussa un soupir.

London prit l'enveloppe.

— Je pensais qu'il s'agissait d'un formulaire administratif supplémentaire à signer mais apparemment, non…

— J'ignore ce que contient cette missive. Je peux vous laisser si vous préférez la lire seule.

— Si vous imaginez qu'il s'agit d'un message d'amour paternel, détendez-vous. Ce n'était pas du tout le genre de mon père.

Elle s'écarta pour décacheter l'enveloppe et elle en tira un feuillet écrit de la main de son père.

Un grand silence tomba et Judd la regarda d'un air interrogateur.

London avait blêmi et ouvrait des yeux grands comme des soucoupes.

— Qu'est-ce qui ne va pas ?

— C'est une blague ou quoi ?

— De quoi parlez-vous ?

Elle brandit le feuillet.

— Est-ce un échantillon de votre humour, Brody ?

— London, je ne sais pas de quoi vous parlez.

— Tenez.

Il prit la lettre et la lut à voix haute.

— « L'inspecteur Joseph Brody est innocent. Il n'a commis aucun meurtre. Dis-le à ses fils, ils méritent de le savoir ».

Il laissa tomber le feuillet et prit une profonde inspiration. Qu'est ce que son père avait eu à voir avec Spencer Breck ?

8

London battit des paupières. Judd semblait aussi sidéré qu'elle.

Que signifiait cette lettre ? Pourquoi le dernier message qu'avait voulu lui transmettre son père concernait-il Joseph Brody ? Et quelle était la probabilité pour que l'un des fils de l'inspecteur Brody soit en face d'elle quand elle en prendrait connaissance ?

— Comment se fait-il que mon père me parle du vôtre ? Pouvez-vous me l'expliquer ?

Judd tomba lourdement dans un fauteuil et passa les mains dans ses cheveux.

— Que voulez-vous dire ? Sous-entendez-vous que j'aurais pu écrire moi-même cette lettre et vous l'adresser ? Est-ce ce que vous croyez ? Mary a apporté cette missive, je ne l'avais jamais vue de ma vie et je n'avais pas la moindre idée de ce qu'elle contenait. Et j'ignorais que votre père avait connu le mien, ce qu'il savait de lui et pourquoi il aurait souhaité vous en parler.

Elle se massa les tempes.

— C'est de la folie ! Pourquoi m'a-t-il envoyé cette lettre au sujet de votre père après sa mort ?

— Pourrait-il s'agir d'une sale blague émanant de quelqu'un d'autre ?

— Une blague ? Qu'y a-t-il de drôle dans cette histoire ?

— A vous de le dire. Après tout, vous pensiez que j'avais quelque chose à y voir.

— Pourquoi mon père a-t-il voulu me parler de cette affaire ? Et pourquoi ne l'a-t-il pas fait de son vivant ?

— A-t-il fait un jour allusion devant vous au Tueur de l'Annuaire ou à mon père ?

— Je ne m'en souviens pas. Peut-être était-il en contact avec votre frère, l'inspecteur de police ? Papa soutenait financièrement la Police Judiciaire de San Francisco. Il était proche du capitaine Williams et à une époque, il a même fait partie de la commission de police de la ville, chargée de superviser les activités de tous les corps de police, comme vous le savez.

Judd ramassa le feuillet, le lissa de la main et le reposa sur le bureau.

— J'ignore si Spencer Breck connaissait Sean mais je compte bien interroger mon frère.

— Papa est mort avant que votre autre frère, Eric, ne découvre la vérité au sujet du Tueur de l'Annuaire. Si mon père avait vécu assez longtemps pour apprendre que le véritable assassin était passé aux aveux, peut-être aurait-il détruit cette lettre. Mais une question demeure : pourquoi a-t-il voulu me tenir au courant de l'innocence de votre père ? De plus, le fait que j'engage un des fils de Brody pour me protéger est une coïncidence incroyable. Mon père me guidait-il de là-haut, le soir du gala de charité ?

— Croyez-vous à ce genre de choses ? Ma future belle-sœur est… médium, d'une certaine façon.

— Oui, j'en ai entendu parler. Si ma mémoire est bonne, elle a contribué grâce à ses dons à coincer un tueur en série lié à l'univers de l'occulte, à un cercle de sorcières, qui avait enlevé sa fille.

— Votre père entretenait-il des relations étroites avec la Police Judiciaire ?

— Très étroites du vivant de ma mère. Chez lui, il y a de nombreuses photos qui le représentent, ma mère à son bras, au milieu de hauts gradés de la police.

Elle montra un cliché encadré sur le bureau.

— Voici d'ailleurs mon père et le capitaine Williams, ajouta-t-elle.

— Aidait-il déjà financièrement la Police Judiciaire, il y a vingt ans ?

— Absolument. C'était au moment où votre père…

— Oui, répondit-il en serrant les mâchoires. Cette lettre innocente mon père, confirme qu'il n'était pas le Tueur de l'Annuaire mais elle n'explique pas pourquoi il s'est suicidé.

Judd en revenait toujours à ce suicide. Il ne pourrait jamais pardonner ce geste à son père, songea London. Ils avaient cela en commun.

— C'est une coïncidence hallucinante à moins que votre belle-sœur ait raison. Des forces mystérieuses sont en jeu dans l'univers.

— Ces forces mystérieuses n'expliquent pas comment votre père savait que le mien était innocent ni pourquoi il pensait qu'il était si important de vous le dire ni pourquoi il vous a demandé de transmettre l'information à mes frères et à moi.

— Mary est peut-être au courant de quelque chose. Theodore aussi. Tous deux travaillaient pour mon père depuis toujours.

— Allons rendre visite à Theodore.

Une demi-heure plus tard, London regarda Judd garer sa moto devant l'hôpital et ranger son casque dans le coffre de la moto. Le voir en costume sur une Harley semblait incongru mais ne l'en rendait que plus séduisant. Si elle n'avait pas été en tailleur, elle aurait grimpé derrière lui pour venir au lieu de prendre un taxi.

Elle adorait rouler derrière Judd sur son engin. Depuis quelques jours, rien n'allait dans sa vie, tout partait en vrille, mais leurs balades à moto avaient été des parenthèses enchantées au milieu de ce cauchemar, un rayon de soleil dans l'eau froide.

Après avoir lu la lettre de son père, elle était à présent certaine que le destin avait voulu qu'elle rencontre Judd Brody. Il avait été auprès d'elle quand Theodore s'était fait attaquer et lorsqu'elle avait découvert son appartement dévasté. Il ne ressemblait pas à un ange gardien mais il l'avait sauvée par deux fois.

— Comment se fait-il que votre taxi soit arrivé si vite à l'hôpital ? demanda-t-il en l'entraînant vers les portes tambours.

— Je lui avais dit que le pourboire serait inversement proportionnel au temps de parcours.

— Et il a eu droit à une belle prime ?

— Je suis toujours très généreuse en matière de pourboire. Les riches se doivent de l'être.

— Je m'en souviendrai.

— Certains jouent les radins mais je trouve ce comportement insupportable.

— Je saurais également m'en souvenir. Vous m'éclairez beaucoup sur les riches.

— Pourtant, j'ai l'impression que votre métier vous pousse à en rencontrer un certain nombre.

— Oui mais aucun ne m'avait encore confié les secrets de cette caste, dit-il en appelant l'ascenseur.

— Je sais, je parle trop, répondit-elle en entrant dans la cabine.

— Vous êtes la riche la plus normale que je connaisse. J'ignorais qu'il en existait.

Elle fit gonfler ses cheveux et elle s'esclaffa.

— Je ne suis pas comme les autres, c'est vrai.

— C'est sympa de vous entendre rire.

Penchant la tête, il ajouta :

— Le retour de votre bonne humeur signifie-t-il que vous ne croyez plus que j'aie manigancé pour rédiger cette lettre de votre père et vous la faire parvenir ?

— Je ne l'ai jamais pensé.

— Mais si, je l'ai senti dans le ton de votre voix et dans votre regard. Vous avez imaginé que je vous avais joué un sale tour, manipulée.

— Cette lettre m'a surprise, choquée, je ne le nie pas.

— Il y a encore autre chose à propos des riches.

— Et quoi ?

Les portes s'ouvrirent et Judd l'invita à sortir de la cabine.

— Vous vous demandez toujours si les autres ne cherchent pas à se servir de vous.

Les larmes aux yeux, elle passa rapidement devant lui pour lui cacher que sa pique l'avait touchée au cœur. Elle refusait de lui montrer sa faiblesse et de paraître pathétique.

Elle haussa les épaules.

— Vous vous dites que si je connaissais les fins de mois difficiles qui sont le lot de la plupart des gens, je n'aurais pas le temps de me demander si je suis aimée pour mon argent. Les soucis d'une pauvre petite fille riche vous semblent ridicules.

— Hey, je n'ai jamais prétendu une chose pareille ! Riches ou pauvres, nous avons tous nos problèmes.

Se sentait-il obligé de la réconforter ?

Devant la porte de Theodore, elle se tourna vers lui.

— Et lui aussi a ses problèmes.

Ils trouvèrent une femme au chevet de Theodore. Elle se leva en les voyant.

— Vous êtes certainement London Breck.

— Et vous, Shannon, répondit-elle en lui serrant la main. Je suis navrée de ce qu'il est arrivé à votre père.

— Papa est un ex-Marine. Il n'est pas du genre à reculer face à des petits malfrats et à les laisser voler une voiture sans se battre.

— Ils ont eu tort de s'en prendre à moi, renchérit Theodore. Ils ne s'attendaient pas à ce que je réagisse.

London étudia le visage meurtri du chauffeur.

— Vous avez l'air un peu mieux.

— J'ai hâte de quitter cet hôpital. La nourriture est infecte.

London se tourna vers Judd.

— Shannon, je vous présente Judd Brody.

Shannon serra avec force la main de Judd.

— Merci infiniment. Papa m'a raconté que vous lui aviez sans doute sauvé la vie en lui prodiguant les premiers soins dans le bar.

— Je n'irais pas jusqu'à là. Les urgentistes sont arrivés très vite sur place.

— Je vous suis redevable, Brody, insista Theodore.

— Et moi, je vous dois tout, London, ajouta Shannon. Grâce à vous, papa bénéficie d'une chambre particulière. Les infirmières nous ont dit que son séjour serait intégralement pris en charge et je sais que c'est grâce à vous.

— Votre père travaille pour le groupe depuis si longtemps que je le considère comme un ami.

— Et merci infiniment de nous avoir prévenues aussi vite.

— Je suis soulagée que vous ayez pu venir sur-le-champ et bien sûr, je vous rembourserai vos frais d'hôtel.

Shannon voulut protester mais London l'en empêcha.

— C'est réglé. Maintenant, voulez-vous aller vous restaurer pendant que nous parlons avec votre père ?

Shannon se tourna vers Theodore qui la congédia d'un geste.

— Vas-y chérie. Je suis fatigué de te voir t'agiter près de moi.

— Je vous le confie, London.

Quand Shannon quitta la pièce, London approcha une chaise du lit.

— Vous sentez-vous mieux, Theodore ?

— Mais oui, ça va.

— Tant mieux, dit-elle en sortant l'enveloppe de son sac. J'ai quelque chose à vous demander à propos de papa.

— Allez-y, je vous écoute.

— Papa vous a-t-il parlé un jour de Joseph Brody et de l'affaire du Tueur de l'Annuaire ?

Si elle s'attendait à voir la surprise sur les traits de Theodore, elle en fut pour ses frais. Il resta impassible.

— L'a-t-il fait ? insista-t-elle.

Theodore se tourna vers Judd.

— Il était au courant de l'histoire. Tout le monde l'était. Il faisait partie de la commission de la police, à l'époque.

— Vraiment ? Et qu'en pensait-il ?

— Quand les premières preuves accusant Brody sont

sorties, dit-il en regardant Judd, il en a été surpris comme tout le monde. Il trouvait dommage qu'un bon inspecteur de police ait réussi à duper ses supérieurs et il jugeait cette affaire très embarrassante pour la P.J. de San Francisco tout entière.

Judd s'adossa au mur.

— Croyait-il mon père coupable ?

— Au départ, oui. Il s'était laissé influencer par les rumeurs et par certains articles de journaux. Mais il se trompait. La suite a prouvé que le mari de la première victime avait voulu dissimuler le mobile réel de son crime — un sordide drame conjugal — en tuant plusieurs inconnues.

London posa les mains sur les draps.

— Nous le savons, à présent, oui. Mais êtes-vous en train de nous dire que, il y a vingt ans, papa pensait que Joseph Brody était le Tueur de l'Annuaire ?

— Oui. Désolé, Judd.

— Inutile de vous excuser, répondit ce dernier. Beaucoup de gens le croyaient coupable. Il s'est suicidé, une façon de signer des aveux.

— C'est étrange, dit London en sortant l'enveloppe que lui avait remise Mary. Apparemment, papa a pourtant changé d'avis par la suite, ajouta-t-elle en la tendant au chauffeur. J'aimerais comprendre pourquoi.

Theodore prit ses lunettes sur la table de chevet et se mit à lire.

— Où avez-vous trouvé cette lettre ?

— Mary Kowalski me l'a apportée. Papa lui avait demandé de la garder et de me la donner après sa mort. Curieux, non ?

Theodore fronça les sourcils.

— Cela n'a aucun sens.

— Exactement. J'espérais que vous pourriez nous éclairer à ce sujet mais votre témoignage ne fait qu'épaissir le mystère.

— Pas vraiment, intervint Judd en s'approchant du lit.

Vous dites que M. Breck faisait alors partie de la commission de la police de la ville. Qui d'autre en était membre ?

— Je n'en sais rien mais vous n'aurez aucun mal à trouver la réponse. En quoi vous aiderait-elle ?

— Je n'ai rien de précis en tête. Mais si Spencer Breck avait compris que mon père était innocent, d'autres personnes de cette commission en étaient peut-être également persuadées.

Avec un soupir, il recula et poursuivit :

— Vous savez, au fond, cela n'a plus beaucoup d'importance. Le véritable tueur a avoué ses crimes et le nom de mon père a été blanchi. Alors que Spencer Breck ait compris avant les autres que Joey Brody était innocent est un détail, non ?

London plissa les yeux. Pendant un instant, Judd avait cessé de faire mine de se moquer comme de l'An Quarante de la réputation de son père. Mais déjà, il réintégrait son personnage de détective privé cynique et désabusé.

— Je trouve quand même étrange que papa ait tenu à me laisser un message d'outre-tombe à ce propos. J'aurais compris qu'il me laisse des mots d'amour ou me parle de ma mère. Manifestement, cette histoire l'ennuyait, lui pesait.

— Maintenant votre père est mort, le mien aussi et il a été disculpé, insista Judd. Tout cela n'a plus aucune importance.

Theodore hocha la tête.

— Je partage l'avis de Judd, London.

— Bon, je me suis peut-être emballée pour rien, répondit-elle en arrachant la lettre des mains de Theodore pour la fourrer dans son sac. Comptez-vous retourner à Atlanta pour rendre visite à votre fille en quittant l'hôpital ? Vous n'avez pas encore fait la connaissance de votre deuxième petit-fils.

— Je reconnais le ton que vous employez, dit-il avec un clin d'œil complice à Judd. Il s'agit d'un ordre.

— En effet.

Etre le patron avait parfois du bon, songeait London.

— Avant de quitter la ville, passez-moi un coup de fil. Au bureau. J'ai eu des problèmes avec mon Smartphone.

Elle préférait ne pas mettre Theodore au courant du cambriolage. Il serait capable de rester à San Francisco pour la protéger.

Elle avait déjà un garde du corps.

— D'accord. Je devrais sortir d'ici demain mais je retournerai quelques jours chez moi avant de m'en aller.

— Je prendrai bien sûr à ma charge tous vos frais. J'insiste, Theodore.

— Bien, madame.

Ils attendirent le retour de Shannon pour dire au revoir à Theodore.

Dans l'ascenseur, Judd se tourna vers elle.

— Vous ne vouliez pas lui dire que vous aviez été cambriolée.

— A quoi bon l'inquiéter ?

En sortant de l'hôpital, Judd hésita.

— Retournez-vous directement à votre appartement ?

— Oui, je meurs de faim.

— Je mangerais bien un morceau, moi aussi. Je pensais passer par mon bureau prendre le matériel dont je vous ai parlé hier, le matériel qui permettra de détecter d'éventuels dispositifs d'espionnage laissés par les cambrioleurs.

— Pourquoi ne pas nous retrouver ensuite dans un restaurant de votre quartier ? Je m'y rendrai en taxi.

— Si vous voulez. Il y a un restaurant italien au bout de ma rue, le Napoli.

— Je connais, j'y réserverai une table.

Elle s'engouffra dans un taxi tandis que Judd enfourchait sa moto. Après avoir donné l'adresse au chauffeur, elle se cala sur la banquette, songeuse. Theodore et Judd n'avaient rien voulu voir d'intéressant dans la missive de son père mais ils avaient tort. Si elle n'avait jamais été proche de son père, elle le connaissait bien. Laisser une lettre à lui remettre après sa mort n'était pas un geste anodin pour lui. Le message était forcément important.

Pourquoi ne lui avait-il pas parlé de cette histoire de son vivant ? Et surtout, pourquoi ne s'en était-il pas ouvert directement aux frères Brody ? S'il se sentait si mal sur cette question, pourquoi ne pas faire part de sa conviction à ceux qui étaient directement concernés ?

La commission de la police. Tout était forcément lié à la commission de police. Le suicide de l'inspecteur Brody correspondait d'ailleurs à l'époque où Spencer était membre de cette commission. Eclairer ce mystère permettrait sans doute de comprendre la mort de Brody.

Ce seul élément aurait dû mettre la puce à l'oreille de Judd. Le fait que son père ait mis fin à ses jours l'ennuyait plus que les soupçons qui avaient pesé sur Joseph Brody. Peut-être devait-elle user de son influence au sein du groupe pour donner des éléments à Judd. Ce serait aussi une façon de le remercier pour tout ce qu'il avait fait pour elle.

Elle se pencha vers le chauffeur.

— Excusez-moi, j'ai besoin de faire un petit détour par le quartier financier au préalable. Pourriez-vous m'y conduire ?

Avec un hochement de tête, il prit la première à droite.

Quand il se gara devant le siège de Breck Global Enterprises, elle ouvrit sa portière.

— Attendez-moi, j'en ai pour un petit quart d'heure.

Elle se hâta vers le bel immeuble et gagna l'ascenseur.

En reconnaissant London, Celine, qui flirtait avec l'un des cadres du service marketing, rougit jusqu'à la racine de ses cheveux. Elle bondit sur ses pieds.

— Avez-vous oublié quelque chose, London ?

— Oui, je vais le chercher.

Une fois dans le bureau, elle ferma la porte et baissa les stores des fenêtres. Puis elle plongea sous la table pour soulever un pan de moquette et découvrir une cache. Dans laquelle se trouvait l'ordinateur portable de son père.

Lorsqu'il lui avait montré cette cachette, il lui avait expliqué que personne n'en connaissait l'existence, pas même Mary.

Elle l'avait souvent vu y ranger son ordinateur portable mais elle n'y avait plus pensé quand son père était mort. Tout ce qui concernait le groupe, les comptes, étaient enregistrés sur son ordinateur de bureau, en évidence. Mais il possédait également un ordinateur portable personnel et si son père avait eu des secrets, ils se trouvaient forcément dedans.

Elle aussi gardait ses secrets sur son ordinateur personnel, celui qui lui avait été volé, la veille.

Son père avait été plus prévoyant qu'elle. Il avait imaginé une cache.

Elle remit le couvercle et la moquette à leur place avant de glisser l'ordinateur paternel dans son attaché-case.

Laissant les stores baissés, elle ouvrit la porte.

Celine était assise devant son écran et pianotait sur le clavier.

— Avez-vous trouvé ce que vous cherchiez ? demanda-t-elle.

— Oui, merci. Mais j'ai oublié de vous dire que j'aurais besoin d'un nouveau Smartphone. Je n'en ai plus.

Celine cessa de taper et réajusta ses lunettes.

— London, est-il vrai que l'agent chargé de la sécurité de votre immeuble a été assassiné hier et que vous avez découvert son cadavre ?

London s'immobilisa. Tout le monde était-il au courant de l'histoire ?

— Oui, c'est vrai, mais la police m'a recommandé de ne pas en parler pour le moment.

— C'est terrifiant. Est-ce la raison pour laquelle vous avez demandé à ce beau brun de vous protéger ?

— Cela ne peut pas me faire de mal.

— Surtout quand il s'agit d'un homme aussi séduisant que Judd Brody. Il peut garder mon corps jour et nuit, s'il le souhaite.

London ne savait pas quelle expression elle arbora mais Celine rétropédala aussitôt.

— Je veux dire… je suis sûre qu'il est très professionnel et que vous ne le voyez pas comme un… Et d'ailleurs, moi non plus, je ne…

London essaya de sourire.

— Je comprends ce que vous voulez dire. Il est beau gosse.

— Bonne fin de journée, dit Celine en se remettant au travail.

London regagna l'ascenseur, son attaché-case frappant ses cuisses à chaque pas. Elle venait sans doute de confirmer à Celine qu'elle ne considérait pas Judd comme un simple garde du corps. Peut-être avait-elle eu tort de demander à Celine de l'appeler par son prénom. Mary avait toujours appelé son père « Monsieur » et continuait à le faire en parlant de lui.

Certes, elle pouvait diriger la société différemment de son père et réussir, non ? Bien sûr, elle ne savait même pas comment elle devait, pouvait, réussir en tant que P.-D.G. Mais peut-être exiger du « monsieur » ou du « mademoiselle » facilitait-il les choses.

Dommage que son père ne lui ait pas laissé un mode d'emploi. « Diriger une entreprise pour les Nuls ».

Elle remonta dans son taxi.

— Merci, direction le Napoli.

Elle parvint avant Judd au restaurant et demanda une table pour deux personnes près de la fenêtre pour guetter son arrivée. Elle l'entendit avant de le voir ou plutôt, elle reconnut le moteur de la Harley.

Il monta sur le trottoir, coupa le moteur. Enfin, il poussa la porte du restaurant avec le casque sous le bras.

Son jean moulait à la perfection ses jambes musclées et ses bottes frappaient le plancher de la salle.

— Vous attendez depuis longtemps ? demanda-t-il en s'installant en face d'elle.

En fait, elle venait d'arriver mais elle n'avait pas envie de lui dire qu'elle avait fait un petit détour par son bureau.

— Pas trop. Vous vous êtes changé.

— Je ne peux pas rester en costume toute la journée.

— Je comprends. Avez-vous trouvé tout ce dont vous avez besoin ?

— J'ai tout mis dans un sac que je passerai prendre après le déjeuner. Mais dites-moi, le service n'est pas rapide ici. Personne ne vous a encore apporté à boire ?

— Ça va.

Un instant plus tard, une serveuse posa devant eux un Perrier et un thé glacé.

— Avez-vous eu du nouveau à propos du meurtre de Griff ou de mon Smartphone ?

— J'ai reçu un coup de fil de Curtis. Comme c'était à prévoir, les textos émanaient d'un téléphone jetable qui doit être détruit à l'heure où nous parlons.

— Formidable. Je crois que je comprends pour quelle raison les cambrioleurs ont tué Griff. Ils préféraient le faire taire plutôt que de risquer d'être démasqués. Mais pourquoi m'impliquer ? Même si je n'avais pas découvert son cadavre, j'aurais été mise au courant du meurtre.

— Ils voulaient vous faire peur.

— Mais pourquoi ? Ils avaient déjà cambriolé mon appartement. Tout cela aurait un sens s'ils m'avaient adressé un message. Je ne sais toujours pas ce qu'ils veulent ou ne veulent pas que je fasse. Dans ces conditions, comment pourrais-je le faire ?

— Vous accordez trop d'intelligence à vos agresseurs. Peut-être s'agit-il d'un psychopathe qui aime jouer avec vos nerfs.

— Voilà qui est réconfortant.

Il couvrit sa main de la sienne.

— Je suis désolé. Hier, vous m'avez demandé comment était mort Griff et je vous ai répondu parce que vous méritez de connaître la vérité. Mais peut-être ai-je tort, peut-être vaut-il mieux ne pas tout vous dire.

— Je préfère savoir. Toujours.

Les yeux de Judd brillèrent avec intensité. Ils étaient d'un bleu-vert absolument magnifique.

S'ils s'étaient rencontrés dans un bar ou à une fête, ils auraient déjà couché ensemble, à présent. A moins que la nouvelle London n'ait déjà pris le dessus. Elle lui aurait alors serré la main et tendu sa carte de visite.

— Je vous promets de toujours vous dire la vérité, dit-il avec un geste de scout.

Il lui dirait la vérité mais il niait l'attraction qui grésillait entre eux, pensa-t-elle. Cela lui donnait une excuse pour ne pas lui révéler ses propres secrets.

Au cours du déjeuner, ils décidèrent par un accord tacite de rester dans la légèreté. Il lui raconta des histoires drôles sur son métier, sans jamais dévoiler le nom de ses clients et elle lui donna les détails de sa mésaventure au Qatar.

— Le cheikh a dû être furieux de découvrir que vous aviez pris le diamant tout en refusant de faire partie de son harem.

Elle réprima un éclat de rire.

— Je n'avais cessé de lui répéter qu'il n'en était pas question et je regrette qu'il ait imaginé en m'offrant ce diamant pouvoir me forcer la main.

— Je suppose que cela n'avait rien à voir avec le fait que vous l'admiriez, le laissant croire qu'il avait trouvé le chemin de votre cœur.

— Ce n'était pas mon cœur qu'il voulait.

— Ne vous a-t-il pas fait arrêter ? Comment avez-vous réussi à vous tirer de ce mauvais pas ?

— J'ai fait jouer mes relations et graissé quelques pattes. C'est ainsi que le monde fonctionne.

— Je suppose que vous l'avez appris dès le plus jeune âge.

— Et vous ? Qu'avez-vous appris de la vie ?

— A tirer d'abord et à poser des questions ensuite.

— A cinq ans ? Vous l'avez appris à cinq ans ?

— Ou peut-être à quatre.

— Vous vous moquez de moi !

— Ne voulez-vous plus de votre salade ?

— Pourquoi ? Aimeriez-vous la finir ?

— Non, j'ai du travail, répondit-il d'un ton dur. Vous ne me payez pas pour rester assis à me restaurer.

— Mais je vous invite, répliqua-t-elle en sortant sa carte de crédit.

Mais Judd fut plus rapide.

— Il ne s'agissait pas d'un repas professionnel.

— Mais si, protesta-t-elle. Comment le qualifieriez-vous autrement ? ajouta-t-elle s'efforçant de rester impassible.

Il sortit son portefeuille.

— Nous n'avons pas parlé de l'affaire.

Il ne voulait donc pas considérer ce déjeuner comme un rendez-vous galant, même si elle se plaisait à l'imaginer ainsi.

— Nous avons appris à mieux nous connaître et c'est important. Comment pourriez-vous exercer votre travail dans de bonnes conditions si vous ne connaissez pas vos clients ?

— Croyez-vous vraiment que je connaissais bien la chanteuse pop pour qui j'ai travaillé à Hawaii ?

— C'est un peu différent. Vous deviez la protéger de ses fans adolescents. Mais nous ne savons pas de qui ou de quoi vous devez me protéger. Ne croyez-vous pas que mieux me connaître peut vous aider à identifier les menaces dont je fais l'objet et leur origine ?

— Etes-vous en train d'insinuer qu'il se pourrait que le cheikh cherche à se venger ?

— Je lui ai rendu son diamant, répliqua-t-elle en croisant les bras.

— Nous pouvons donc le retirer de la liste des suspects.

— D'autres personnes vous semblent-elles à exclure ?

— Non et je suis content d'avoir pu faire la connaissance de la plupart de vos collaborateurs ce matin, votre cousin, votre demi-frère, votre fiancé, le père de ce dernier…

— Roger n'est pas mon fiancé.

— Aurai-je la possibilité de les revoir ?

— Oui, le groupe a organisé une réception ce week-end et la plupart des dirigeants y assisteront.

Il prit sa tête dans ses mains.

— Oh ! non, je vais encore devoir mettre un costume ! J'ai porté plus de smokings cette semaine que depuis un an.

— Pourquoi cela vous ennuie-t-il ? Cela vous va très bien.

Elle promena les yeux sur son torse puissant et ses larges épaules. Il portait mieux le smoking que les autres hommes qu'elle connaissait.

— Je ne m'y sens pas à l'aise.

Il passa le doigt dans l'encolure de son T-shirt comme s'il s'imaginait déjà le cou emprisonné par une cravate.

— Cela dit pour pouvoir me fondre dans votre univers et ainsi mieux vous protéger, j'accepterais de me déguiser s'il le faut. Mais dans l'immédiat, je veux aller chez vous chercher des dispositifs d'écoute.

— Puis-je emprunter votre téléphone ?

— Pour quoi faire ? demanda-t-il en sortant son Smartphone de sa poche et en le lui tendant.

— J'ai besoin d'appeler un taxi.

— Pourquoi ne pas monter derrière moi sur ma moto ?

Elle tira sur sa jupe.

— Dans cette tenue ?

— Retroussez-la ! Ce serait plus pratique, je n'aurais pas besoin de vous attendre. Si vous voulez cacher vos jambes, je vous prête ma veste que vous n'aurez qu'à nouer à la taille.

— Après tout, pourquoi pas ? dit-elle en s'emparant de son attaché-case. Ce n'est pas comme si je ne portais pas de sous-vêtements.

— C'est le cas de la plupart des chefs d'entreprise mais en fait, je n'en sais rien.

Une fois dehors, Judd déverrouilla sa moto tandis que London plantait des lunettes noires sur son nez.

— Qu'est-ce que c'est que ce truc ? demanda Judd en ramassant un feuillet laissé sur le siège de son engin.

— Une amende ?

Judd aplatit le papier.

— C'est un article de journal.

— Peut-être quelqu'un l'a-t-il laissé là pour ne pas faire l'effort de le jeter dans la poubelle au bout de la rue.

Elle s'était emparée du sac et elle jouait avec la sangle.

— London…

Le ton de sa voix lui fit lever la tête.

— Qu'y a-t-il ?

— Il s'agit d'un article extrait d'un vieux journal qui parle de commission de la P.J. de San Francisco… et de votre père.

9

L'estomac noué, London promena les yeux alentour. Qui avait laissé ce journal ? Avaient-ils été suivis ?

— Vous plaisantez !

Il agita devant son nez la page du vieux quotidien soigneusement découpée.

— Malheureusement, non.

— Est-il daté ? ajouta-t-elle en le lui prenant des mains.

— Non mais votre père y est cité en tant que membre de la commission. En quelle année en faisait-il partie ? Cela nous donnerait la réponse.

Elle parcourut rapidement l'article.

— Theodore ne nous l'a pas précisé, n'est-ce pas ? Mais il a dit que c'était à l'époque où sévissait le Tueur de l'Annuaire. Attendez, le journaliste fait lui-même allusion au Tueur de l'Annuaire dans son papier.

— Qui a laissé cette page de journal sur ma moto et pour quelle raison ?

L'ordinateur portable de son père semblait peser une tonne dans l'attaché-case de London. Elle avait tort d'avoir des secrets pour Judd. En tout cas, elle devait lui en cacher le moins possible. Elle ne lui tairait qu'un seul épisode de sa vie, décida-t-elle.

— Nous devons creuser la question, Judd. Cet article a une signification. Je suis sûre que mon père ne m'aurait pas laissé cette lettre concernant l'inspecteur Joey Brody si le sujet n'était pas important, s'il n'était pas au courant de quelque chose ou s'il n'était pas impliqué d'une manière ou d'une autre dans cette histoire. Papa avait forcément une bonne raison pour prendre la défense de votre famille. Je ne veux pas le dépeindre comme un cynique indifférent aux souffrances d'autrui mais il n'était pas du genre sentimental non plus.

— Nous pouvons certainement entreprendre des recherches sur les travaux de cette commission à cette époque mais je ne vois pas en quoi ces investigations garantiront votre sécurité, surtout si quelqu'un vous suit.

Elle haussa les épaules.

— Changeons les termes du contrat. Désormais, vous n'êtes plus uniquement mon garde du corps mais également mon détective privé chargé d'enquêter sur le sujet. J'aimerais que vous m'aidiez à lever ce mystère, à découvrir ce qui se cache derrière cette lettre posthume de mon père. Et je vous augmenterai, bien entendu.

— Inutile. Vous me payez déjà très bien pour surfer sur internet.

— J'ai mieux qu'internet, dit-elle en tapotant son attaché-case. J'ai trouvé quelque chose que j'aimerais vous montrer dès que nous serons chez moi.

— En lien avec cet article ?

— En lien avec toute l'affaire.

— Alors allons-y. Mais je dois d'abord passer à mon bureau pour prendre mon matériel.

Il enfourcha sa Harley tandis qu'elle froissait la page de journal pour l'enfouir au fond de son sac.

Lorsqu'il démarra son engin, elle retroussa sa jupe pour grimper plus aisément derrière lui. Une fois assise, elle noua les bras autour de sa taille.

Après avoir serpenté dans la ville, Judd finit par se garer devant l'immeuble qui abritait son bureau.

Tandis qu'il y montait en vitesse, elle l'attendit sur la moto, renâclant à réarranger de nouveau sa jupe.

Il revint chargé d'un gros sac noir et lui tapota la jambe.

— J'ai besoin de mettre mon matériel dans le coffre.

Elle se tortilla pour le laisser faire. Comme il soulevait le coffre, sa main effleura sa cuisse nue.

Quand ils repartirent, London s'accrocha à Judd comme à une bouée de sauvetage. Il ne roulait pourtant pas plus vite ni plus dangereusement. Mais elle n'avait plus envie de lui cacher l'attirance qu'elle éprouvait pour lui.

En Judd, elle devinait un esprit ouvert, libre, sans préjugé. Il ne lui reprochait pas la vie de patachon qu'elle avait menée dans le passé, il ne convoitait pas son argent et il n'avait pas l'ambition de diriger une multinationale. Il la traitait comme une personne normale, comme une égale.

Au cours de ce déjeuner, elle avait eu l'impression d'une sortie en amoureux et maintenant, elle se sentait trop en phase avec lui pour imaginer revenir à des relations purement professionnelles qu'ils n'avaient d'ailleurs jamais eues.

Aussi se plaqua-t-elle contre lui le plus étroitement possible et serra-t-elle ses cuisses entre les siennes.

Judd grimpa sur le trottoir pour se garer devant la résidence de London. Dès qu'il coupa le moteur, elle se laissa glisser à terre, réajusta sa jupe avant de retirer son casque pour le tendre à Judd.

Un nouvel agent de sécurité était assis dans le hall de l'immeuble. Il les salua d'un mouvement de tête mais London s'approcha de lui pour se présenter.

— Bonjour, je suis London Breck, je vis au cinquième. Etes-vous le nouveau gardien ?

Il se leva aussitôt, se mettant presque au garde-à-vous comme un militaire.

— Oui, madame. Je m'appelle Paul Madden.

— Ravie de faire votre connaissance, Paul. Et voici Judd Brody, mon… garde du corps.

Si Paul trouva curieux qu'elle ait un garde du corps à son service, il n'en laissa rien paraître. Les deux hommes échangèrent une poignée de main énergique.

— Monsieur, si vous avez besoin de quoi que ce soit, n'hésitez pas à faire appel à moi. Je suis à votre disposition.

Lorsqu'ils parvinrent devant l'ascenseur, Judd se pencha pour murmurer à l'oreille de London.

— Il est tout le contraire de Griff.

— Avec lui, les cambrioleurs n'auraient jamais réussi à s'introduire dans l'immeuble et encore moins chez moi.

Quand elle déverrouilla sa porte, Judd se tendit mais cette fois, rien n'avait bougé à l'intérieur de l'appartement.

Dès la porte refermée, il ouvrit son sac.

— Je vais faire une rapide inspection du salon avant de m'intéresser à l'ordinateur. Vous pourrez alors me montrer ce que vous y avez trouvé.

Pendant que Judd travaillait dans la pièce principale, London alla se remplir un verre d'eau dans la cuisine. Puis, tout en regardant Judd s'activer, elle sortit l'ordinateur de sa sacoche et elle l'installa sur la table basse.

Lorsqu'il eut terminé, il rangea soigneusement son matériel dans le sac et s'assit à côté d'elle.

— On commence ?

— Tout est là. Il s'agit de l'ordinateur portable de mon père.

— L'avez-vous pris dans son bureau ?

— Oui.

Il n'avait pas besoin de savoir où exactement.

— Je ne comprends pas. N'avez-vous pas été obligée de travailler sur cet appareil depuis que vous avez succédé à votre père à la tête du groupe ? Comment auriez vous pu assumer vos nouvelles responsabilités sans ses dossiers et ses données ?

— Non, répondit-elle en entrant le code d'accès. Depuis le départ, je me sers de l'ordinateur de bureau. Pas de celui-là.

— S'agit-il de son ordinateur personnel ? demanda-t-il en se penchant vers l'écran.

— Oui il l'utilisait à la fois pour son travail et pour ses dossiers personnels. Il avait l'habitude d'y transférer les comptes et les bilans ainsi que les rapports importants ou sensibles concernant le groupe. Mais je sais qu'il y gardait aussi d'autres éléments ayant trait à sa vie privée.

— Qui d'autre a eu accès à cet appareil depuis sa mort ?

Une mèche des cheveux de Judd était tombée sur ses yeux et elle eut du mal à ne pas la repousser en arrière.

Elle tapa sur quelques touches.

— Personne. Mon père verrouillait cet ordinateur. Je pense que, à part moi, personne ne soupçonnait son existence. A l'exception peut-être de Mary. Mais Mary elle-même ignorait où papa le cachait.

— D'accord. Commençons à chercher, dit-il en tapotant le canapé.

Dans un bel ensemble, ils se penchèrent vers l'écran. Leurs épaules se touchaient, les cuisses nues de London se plaquèrent de nouveau contre le jean de Judd mais cette fois, il ne s'écarta pas. C'était un progrès. Peut-être ce déjeuner avait-il changé quelque chose pour lui aussi.

Elle poussa un soupir.

— Comme vous le savez, mon père et moi n'étions pas particulièrement proches.

— Ah bon ? A en juger aux articles des tabloïds depuis des années, je croyais que vous étiez la petite princesse de son papa.

— Pourquoi avez-vous été imaginer une chose pareille ?

— Je n'en sais rien. Vous sembliez n'en faire qu'à votre tête, multiplier les bêtises mais il vous est toujours venu en aide. Non ?

— Sans doute mais il ne m'a jamais considérée comme sa petite princesse. Plutôt comme la punition de ses péchés. Je suis certaine qu'il m'a laissé les rênes du groupe dans le seul but de se venger de tout ce que je lui ai fait endurer.

— Et si c'était le cas ?

— Ce serait mérité. J'ai fait de sa vie un enfer, je le reconnais.

— Vous étiez une petite fille qui avait perdu sa maman.

Le souvenir des baisers parfumés de sa mère remonta brusquement à la mémoire de London. Elle se força à sourire.

— Je ne sais pas si le fait d'avoir grandi sans elle explique mes folies.

— C'est pourtant évident, répliqua-t-il en lui caressant la joue.

— Et vous, alors ?

Interrompant son geste, il parut se pétrifier.

— J'avais une mère.

— Oui, bien sûr mais votre père vous a sûrement manqué. Est-ce la raison pour laquelle vous vous êtes fait tatouer ? ajouta-t-elle en désignant ses bras. Pour avoir l'air d'un rebelle ne craignant rien ni personne sur sa Harley ?

Il poussa un gros soupir et London retint son souffle, se demandant si elle n'était pas allée trop loin.

Il battit des paupières et sourit en coin.

— Non, j'ai toujours été un rebelle. C'est ma nature.

Elle lui envoya une bourrade pour briser les tensions qui étaient montées entre eux. Elle aurait préféré planter un baiser sur la bouche de Judd mais elle savait qu'il voulait être le chasseur et non la proie.

Il se mit sur pied.

— Je vais vous laisser percer le mystère de l'ordinateur de votre père pendant que je continue d'inspecter votre appartement.

Elle le regarda sortir son matériel et disposer sur le tapis des pièces et des câbles dont elle aurait été incapable de dire à quoi ils servaient.

— Je vais commencer par l'étage, annonça-t-il.

— Faites comme chez vous, répondit-elle avec un signe de la main.

— Voulez-vous que je retire mes bottes ? J'aurais d'ailleurs dû vous poser la question avant d'entrer.

— Je ne suis pas si à cheval sur la propreté. Enlevez-les si vous êtes plus à l'aise pieds nus.

— Comme il me faudra sans doute grimper sur le lit ou sur les fauteuils, il vaut sans doute mieux que je les ôte, dit-il en joignant le geste à la parole.

Ses bottes de motard semblaient incongrues dans son intérieur très féminin mais elle fut heureuse de les y voir.

Lorsqu'il disparut en haut de l'escalier, elle reporta son

attention sur l'ordinateur de son père. Elle essaya de scanner les dossiers avec les mots « police », « commission », « Brody », « Tueur de l'Annuaire ». Mais elle n'obtint aucun résultat.

Elle relut l'article laissé sur la moto de Judd. Il y était question de la nomination de son père à la commission de la police. Richard Taylor faisait également partie de cette commission, à l'époque. Avait-il laissé ce journal pour Judd ? Et pourquoi ?

A moins que Mary ne l'ait mis là ? Mais London ne parvenait pas à imaginer l'ancienne secrétaire de son père arpenter les rues de North Beach à la recherche de la moto de Judd.

Qui avait déposé ce papier pour Judd et pour quelle raison ? Mais peut-être l'article lui était-il destiné à elle ? Si quelqu'un savait qu'elle avait engagé Judd comme garde du corps, peut-être s'était-il servi de lui pour le lui faire parvenir.

Peut-être s'agissait-il de la même personne qui lui avait adressé ces textos, l'autre soir. Elle posa la page de journal sur la table basse. Pourquoi cette hypothèse absurde lui avait-elle traversé l'esprit ? La lettre de son père concernait l'innocence de Joseph Brody et elle n'avait donc rien à voir avec les menaces dont London faisait l'objet. Elle comprit qu'elle s'était servie de ce message posthume pour ne pas penser aux implications du cambriolage de son appartement, à l'agression dont Theodore avait été victime et au meurtre de Griff.

Comme elle lançait une nouvelle recherche, elle se rendit compte qu'elle n'avait consulté que les seuls dossiers. Elle recommença avec le mot « police » en étendant le champ d'investigation à tous les postes de travail.

Quand plusieurs fichiers d'images envahirent l'écran, elle resta un instant perplexe. Son père avait donc gardé des photos sur son ordinateur ?

Elle cliqua sur les clichés. Plusieurs représentaient son

père avec les autres membres de la commission. Il les avait sans doute transférés sur cet appareil.

Elle les imprima puis elle s'intéressa à un autre dossier de photos. En découvrant un fichier intitulé « Madeline », sa main se mit à trembler.

Non, pas possible. Il n'avait pas fait ça !

Les mâchoires serrées, elle l'ouvrit. Plusieurs dossiers apparurent, classés chronologiquement. Elle cliqua sur le plus ancien et aussitôt, les larmes montèrent à ses paupières à la vue d'une petite fille aux cheveux d'or jouant dans un bac à sable. Son cœur battait douloureusement dans sa poitrine tandis que les photos se succédaient sous ses yeux. A chacune, elle avait l'impression de manquer un peu plus d'air. A la fin, elle suffoquait.

Où avait-il trouvé ces photos ? Et pourquoi ?

Comme un pas lourd descendait l'escalier, elle détourna le regard de la frimousse de l'enfant, de son sourire éclatant, et elle referma précipitamment l'ordinateur.

Elle pressa les mains sur ses yeux pour refouler ses larmes et elle essuya rapidement son nez avant de s'éclaircir la gorge.

— Vous n'avez rien trouvé là-haut ?

— Rien. Et vous ?

Ah oui, elle avait découvert dans cet ordinateur plus que ce à quoi elle s'attendait.

— Quelques photos…

Rouvrant l'appareil, elle ferma le dossier Madeline.

— Certaines représentent mon père au milieu de la commission de la police, l'année où il y a été nommé.

— C'est un début. Télécharger ces clichés lui a demandé un effort. A l'époque, le procédé était plus compliqué que maintenant. Les appareils numériques n'existaient pas, il y a vingt ans. Ces photos étaient forcément importantes à ses yeux.

Tout en parlant, il orienta une sorte de micro accroché au bout d'une perche aux quatre coins de la pièce.

— Je partage votre avis, répondit-elle. C'était certainement important pour lui.

London frotta son visage brûlant et repoussa sa queue-de-cheval en arrière.

— Cet appareil sonne-t-il quand il découvre quelque chose de suspect ?

— En quelque sorte. Il est capable de détecter des dispositifs espions. Apparemment, il n'y a rien.

— J'en suis soulagée. Tout est peut-être terminé, Judd.

— Que voulez-vous dire ?

— Quelqu'un a essayé de me faire peur, de me déstabiliser mais cela n'a pas marché. Ce quelqu'un l'a peut-être compris et a renoncé à poursuivre ses attaques. J'ai assisté à la réunion du conseil d'administration en tant que P.-D.G.

— Cette théorie me plairait davantage si le cadavre de Griff n'avait pas été retrouvé, se balançant au bout d'une corde, dans votre local à ordures. Il ne s'agit plus d'une simple manœuvre d'intimidation, non ?

— Bien sûr. Loin de moi l'idée de banaliser la mort de Griff. Peut-être ce meurtre a-t-il été une grosse erreur.

— Et les textos vous exhortant à vous rendre là où se trouvait le cadavre ? C'était également une erreur ? Quelqu'un veut vous nuire, London. Pas uniquement vous faire peur.

Elle bondit sur ses pieds.

— Si quelqu'un veut me tuer, pourquoi ne me tire-t-il pas dessus tout simplement ?

— Hey, dit-il en la prenant par les épaules. Ne dites pas ça. Personne ne vous fera de mal. Pas tant que je serai à votre service.

Elle ne s'écarta pas de lui et il ne la lâcha pas. Aussi planta-t-elle les yeux dans les siens.

— Judd, croyez-vous comme moi que tout est lié ? Les menaces, le message posthume de papa, l'article, votre père, le mien… nous.

— Comment ces événements pourraient-ils avoir un rapport entre eux ?

— Je n'en sais trop rien. Mais cette idée m'a traversée pendant que je regardais les photos sur l'ordinateur de mon père. Pourquoi Mary m'a-t-elle remis cette lettre ? Qui a laissé cet article sur votre moto ? Quelqu'un nous suit, vous comme moi, et n'ignore rien de nos déplacements.

— Peut-être ne s'agit-il que de coïncidences, London.

— Vous ne croyez pas vous-même à cette hypothèse. Cessez d'essayer de me rassurer. Nous savons très bien qu'il n'y a pas de hasard. Comment vous êtes-vous retrouvé à effectuer une mission confiée à Bunny, d'ailleurs ?

— Je vous l'ai dit. J'ai rendu service à un copain qui n'était pas libre.

— Pourquoi ne l'était-il pas ?

— Je l'ignore, je ne le lui ai pas demandé. Il m'a appelé pour savoir si j'étais disponible ce soir-là et il m'a expliqué que le travail n'était pas compliqué et bien payé. Voilà.

— L'aviez-vous déjà remplacé au pied levé, auparavant ?

— Non, Rick a toujours besoin de gagner de l'argent. En tout cas, je me félicite d'avoir pris sa place ce soir-là.

— Moi aussi. C'est un peu comme si le destin était à l'œuvre. Nos passés sont liés d'une façon ou d'une autre.

Il lui caressa la joue.

— Il n'y a pas que le passé qui nous lie, n'est-ce pas ?

Retenant son souffle, elle entrouvrit les lèvres. Sentait-il qu'ils étaient également liés dans le présent ? Et elle ? En tout cas, elle avait besoin de prendre les choses avec légèreté. Il n'était pas possible d'acculer le dos au mur un homme comme Judd Brody.

— Des forces que nous ne maîtrisons pas nous ont poussés l'un vers l'autre et elles vont faire apparaître une solution.

Judd se mit à rire.

— Que racontez-vous, London ? Rien n'est prédestiné.

Son rire rompit le charme et la ramena sur terre.

— Vous avez raison, je dis n'importe quoi.

Il se tourna vers les baies vitrées, regarda les lumières de la ville.

— La nuit est tombée et j'ai bientôt fini.

Soudain, il fit volte-face et se figea.

Surprise, elle demanda.

— Qu'est-ce qui ne va pas ?

— Une lumière, j'ai vu se refléter sur la vitre une lumière venant du mur.

Il s'approcha de la cloison et y passa la main.

— London ?

— Que faites-vous ?

Il avait un comportement étrange, une voix étrange et elle sentit son cœur se serrer dans sa poitrine.

— Eteignez la lumière, ordonna-t-il.

Elle obéit.

— Qu'y a-t-il ? Un dispositif espion ? Je croyais que votre matériel était capable de le détecter.

Il gratta le papier peint du bout des doigts.

— Il ne s'agit pas d'un mouchard.

— Je ne comprends pas.

— Qu'y a-t-il de l'autre côté de ce mur ?

— Un autre appartement. Je l'ai acheté pour être seule à l'étage.

— Et qu'y a-t-il dedans ?

— Rien. Il est vide. Allez-vous m'expliquer ce qui se passe ? Qu'avez-vous découvert ?

Il recula et tapota le papier peint.

— Regardez.

S'humectant les lèvres, elle s'approcha. Un petit disque rond accrochait la lumière.

— Qu'est-ce que c'est ?

— Un dispositif qui permet à quelqu'un de voir ce qui se passe chez vous.

— C'est complètement dingue ! Il n'y a rien ni personne dans l'appartement voisin.

— Avez-vous la clé ? J'aimerais aller y jeter un coup d'œil.

Elle se rendit dans la cuisine, tout en lançant des regards effrayés autour d'elle. Judd se trompait, forcément. Les murs de cet immeuble étaient trop épais pour permettre ce genre de choses.

Elle ouvrit un tiroir et en tira une clé.

Judd la suivit dans le couloir de l'immeuble et devant la porte voisine, il sortit son arme. Le cœur battant, elle déverrouilla la serrure et le laissa entrer.

Cette histoire lui rappelait une autre soirée. Qu'allait-il découvrir cette fois ?

Les deux appartements avaient été dessinés de la même façon et quand il se dirigea vers le salon, elle lui emboîta le pas. Une odeur désagréable lui chatouillait les narines.

— Ça sent quoi ?

— Des poubelles ? Ou un corps en décomposition.

— Celui d'un rat, peut-être.

— Mort pour avoir ingurgité des pizzas ? répliqua-t-il en désignant les deux boîtes en carton qui jonchaient le sol.

— Qu'est-ce que cela signifie ? s'exclama-t-elle.

— Apparemment quelqu'un s'est installé ici. Où se trouve le mur séparant ce salon du vôtre ?

— Par ici. L'appartement n'est pas meublé. Avec le décès de mon père et mes nouvelles responsabilités, je n'ai pas encore eu le temps de m'en occuper.

Elle se dirigea vers la pièce voisine, Judd sur les talons. Elle ouvrit la porte et alluma.

La peur l'étreignit en découvrant sur le sol un sac de couchage et un oreiller.

— Ce n'est pas moi qui ai apporté ces affaires.

L'arme au poing, Judd passa devant elle.

— Votre salon se trouve de l'autre côté du mur, dit-il en y promenant les mains.

Quelque chose tomba par terre.

London bondit en arrière.

— Qu'est-ce que c'est ?

Il s'en empara avant de regarder le trou laissé dans le mur.

— Venez voir, London.

Elle s'approcha et il poursuivit :

— Quelqu'un a percé un trou dans cette cloison. Mettez l'œil sur ce trou, vous allez comprendre.

Elle obtempéra et faillit crier de saisissement à la vue de son salon.

— C'est chez moi !

— Quelqu'un vous espionne, London. Depuis cette pièce, il observe vos faits et gestes.

10

London s'écroula dans les bras de Judd. Elle tremblait de tous ses membres.

L'étreignant contre lui, il enfouit son visage dans ses cheveux.

— Ça va ?

Elle tourna la tête pour planter les yeux dans les siens, des yeux terrifiés.

— Je n'arrive pas à croire que quelqu'un ose m'espionner. Ni même qu'il ait réussi à s'introduire dans cet appartement. Comment a-t-il fait ?

— Apparemment, l'intrus n'est pas revenu sur les lieux depuis plusieurs jours. Après le meurtre de Griff, il a peut-être eu peur d'être découvert et il a préféré disparaître.

Lui enlaçant la taille, il l'éloigna du mur et tous deux s'allongèrent sur le sol.

Appuyée contre lui, elle demanda :

— Pensez-vous que Griff l'a ou les a introduits ici ? J'imagine qu'ils lui ont fait croire qu'ils cherchaient des scoops sur différentes célébrités qui habitent cette résidence. Griff nous a dit qu'il avait souvent collaboré avec les paparazzis.

Elle semblait avoir recouvré un peu de sang-froid mais elle restait blottie contre lui.

— C'est possible. Griff avait souvent aidé des journalistes sans que cette accointance prête à conséquence. D'ailleurs, je ne vois pas comment un étranger pourrait pénétrer dans cet immeuble, percer un trou dans le mur, commander des pizzas et vous espionner sans la complicité de quelqu'un de la résidence, du gardien.

En proie à un regain de nervosité, elle serra son T-shirt entre ses mains.

— Et si nous remettions tout à sa place et si nous faisions semblant de ne pas avoir repéré le trou dans le mur ? Cet homme reviendra sans doute m'espionner dans quelques jours, quand il croira qu'il n'y a plus de danger. Nous pourrons alors le prendre sur le fait.

— Je ne pense pas qu'il reviendra. Il a grillé sa planque en assassinant Griff et sans la complicité du gardien, il n'a plus la possibilité d'entrer dans l'immeuble. Il ne va pas tenter d'acheter le nouvel agent chargé de la sécurité, d'autant que ce dernier semble très à cheval sur les règlements.

Elle secoua la tête.

— J'essaie de me rappeler tout ce que j'ai fait dans ce salon ces dernières semaines. D'ailleurs, peut-être m'espionnait-on depuis bien plus longtemps.

— Vous n'avez jamais dansé nue sur la table de votre salle à manger, n'est-ce pas ? demanda-t-il en repoussant une mèche blonde en arrière.

Elle lui décocha un pâle sourire.

— Je croyais vous avoir dit que j'avais cessé de faire n'importe quoi.

— Pourquoi ? demanda-t-il en jouant avec la mèche de ses cheveux. Pourquoi tentez-vous si fort de cesser d'être l'ancienne London ? La fille que vous étiez semblait beaucoup s'amuser.

— L'ancienne London a fait beaucoup d'erreurs.

— En avez-vous fait beaucoup plus que n'importe quelle autre fille d'une vingtaine d'années ?

Ses yeux émeraude s'assombrirent et elle se tourna vers la fenêtre.

— Vous seriez surpris.

— Et vous imaginez que la nouvelle London Breck, celle qui est devenue P.-D.G., n'en commettra pas ? Soyez vous-même, cela limitera les dégâts.

— Appliquez-vous ce bon conseil à vous-même, Judd Brody ?

— J'essaie, dit-il en soutenant son regard tout en sachant qu'il mentait.

— D'accord, répondit-elle en s'allongeant sur le dos, les bras croisés derrière la tête, les yeux au plafond. Je vais ajouter un paragraphe à notre contrat.

— Vraiment ? répliqua-t-il en s'étendant près d'elle.

Allait-elle prévoir un moratoire pour les conversations privées ?

Elle se tourna vers le côté.

— Je veux que vous vous installiez ici.

Il battit des paupières. Emménager dans un appartement chicos, vivre dans un quartier huppé ? Devenir le voisin de London Breck ? Il pouvait l'envisager, oui.

— Voulez-vous que je vous espionne à travers le trou dans le mur ?

Elle lui frappa le ventre.

— Non. Si cela ne vous ennuie pas de camper dans un appartement vide, vous pourriez dormir ici. Je vous trouverai un lit ou quelque chose. Je me sentirai plus en sécurité si vous n'êtes pas trop loin.

Il lui prit la main, mêla ses doigts aux siens et posa le tout sur son torse.

— Ne vous inquiétez pas, je n'ai pas l'intention de m'éloigner. Je tiens à démasquer celui ou ceux qui vous menacent et à mettre un terme à leurs agissements.

— Judd, je suis certaine que toute cette histoire est liée à la mort de mon père et à la lettre qu'il m'a laissée. Ce qui signifie que tout ce qui arrive a quelque chose à voir avec *votre* père.

— Je partage votre avis.

— N'êtes-vous pas curieux de comprendre pourquoi votre père s'est jeté du haut du Golden Gate ? Surtout maintenant qu'il a été innocenté par les aveux du véritable Tueur de l'Annuaire ?

Une vieille douleur se réveilla dans le cœur de Judd.

— Il pensait sans doute qu'il avait été piégé, victime d'un coup monté, et il ne voyait pas comment s'en sortir. Ou peut-être avait-il déjà prévu de se suicider et la situation lui a-t-elle donné un bon prétexte pour passer à l'acte. Dans tous les cas de figure, il s'est comporté comme un lâche.

Elle se mit sur son séant, retirant sa main de lui.

— Vous avez peut-être raison. Apparemment, personne ne l'a poussé à se tuer. Certaines choses ont été retrouvées dans ses affaires personnelles, des choses qui ne lui appartenaient pas, n'est-ce pas ?

Le cœur de Judd battait à rythme saccadé dans sa poitrine.

— Oui.

— Quelqu'un a dû les déposer là pour que les soupçons s'orientent sur lui.

— Mon frère Ryan est persuadé qu'il s'agissait du véritable Tueur de l'Annuaire, Russ Langford. Ce type était un psychopathe. Il a assassiné sa compagne et ensuite, il a tué d'autres femmes, des inconnues, pour dissimuler son crime, le véritable mobile. Ryan pense que Langford a également piégé mon père.

— Ce Langford a-t-il reconnu lui avoir fait porter le chapeau ?

— Non, il a été descendu par la police avant d'avoir pu raconter toute l'histoire à Ryan.

— Ryan a-t-il mené de plus amples investigations ensuite ?

— La situation était délicate. Il se trouve que l'écrivain qui aidait mon frère, Kacie Manning, était la fille de Russ Langford. Elle croyait que papa avait tué sa mère. Elle a finalement compris que son propre père avait en réalité été le meurtrier.

Elle en resta un instant bouche bée.

— Et du coup, Ryan n'avait pas envie de pousser plus loin son enquête ?

— Au moment où Langford leur a fait ses révélations, Ryan était tombé amoureux de Kacie. Il est retourné avec elle à Crestview et maintenant, il veut surtout la protéger et l'aider à cicatriser.

— C'est adorable de sa part mais il s'agit de votre père. Il n'avait pas besoin d'elle pour le savoir.

— Il est raisonnable de penser que Langford est celui qui l'a piégé, déclara Judd.

Elle leva un sourcil étonné.

— Si je vous avais chargé de cette enquête, je vous virerais. Un détective privé n'est-il pas censé creuser une question au lieu de se contenter des apparences ? Pour moi, pour mon cas, vous n'avez rien laissé au hasard. Pourquoi ne pas agir de la même façon pour une affaire qui vous concerne directement ?

— C'est très différent, London. Personne ne me menace. Mon père a déjà été innocenté.

— Pas vraiment.

— Langford a reconnu avoir été le Tueur de l'Annuaire, les journaux ont publié de nombreux articles sur le sujet, le dossier est clos.

— Sauf que votre père s'est suicidé pour une raison qui demeure inexpliquée.

Comme il s'apprêtait à répondre, elle l'intima au silence d'un geste.

— Et vous ne le lui pardonnez pas.

Il se raidit.

— J'ai en effet du mal à l'accepter.

Il se leva et s'approcha du mur. Ramassant la pièce de verre qui en était tombée, il la remit en place.

— Dès que j'aurais installé mon matériel ici, j'ai l'intention d'étudier le dispositif mis en place par l'intrus. Puis je reboucherai le trou.

— Pensez-vous y trouver des empreintes ?

— Je n'imagine pas un type se donner tant de mal pour vous espionner et se faire bêtement pincer pour avoir laissé des empreintes.

— Vous avez raison. Bon, il se fait tard et j'ai faim, dit-elle.

— Si vous voulez, nous pouvons aller nous restaurer

quelque part puis je passerai chez moi prendre mon matériel. Avez-vous une voiture ?

— Bien sûr. Elle est dans le parking de l'immeuble mais je ne l'utilise pas beaucoup. Depuis la mort de papa, Theodore insistait pour me conduire à bord de la limousine paternelle. Mais elle est au manoir de mon père, à Pacific Heights. Et puis, j'aime bien circuler à l'arrière de la Harley.

Et Judd aussi aimait sentir ses bras enroulés autour de sa taille, son corps pressé contre le sien.

— D'accord, refermons cet appartement et allons déjeuner.

— Je vais d'abord me changer, dit-elle en montrant sa jupe.

— J'en profite pour nettoyer un peu ici.

Après cette découverte, il se refusait à quitter London des yeux. Il ne parvenait pas à identifier l'origine des menaces dont elle faisait l'objet. Peut-être un obsédé sexuel la suivait-il à la trace. Peut-être cette histoire n'avait-elle rien à voir avec son père ou le sien.

Il la regarda verrouiller la porte avec soin. Elle serrait les mâchoires, les lèvres pincées. Elle était tendue. Il ne semblait pas indispensable d'en rajouter.

Elle l'attendit tandis qu'il jetait les boîtes de pizza vides dans le vide-ordures. Quand il la rejoignit, elle lui tendit des clés.

— Prenez-les. Je vais me changer pour être plus à l'aise sur une moto.

— J'en déduis qu'il nous faut un restaurant sans prétention, décontracté.

— Oh oui, j'en ai assez de me mettre sur mon trente et un pour assister aux nombreux galas ou cocktails auxquels je suis conviée.

Pendant qu'elle s'habillait, il s'approcha des baies vitrées qui occupaient tout un pan de son appartement. London bénéficiait d'une vue panoramique de la ville, de cette ville remplie de secrets et de mensonges. Depuis qu'il travaillait comme détective privé, il mesurait leurs nombres.

Mais il ignorait toujours pourquoi son père s'était jeté

du Golden Gate. Il n'avait pas eu envie de le savoir, de creuser la question, de s'en soucier.

Il devait reconnaître qu'il avait laissé les événements décider de sa vie. Un peu comme London, d'ailleurs. Pourquoi avait-elle accepté d'être P.-D.G. alors qu'elle détestait manifestement ces fonctions et qu'elle n'était pas faite pour le job ?

London descendit de sa chambre, vêtue d'un jean et d'un gros pull bleu qui semblait doux comme de la soie. Sur elle, une tenue décontractée devenait classe et… sexy.

Judd tapota la vitre.

— C'est le Club des Bohémiens là-bas, non ?

Elle s'approcha et posa le front sur les baies vitrées.

— Oui, l'ancien manoir Fleck. C'est devenu un club huppé pour hommes. Mon père en faisait partie.

Il digéra les implications de ses paroles mais London s'éloignait déjà de lui.

— Cette fois-ci, je vais mettre mon blouson.

— Celui que vous portiez sur une robe longue, l'autre soir ?

— Oui, dit-elle en le sortant d'un placard. Je sais que j'aurais mieux fait de porter une étole de soie ou même un vison.

— Possédez-vous un vison ? demanda-t-il, surpris.

— Non mais pourquoi cette question ? Me jetteriez-vous de la peinture rouge en me traitant d'assassin si j'en avais un ?

— Euh, je ne suis pas indifférent au sort des animaux.

— En avez-vous ?

— Des poissons dans un aquarium.

Tout en lui prenant le casque des mains, elle pencha la tête.

— C'est une grosse responsabilité.

— J'aime les animaux. Mon frère Sean m'avait offert un corniaud quand j'étais gosse, Prince, et ce chien a longtemps été mon meilleur ami.

Il lui attacha le casque, s'interdisant de l'embrasser au passage.

Comment s'y prenait-elle pour lui tirer tant de confidences ? Il n'avait parlé à personne de Prince. La mort de son chien lui avait brisé le cœur. Pourtant, à l'époque, il venait de s'enrôler dans les Marines. Il refusa de le lui avouer.

— Qu'est-il arrivé à Prince ?

— Il est mort de sa belle mort.

Elle l'observa un moment avant de faire tomber le viseur.

— Où déjeune-t-on ?

— Aimez-vous la cuisine indienne ?

— Bien sûr. Je connais un endroit…

Il l'interrompit.

— *Je* connais un endroit. Pas loin de l'Union Square. Les plats ne vous paraîtront pas trop épicés, vous verrez.

Il enfourcha sa moto et ajouta :

— Grimpez derrière moi.

Sans se faire prier, elle s'installa et il sentit son sang s'échauffer quand elle noua les bras autour de sa taille. Il se sentait prêt à rouler des heures avec London collée à lui. Il se verrait bien l'emmener loin de San Francisco, loin de toutes ces menaces, loin de son groupe, la libérer.

Au lieu de quoi, il remonta les rues de la ville, s'arrêtant aux feux rouges, regardant traverser les touristes.

Il se gara sur le trottoir devant le restaurant. Il défit le casque de London.

— Il n'est pas question de vous encanailler dans les bars du coin.

— Ne vous inquiétez pas. Cette rue est tranquille mais je sais que le quartier n'est pas bien famé.

— C'est drôle comme à San Francisco, le pire et le meilleur se côtoient, non ?

— Cela fait partie des charmes de cette ville.

— Aimeriez-vous vivre ailleurs ?

— Sûrement pas.

Lorsqu'ils entrèrent dans le restaurant, des fragrances d'ail et d'épices chatouillèrent délicieusement leurs narines.

Judd demanda une table près de la fenêtre pour pouvoir

surveiller sa moto. Il n'avait pas envie de retrouver un journal dessus après leur repas.

Quand ils commandèrent, Judd préféra s'en tenir à l'eau.

— Sentez-vous libre de prendre du vin. Je ne bois pas quand je conduis mais vous n'êtes pas obligée de m'imiter.

— Pas de problème. Je ne bois jamais seule.

Tout en brisant un pain naan, il demanda :

— Parlez-moi de ce gala organisé pour une collecte de fonds où vous tenez à m'emmener.

— Je n'y « tiens » pas. Mais vous avez envie de voir les joueurs en action, non ?

— Bien sûr. Où aura lieu ce gala ?

— A l'opéra.

Il cessa de mâcher et avala une gorgée d'eau.

— Il ne s'agit pas d'un ballet, j'espère ? Dites-moi que je ne vais pas devoir assister à un ballet.

— Ce n'est pas un ballet… Pas exactement.

— Qu'est-ce que cela signifie ?

— Mon père était un grand défenseur des arts de la ville et il finançait les spectacles de l'Opéra, les ballets et les concerts qui s'y produisent. Certaines danseuses présenteront un petit spectacle. Mais il ne s'agira pas d'un véritable ballet. Vous n'êtes pas un fan de danse, si je comprends bien ?

— On peut dire ça. Serais-je obligé de me mettre en smoking ?

— Evidemment.

Il secoua la tête.

— Pour protéger la reine de la pop, je n'avais pas besoin de me déguiser en pingouin.

Ils passèrent le dîner à discuter de sujets anodins et à rire. Judd se répétait que London avait besoin de se détendre et que la calmer faciliterait son propre travail.

Quand ils sortirent du restaurant, Judd lui tendait le casque quand son téléphone portable retentit.

— J'ai un appel.

— Répondez, dit London.

— Le numéro est masqué. J'ignore qui veut me joindre. Allô ?

— Judd Brody ?

— Oui. Qui est à l'appareil ?

— Cela n'a pas d'importance.

— Cela en a pour moi.

— J'ai des informations à vous communiquer. Cela vous intéresse-t-il ou pas ?

— Quel genre d'informations ?

— Je ne veux pas en dire trop au téléphone mais j'ai des éléments qui vous expliqueront comment tout a commencé. Si vous voulez, retrouvons-nous après ce gala de charité demain dans la ruelle derrière l'Opéra, à minuit.

Judd serrait si fort l'appareil que ses jointures en blanchirent.

— Comment savez-vous que nous devons nous rendre à ce gala ? Comment êtes-vous au courant ?

— Cessez de poser des questions idiotes et contentez-vous de venir au rendez-vous… si vous voulez savoir ce qu'il est arrivé à Joey Brody.

11

La communication fut interrompue et Judd se retrouva à fixer son appareil muet.

Revenu de sa stupeur, il résuma à London l'échange qu'il venait d'avoir avec son mystérieux interlocuteur.

S'emparant du téléphone, elle pressa aussitôt le bouton de rappel. Une sonnerie se déclencha quelque part mais personne ne prit l'appel.

Judd secoua la tête.

— Que diable se passe-t-il ?

London réitéra sa manœuvre, le cœur battant.

— Apparemment, les pièces du puzzle sont en train de se mettre en place.

— Si quelqu'un a des renseignements sur mon père à communiquer, il aurait mieux fait de s'adresser à Sean. Non seulement mon frère est inspecteur de police mais il a consacré l'essentiel de sa vie à tenter de comprendre ce qu'il s'est passé, il y a vingt ans.

— Oui mais Sean ne travaille pas avec moi…

— Que voulez-vous dire ?

— Nos histoires sont liées, mon mystère n'est pas étranger au vôtre. Il devient important que vous le compreniez, Judd. Quelqu'un a laissé cet article concernant mon père sur *votre* moto, pas sur *ma* voiture, dit-elle en enfonçant le casque sur sa tête. Pourquoi *maintenant* ? Pourquoi *vous* ? Je vais vous le dire. « *Maintenant* » parce que votre père a été blanchi des accusations qui pesaient sur lui depuis vingt ans et « *vous* » parce que vous m'aidez.

— Montez et recomposez ce numéro avant que je ne démarre. Et nous retenterons notre chance au prochain feu, dit-il en glissant la clé de contact.

Cette fois, le téléphone sonna trois fois puis une femme répondit.

— Johnny chéri, est-ce toi ?

— Qui êtes-vous ? demanda London.

— C'est vous qui me contactez, je n'ai pas à répondre à cette question.

— Attendez, laissez-moi vous expliquer. Quelqu'un vient de m'appeler et j'essaie seulement de découvrir de qui il s'agit. Est-ce votre numéro ?

— C'est celui d'une cabine téléphonique. Certains clients me joignent par ce biais. Que cherchez-vous exactement ? A vous faire de l'argent sur mon dos ?

— Non, pas du tout. Quelqu'un a téléphoné à mon copain de cette cabine et j'aimerais savoir de qui il s'agit.

Son interlocutrice se mit à rire.

— Cette ligne permet d'appeler des prostituées. Nous travaillons dans le coin et nos clients ont ainsi la possibilité de prendre rendez-vous. A mon avis, votre homme s'offre une fille de temps en temps, voilà tout.

— Et où travaillez-vous ? Dans quel coin de la ville se trouve cette cabine ?

— Dans le quartier de la Mission, à l'angle de la Sixième Avenue et de Folsom Street. Si vous vous rendez sur place, dites que c'est Daisy qui vous envoie.

— D'accord, merci beaucoup Daisy, répondit London avant de raccrocher. Avez-vous entendu ? ajouta-t-elle à l'attention de Judd.

— Vous ferez peut-être un bon P.-D.G., après tout.

Le territoire de chasse de Daisy n'était pas loin et Judd prit la direction de Folsom Street. La nuit, le quartier de la Mission était très animé. Un curieux mélange de touristes, de prostituées et de fêtards y déambulaient.

Quand ils parvinrent à destination et s'arrêtèrent à un feu rouge, London lui cria à l'oreille :

— Il y a une cabine près de la station-service. C'est sûrement celle que nous cherchons.

Il opina.

Quelques filles de joie repérèrent Judd et le regardèrent avec intérêt descendre de sa moto. Mais lorsque, à sa suite, London se laissa glisser à terre et retira son casque, secouant ses cheveux blonds, elles se détournèrent, à la recherche de vrais clients.

Ils s'approchèrent de la cabine téléphonique et London tira son Smartphone de sa poche.

— Je vais recomposer le numéro pour être sûre que votre mystérieux correspondant a bien appelé d'ici.

A peine avait-elle pressé la touche de rappel que la sonnerie stridente de la cabine la fit sursauter.

Judd hocha la tête.

— Je n'en reviens pas que cette cabine soit encore en état de fonctionnement.

— Et c'est bien d'ici que le type vous a téléphoné. Daisy ne mentait pas.

— Nous avons retrouvé d'où il nous appelait, oui, mais manifestement, il ne nous a pas attendus, répondit-il en promenant les yeux autour de lui.

— Nous pourrions interroger le caissier de la station-service.

— Le type assis dans sa cage de verre ? Cela m'étonnerait qu'il ait grand-chose à nous dire.

— Vous êtes détective privé ! Pour obtenir des renseignements, n'avez-vous jamais eu l'occasion de graisser quelques pattes ?

Il leva les yeux au ciel.

— Cette expression n'est employée que dans les films !

Il s'approcha de la vitre derrière laquelle se tenait le caissier et la tapota.

Le type se détourna de l'écran de la télévision installée en face de lui.

— Que voulez-vous ? Apparemment, vous n'êtes pas ici pour acheter de l'essence.

— Il n'est pas trop tard pour faire le plein mais en attendant, pourriez-vous me dire qui a utilisé cette cabine depuis une demi-heure ?

— Personne, répondit l'homme en reportant son attention sur son poste.

Avant que London n'ait le temps d'ouvrir son sac, Judd sortit un billet de sa poche.

— Qui a appelé d'ici avant que la prostituée ne réponde à un appel ?

— Il n'y a pas de prostituées par ici, répliqua le caissier en s'emparant de l'argent.

— Bien sûr, suis-je bête ! Mais savez-vous qui a passé un coup de fil avant que cette jeune fille n'ait son pasteur en ligne ?

Cette fois, le type les regarda en face. Comme il tendait la main pour attraper un autre billet, Judd recula.

— Qui ?

Le caissier se gratta le crâne.

— J'ai peut-être vu un gars dans la cabine tout à l'heure. Blanc. Il portait une casquette de base-ball. Il est même passé m'acheter des cigarettes.

— Un fumeur ?

— Vingt litres sur la deux ! cria un grand maigre près des pompes.

Le caissier appuya sur quelques touches avant de répondre à Judd.

— Il était couvert de tatouages, il avait le nez cassé. Un ex-taulard, à mon avis. La quarantaine. Je ne peux rien vous dire de plus. Il portait des lunettes noires et il avait enfoncé sa casquette sur sa tête. Il était bien rasé. Et je ne vous ai rien dit.

— Rien du tout, renchérit Judd en lâchant son billet. Et j'aimerais dix litres pour la pompe quatre.

Comme il retournait vers sa moto, London lui prit le bras.

— Un ex-taulard ? Vous y croyez ?

— Je pense que le caissier l'a pris pour un ex-taulard. Maintenant, en est-il un ou pas, c'est une autre histoire.

— De toute façon, nous le verrons demain soir, non ?

— « Nous » ?

— Cette affaire me concerne directement et vous travaillez pour moi.

Tout en remplissant son réservoir, Judd secoua la tête.

— Je me demandais quand vous abattriez cette carte avec moi.

— Quelle carte ? Je veux écouter ce type, je fais partie de l'enquête.

Il enfourcha son engin et l'invita à le suivre.

— Vous êtes en train de laisser tomber vos responsabilités de P.-D.G. pour jouer les détectives privés, non ? Permettez-moi de vous rappeler que les P.-D.G. ne roulent pas en Harley et ne rencontrent pas d'ex-taulards.

Nouant les bras autour de sa taille, elle glissa les mains sous son T-shirt.

— Et maintenant qui cherche à me piéger ?

— Vous piéger ?

— Croyez-vous pouvoir m'empêcher de faire quelque chose en me faisant remarquer que les P.-D.G. ne le font pas ?

Avec un petit rire, il démarra.

— Cela valait le coup d'essayer.

— Vous savez, je peux toujours engager un autre détective privé, un qui apprécierait mes efforts.

— Aucun autre ne pourrait vous donner ce que je vous donne. Maintenant, pouvez-vous me lâcher ? Vous enfoncez vos ongles dans mon ventre. Je ne suis pas une souris !

Elle se mit alors à le caresser. Puis elle se colla à lui.

Le grondement du moteur leur interdisait toute conversation mais elle comprit que Judd se dirigeait vers chez elle. Aussi au premier feu rouge, elle demanda :

— Et votre matériel ?

— Demain.

Cela signifiait-il qu'il n'avait pas l'intention de dormir dans l'appartement voisin du sien ? s'interrogea-t-elle. En ce cas, elle devrait le convaincre de rester. Elle avait besoin qu'il passe la nuit près d'elle. Tous deux étaient sur le point de faire une découverte majeure, une découverte qui impliquait leurs deux familles.

Lorsqu'il dévala une colline, elle se plaqua plus étroitement contre lui. Un instant, elle rêva que tous ses ennuis s'envolaient et qu'elle pouvait rouler éternellement derrière Judd sans penser à rien.

Elle sourit. Se seraient-ils rencontrés sans toute cette histoire ? Le destin les avait rapprochés et elle ne le regrettait pas. Il aimait les défis autant qu'elle et comme elle, il était accro à l'adrénaline.

Quand Judd s'arrêta devant sa résidence, elle retint son souffle. Allait-il monter ? Ou repartir ?

A son grand soulagement, il coupa le moteur et demanda :

— Où puis-je me garer pour la nuit ?

— Je vais composer le code d'accès au parking. Vous n'aurez qu'à laisser votre engin près de ma voiture.

— Avez-vous une brosse à dents à me prêter ?

— Bien sûr et vous pourrez dormir sur le canapé jusqu'à ce que nous ayons aménagé un minimum l'appartement voisin.

Quand la grille menant au sous-sol se souleva, il y dirigea sa moto. Elle lui indiqua l'endroit où se trouvait sa Mini.

Il ne put dissimuler sa surprise.

— C'est ce que vous conduisez ?

— Il est tellement difficile de circuler à San Francisco et plus encore de s'y garer. N'est-ce pas la raison pour laquelle vous roulez en Harley ?

— L'une des raisons.

En le voyant poser les mains sur son bolide, elle ne put s'empêcher d'imaginer les mêmes mains sur elle.

Il retira son casque et demanda :

— Bon, on y va ou vous préférez rester ici à regarder ma moto ?

Lorsqu'ils parvinrent au dernier étage, il désigna du doigt l'appartement vide.

— Je vais faire un peu de ménage là-dedans. Avez-vous des sacs-poubelles ? J'aimerais le débarrasser de ces détritus.

Une fois chez elle, elle chercha dans ses réserves une brosse à dents et elle sortit d'un placard la couverture et l'oreiller que Judd avait utilisés la nuit précédente. Elle ne put s'empêcher d'y enfouir le visage pour s'enivrer de son odeur. Elle avait connu trop d'hommes qui s'aspergeaient d'eau de toilette très épicée. Judd avait des fragrances différentes, plus naturelles, plus viriles. Le simple fait de les respirer la rassurait, la sécurisait.

Elle retira ses bottes et se déshabilla. Comme elle s'apprêtait à enfiler un vêtement de nuit, elle se demanda si elle voulait en faire une tenue de séduction. Elle pouvait mettre un pyjama difforme en pilou ou un déshabillé tout de soie et en dentelle.

Elle entendit la clé dans la serrure et elle vit soudain Judd refermer d'un coup de pied la porte et entrer au pas de charge chez elle. Avant qu'elle ne puisse prononcer un mot ou reprendre son souffle, il parcourut la distance qui les séparait pour la prendre dans ses bras.

Il captura ses lèvres. Tout en dévorant sa bouche, il l'attira à lui. Il l'enlaçait si étroitement qu'elle devina son érection et un désir violent s'empara d'elle.

Il recula et elle caressa ses lèvres meurtries en le dévisageant d'un air interloqué.

— Que se passe-t-il ?

— En as-tu envie, London ? As-tu envie de moi ?

Elle n'était donc pas aussi transparente qu'elle ne l'avait craint, se dit elle. Sinon, il n'aurait pas posé la question.

Incapable d'articuler un mot, elle hocha la tête.

— Je l'interprète comme un « oui », dit-il.

Il reprit sa bouche et leurs langues entamèrent une danse sensuelle. Comme elle se frottait contre lui, il plaqua les mains sur ses fesses pour l'y encourager.

— Qu'as-tu fait, Judd ?

— Comment cela ? demanda-t-il en lui caressant le dos.

— Dans l'appartement voisin. M'as-tu espionnée par le trou dans le mur, regardée retirer mes bottes et cela t'a-t-il excité ?

Il éclata de rire.

— Tu me rends fou depuis que tu as déchiré ta robe dans la ruelle.

— Je n'ai fait que la raccourcir un peu. Et pourquoi t'a-t-il fallu tant de temps ?

— Tant de temps ? C'était la première fois que je te voyais.

— Comme les hommes oublient vite ! J'ai eu envie de toi au premier regard, ce soir-là, et plus encore quand je me suis presque étalée de tout mon long sur toi.

— Tu t'es étalée sur moi ?

— J'espérais que tu t'en souviendrais…

Il claqua des doigts.

— C'était toi ? La blonde froide qui m'a heurté par inadvertance et qui me semblait intouchable.

Retirant son pull, elle dégrafa son soutien-gorge. Puis elle prit ses mains pour les poser sur ses seins.

— Intouchable ? Peut-être as-tu fait une petite erreur de jugement.

Il se mit à caresser les pointes pour les faire se dresser.

— C'est vrai que tu es très douce et chaude pour une princesse glacée, murmura-t-il.

Elle promena les doigts sur les tatouages qui ornaient ses bras.

— Et toi, trop sensible et protecteur pour jouer les caïds.

Il la déshabilla et l'embrassa avec passion.

Comme il lui saisissait les fesses pour la soulever, elle noua ses longues jambes fuselées autour de sa taille.

— Veux-tu que je t'indique un lit ?

— Si c'est le tien, oui.

Elle se tourna vers l'escalier et lui tendit la main pour l'entraîner. Mêlant ses doigts aux siens, il la suivit.

A mi-chemin, il s'arrêta sur une marche, lui enlaça la taille et lui murmura à l'oreille :

— Je pourrais te prendre là, dans l'escalier.

Elle planta les yeux dans les siens.

— Es-tu sûr d'en avoir vraiment envie ?

— Bien sûr ! Un peu de piment ne peut pas faire de mal.

J'aime varier les plaisirs. Un jour, nous pourrons essayer sur ma Harley aussi, dit-il en lui embrassant le bout du nez.

— Je ne faisais pas allusion aux différents endroits où nous pourrions faire l'amour mais au fait de devenir amants. Depuis le départ, tu me tiens à distance, tu me fais comprendre que tu préfères cantonner nos relations à un cadre strictement professionnel. Et brusquement, tu sembles avoir changé. D'où ma question.

Les yeux bleus de Judd s'assombrirent et elle se demanda si elle n'avait pas tout fichu en l'air en lui remémorant son code de déontologie professionnelle.

Mais il glissa la main dans sa culotte pour la caresser.

— Comme tu l'as dit tout à l'heure, il y a quelque chose entre nous, entre nos histoires. Quand tout sera terminé, nous nous séparerons et reprendrons chacun nos routes. Tu dirigeras Breck Global Enterprises et je me rendrai en Grèce pour protéger la fille d'un armateur. Mais en attendant, pourquoi ne pas vivre ce qui se présente, ce moment ?

Avant qu'elle ne puisse objecter qu'ils n'étaient pas obligés de se quitter à la fin, Judd la prit dans ses bras et l'allongea sur les marches. London sentait le bois lui frotter le dos. Mais très vite, elle oublia l'inconfort de sa position, la fille de l'armateur grec, ses responsabilités au sein du groupe, pour ne plus penser qu'aux mains de Judd et au pouvoir de leurs caresses.

Il plongea la tête entre ses cuisses et quand sa bouche s'aventura sur la partie la plus sensible de son anatomie, elle poussa un cri et rejeta la tête en arrière. Au moment où le plaisir devenait presque insupportable, il s'interrompit pour picorer ses cuisses de baisers brûlants avant de reprendre ses exquises tortures, l'entraînant vers le ciel.

Des vagues de jouissance déferlèrent sur elle avant d'exploser en un orgasme ravageur et elle ferma les paupières pour s'abandonner sur les marches comme une poupée de chiffon oubliée.

Mais Judd n'avait pas l'intention de l'oublier, en tout cas, pas tout de suite.

Il la reprit dans ses bras et grimpa l'escalier jusqu'à la chambre qu'il ouvrit d'un coup d'épaule.

— Ah, ton lit est là.

Il l'allongea sur la couche avant de reculer pour la regarder, les bras croisés. Il promena les yeux sur elle, un petit sourire aux lèvres.

— Pourquoi es-tu encore tout habillé alors que je suis nue comme un ver ? dit-elle.

Il pencha la tête.

— Je croyais que tu aimais être en tenue d'Eve. En tout cas, si j'en crois les tabloïds. Rappelle-toi. London Breck nue dans les fontaines, London Breck nue à la plage, London Breck nue sur un yacht.

Elle se redressa pour poser la main sur les lèvres de Judd, les lèvres qui avaient bouleversé son univers.

— London Breck nue dans les bras de Judd Brody nu, voilà ce que je veux.

— Alors, viens me déshabiller, répliqua-t-il en ouvrant les bras.

— Retire d'abord tes bottes. Je m'occuperai du reste.

Il siffla entre ses dents.

— Après tout ce que j'ai fait pour toi dans l'escalier. Tu joues les divas.

Elle se leva.

— Si tu veux que je…

— Je plaisantais.

Il s'assit sur le lit, enleva ses bottes, l'une après l'autre.

Elle posa les mains sur son dos.

— Relève-toi. J'ai envie de faire les choses correctement et de profiter du spectacle pendant que j'y suis.

Il obtempéra et elle fit passer son T-shirt par-dessus sa tête. Elle le regarda un long moment, le souffle coupé à la vue de ses larges épaules, de son ventre musclé. Un grand tatouage ornait son torse.

— Tu me regardes ou tu me déshabilles ?

Elle comprit qu'il voulait qu'elle lui ôte son jean.

Elle s'activa sur les boutons de son pantalon, se sentant

soudain aussi nerveuse qu'une jeune vierge lors de sa nuit de noces.

Il enfouit les doigts dans ses cheveux.

— Ta chevelure capte toute la lumière. C'est magnifique !

Elle lui ouvrit son jean et se mit à caresser son sexe dressé. Il captura alors sa bouche et tous deux roulèrent sur le lit.

Comme elle lui retirait son pantalon, il en tira un préservatif qu'il posa sur la table de chevet.

Surprise, elle demanda :

— Depuis combien de temps avais-tu ce préservatif dans ta poche ? A moins que tu en aies un toujours sur toi ?

— Je l'ai depuis que je t'ai sauvée dans la ruelle.

Elle l'embrassa avant de sourire.

— Tu mens mais je m'en moque complètement.

Il lui souleva les cheveux pour l'embrasser dans le cou.

Elle se tortilla sous lui et il se glissa entre ses jambes.

Elle l'entendit déchirer le sachet de préservatif. Puis il se remit à la caresser avant de lui faire l'amour, la comblant au-delà de ses moindres désirs.

Quand apaisés, ils se glissèrent sous les draps dans les bras l'un de l'autre, London poussa un soupir de bien-être.

Avec un bâillement, il murmura alors à son oreille :

— Et la brosse à dents ?

Elle avait envie de s'abandonner au sommeil contre lui mais elle répondit :

— Je l'ai posée sur…

Une lumière se mit soudain à clignoter dans la pièce tandis qu'une sirène aiguë perçait leurs oreilles.

Judd se mit aussitôt sur son séant.

— Que se passe-t-il ?

Une odeur de fumée lui chatouilla les narines et elle bondit hors du lit, entraînant Judd derrière elle.

— Au feu ! cria-t-elle.

12

A la hâte, Judd ramassa son jean tandis que London se précipitait dans le dressing-room.

Pourvu qu'elle ne cherche pas une tenue assortie ! se dit-il.

— London !

Elle sortit, serrant contre elle ses vêtements.

— Je dois absolument emporter l'ordinateur de mon père.

Tout en s'habillant en vitesse, il secoua la tête.

— Nous devons surtout sortir d'ici au plus vite.

Ils dégringolèrent ensemble l'escalier.

— Va le chercher pendant que je m'habille, je t'en prie.

Il courut dans la cuisine, prit l'ordinateur sous le bras. Quand il revint dans le salon, London avait passé un jean et elle enfilait un pull.

Avant d'ouvrir la porte, Judd y posa les mains pour s'assurer que le brasier n'était pas derrière et qu'il n'allait pas provoquer un appel d'air. Rassuré, il passa la tête dans le couloir. D'épaisses volutes de fumée envahissaient l'espace. Elles provenaient de l'appartement voisin.

— Prenons l'escalier pour descendre, dit-il à London. J'ai mon téléphone, je vais appeler les pompiers.

Il poussa la porte de l'issue de secours et la referma avec soin. Pieds nus, ils dévalèrent les marches de métal.

Quand il eut le 911 en ligne, il apprit que les soldats du feu avaient déjà été prévenus du sinistre et étaient en route.

Dans l'escalier, ils croisèrent d'autres résidents, la plupart en tenue de nuit, qui cherchaient eux aussi à gagner au plus vite la sortie. Personne ne savait où et comment le feu avait démarré. Mais Judd en avait une petite idée.

S'il n'avait pas été aussi focalisé sur London, sur son désir impérieux de lui faire l'amour, il aurait pris le temps de sécuriser correctement l'appartement vide. En fait, il aurait dû y rester comme il l'avait initialement prévu. Mais quand, sur sa moto, London avait noué les bras autour de sa taille en se pressant contre lui, il avait oublié tout ce qui n'était pas elle.

Lorsqu'ils parvinrent dans le hall, l'agent de sécurité ouvrait aux pompiers.

L'un des soldats du feu demanda à la cantonade :

— Quelqu'un a-t-il vu quelque chose ?

Judd prit la parole :

— Il y a une épaisse fumée au dernier étage. Elle semble provenir de l'appartement 502 qui est inoccupé.

Le capitaine des pompiers ordonna à ses hommes de le suivre aux étages.

— Cinquième. Appartement 502. Il est vide. Evacuez tout le monde.

Les résidents se bousculèrent vers la sortie et Judd garda la main de London dans la sienne.

Elle se pressa contre lui.

— Quelqu'un a mis le feu chez moi. Comment ont-ils fait pour entrer ?

— Ils y sont parvenus parce que j'étais trop occupé à prendre du plaisir pour m'intéresser sérieusement à ta sécurité.

— Ne sois pas ridicule. Tout aurait été pire si tu avais dormi dans l'appartement vide. Les intrus t'auraient tué. Tu n'aurais pas réussi à t'en sortir vivant.

— Si j'avais été dans cet appartement au lieu d'être dans ton lit, ce sont ces types qui n'en seraient pas sortis vivants, rectifia-t-il. Voilà pourquoi il faut toujours compartimenter le travail et le plaisir.

— Ce n'est pas possible pour nous et tu le sais bien. Nous

sommes ensemble dans cette histoire, Judd. Aujourd'hui plus que jamais.

Quand il l'enlaça tendrement, elle obtint la confirmation qu'elle espérait.

Tandis que les pompiers luttaient contre l'incendie, les résidents retournèrent dans le hall. Emmitouflés dans des couvertures, ils tentèrent de se réconforter en buvant le café que le gardien leur avait préparé.

En voyant l'un des soldats du feu redescendre par l'ascenseur, London chuchota à Judd :

— C'est bon signe.

— Mesdames et messieurs, un court-circuit dans la cuisine de l'appartement inoccupé du dernier étage a déclenché un début d'incendie. Nous l'avons circonscrit et il n'y a plus de danger. Si j'ai bien compris, la propriétaire de cet appartement se trouve ici et j'aimerais lui parler. Les autres peuvent remonter chez eux.

Judd se leva et tendit la main à London pour l'aider à se mettre sur pied. Tous deux s'approchèrent du chef des pompiers.

— Je suis London Breck, la propriétaire de cet appartement.

— J'ai bien peur que votre bien n'ait subi d'importants dégâts, provoqués d'une part, par la fumée et d'autre part, par la neige carbonique que nous avons utilisée pour éteindre les flammes et pour nous assurer qu'elles ne se propageraient pas dans le reste de l'immeuble.

— Je comprends. Il s'agissait donc d'un court-circuit ?

— Oui, c'est très fréquent surtout dans des appartements vides. Peut-être auriez-vous intérêt à le louer après l'avoir remis en état pour éviter que cette mésaventure ne se reproduise à l'avenir.

— D'accord, merci du conseil.

Judd lui prit le bras.

— Te sens-tu capable de monter cinq étages à pied ou préfères-tu attendre que les autres résidents aient regagné leurs appartements pour prendre l'ascenseur ?

— Je préfère l'escalier. Juste une question pour être sûre que tu partages mon sentiment : Il ne s'agissait pas d'un court-circuit accidentel, n'est-ce pas ?

— Bien sûr que non.

Lorsqu'ils parvinrent en haut de l'escalier, une odeur de fumée flottait encore entre les murs du couloir. Ils ne prirent même pas la peine de se coucher. London savait qu'elle ne pourrait trouver le sommeil. Elle se laissa choir sur le sofa, croisant les jambes sous elle.

— Qui était visé cette fois-ci ? Crois-tu qu'il cherchait à me tuer ?

— Il y a des moyens plus simples et plus efficaces de se débarrasser de quelqu'un. Il tentait de te faire sortir de chez toi ou de détruire ton appartement.

— Ou de détruire quelque chose qui s'y trouve, dit-elle en posant la main sur l'ordinateur de son père.

— Cet ordinateur ?

— Ou peut-être avait-il en tête autre chose.

Judd se frotta les yeux.

— Je veux prendre ce type sur le fait. Je n'ai besoin que de cinq minutes seul avec lui pour obtenir des réponses.

Elle promena les mains sur son torse.

— Mais en attendant, nous devons mener de plus amples investigations.

— Cela pose un petit problème.

Judd voulait-il l'écarter ? Elle espérait que non. Il n'était plus question pour elle de retourner au bureau et de jouer les P.-D.G., à présent.

— Lequel ? demanda-t-elle en retenant son souffle.

— L'appartement que tu m'avais réservé a brûlé. Je ne peux plus y dormir, tu es d'accord ?

— Tu vas rester ici avec moi.

— Après la nuit que nous avons eue ? Pendant un instant, j'ai cru que le brasier de nos ardeurs avait provoqué cet incendie.

— C'était chaud entre nous, c'est vrai.

Il secoua la tête.

— J'aurais dû maitriser mes pulsions. Nous étions distraits. Il nous faut être plus vigilants.

— Non, je ne suis pas d'accord. Quand nous étions ensemble, je me sentais invincible. Tu ne me distrais pas, Judd Brody, tu ne m'affaiblis pas. Tu me complètes, tu me rends plus forte.

Il lui embrassa le poignet.

— Montons nous coucher et essayons de dormir. Une dure journée nous attend demain.

Judd observa le visage de London, éclairé par les premiers rayons du soleil.

Les mots qu'elle avait prononcés la veille au soir à propos de leurs liens et de leur façon de se compléter l'avaient fait réfléchir. Il ne pouvait la rejoindre sur ce terrain. Elle espérait quelque chose de lui, quelque chose qu'il n'était pas prêt à donner.

Il avait un trou béant à la place du cœur, il était incapable de s'engager auprès d'une femme. Comment pourrait-il offrir à London ce qu'elle désirait ? Ce qu'elle méritait ?

Il lui caressa les cils du bout des doigts. Peut-être valait-il mieux pour eux deux qu'il renonce tout de suite à sa mission et qu'il la propose à un autre, à un vrai professionnel qui ne laisserait pas de longues jambes fuselées ou une magnifique chevelure le détourner de ses responsabilités.

Elle soupira dans son sommeil et entrouvrit les lèvres.

Il ne pouvait pas la quitter dans l'immédiat. Il devait découvrir qui la menaçait et pourquoi, mener l'enquête. Ce n'est qu'ensuite qu'il pourrait expliquer à London qu'elle vivrait mieux sans lui.

Il jouerait aussi sur son désir de devenir une P.-D.G. à la hauteur. Elle comprendrait qu'en jean avec son casque de moto sous le bras, il ferait tache dans cet univers. Il lui fallait un petit ami en costume-cravate qui se sentait à l'aise au milieu des dirigeants de multinationales.

Elle prendrait conscience du fait qu'il n'était pas possible de garder un pied dans le monde de Judd et l'autre dans celui des affaires. Il devait la convaincre.

Elle murmura d'une voix ensommeillée.

— On prend le petit déjeuner au lit ? Un petit déjeuner sans café ni croissants mais délicieux ?

— Je n'ai plus de préservatif et nous avons beaucoup à faire aujourd'hui, répliqua-t-il. Je vais installer des caméras de surveillance dans l'appartement puisque celles de l'immeuble me semblent peu fiables. Je dois apporter mon matériel et quelques affaires afin de pouvoir mener ma mission de garde du corps à plein temps dans les meilleures conditions.

— C'est parfait, dit-elle en le caressant.

Il dut faire appel à toute sa volonté pour s'écarter d'elle.

— Je vais prendre une douche et avancer avant les festivités de ce soir. As-tu besoin de te rendre à ton bureau aujourd'hui ?

— Oui, j'y passerai la journée et nous pourrons nous y retrouver avant d'aller à l'Opéra pour cette soirée de gala.

— Parfait. Je vais aller et venir, changer les serrures des deux appartements et installer des caméras.

— Fais comme chez toi. Il y a des serviettes propres dans le placard de la salle de bains.

Il ramassa son jean et son T-shirt avant de se diriger vers la salle de bains. L'endroit était confortable et très design, les serviettes-éponges épaisses.

Quand il entra dans la cabine de douche, il actionna les robinets et l'eau chaude jaillit. Il se savonna à l'aide d'une lotion parfumée, espérant qu'il ne sentirait pas la rose toute la journée.

Soudain, un courant d'air frais le saisit. Surpris, il se retourna et se retrouva dans les bras de London.

— J'arrive au bon moment, dit-elle. Les mains sur le mur !

Que pouvait-il faire ? Elle était le patron.

Docilement, il obtempéra. Il sentit les doigts de London tracer avec douceur de grands cercles dans son dos. Quand elle atteignit ses fesses et y enfonça ses ongles, il oublia tout professionnalisme, il oublia son trou dans la poitrine à la place du cœur, il oublia qu'il devait quitter bientôt cette femme.

Plusieurs heures plus tard et ayant bien besoin de prendre une autre douche, Judd recula de quelques pas dans le couloir de London en agitant la main devant une caméra miniature qu'il avait installée dans un coin. Elle était équipée d'un détecteur de mouvements qui déclenchait la prise d'images. Ainsi si quelqu'un s'introduisait dans l'appartement, l'appareil se mettrait en marche mais il resterait éteint quand l'endroit serait désert.

Il avait inspecté l'appartement vacant mitoyen pour chercher où le court-circuit signalé par les pompiers s'était produit. Il avait longuement inspecté les plombs. Mais il n'avait rien vu d'anormal, aucun câblage défectueux.

En entendant la petite sonnette de l'ascenseur signalant l'arrivée de la cabine, il se tendit et s'empara de son arme.

London apparut, ravissante dans son tailleur bleu marine. Elle abandonna son attaché-case dans un coin et posa les poings sur les hanches.

— Qu'il est réconfortant de te voir après la journée que j'ai eue.

Il sentit son cœur s'accélérer.

— Des problèmes ?

— Ma vie n'a été à aucun moment menacée, rassure-toi. Mais je me suis ennuyée à mourir. D'ailleurs, je dormais à moitié pendant les réunions.

— As-tu croisé certains collaborateurs qui se rendront au spectacle de danse, ce soir ?

— Tout le monde y sera. Pourquoi ne pas les enfermer dans une salle et les interroger sous une lumière vive ?

— Y compris les petits rats de l'Opéra ?

— Pourquoi pas ? As-tu fini de travailler ici ? ajouta-t-elle avec un geste.

— J'ai installé des caméras, changé les serrures et je suis allé chercher des vêtements chez le teinturier.

— Vas-tu mettre le smoking que tu portais l'autre soir ?

— Laisse-moi y réfléchir, répondit-il en levant les yeux au ciel tout en se caressant le menton. Oui… Je n'en ai pas d'autre.

— Très bien, dit-elle en récupérant son attaché-case pour se diriger vers son appartement.

— Pourquoi ? Il pose problème ?

— Non, mais je te trouve un peu engoncé dedans.

— Tant mieux si je fais un peu tache parmi les invités à cette soirée.

— Pour tout te dire, répondit-elle en riant, tu avais attiré mon attention au gala de charité justement parce que tu tranchais totalement au milieu des autres.

Il posa la main sur la sienne.

— Et ce sera toujours le cas, London. Je ne ressemblerai jamais à ces gens.

Le sourire de London s'envola et elle actionna la poignée.

— Je n'aimerais pas qu'il en soit autrement.

Elle prit une douche et il la laissa tranquille, même si l'imaginer nue sous le jet d'eau chaude l'empêcha de suivre sereinement le journal télévisé.

Il prit la suite dans la salle de bains mais cette fois, elle ne l'y rejoignit pas. Il avait laissé son smoking sur le lit et la chambre était vide lorsqu'il finit sa toilette.

Judd était devant le miroir, se battant avec son nœud papillon quand London l'y rejoignit en peignoir rose, les cheveux enroulés dans une serviette-éponge.

— Laisse-moi faire, dit-elle.

Se dressant sur la pointe des pieds, elle s'empara du ruban noir. Ses doigts fins s'activèrent habilement sur le nœud.

— Voilà, dit-elle en tapotant son œuvre de la main.

— Merci. N'est-il pas temps de te préparer ? Mais peut-être mets-tu un point d'honneur à arriver en retard.

— Je n'ai pas besoin de beaucoup de temps pour me faire belle. Il me suffit de sécher mes cheveux, de me maquiller et de passer ma robe.

— Je t'attends en bas. Cela t'ennuie-t-il que je jette un œil sur l'ordinateur de ton père ?

Elle battit des cils.

— Je l'ai rapporté au siège pour le laisser dans le coffre-fort du bureau de mon père. Il est inviolable. Je me dépêche. Prends un verre, cela t'aidera à te détendre.

Avec un haussement d'épaules, il prit sa veste.

— Pourquoi pas ?

Il descendit l'escalier, là où ils avaient fait l'amour la veille au soir. Le désir l'avait rendu fou et il avait ressenti le besoin impérieux de la faire sienne. L'idée qu'un intrus l'espionne de l'appartement voisin l'avait poussé à retourner chez elle et à la prendre dans ses bras. Comme si coucher avec elle avait le pouvoir de la protéger.

Puis quelqu'un avait mis le feu.

Il s'approcha du bar et inspecta les carafes de cristal, soulevant les bouchons pour découvrir leurs contenus.

Il se servit d'un cognac et joua à faire tourner le liquide ambré dans son verre. Quand il le porta à ses lèvres, il le savoura un instant en bouche avant de l'avaler. Puis ses yeux se posèrent sur l'attaché-case de London qu'elle avait laissé près de la table basse.

Elle n'avait pas paru enthousiaste à l'idée de mener des investigations avec lui sur l'ordinateur de son père. Elle aurait dû laisser l'appareil ici pour lui permettre de consulter les dossiers qu'il contenait. Il n'espérait pas autant qu'elle de cet ordinateur mais il aurait dû insister pour qu'ils l'inspectent ensemble.

Quand elle apparut, il leva le nez et resta un instant bouche bée, ressemblant sans doute à l'idiot du village.

— Tu es sublime !

Elle se tourna sur elle-même pour lui faire admirer sa longue robe fourreau émeraude qui lui allait comme une seconde peau.

— Vas-tu pouvoir marcher dans cette tenue ou devrai-je te porter toute la soirée, ce qui ne m'ennuierait pas du tout ?

— Elle paraît étroite mais la jupe est fendue sur le côté, dit-elle en le lui montrant. Tout a été prévu.

— Tu ferais quand même mieux de ne pas trop te tortiller.

— Ne t'inquiète pas. Tout est bien en place, ajouta-t-elle en caressant ses seins comme pour le rendre fou.

— Et que portes-tu au cou ?

— Cette émeraude ? demanda-t-elle en prenant la pierre dans ses doigts. Je l'ai choisie ce soir parce qu'un prince russe l'avait offerte à une première étoile qu'il admirait beaucoup. L'une des danseuses du ballet de ce soir est la petite-fille de ce prince.

— Et vas-tu lui rendre le bijou ?

— Ah, non !

— Tu vas le provoquer en arborant cette pierre ? dit-il, hypnotisée par la sensualité avec laquelle elle caressait son collier.

Comment avait-il pu la trouver froide, la comparer à une princesse de glace ?

Il s'éclaircit la gorge.

— Un cognac ?

— Je me contenterai d'une gorgée dans ton verre. Mais je te croyais fidèle à la bière ?

— J'ai dit ça ? C'est vrai, j'aime la bière mais puisque je vais passer la soirée avec les riches autant commencer à boire comme eux. Où sont les glaçons ?

— Dans le congélateur de la cuisine.

— Je m'en charge.

Il se rendit dans la pièce voisine, son verre à la main. Il pressa l'appareil et deux glaçons y tombèrent.

Il revint dans le salon et lui tendit le breuvage.

— Buvons au succès de la soirée. Ou de l'après-soirée. Souhaitons qu'elle nous apporte des réponses.

Ils trinquèrent, espérant que la chance leur sourirait et leur permettrait enfin d'avancer.

Avant qu'ils ne finissent leurs verres, l'Interphone retentit.

London répondit et reconnut le gardien de la résidence.

— Mademoiselle Breck, votre voiture est arrivée.

— Merci, nous descendons.

— Dommage que Theodore ne soit pas là, ce soir, dit Judd.

— Tu as raison, j'ai loué une limousine avec chauffeur.

— Prends-tu un manteau ?

— Je n'en ai aucun qui aille avec cette robe. Tu me tiendras chaud, ajouta-t-elle avec un clin d'œil.

A la vue de sa démarche féline, il répliqua :

— Cela ne t'a pas empêchée de porter un blouson de motard sur une robe de soirée l'autre soir.

— Tu n'étais pas encore là pour me réchauffer.

Une odeur de fumée flottait encore dans le couloir, rappelant à Judd qu'il devait surtout veiller à la sécurité de London.

Le chauffeur bondit hors de son véhicule pour leur ouvrir la portière et ils s'engouffrèrent à l'intérieur.

Tout en regardant les rues défiler par la fenêtre, London jouait avec la grosse émeraude qu'elle portait au cou et Judd admira le bijou.

— Cette pierre est magnifique et s'harmonise à la perfection à tes yeux.

— Elle appartenait à ma mère. Mais à quoi bon ressasser le passé ?

— J'aime ton passé, il a été coloré, aventureux. Il a forgé ta personnalité. Il est toi. Le mien est moins glamour.

Elle lui caressa la joue.

— Nous sommes logés à la même enseigne. Nous avons vécu des souffrances similaires qui n'ont rien de glamour. Les enfants ont besoin de stabilité, de leurs deux parents. Ni toi ni moi n'avons eu cette chance.

Sa voix tremblait dans la pénombre et il lui jeta un regard de biais. Eprouvait-elle de la pitié pour le petit garçon qu'il avait été ?

Il lui prit la main et y déposa un baiser.

— Ne te désole pas pour moi. Mes frères ont assuré. Ils ne pouvaient évidemment pas remplacer mon père disparu ni ma mère malade mais Sean a été à la hauteur. Eric aussi. Mon père était très strict. S'il m'avait élevé, je serais sans doute devenu quelqu'un de très différent.

— Tu crois donc que l'éducation est plus importante

que la nature pour forger une personnalité, que l'acquis l'emporte sur l'inné ?

— Regarde-toi ! Tu es la preuve incarnée.

— Moi ?

— Tu as perdu ta mère très jeune. Il est probable que si elle avait vécu, tu serais devenue quelqu'un d'autre.

— Les gens peuvent changer.

Il leva les yeux au ciel.

— Je le sais, madame la P.-D.G.

Ils arrivaient à destination et le chauffeur vint leur ouvrir.

— M'appellerez-vous quand vous serez prête à repartir, mademoiselle ? Ou préférez-vous me donner une heure ?

— Je pense rentrer vers minuit mais au besoin, M. Brody vous passera un coup de fil.

D'autres limousines s'arrêtaient devant l'Opéra pour décharger des hommes bien habillés et des femmes couvertes de bijoux.

Aucune n'arrivait aux chevilles de London.

Quand elle prit son bras pour gravir les marches, Judd se sentait plus chevalier servant que garde du corps. Comment réagirait Roger en le voyant ?

Niles, le cousin de London, se tenait en haut des marches.

— London, tu t'es surpassée ce soir ! Cette robe te va à ravir. Et cette émeraude est la petite touche qui parfait ta tenue. Est-ce l'émeraude de Kaparov ?

— Absolument. Niles connaît mieux les joyaux de ma mère que moi, expliqua-t-elle à Judd.

Et les convoitait-il ? se demanda ce dernier.

— Je ne sais pas pourquoi tu insistes aussi lourdement sur le sujet, protesta Niles. Ta mère t'a légué l'intégralité de ses bijoux. Ils sont à toi, London.

— Nous en parlerons une autre fois, ou plutôt jamais, d'accord ? Les danseuses sont-elles déjà là ?

— Aucune idée. J'arrive à peine. Aimez-vous les ballets, Judd ?

— Non.

Niles se tamponna le nez de son mouchoir.

— Je vous laisse. Bonne soirée.

Comme il s'éloignait, Judd murmura à l'oreille de London :

— Ton cousin me semble très au courant de tes affaires de famille.

— Logique ! Il fait partie de la famille.

Il repéra Wade au bras d'une ravissante Noire.

— Ton frère en sait-il autant ?

— Non, il est chargé des activités commerciales de Breck Global mais mon père le tenait à distance des aspects personnels de nos vies. Son existence faisait souffrir ma mère.

— Ton frère garde-t-il une certaine rancœur de cette mise à l'écart ?

— Sans doute. Viens, je vais te présenter à sa femme. Elle est son opposée. Bonsoir, Wade, bonsoir, Stephanie. Heureuse de voir que vous avez réussi à faire garder vos enfants.

— A t'entendre, nous sommes prisonniers de notre progéniture.

— Qui est celui qui t'accompagne à ce ballet, London ? demanda Steph.

— Judd Brody, Stephanie et Wade Vickers.

Wade posa la main sur l'épaule de sa femme.

— Judd Brody est le garde du corps de London, je te l'avais dit, Steph.

Stephanie ouvrit des yeux ronds comme des soucoupes.

— J'ai suivi l'histoire de votre famille, Judd. Puis-je vous appeler Judd ?

— Bien sûr.

— Puisque nous abordons le sujet, intervint London, Wade, papa a-t-il un jour fait allusion devant toi à Joseph Brody ?

Judd observa le visage de Wade mais il n'y vit qu'indifférence.

— Non. Chérie, viens. Le sénateur Adam Cantor arrive, nous devons aller le saluer.

Stephanie embrassa London.

— Je suis heureuse de t'avoir vue et ta robe est fabuleuse.

Quand le couple se fondit dans la foule, Judd grommela :

— Ils semblent mal assortis.

— Les contraires s'attirent. Elle le rend plus humain.

— Et lui, que fait-il pour elle ?

— Il lui a apporté de la stabilité, un certain train de vie. Elle peut rester chez elle avec les enfants.

Judd promena les yeux autour de lui.

— J'ai l'impression que mon copain est également en mission ce soir.

— Que veux-tu dire ? demanda-t-elle en saluant de la main des connaissances.

— Mon ami Rick — celui qui avait un contretemps qui l'empêchait de protéger les bijoux de Bunny au gala, l'autre soir — est là.

— Aimerais-tu aller lui parler ? J'ai différentes personnes à voir.

— Vas-y mais ne t'éloigne pas, d'accord ?

— Bien sûr.

Il la regarda s'approcher des danseuses en tutus. Puis, fendant la foule, il rejoignit Rick et lui tendit la main.

— Bunny t'a donné une seconde chance, ce soir alors.

— Oui. Dis donc, j'ai vu la fille à ton bras. A côté d'elle, tu as l'air d'un gangster.

— London Breck ? Elle m'a chargé d'assurer sa sécurité.

— J'aimerais être à ta place. Tout est bien qui finit bien, alors ?

— Que veux-tu dire ?

Son copain rougit.

— Je t'avais menti, vieux.

— Menti ? De quoi parles-tu ?

— L'autre soir, quand je t'ai demandé de t'occuper de Bunny parce que j'avais un contretemps. Ce n'était pas vrai. Une femme m'avait appelé pour me demander de te proposer cette mission.

Le cœur de Judd s'accéléra dans sa poitrine.

— Quoi ?

— Ecoute, en temps normal, je n'aurais jamais accepté d'entrer dans ce genre de combines. Mais comme il s'agissait d'une femme, j'ai pensé que cela ne prêtait pas à conséquences, que tu ne courais aucun danger.

— Peux-tu être plus clair, Rick ? De quoi parles-tu ? répéta Judd.

— La veille de la soirée de gala organisée par London Breck, une dame m'a téléphoné. Elle m'a expliqué qu'elle était une amie de London et qu'elle voulait que vous fassiez connaissance, tous les deux. Toute cette histoire était un coup monté.

13

Judd sentit son cœur battre à tout rompre dans sa poitrine.

— Cette femme voulait que London et moi fassions connaissance ? répéta-t-il, abasourdi.

— C'est ce qu'elle m'a dit et à l'entendre, j'ai compris qu'il s'agissait d'un petit jeu sans conséquence, répondit Rick. Elle m'a proposé de l'argent pour que je te demande de protéger les bijoux de Bunny à ma place, ce soir-là.

— Et tu as accepté ? rugit Judd en serrant les poings.

— Vieux, elle m'offrait une belle somme et je ne voyais pas le mal.

— Vraiment ? Une inconnue te demande de te rendre complice d'un coup monté en échange d'un paquet de fric et tout te paraît normal ? L'idée que quelqu'un cherchait peut-être à m'éliminer par ce biais ne t'a donc pas effleuré ?

— Il s'agissait d'une femme… Je ne l'ai pas perçue comme une tueuse en puissance.

— Qui était-ce ? T'a-t-elle donné son nom ?

— Non. Elle ne s'est pas présentée et nous ne sommes jamais rencontrés. Dès que tu as accepté de me remplacer, je l'ai prévenue et elle m'a laissé une grosse enveloppe dans ma boîte aux lettres. Fin de l'histoire.

L'histoire était loin d'être terminée, songeait Judd. Sa rencontre avec London n'avait pas été voulue par le destin, comme elle le croyait, mais par quelqu'un.

— Je n'arrive pas à croire que tu aies fait ça, Rick. Tu m'as exposé au danger.

— Je pense au contraire t'avoir rendu service.

Judd reconnut les fragrances du parfum de London avant de la voir surgir à ses côtés.

— Est-ce ton ami ?

— London, je te présente Rick Jacobs. Rick, London Breck.

Ils se serrèrent la main.

— Ravi de faire votre connaissance, mademoiselle. Si mon ami Judd vous agace et que vous avez besoin d'un nouveau garde du corps, n'hésitez pas à faire appel à moi. Je suis disponible vingt-quatre heures sur vingt-quatre.

— Mais Rick est un irresponsable, jeta Judd.

— Que veux-tu dire ? demanda London en fronçant les sourcils.

— L'autre soir, il m'avait refilé sa mission auprès de Bunny parce que quelqu'un l'avait payé pour qu'il me la propose.

— Vieux !

— Est-ce vrai ? demanda-t-elle. Je savais que tout était lié.

— Je ne comprends plus rien, avoua Rick.

— Tant pis mais je te garantis que tu nous as vraiment joué un sale tour. Quel est le numéro de cette femme ?

— Il doit être enregistré sur mon Smartphone si je ne l'ai pas effacé. Comme tu étais toujours en vie et en bonne santé, je ne m'en suis plus soucié. Il faut que je retourne auprès de Bunny, ajouta-t-il, mais je te donnerai le renseignement plus tard.

Quand Rick disparut dans la foule, London se tourna vers Judd.

— Nous sommes davantage liés que nous ne le pensions.

— L'ex-taulard que je dois rencontrer tout à l'heure va peut-être m'éclairer un peu sur la situation.

— J'en suis sûre.

Ses yeux émeraude brillaient comme les pierres qu'elle portait au cou.

Judd sentit son estomac se serrer. Elle comptait se joindre à lui pour ce mystérieux rendez-vous et il n'avait pas encore trouvé le moyen de l'en dissuader.

— London…

Mais elle l'intima d'un geste au silence.

— Le spectacle commence. J'y vais. Espérons que Rick va retrouver ce numéro de téléphone avant la fin de la représentation.

Et elle se hâta vers la salle.

Judd balaya des yeux la foule qui se pressait dans l'escalier comme des moutons, des moutons habillés en pingouins.

Il repéra Bunny, qui croulait sous ses bijoux, au côté de Rick. Il devinait que cette vieille dame excentrique se souciait plus de séduire de beaux jeunes hommes que des pierres précieuses qui ornaient son cou et ses bras.

Croisant le regard de Rick, il lui fit signe de le retrouver ensuite dans le hall. Son ami hocha la tête et entra dans la salle pour installer Bunny à sa place.

Judd commandait un soda quand Rick le rejoignit au bar.

— J'ai bien conservé ce numéro, dit-il en sortant de sa poche son Smartphone. Une chance. Ne te présente pas et ne lui dis pas que c'est moi qui t'ai communiqué ses coordonnées. L'argent qu'elle m'a donné était également censé garantir mon silence.

— En acceptant cette somme, tu as trahi l'éthique de notre profession.

— Facile à dire pour toi qui protèges des chanteuses à la mode à Hawaii et des rois du pétrole dans leurs déplacements sur la Côte d'Azur. Tout le monde n'a pas la chance de décrocher des contrats en or, vieux. Il faut bien vivre.

— Je suis garde du corps comme toi, il ne m'est pas plus facile de trouver du travail que toi.

— J'aimerais que mes clientes se pendent à mon bras comme le fait London Breck au tien. Je ne travaille pas souvent avec des filles comme elle.

— Bon, donne-moi ce numéro et qu'on en finisse. Je suis surpris que cette femme n'ait pas appelé de façon masquée.

— Elle ne le pouvait pas, je devais la rappeler pour lui donner ta réponse. Tiens, regarde.

Il brandit son appareil devant les yeux de Judd qui mémorisa le numéro avant de se tourner vers sa voisine.

— Pardonnez-moi, madame. Cela vous ennuierait-il de me laisser appeler brièvement quelqu'un de votre téléphone ? Le mien est en panne de batterie.

— Aucun problème, répondit-elle en cherchant son Smartphone dans son sac. J'espère que vous n'appelez pas un ami aussi séduisant que vous, ajouta-t-elle. Mon mari est d'un naturel jaloux et il consulte souvent l'historique de mes appels.

— Je cherche à joindre une femme, vous n'aurez aucun souci.

Son mari l'avait peut-être fait travailler pour la faire suivre dans le passé, songeait-il.

Judd ferma les paupières pour se remémorer le numéro et le composa. Il entendit une sonnerie retentir quatre fois avant qu'un répondeur automatique ne se déclenche.

— Vous êtes bien au Bay Realtors, l'agent immobilier de San Francisco qui vous garantit toujours satisfaction. Nos bureaux sont fermés mais n'hésitez pas à nous laisser un message après le bip sonore. Nous vous rappellerons dès que possible.

Judd raccrocha.

— Alors ? s'enquit Rick.

— Je suis tombé sur une agence immobilière. La personne qui t'a appelé y travaille ou y est cliente. Cela ne m'aide pas beaucoup.

— J'aurais au moins essayé, vieux.

Judd rendit l'appareil à sa propriétaire.

— Merci beaucoup.

Elle battit des cils.

— De rien. Vous n'aimez pas les ballets ?

— Pas vraiment.

— Moi non plus, répondit-elle en réajustant le haut de sa robe sur laquelle dansait un énorme diamant. Si vous voulez, nous pourrions nous asseoir dans un coin et bavarder.

— Merci mais je n'ai pas le temps. Je suis en service, ce soir.

— J'adorerais que vous travailliez pour moi. Quand vous voulez.

— Le charme des Brody a encore frappé, ricana Rick. Cette femme est prête à te tomber dans les bras.

— Ce serait une source de problèmes sans nom.

— Cela ne t'arrêtait pas, il n'y a pas si longtemps.

Une réplique cinglante monta aux lèvres de Judd mais il la retint. Rick avait raison. Les ennuis ne l'avaient jamais arrêté avant, avant de faire la connaissance de London. Bien sûr, London incarnait des ennuis plus sérieux encore.

Lorsque les deux hommes regagnèrent la salle, un tonnerre d'applaudissement saluait la prestation des danseuses.

— C'est l'entracte. Vas-tu t'asseoir ?

— Non, merci, répondit Judd en repérant London qui bavardait avec plusieurs personnes.

Il lui parlerait du coup de fil plus tard.

Comme si elle devinait son regard sur elle, elle se tourna vers lui. Elle dut sentir qu'il était préoccupé parce qu'elle se leva pour le rejoindre.

Rick lui envoya une bourrade.

— Le devoir m'appelle. A plus tard.

Judd reporta son attention sur London qui s'approchait. A chaque pas, quelqu'un l'arrêtait pour lui dire un mot, pour la toucher, pour l'embrasser.

Elle attirait les gens comme un aimant. Ils gravitaient autour d'elle comme des insectes attirés par sa lumière. Chacun la voyait comme une amie, comme une confidente. Elle avait le don de faire sentir à ses interlocuteurs qu'ils étaient uniques, importants.

Elle n'avait pas sa place au sein d'un conseil d'administration. Ne comprenait-elle pas qu'elle avait un don plus essentiel que le sens des affaires ?

Quand elle parvint à sa hauteur, elle posa la main sur lui.

— Désolée d'avoir pris tant de temps. Toutes ces personnes connaissaient mon père. Je ne les avais pas revus depuis l'enterrement. Puis-je te prendre une gorgée de soda ?

— Bien sûr mais je vais surtout t'en chercher un.

Quand il revint, elle était entourée de plusieurs hommes dont son cousin et Richard Taylor.

Judd resta à l'écart. Il ne pouvait pas lui parler devant témoins.

— J'ai entendu dire que vous travailliez pour London.

Judd se retourna et découvrit un visage qui ne lui était pas totalement inconnu. Un ancien client ?

— Et vous êtes ?

— Je pensais que vous me reconnaîtriez. Nous nous sommes croisés à une ou deux reprises dans le passé. Je suis le capitaine Les Williams et je travaille avec votre frère Sean.

Judd lui tendit la main.

— Ravi de vous revoir.

— Savez-vous quand revient Sean ? Nous avons besoin de lui. C'est un excellent inspecteur de police. Manifestement, c'est dans les gènes de la famille.

— Je n'en ai aucune idée. Excusez-moi, ajouta-t-il en voyant London lui faire signe.

— Bien sûr, allez vite rejoindre cette ravissante jeune femme.

London se jeta sur lui.

— Alors ? Rick a-t-il retrouvé le numéro ?

— Oui et j'ai appelé. Je suis tombé sur une agence immobilière. Le message d'accueil était générique, pas du tout personnel. Tiens, ton verre.

— Merci. N'importe qui, un client, un agent, même quelqu'un de passage, aurait pu appeler de cette agence.

— Je le pense aussi.

— Mais peut-être devrions-nous nous y rendre.

— Oui. Le spectacle va-t-il reprendre ?

— Dans un instant mais la seconde partie sera plus brève encore que la première. As-tu pu grignoter quelque chose ?

— Il y a un buffet ? Où ?

— En bas. Profite du spectacle pour te restaurer. Les riches adorent se nourrir gratuitement aux galas de charité. Dès la chute du rideau, ils vont se précipiter et faire un sort aux petits fours.

Il lui caressa le bras.

— Tu en parles comme si tu ne faisais pas partie de ce monde.

— J'en fais partie mais j'essaie de ne pas me comporter comme eux.

Elle baissa les yeux, lui tendit son verre pour prendre le bras d'un octogénaire qui passait.

— Oscar, que je suis heureuse de vous voir, ce soir. J'espère que vous saurez vous montrer généreux.

Le vieil homme lui tapota la main.

— Seulement si vous vous asseyez à côté de moi, ma chère.

Judd secoua la tête et s'éloigna vers le buffet. Il se régala de canapés au saumon ou au caviar. Délicieux, il dut le reconnaître. Quand, à la fin du spectacle, la foule envahit les lieux, il aperçut London qui souriait et saluait ses admirateurs. Elle devait finir par avoir une crampe à la mâchoire, pensa-t-il.

Il consulta sa montre. Encore un quart d'heure à endurer cette mascarade. Peut-être pourrait-il sortir discrètement pendant que London continuait à jouer son rôle.

— Etes-vous sûr d'effectuer correctement votre travail, Brody ?

Judd se retourna pour découvrir les yeux froids de Richard Taylor.

— Je veille sur London, monsieur.

— Vraiment ? J'ai entendu parler de l'incendie qui a ravagé l'appartement voisin du sien.

Judd serra les mâchoires et soutint son regard. Il ne lui ferait pas le plaisir de lui demander comment il était au courant.

— Je connais des gens qui vivent dans cette résidence, reprit Taylor.

Judd resta silencieux.

— Je voudrais m'assurer qu'elle est en sécurité. Contrairement à d'autres, je me félicite qu'elle ait engagé un garde du corps.

— Passez-vous une bonne soirée, Richard ? demanda London qui s'approchait, devinant les tensions entre les deux hommes. Où est Roger ?

— Il a préféré rester chez lui, il ne va pas très bien. Vous pourriez tout arranger en acceptant sa demande en mariage.

— Vous savez bien que c'est impossible. Nous serions très malheureux ensemble.

— J'adorerais vous avoir pour belle-fille, London.

— Nous pouvons jouer à être beau-père et belle-fille sans ce mariage. Bon, maintenant, si vous voulez bien nous excuser, Judd et moi avons à discuter. Je compte sur votre générosité, ce soir.

— Je pensais que le billet d'entrée était la contribution demandée.

— Soyez sérieux, Richard.

Puis elle s'éloigna avec Judd.

— Il est bientôt minuit. Les gens vont partir dès qu'ils auront le ventre plein.

— Reste ici, London. Je préfère me rendre seul à ce rendez-vous.

— Je sais mais j'ai envie de t'accompagner.

— Tu n'as même pas de manteau. Et nous ne savons rien du type qui nous attend. Peut-être ne viendra-t-il même pas et devrons-nous rester à poireauter dans le froid un moment.

— Ce n'est pas un problème.

S'approchant des vestiaires, elle expliqua à l'employée.

— J'ai perdu mon ticket mais je vois mon manteau là-bas, le noir.

Sans discuter, la jeune fille lui tendit le vêtement demandé et London lui glissa un billet.

Judd secoua la tête, sidéré.

— J'espère que tu as l'intention de rendre ce manteau.

— Bien sûr. Maintenant, allons à la baston.

— As-tu remarqué que tu te mets à parler comme un gangster ?

Elle se mit à rire.

— C'est pour me mettre dans l'ambiance.

Il la prit par les épaules pour la tourner vers lui.

— Il ne s'agit pas d'une plaisanterie, London. Depuis une semaine, tu es la cible de quelqu'un et un homme a été assassiné pour que tu découvres son cadavre. Tu feras ce que je te dis, c'est bien compris ?

Les yeux de London s'élargirent.

— Je ne cherchais pas à plaisanter sur le sujet. Crois-moi, je n'ai pas oublié Griff ou Theodore.

Il l'embrassa sur le front.

— Soyons prudents.

Il lui prit la main pour gagner la sortie. L'air frais de la nuit les saisit et Judd prit une profonde inspiration. Ils contournèrent l'Opéra. Les talons de London cliquetaient sur le trottoir.

Il lui murmura à l'oreille :

— J'ai mon arme sur moi. S'il se passe quelque chose, fais comme je te dis.

Quand ils parvinrent au lieu de rendez-vous, une odeur de fumée chatouilla les narines de Judd et très vite, il repéra le bout incandescent d'une cigarette dans le noir.

Il s'approcha de l'inconnu.

— Je suis Brody.

L'homme jeta son mégot et s'avança sans se presser. Il portait une casquette de base-ball enfoncée sur son visage. Il veilla à rester dans l'ombre du bâtiment, à distance.

— Etes-vous seul ?

Judd reconnut la voix du message téléphonique.

— Je suis avec une amie, répondit-il.

— Fait-elle partie de la police ?

— Non, assura London.

— London Breck, quelle surprise ! s'exclama le type avec un gros rire.

London échangea un regard avec Judd.

— Exact. Ça vous va ?

Judd commençait à éprouver une sourde fatigue. Ce n'était pourtant pas le moment de baisser la garde.

— Alors ? Que vouliez-vous nous dire ?

— Vous savez que Rigoletto, le coéquipier de votre père, a été abattu au cours d'une fusillade, non ?

— Oui. Il croyait coincer des trafiquants et finalement, le mouchard qui l'avait renseigné s'est retourné contre lui.

— Ce n'est pas le mouchard qui l'a tué.

— Le type a pourtant été condamné pour le meurtre de Rigoletto.

L'homme sortit une cigarette et la tapota contre le paquet avant de la planter entre ses lèvres.

— Il était d'accord pour porter le chapeau.

— Pourquoi aurait-il accepté un truc pareil ?

— Pour beaucoup de raisons qui n'ont plus d'importance. N'avez-vous pas envie de comprendre pourquoi Rigoletto et Joey Brody ont été victimes d'un coup monté ? C'est ça, l'important.

— Je vous écoute.

— Rigoletto s'est fait descendre parce qu'il en savait trop. Comme votre père d'ailleurs.

Le cœur de Judd s'accéléra dans sa poitrine. Pourtant, il se sentait en même temps profondément las et il réprima un bâillement.

— Et quoi ? Que savaient-ils ?

— Je ne peux malheureusement pas vous le dire.

— Comment pouvez-vous affirmer que cette fusillade était un coup monté ?

— J'ai partagé des années la cellule d'Otis Branch, le mouchard en question. Il m'a raconté que quelqu'un l'avait payé pour descendre deux flics mais qu'il n'avait réussi à n'en buter qu'un.

Judd prit une profonde inspiration.

— Un contrat visait mon père et son coéquipier ?

— Oui mais Otis a raté Brody. Quand il a appris la suite,

les ennuis de votre père, il a compris que les commanditaires l'avaient eu, malgré tout.

La tête de Judd menaçait d'exploser et il se frotta les yeux pour tenter de chasser la douloureuse migraine dont il était la proie.

London lui jeta un bref coup d'œil et prit la parole :

— Le véritable Tueur de l'Annuaire n'aurait pu être Russel Langford. Ce dernier n'aurait pas pu non plus piéger l'inspecteur Brody. Pourquoi se serait-il intéressé à Joe Rigoletto ? Quel intérêt avait-il à le voir mort ?

L'homme fit claquer son briquet, éclairant brièvement son visage, un visage horrible. Il tira sur sa cigarette.

— Russ Langford était bien le Tueur de l'Annuaire mais quelqu'un d'autre a piégé Brody.

Pris d'une brusque nausée, Judd s'adossa au mur. Il avait l'impression que ses paupières se fermaient toutes seules. Lorsque London lui prit le bras, il se sentit mieux. Il avait envie de se blottir contre elle au fond d'un lit.

— Otis vous a-t-il dit qui l'avait engagé ? reprit-elle.

— Il l'ignorait mais ils l'ont très bien payé et il a tout laissé à sa femme et à sa fille.

London observait Judd comme si elle attendait une réaction de sa part. Finalement, elle reporta son attention sur leur interlocuteur.

— Pourquoi n'a-t-il rien dit quand il a été arrêté ? demanda-t-elle. Il a accepté sa condamnation sans un mot.

— On avait acheté son silence. Il se doutait que s'il parlait, il se ferait buter. Des gars capables d'organiser la mise à mort de flics ne reculent devant rien. Alors, il a fait de la prison et sa femme a touché le pactole.

Les paroles de leur interlocuteur tournaient en boucle dans la tête de Judd sans qu'il parvienne à y voir un sens.

— Voilà tout ce que je voulais vous dire. Je pensais que vous aviez envie de le savoir, Brody.

Intéressant. Mais Judd n'éprouvait qu'une intense fatigue.

London tira des billets de son sac de soirée. Comme elle s'approchait du type, Judd essaya de la retenir. Elle ne devait pas être trop près de ce gars. Il tenta de tirer son arme mais ses membres refusaient de lui obéir.

L'homme tourna les talons et s'éloigna pour disparaître dans une ruelle, happé par la nuit.

Comme elle se tournait vers Judd, London changea de couleur.

— Judd ! s'exclama-t-elle en se précipitant vers lui. Ça ne va pas ? Tu es livide, tu as l'air d'un fantôme.

— Je suis malade, répondit-il, la langue pâteuse.

Elle lui prit le bras.

— Retournons à l'Opéra. Mon chauffeur doit nous attendre.

Il s'effondra sur elle. Heureusement, ils n'étaient pas loin et le chauffeur les repéra.

— Votre voiture est avancée, mademoiselle.

— Merci. Dépêchez-vous. M. Brody ne se sent pas bien.

Des mains rugueuses le saisirent par les épaules et le jetèrent sur la banquette arrière, contre London.

— Faites attention ! protesta-t-elle.

Comme la portière claquait, Judd s'humecta les lèvres.

— Je voudrais de l'eau.

Quand elle lui tendit une petite bouteille, il la vida à grands traits.

— Encore !

Tout en en prenant une autre, elle demanda :

— Pourquoi as-tu si soif ? Qu'est-ce qui ne va pas ?

— J'ai été drogué.

14

Le cœur de London bondit dans sa poitrine et elle tendit la main pour presser le bouton d'appel et prévenir le chauffeur.

— Non, dit Judd en prenant son poignet.

— Si tu as été drogué, tu as besoin de te rendre aux urgences.

Il s'affala sur la banquette. Comme par réflexe, il posait la main sur son arme, il se rendit compte avec effarement qu'elle avait disparu.

— Il m'a subtilisé mon revolver.

— Qui ? Le chauffeur ?

— Oui. Quelqu'un a mis quelque chose, un somnifère sans doute, dans mon verre. Par chance, je n'ai pas fini mon soda. Je trouvais qu'il avait un drôle de goût. Redonne-moi de l'eau, s'il te plaît.

D'une main tremblante, elle lui tendit une bouteille.

— Pourquoi quelqu'un aurait-il voulu te droguer ?

— Pour t'atteindre.

Elle le regarda avec effroi.

— Qu'allons-nous faire ?

— Comme je n'ai plus de revolver ni aucun moyen de neutraliser le chauffeur, il nous faut sauter de cette voiture.

Elle déglutit avec difficulté.

— Pendant qu'il roule ?

— Préfères-tu attendre qu'il nous conduise je ne sais où et nous livre à celui qui a orchestré cet enlèvement ?

— Cet enlèvement ?

— Il faut appeler un chat un chat, London. Qu'ils aient

l'intention de me tuer en route ou de se débarrasser de moi en arrivant, c'est toi qu'ils veulent, dit-il avant de finir la bouteille.

— Tu n'es pas en état de sauter d'un véhicule en marche.

— Je ne sentirais rien. Les types ivres morts ne se font jamais mal en tombant. Leurs os sont comme du caoutchouc et je me sens dans le même état.

— Je me demandais ce qui n'allait pas quand nous discutions avec l'indic. Il nous a révélé des vérités explosives et tu ne réagissais pas.

— Nous discuterons de ses révélations plus tard. Chaque chose en son temps. Nous sauterons de cette voiture dès qu'elle s'arrêtera. Mieux vaut agir tant que nous sommes en ville et qu'il y a des feux, dit-il en posant la main sur la portière.

— Et s'il a verrouillé les portières ?

— Je ne le pense pas. Il me croit inconscient et il doit imaginer que tu as plus envie de me conduire à l'hôpital que de te catapulter hors de la limousine en m'abandonnant derrière. Le ferais-tu ?

— Non, bien sûr.

— Garde cet épais manteau contre toi. Il va gêner tes mouvements mais il te protégera quand tu heurteras le macadam.

— Judd.

— Oui ?

— J'ai peur.

— Ne t'en fais pas. Nous avons l'avantage de la surprise. Par contre, si le chauffeur nous voit ouvrir la portière, il aura le réflexe d'accélérer pour tenter de nous empêcher de sauter en marche. Que cela ne t'arrête pas. Jette-toi sur la route et éloigne-toi de la voiture qu'elle soit ou non en mouvement.

Elle releva le menton.

— Compris.

London retint son souffle et se rapprocha de Judd, s'accrochant à lui comme à une bouée de sauvetage.

Les vitres teintées les empêchaient de localiser l'endroit où ils se trouvaient mais ils devinaient qu'ils roulaient encore dans les rues de San Francisco. Dès qu'ils atteindraient la voie expresse, ils ne pourraient plus sauter.

La limousine ralentit et Judd lui pressa le genou. Quand elle s'arrêta à un feu rouge, il murmura :

— Maintenant !

Il se jeta contre la portière, l'entraînant à sa suite.

Comme il l'avait prévu, le chauffeur se rendit compte qu'ils cherchaient à lui fausser compagnie et il accéléra mais trop tard. Tous deux tombèrent sur la route goudronnée.

Des phares aveuglèrent London, des freins crissèrent, des klaxons retentirent.

— Il s'arrête, dit Judd en lui prenant le bras pour slalomer entre les voitures sous les insultes des conducteurs. Il faut rester à découvert, hurla-t-il par-dessus le vacarme. Il n'osera pas nous tirer dessus devant témoins.

London jeta un coup d'œil derrière elle.

— Il est en train de téléphoner.

— Sans doute met-il son patron au courant de ce qui lui arrive. Et lui demande-t-il des directives sur la conduite à tenir. Cours.

Ils s'engagèrent dans une rue adjacente, jalonnée de bars bondés.

Judd la poussa dans le premier café venu.

— Nous allons appeler un taxi pour retourner à Nob Hill.

Un quart d'heure plus tard, London ferma les paupières à l'arrière du taxi qui la reconduisait chez elle.

— Je ne comprends rien à ce qui vient de se passer.

Judd la serra contre elle.

Ils ne prononcèrent plus un mot avant d'être parvenus dans son appartement dans lequel ils s'enfermèrent à triple tour. London s'affala contre le mur. Ses jambes ne la portaient plus.

Aussitôt, Judd la prit dans ses bras comme il l'aurait fait avec un chaton. Il la porta jusque dans le salon, l'installa devant la cheminée et il l'enveloppa dans un plaid. Puis, il se mit en devoir d'allumer un feu.

— Aimerais-tu un cognac ? Pour te calmer ?

— Bien sûr. Et toi, comment te sens-tu ? dit-elle en enlaçant ses jambes repliées contre elle. Ne veux-tu pas te rendre aux urgences ?

— Cela ne servirait à rien. La drogue qu'ils m'ont fait ingurgiter n'était pas très puissante et en buvant de l'eau, je l'ai éliminée.

— Qui a eu la possibilité de glisser quelque chose dans ton verre ? Il s'agissait forcément de quelqu'un qui se trouvait à l'Opéra, quelqu'un présent au gala.

— Quelqu'un que tu connais…

Elle étendit ses mains glacées devant les flammes.

— Penses-tu que ce quelqu'un était au courant du rendez-vous secret ?

— Non et c'est sans doute ce qui m'a sauvé. Si j'étais monté directement dans la voiture en quittant l'Opéra, j'aurais été assommé par ce somnifère et je me serais rapidement évanoui. Au lieu de quoi, nous avons marché et l'air frais a amoindri l'effet de la drogue.

— Si tu n'avais pas réagi aussi vite, qui sait où je serais à l'heure qu'il est ? Qui sait où tu serais ?

— J'aurais dû me poser les bonnes questions quand j'ai constaté que le soda avait un goût bizarre. J'ai été distrait et cela m'a empêché d'effectuer correctement mon travail.

— Arrête. Tu m'as sauvé la vie une fois de plus.

Il lui retira son manteau et soupira.

— Cette malheureuse femme retrouvera-t-elle un jour son bien ?

— Je le ferai nettoyer d'abord. Allons-nous appeler la police pour les tenir au courant de ce qui s'est passé ?

— As-tu gardé à la mémoire le nom de ton chauffeur ? Noté son numéro d'immatriculation ? Non alors que veux-tu leur raconter ? Il nous a pris dans son véhicule et nous reconduisait chez toi.

— Mais tu as été drogué !

— Comment le prouver ? Il n'en reste plus de trace dans mon organisme maintenant.

Avec un soupir, elle retira ses chaussures.

— As-tu entendu ce que nous a raconté l'ex-taulard ?

— J'ai enregistré les mots mais je n'ai pas été capable d'en saisir le sens.

— Il a expliqué que la fusillade qui a coûté la vie au coéquipier de ton père avait été planifiée par quelqu'un qui espérait tuer ton père par la même occasion.

— Mais Otis l'a raté et voilà pourquoi quelqu'un a piégé papa pour qu'il soit soupçonné des meurtres. Un moyen moins radical mais tout aussi efficace de le faire taire.

— Et cela a fonctionné.

— Mais sur quel sujet voulait-on le faire taire ? Ce type l'a-t-il dit ?

— Otis l'ignorait mais quand Joey Brody a été soupçonné d'être le Tueur de l'Annuaire, Otis a compris que cette campagne de dénigrement faisait partie du plan auquel il avait participé.

— C'est de la folie, dit Judd en se pinçant le nez, les yeux clos. Je dois en parler à mes frères.

— Mon père savait, dit London.

Judd ouvrit un œil.

— Savait quoi ?

— Il était au courant du coup monté dans lequel étaient tombés ton père et son coéquipier. Voilà pourquoi il pouvait affirmer que Joey Brody était innocent.

— Mesures-tu ce que tu dis ?

— Mon père était un puissant homme d'affaires. Il était doté d'un certain sens éthique et quelque part, d'une façon ou d'une autre, il a eu connaissance de ce qui s'est passé il y a vingt ans.

— Et quelqu'un ne veut pas que tu trouves de quoi il s'agissait.

— Oui, Judd. Quelqu'un a peur que nous apportions la preuve qu'un policier a été assassiné, qu'une enquête concernant un tueur en série a été tronquée par quelqu'un, que ce quelqu'un a placé de fausses preuves pour perdre ton père.

— Et pour le pousser au suicide.

— Crois-tu qu'il savait ? Que ton père avait compris ce qui se tramait ?

— Si c'était le cas, pourquoi n'a-t-il pas simplement dénoncé les auteurs de ce coup monté ? Pourquoi sauter du Golden Gate ?

— Je l'ignore mais quelqu'un essaie à toutes forces de protéger les mensonges du passé.

— Qui a le plus à perdre ? Richard Taylor a collaboré pour le groupe depuis le début, non ?

— Oui.

— J'aimerais jeter un œil sur l'ordinateur de ton père. S'il s'était donné tant de peine pour le cacher, c'était sans doute pour une bonne raison, dit-il en retirant sa veste.

London se mordilla les lèvres. Son père avait caché cet ordinateur à cause des photos qu'il contenait. Pourtant, il lui avait indiqué où il dissimulait son appareil. Il lui avait montré la cachette.

Les yeux mi-clos, elle observa Judd retirer sa chemise et son pantalon. Elle n'avait rien à gagner à garder des secrets avec lui. Lui montrer les photos serait une façon facile de lui parler de ce qu'il ignorait encore sur elle. S'il la jugeait, elle le perdrait… De toute façon, il n'était pas pour elle.

Personne ne pourrait jamais retenir Judd Brody. Il avait toujours fait ce qu'il voulait et il continuerait à faire ce que bon lui semblait. Même à présent, il préférait appeler ses frères plutôt que de creuser une histoire concernant son père, un père qu'il avait rejeté parce qu'il le considérait comme un lâche.

La rejetterait-il, elle aussi, quand il saurait tout ?

— Nous examinerons cet ordinateur demain. Comme je te l'ai dit, je l'ai rapporté au siège du groupe parce qu'il y est plus en sécurité qu'ici. Il se passe trop de choses bizarres dans cet immeuble.

Il se glissa derrière elle, l'installant entre ses jambes ouvertes, et il lui embrassa le cou.

— Nous irons le récupérer demain mais d'abord, nous passerons à l'agence immobilière.

La chaleur du feu sur son visage, la douceur des baisers de Judd se propageaient au reste de son corps et elle se sentit dans un état second comme si elle aussi avait été droguée. Et lorsqu'il se mit à lui pétrir les seins, elle s'abandonna contre lui.

Quand il lui fit l'amour, toutes les peurs et les tensions de la soirée parurent s'envoler. Personne ne posséderait sans doute jamais Judd Brody mais, lui, il la possédait. Son corps, son esprit et son cœur étaient à lui.

Le lendemain matin, London grimpa à l'arrière de la Harley, vêtue d'un tailleur-pantalon. Judd ne s'était pas donné la peine de troquer son jean contre un costume. Par contre, il avait trouvé une autre arme pour remplacer le revolver volé par le chauffeur de la limousine.

Ils roulèrent dans les rues de San Francisco, s'éloignant de Nob Hill pour rejoindre le quartier du Sunset où était située l'agence immobilière que Judd avait appelée la veille au soir.

Lorsqu'il arrêta sa moto devant, London retira son casque et elle lui prit le bras pour traverser.

— Rappelle-toi, Judd. Pas question de faire un esclandre en exigeant des réponses. Nous la jouons subtil.

— Laisse-moi exercer mon métier comme je l'entends. Exiger des réponses est parfois la meilleure façon de procéder.

Quand ils poussèrent la porte, un carillon se fit entendre et deux employés, un homme et une femme, levèrent le nez des papiers dans lesquels ils étaient plongés pour se tourner vers eux.

L'agence était minuscule et London reprit espoir. Manifestement, il n'y avait pas beaucoup de passages et elle n'imaginait personne entrer pour donner un coup de fil sans se faire remarquer.

— Apparemment, ils ne nous reconnaissent pas et aucun n'a l'air surpris de nous voir, murmura Judd.

L'homme se leva, un sourire commercial aux lèvres.

— Bonjour, que puis-je faire pour votre service ?

Il était temps de jouer son rôle et London s'éclaircit la gorge.

— Nous aimerions acheter une maison dans le coin. Avez-vous quelque chose à nous montrer ?

L'agent immobilier s'empara d'un épais classeur avant de s'approcher d'eux.

— Certainement. Je me présente, Jonathan Quick et vous êtes… ?

— Connie et voici mon mari, Jim.

Ils n'avaient pas prévu d'autres identités mais Constance était le second prénom de London et Jim lui parut assez commun pour Judd. Et bien sûr, il fallait qu'ils soient mariés. Après leur nuit torride, il aurait été indécent d'imaginer une autre situation.

Jonathan les invita à s'asseoir mais Judd resta debout, préférant s'intéresser aux annonces présentées sur le mur.

— Nous avons affiché sur ce mur quelques maisons à vendre mais la totalité des offres se trouvent dans ce classeur. Que cherchez-vous exactement ? Une maison avec un grand jardin ? Une maison de ville ? Un appartement ? Le quartier est très agréable.

— Nous aimerions acheter une maison familiale dans un environnement tranquille.

— J'en ai plusieurs à vous faire visiter. Voulez-vous vous approcher, monsieur, pour regarder les fichiers avec votre femme ? Si l'un des biens vous intéresse, je serais heureux de vous y conduire.

Judd pointa un petit carton accroché au-dessus d'un bureau.

— Qui est Cynthia ?

— Qui ? demanda Jonathan, un peu perdu.

— Cynthia. Il est écrit « Bon retour parmi nous, Cynthia ». Travaille-t-elle ici ?

— Cynthia Phelps, oui. La connaissez-vous ?

London s'approcha de Judd. Elle sentait les tensions dont il était la proie. Que cherchait-il ? Posait-il ces questions au hasard ?

— Je connais quelqu'un qui la connaît. Elle vient de sortir de l'hôpital, non ?

Le cœur de London s'accéléra. Judd était-il au courant de quelque chose ?

Jonathan les rejoignit.

— En effet.

Judd se tourna vers lui en souriant.

— Est-elle là ?

L'employé s'assombrit comme s'il comprenait qu'il allait se faire voler une vente par la dénommée Cynthia.

— Non, elle est en convalescence. Elle a quitté la ville, n'est-ce pas, Lori ?

— Oui, elle avait besoin de faire une pause.

— Elle risque d'être absente un long moment, reprit Jonathan.

— Mais elle est revenue à l'agence avant de plier bagage.

— Oui, nous avions organisé une petite fête pour sa sortie de l'hôpital. Lui aviez-vous parlé ? Vous avait-elle montré des propriétés ? Nous pourrions reprendre le dossier là où elle l'avait laissé.

— Se trouvait-elle ici la semaine dernière ?

— Cynthia n'est pas là mais je vous assure que je suis en mesure de répondre à vos attentes.

— Elle était entre ces murs la semaine dernière, non ?

La question semblait innocente et Judd s'exprimait d'un ton calme, dénué de menace ou de violence. Pourtant Jonathan fronça les sourcils.

— Partez ou j'appelle la police.

— La police ? répéta London. Mais pourquoi ? Mon mari connaît Cynthia et nous aurions préféré traiter avec elle, voilà tout.

Lori décrochait déjà son téléphone.

— Pourquoi nous interroger sur Cynthia ? Elle en a déjà assez subi.

Judd leva les mains dans un geste d'apaisement.

— Je sais, je sais très bien ce qui lui est arrivé. Mon frère, l'inspecteur Ryan Brody, m'a parlé d'elle. C'est lui qui l'a découverte et qui a appelé les secours. Je n'avais pas réalisé qu'elle travaillait ici. Mais ce nom me disait quelque chose. Ryan sera heureux d'apprendre qu'elle est sortie de l'hôpital. Voilà tout.

Jonathan s'adossa à son bureau et s'humecta les lèvres.

— Elle va bien, c'est tout ce que nous pouvons vous dire.

— C'est l'essentiel, je le répéterai à Ryan.

Il prit le bras de London pour quitter l'agence, sentant les regards des employés dans leurs dos.

Dès qu'ils furent assez éloignés, elle demanda :

— Qu'est-ce que cela signifie ? Qui est cette Cynthia ? Que lui est-il arrivé ?

Judd promena les yeux autour de lui.

— Trouvons un coin tranquille pour discuter.

— Il y a un café par ici.

Ils s'installèrent près des baies vitrées.

— C'est de la folie, dit Judd en passant la main dans ses cheveux.

— Raconte.

— Cynthia Phelps, alias Cookie Crumb, était une prostituée qui connaissait mon père, il y a vingt ans.

London écarquilla les yeux.

— Pas comme client, précisa-t-il aussitôt. Il avait arrêté son souteneur qui la frappait et ils étaient devenus amis. Bref, Cookie a été la dernière personne à avoir vu mon père en vie. Elle l'a vu sauter du Golden Gate.

— Quoi ?

— Ryan a voulu l'interroger avec Kacie Manning dans le cadre de l'enquête qu'ils menaient pour la rédaction du livre. Ils lui ont parlé une première fois mais quand ils ont cherché à la revoir, quelqu'un l'avait battue à mort. Elle était dans le coma.

— Et tu crois que cette Cynthia a appelé Rick et lui a graissé la patte pour qu'il te donne la mission avec Bunny ?

— C'est évident, non ? Je savais qu'elle s'était reconvertie dans l'immobilier mais je n'avais pas prêté attention au nom de l'agence. Mais en voyant cette carte, j'ai tout compris.

— Pourquoi Cynthia aurait-elle fait quelque chose comme ça ?

— Ryan avait senti que cette Cynthia savait quelque chose. Elle avait trop peur de leur parler et puis quelqu'un s'est assuré qu'elle ne dirait rien.

— A-t-elle contacté Ryan depuis qu'elle est sortie du coma ?

— Mon frère a appelé l'hôpital quotidiennement jusqu'au jour où une infirmière lui a appris qu'elle avait quitté l'établissement. La police l'a interrogée mais elle a prétendu n'avoir pas pu identifier son agresseur.

London caressa le bord de sa tasse du bout des doigts.

— Au lieu de vous dire ce qu'elle savait sur ton père, elle s'est arrangée pour nous réunir. Ainsi, personne ne pouvait se douter qu'elle nous aidait dans l'ombre à découvrir la vérité.

— Le Dr Patrick, Cynthia Phelps, Marie Giardano… Tous ceux qui savent ce qui s'est passé il y a vingt ans sont devenus des cibles.

— Qui sont le Dr Patrick et Marie Giardano ?

— Le Dr Patrick était le psychiatre de la police. Il avait suivi mon père après la mort de son coéquipier, qui était donc tombé dans un guet-apens. Avant que Sean ne puisse l'interroger, il a été terrassé par une crise cardiaque.

— Les gens qui sont derrière cette histoire ne plaisantent pas. Et Marie ?

— Marie Giardano travaille depuis des années aux Archives de la P.J. et elle était liée à mes parents. Chaque fois que mes frères sont retournés la voir pour obtenir un dossier, ils l'ont vue de plus en plus nerveuse et elle a fini par s'évaporer dans la nature il y a quelques mois.

— A-t-elle été… ?

— Nous ne savons pas ce qu'il lui est arrivé. Elle est partie avec son sac et sa voiture, elle a pris le temps d'empaqueter ses affaires. J'espère qu'elle se cache quelque part en attendant que toute cette histoire parvienne à son terme.

— Quand y parviendra-t-elle ?

— Quand nous aurons levé le mystère et découvert ce qui s'est passé il y a vingt ans. Tu ne seras pas en sécurité avant. Quelqu'un cherche à empêcher que sorte au grand jour ce que ton père savait.

— Papa aurait pu être plus clair au lieu de me laisser un message sibyllin d'outre-tombe.

— Sans doute craignait-il de t'exposer au danger en te révélant toute l'affaire.

— Cela ne serait pas la première fois que mon père m'aurait fait faux bond.

— Bienvenue au club.

Elle lui prit la main.

— Ton père ne t'a pas fait faux bond, Judd. Il a été pris dans une spirale infernale qu'il ne maîtrisait pas. Son coéquipier avait été assassiné, il avait été victime d'un coup monté et il pensait qu'il serait condamné à des années de prison pour des crimes qu'il n'avait pas commis.

— Et alors ? Pourquoi se suicider ? Pourquoi renoncer au combat ? De plus, il n'est pas si simple de piéger quelqu'un, de faire accuser un innocent. A moins de…

— A moins de quoi ?

— A moins d'avoir accès aux dossiers et aux ressources qui permettent d'orienter une enquête.

— Comme la police, par exemple ?

Leurs yeux se croisèrent et elle sentit son cœur s'accélérer dans sa poitrine.

— Et la commission de la police.

— Il nous faut étudier les fichiers de mon père, son

ordinateur personnel et, ajouta-t-elle, nous ne sommes pas seuls.

— Que veux-tu dire ?

— Regarde. Cynthia a manœuvré pour parvenir à nous réunir et quelqu'un nous a laissé cet article sur ta moto. Quelqu'un qui sait veut que nous découvrions la vérité. L'ex-taulard nous a permis également d'avancer. Même mon père essaie de nous mettre sur la voie.

— Alors, allons chercher cet ordinateur.

Jusqu'au siège de la société, London serra la taille de Judd. Quoi qu'il advienne d'eux une fois cette histoire terminée, elle n'aurait aucun regret. Elle aimait Judd mais elle reconnaissait chez lui un aventurier, libre, sans attaches. Si à la fin, il préférait poursuivre seul sa route, elle le comprendrait, l'accepterait. Elle avait aimé et souffert dans le passé. Elle en survivrait.

Il se gara devant le bâtiment et ils prirent l'ascenseur jusqu'aux bureaux. London salua Celine en entrant.

— Je n'étais pas sûre de vous voir aujourd'hui, London.

— Nous ne faisons qu'entrer et sortir.

— Dois-je vous transmettre vos appels ? Quelqu'un a tenté de vous joindre toute la matinée, un type de la fondation Global Giving.

— Passez-le-moi s'il rappelle.

— Très bien.

— Il tient à donner son argent, grommela Judd.

— C'est une fondation qui fait beaucoup pour les enfants. Les gens sont toujours généreux lorsqu'il s'agit d'une cause comme celle-ci.

Il lui embrassa le bout du nez.

— Je suis sûr que si tu es sur le coup, ils donneraient leurs fortunes pour apporter de la neige dans le désert du Sahara.

Elle ferma la porte du bureau et se mit à quatre pattes pour se glisser sous la table de travail.

— Qu'est-ce que tu fabriques ?

— Il y a un coffre dissimulé dans une cache. Mon père y rangeait son ordinateur personnel.

— Pour prendre autant de précautions, il devait se méfier de ses collaborateurs, de ses salariés.

— Et il y gardait surtout des dossiers importants et voilà pourquoi je t'en ai parlé.

Elle posa l'appareil sur le bureau tandis que Judd s'installait à côté d'elle. Elle lui montrerait les photos à la fin, lorsqu'ils auraient étudié le reste.

— J'ai déjà cherché dans les fichiers à retrouver les mots « Brody », « commission de la police », « Tueur de l'Annuaire ». Cela n'a rien donné.

— Il ne faut pas limiter les investigations aux seuls titres des dossiers.

— Voilà pourquoi ton aide sera précieuse. Pour ma part, je ne connais pas grand-chose à l'informatique.

Ils travaillèrent côte à côte. Beaucoup de fichiers concernaient le groupe et se trouvaient déjà sur l'ordinateur professionnel de son père.

— Apparemment, il n'y a rien, dit-elle en se massant les tempes. Peut-être utilisait-il cet ordinateur pour ne pas perdre ses données si l'autre tombait en panne.

— Non, il enregistrait sur un disque dur les principaux dossiers concernant le groupe. Je l'ai vérifié pendant que tu assistais au conseil d'administration, l'autre jour.

Le téléphone retentit et London appuya sur un bouton.

— Oui ?

— C'est l'homme de Global Giving, dit Celine.

— Je le prends. Allô ? Bonjour, London Breck à l'appareil.

Une voix métallique lui répondit.

— Et moi, je suis votre ange gardien.

Elle resta interloquée.

— Pardonnez-moi, êtes-vous de Global Giving ?

— Peu importe. Je vous appelle pour vous donner un bon conseil, London.

— Qui est-ce, London ? demanda Judd qui devinait qu'il ne s'agissait pas d'un coup de fil ordinaire.

— Je crois que vous savez de quoi je parle, reprit la voix artificielle. Depuis la mort de votre père, j'essaie de vous prévenir.

— Que voulez-vous ?

— Que vous vous taisiez ! J'aimerais que vous dirigiez votre société si cela vous amuse et que vous recommenciez à claquer votre argent sur la Côte d'Azur et dans les boutiques.

— Vous ne souhaitez pas que je renonce à la direction du groupe ?

— Je m'en moque. Mais cessez de vous intéresser à Joey Brody. Tout le monde a compris que Brody était innocent maintenant. Alors laissez tomber l'affaire.

— Pourquoi a-t-il été victime d'un coup monté ? Pourquoi son coéquipier a-t-il été tué ?

— En quelle langue faut-il vous parler ? Je vous ordonne d'arrêter vos recherches concernant l'Opération Phénix. Suis-je assez clair ? Brody est-il avec vous, là ?

Elle consulta Judd du regard. Il secoua la tête.

— Non.

L'homme se mit à rire.

— Nous aurions pu régler cette histoire depuis longtemps si mes gars avaient réussi à vous approcher mais Brody les en a empêchés. Il est bien comme son père, il ne tient pas compte des avertissements. Vous n'auriez jamais dû engager Judd Brody. Vous cherchiez à vous protéger mais il vous a exposée davantage au danger.

— Et il continuera à me protéger de vous et de vos sbires jusqu'à ce que nous découvrions ce qui s'est passé, il y a vingt ans.

— Vous allez au contraire interrompre vos investigations sur le sujet, London. Ou vous le regretterez.

— C'est ce qu'on verra. Vous avez déjà tenté à plusieurs reprises de m'atteindre, de me cambrioler, de mettre le feu chez moi, vous avez essayé de m'enlever, vous avez battu mon chauffeur, tué le gardien. Mais je ne renonce pas.

— Tant que Brody est à vos côtés, nous ne pouvons pas, c'est vrai. Mais nous avons toujours la possibilité de nous en prendre à d'autres.

Un frisson la parcourut.

— Et à qui ?

— Regardez votre Smartphone, London.

D'une main tremblante, elle s'empara de l'appareil. Elle avait reçu un texto avec une photo. Elle l'ouvrit, Judd se penchant vers l'écran pour la voir avec elle.

Le visage de Madine apparut. Ils détenaient sa fille.

— Vous allez lâcher l'affaire, London. Ou la petite mourra.

15

London s'étrangla au téléphone.

— Qu'avez-vous fait à ma fille ? Où est-elle ?

La communication fut coupée et Judd passa la main dans ses cheveux comme pour tenter de mettre de l'ordre dans ses idées. Sa fille ? London avait une fille ?

En comprenant que son tortionnaire avait raccroché, elle s'effondra sur le bureau avec un hurlement.

Judd lui prit les mains.

— Calme-toi, tout ira bien.

— Un problème ? demanda Celine en entrebâillant la porte.

— Rien de grave, parvint à balbutier London.

Un peu perplexe, Celine se retira.

D'un revers de main, London essuya les larmes qui roulaient sur son visage et elle se tourna vers Judd.

— Non, ça ne va pas. Ils ont ma fille.

Il prit son visage entre ses mains.

— J'ignorais que tu avais une enfant. Parle-moi d'elle. Raconte-moi tout ce qui la concerne et nous la retrouverons.

Elle prit une profonde inspiration.

— Maddie a huit ans, je l'ai mise au monde alors que je n'avais que dix-sept ans. Mon père m'a obligée à la donner à l'adoption. Non, c'est faux, je l'ai abandonnée de mon plein gré. Il n'a pas eu à m'y forcer. Ce bébé représentait un problème que j'étais incapable de gérer. Je suis tombée enceinte en Italie après une brève aventure avec un coureur automobile. Il est mort dans un accident de voiture en ignorant tout de ma grossesse et mon père m'a conseillée de quitter le pays sans mettre la famille de Paulo au courant de mon état.

Elle explosa en sanglots et il la prit dans ses bras.

— Tu as fait ce qu'il fallait. Tu as permis à cette petite de grandir au sein d'une famille aimante. Vit-elle à San Francisco ?

— Oui mais tu as entendu ce type. Ils l'ont enlevée. Ils ont dû la localiser grâce à l'ordinateur qu'ils m'ont volé chez moi. J'avais des photos d'elle dessus. Il y en a aussi sur celui de mon père. J'ai cru halluciner quand je les ai vues. Il a dû demander à quelqu'un de la photographier depuis qu'elle est toute petite mais il ne me les avait jamais montrées. Il devait penser que je m'en moquais.

— Peut-être ne voulait-il pas te faire de peine.

Il aurait aimé la réconforter, la soulager de son chagrin.

— Peux-tu vérifier avec ses parents adoptifs qu'elle… a bien été enlevée ?

— Je n'ai jamais eu de contact avec eux. Si je leur explique maintenant que tout est de ma faute, que leur fille a disparu à cause de moi, ils vont me détester. Sur la photo, elle tient le journal d'aujourd'hui dans les mains. Ils l'ont kidnappée. Cela ne fait aucun doute.

Il l'étreignit plus fort.

— Tu n'as rien à te reprocher, London. Personne ne fera de mal à Maddie. S'ils la tuaient, ils n'auraient plus de moyen de pression sur toi. Ils veulent juste te montrer qu'ils te tiennent.

Mais en réalité, Judd était la proie d'une profonde angoisse.

London se tourna vers lui.

— Si je cesse d'enquêter sur ce qui s'est passé il y a vingt ans, ils la laisseront tranquille, ont-ils dit. Le crois-tu ?

— Il y a vingt ans, quand mon père était en plein enfer, mon frère Eric a été kidnappé. Il a survécu, ajouta-t-il en la voyant se raidir. A l'époque, certaines personnes imaginaient que papa avait lui-même organisé ce rapt pour faire diversion, pour détourner les soupçons.

— Aucun père ne ferait un truc pareil.

— Les ravisseurs voulaient prouver à mon père qu'ils avaient la possibilité de s'en prendre à sa famille. Papa savait qu'il avait été victime d'un coup monté. Il connaissait le nom du coupable. Il n'a rien dit parce qu'ils menaçaient sa famille. La même chose se répète avec toi aujourd'hui.

Elle serra les poings.

— Comment allons-nous la récupérer ? Comment les arrêter ?

— Il faut mettre un terme à toute cette histoire. Le ravisseur a commis une erreur. Il nous a donné un élément, l'Opération Phénix. Pendant qu'il te parlait, j'ai tapé ces mots sur un moteur de recherche et voilà sur quoi je suis tombé.

— Attends, j'ai peur de savoir.

— Non, c'est la seule façon de retrouver ta fille. De la rendre à sa famille.

London prit une profonde inspiration pour se donner du courage.

Il cliqua sur les liens et ils commencèrent à reconstituer ce qu'avait été l'Opération Phénix.

— Ces chiffres sont très mauvais, dit-elle en pointant les comptes d'exploitation qui s'affichaient sur l'écran. Breck Global Enterprises a traversé une période de vaches maigres, il y a vingt-cinq ans. Mais très vite, comme par magie, tout s'est arrangé.

— Regarde ces livraisons, dit-il. Il s'agissait de produits pharmaceutiques, de psychotropes, d'amphétamines.

— Cela fait pourtant longtemps que le groupe n'en fabrique plus. Nous ne fournissons plus l'industrie pharmaceutique.

— C'est là que tout a commencé, London. Et il est curieux qu'aucun destinataire ni lieux de livraison ne soient indiqués sur les factures.

— Alors, où allaient tous ces produits ?

Ils durent fouiller d'autres dossiers mais Judd finit par trouver ce qu'il cherchait.

— Il s'agit de sociétés bidon, d'adresses bidon. A mon avis, ces amphétamines finissaient dans les rues.

— D'après toi, le groupe fournissait donc les trafiquants de drogues ? Et cela a rapporté des millions de dollars à Breck Global Enterprises !

— Et quand ces produits se sont mis à envahir les rues de San Francisco, mon père et Rigolotto, son coéquipier, ont soupçonné quelque chose.

— Je ne peux pas croire que mon père ait été mêlé à ces trafics.

— Peut-être n'était-il pas au courant, dit-il. Regarde ces factures numériques. Elles ne sont pas signées par ton père à moins qu'il ait utilisé un autre nom.

Elle étudia l'écran.

— C'est la signature de mon oncle Jay, le père de Niles ! Insinues-tu que mon oncle avait orchestré le coup monté contre ton père et son coéquipier parce qu'ils avaient découvert ces trafics ? Mon oncle est mort il y a des années et à l'époque, mon père l'avait déjà exclu des affaires. Alors qui a créé tant de problèmes depuis lors ? Qui a tenté d'empêcher tes frères de découvrir la vérité ? Et qui a kidnappé Maddie ?

— Niles est évidemment le suspect numéro un. Mais je ne crois pas qu'il ait travaillé seul. Il est membre du Club des Bohémiens sur Nob Hill, non ?

— Oui, comme mon père et mon oncle Jay l'étaient.

— Certains de mes clients en faisaient également partie. L'un d'eux a voulu me bander les yeux en m'y emmenant mais j'avais refusé, étant incapable de travailler à l'aveugle.

— Ils ont donc accepté quelqu'un qui n'était pas membre ? J'en suis surprise. As-tu été témoin de leurs rituels secrets débiles ?

— Il m'avait invité en tant que visiteur ce qui est permis et cette nuit-là, ils se sont dispensés des rites et de leur cinéma.

— Est-il vrai que des femmes nues assistent à ces réunions ?

— Ce soir-là, il n'y en avait pas mais tout le gratin de la ville était présent. Y compris des hauts gradés de la police. Comme mon frère travaille à la P.J., j'en ai reconnu quelques-uns.

— Qu'insinues-tu, Judd ?

— J'effectue les recoupements logiques, je mets les pièces du puzzle en place. Que ton père ait été ou non au courant, Breck Global Enterprises était impliqué dans des activités illégales, dans des trafics de drogues et il fallait les dissimuler. Or, ton père finançait la police de la ville et faisait partie de la commission de la police.

— Qui d'autre qu'un flic aurait pu mettre de fausses preuves pour désigner comme coupable l'inspecteur Brody ? Qui d'autre qu'un flic avait la capacité de manipuler tant de gens ? Tu as raison. Mais qui est impliqué à ton avis ? Pas le chef de la police actuel. Il est nouveau dans la ville.

— De nombreuses personnes travaillaient dans la police il y a vingt ans, y sont toujours et ne veulent pas que cette histoire éclate au grand jour. Je vais appeler mon frère Sean, ajouta-t-il en prenant son Smartphone. Ses vacances ont assez duré. Nous avons besoin de son aide.

— Et Eric ? Tu m'as dit qu'il était agent du FBI et qu'il avait lui-même été kidnappé, sans doute par ces gens.

— Eric est à Washington mais je vais lui demander de rentrer, lui aussi. Ainsi que Ryan. Il connaît Cynthia et il s'est entretenu avec le véritable Tueur de l'Annuaire. Nous allons tous nous réunir pour réfléchir. Et nous parviendrons à rendre Maddie à sa famille et à assurer sa sécurité et la tienne.

Elle lui prit la main et la serra si fort qu'il entendit ses os craquer.

— Je l'ai abandonnée pour lui permettre de vivre une belle vie. En tant que mère biologique, je lui dois bien ça.

— Ils ne lui feront aucun mal. Dans le cas contraire, rien ne pourrait alors t'empêcher de dénoncer haut et fort tout ce que tu auras découvert. Ils ne vont pas courir un risque pareil.

— Mais quand ils comprendront que nous savons tout, ils n'auront plus rien à perdre en la tuant.

— Regarde-moi, dit-il en prenant son visage entre ses mains pour l'obliger à planter les yeux dans les siens. Rien n'arrivera à Maddie ni à toi, pas tant que je serai en vie.

— A ton avis, quand va-t-il rappeler ?

— Lorsqu'il sera prêt à le faire. Il veut montrer sa force, son pouvoir. Mais nous avons à faire dans l'intervalle.

Beaucoup plus tard dans la soirée, London, son Smartphone à la main, tournait en rond dans son salon. Les deux frères californiens de Judd, Sean et Ryan, étaient en route pour rejoindre San Francisco. Et Eric avait sauté dans le premier avion en partance. Le plan de Judd devait marcher. Elle ne voulait pas avoir donné sa petite fille à l'adoption, vingt ans plus tôt, pour la mettre en danger maintenant.

Breck Global Enterprises dont elle avait voulu reprendre les commandes la dégoûtait, à présent. Elle espérait prouver que son oncle était seul en cause, seul responsable. Elle se souvenait que son père avait viré Jay de l'entreprise peu de temps après le suicide de Joseph Brody. Si Spencer avait été complice de ces trafics de drogues, il n'aurait pas réagi ainsi. Sans doute son oncle avait-il utilisé, manipulé, Spencer pour accroître son impact dans le groupe. Et assurer l'avenir de son fils.

Elle voulait y croire.

Son téléphone retentit et en voyant le nom de son correspondant, elle brancha le haut-parleur.

— Salut, Niles. Merci de me rappeler.

— Tu as piqué ma curiosité, ma chère.

— J'aimerais que tu viennes chez moi pour que je puisse te parler de visu et te donner des papiers. J'ai décidé de démissionner de la direction du groupe.

L'excitation de Niles était palpable.

— Je suis à un cocktail pas loin. J'arrive.

Elle raccrocha.

— Il arrive.

— Il va regretter de ne pas être resté à son cocktail.

Ils fignolèrent leur plan puis Judd se retira dans l'appartement mitoyen.

Quand l'Interphone résonna, elle pressa un bouton.

— Oui ?

— C'est Niles.

— Je te laisse entrer mais tu vas devoir montrer patte blanche au nouveau gardien. Tout a changé dans la résidence.

Elle raccrocha puis courut prévenir Judd en frappant à la porte voisine.

Il lui ouvrit.

— Es-tu prête ?

— Je suis prête à torturer mon cousin jusqu'à ce qu'il avoue tout, oui.

— Personne ne sera torturé, dit-il en posant les mains sur ses épaules pour les lui masser. Rappelle-toi simplement ce qu'il a fait.

Le bruit de l'ascenseur qui parvenait à l'étage lui donna un regain de détermination.

Elle entrouvrit la porte.

— Je suis là, Niles. J'avais deux ou trois choses à faire dans cet appartement.

La démarche de son cousin devint hésitante mais il continua d'avancer.

— Puis-je t'attendre chez toi ?

— Non, viens. Nous retournerons chez moi tout à l'heure pour trinquer. Nous avons quelque chose à fêter, je crois.

Il repoussa ses cheveux en arrière d'un geste nerveux.

— Je souffre d'allergies, tu sais. Je ne pense pas être capable de rester longtemps dans un endroit poussiéreux.

— Cela ne sera pas long, Niles.

Juste le temps que Maddie soit rendu à ses parents.

— Entre, ajouta-t-elle en reculant pour le laisser passer.

Il fronça du nez.

— Qu'as-tu donc à faire ici ?

Sortant de sa cachette, Judd bondit sur Niles. En un

tour de main, il l'immobilisa et le ligota solidement sur une chaise.

Niles secoua la tête tout en tirant sur ses liens.

— Que signifie ce cirque ? Si c'est une blague, London, je la trouve de mauvais goût.

En reconnaissant Judd, Niles écarquilla les yeux.

— Que me voulez-vous ?

— Il s'agit d'un interrogatoire, Niles.

— C'est un scandale, je vous ferai arrêter ! Je connais des gens, j'ai le bras long. Quand j'en aurai fini avec vous, vous ne pourrez plus exercer votre métier de détective privé.

— C'est drôle que vous fassiez allusion à ces personnes maintenant parce que justement, ce sont elles qui nous intéressent.

Niles devint livide.

— Est-ce une plaisanterie, London ?

— Où est Maddie ?

— Qui ?

— Ma fille.

Niles essaya de rire.

— Tu es folle, tu n'as pas d'enfant.

— Tu sais tout sur Maddie, la fille que j'ai eue à dix-sept ans et que j'avais donnée à l'adoption. Tu as vu ses photos sur l'ordinateur que tu m'as volé. Savais-tu que les types que tu as engagés pour ce travail étaient des tueurs ?

Niles ouvrit plusieurs fois la bouche comme s'il cherchait de l'air.

— Tu as totalement perdu l'esprit, London. Personne ne t'imaginait capable de diriger le groupe mais nous ne pensions pas que tu étais folle à ce point.

Judd s'interposa.

— Ça suffit. Nous savons tout des amphétamines que votre père vendait aux trafiquants dans l'espoir de sauver l'entreprise. Nous savons que mon père et son coéquipier avaient tout découvert, le laboratoire clandestin, les ventes aux dealers, etc. Et nous savons ce qui leur est arrivé ensuite.

— Des laboratoires clandestins fabriquant des amphétamines ? Vous êtes aussi cinglé que London. Vous tombez dans la théorie du complot, c'est grotesque.

— Epargne-nous tes petits discours, Niles. J'ai les preuves de ce que j'avance. Tout était sur l'ordinateur de papa. Ton père et toi avez cherché des années à mettre la main sur son ordinateur, non ? Sur les preuves qu'il détenait sur l'Opération Phénix. Papa avait réuni et mis en sûreté les preuves de vos crimes.

Niles s'affala sur sa chaise.

— Mon père a peut-être été impliqué dans des activités illégales mais il a ainsi permis la survie de l'entreprise. Grâce à lui, le dépôt de bilan a été évité. Et pourtant, Spencer, l'actionnaire principal, l'a viré par la suite. Quelle ingratitude !

— La survie de l'entreprise justifiait donc ces trafics de drogues pour toi ? Est-ce ta conviction ?

— Qu'attends-tu de moi, London ? La société te revient comme Spencer le souhaitait. Il s'est arrangé pour que je sois écarté comme il avait écarté papa.

— Vas-tu continuer à prétendre que tu ne sais rien des bandits qui ont kidnappé ma fille pour me forcer la main ?

— Je me doutais qu'il tenterait quelque chose de ce genre, dit-il en fermant les yeux. Le cerveau de l'affaire est aux abois. Il a toujours su que Spencer Breck détenait les preuves de ses forfaits et qu'à sa mort, elles te reviendraient, London. Mon père le lui avait dit. Il ne se doutait pas que tu ferais équipe avec Judd Brody ni que le véritable Tueur de l'Annuaire passerait aux aveux. Ni que les sorcières se trahiraient en tentant de prendre le pouvoir des Brujos de Invierno.

Judd bondit sur ses pieds.

— Qu'est-ce que ces sorcières ont à voir là-dedans ? Mon frère les croit responsables du rapt dont il a été victime, enfant.

— Il a raison. Tout est lié. Ne l'avez-vous pas encore compris ? demanda Niles tristement.

London fit le tour de la pièce.

— Tu ne cesses de faire allusion au cerveau de l'affaire sans jamais le nommer. De qui s'agit-il ? Qui retient Maddie en otage ?

— Si je te le dis, il me tuera. Il en a tué beaucoup pour moins que cela.

Judd s'approcha.

— Il n'en aura pas la possibilité. Nous allons le faire tomber. Nous savons qu'il fait partie de la Police Judiciaire de San Francisco. Forcément. Nous en avons trouvé la preuve dans l'ordinateur. Nous finirons par l'identifier mais si vous nous y aidez, vous sauverez peut-être votre peau.

— De quoi ? Vous n'avez rien contre moi.

— Nous prétendrons que vous allez parler. A votre avis, combien de temps lui faudra-t-il pour vous faire taire ?

La gorge de Niles se serra.

— Vous ne pouvez pas faire ça, ce serait un meurtre. De toute façon, dès que vous me relâcherez, je n'aurai plus beaucoup de temps à vivre.

— Qui vous a dit que nous allions vous relâcher, Niles ? rétorqua Judd.

— Vous ne pouvez me garder prisonnier éternellement.

London s'installa en face de son cousin.

— Pourtant, c'est ce que nous allons faire. Tant que Maddie n'aura pas été rendue à sa famille adoptive, tant que nous n'aurons pas résolu cette affaire, tu resteras sur cette chaise. Il n'est pas question que tu réduises nos efforts à néant.

— Ne t'inquiète pas pour Maddie. Il ne lui fera aucun mal.

Judd s'approcha.

— Tôt ou tard, les dossiers de Spencer Breck nous livreront le nom du coupable. Ensuite, il n'aura plus la possibilité de faire du mal à qui que ce soit.

— Lâche le morceau, Niles. Cela facilitera les choses pour toi.

London regarda Judd qui s'était posté devant la fenêtre. Il parut soudain se pétrifier.

— Je sais qui est le cerveau, London, dit-il. Il était en

fonction il y a vingt ans, il connaissait mon père et le tien. Et il est membre du Club des Bohémiens. Je l'y ai vu.

Niles explosa en sanglots.

London s'approcha de Judd.

— Il s'agit du Capitaine Williams, non ?

Niles gémit sur sa chaise.

Judd hocha la tête.

— Il vient de nous le confirmer.

Le lendemain matin, les quatre frères Brody se retrouvèrent dans le salon de London. Ils avaient tout laissé tomber pour venir en aide à Judd dès que ce dernier les avait contactés.

Assis sur une chaise, Eric, l'agent du FBI prit la parole :

— J'ai tout raconté à Christina hier soir et elle est certaine que Williams est membre du cercle des sorcières responsable de mon rapt. Certains sorciers ont infiltré le Club des Bohémiens. Ils aiment le pouvoir et Williams s'est servi de ses relations au sein du cercle pour organiser mon kidnapping, il y a vingt ans.

London se tourna vers l'aîné des quatre frères.

— Qu'en pensez-vous, Sean ? Vous avez travaillé avec Williams.

— Il a toujours veillé à me donner ce dont j'avais besoin pour travailler. Peut-être ne voulait-il pas éveiller mes soupçons. En tout cas, il n'est pas possible de retenir ce type prisonnier dans l'appartement voisin, Judd. C'est un crime.

— Et que vas-tu faire ? rétorqua son frère. M'arrêter ? Nous le retenons pour garantir sa propre sécurité. Si Williams apprend qu'il est ici, il est mort.

— Williams ne l'apprendra pas avant que nous lui donnions ce renseignement, dit Ryan. Dès que Maddie aura retrouvé sa famille, nous irons chez Williams. Il ne se doutera pas de l'identité de celui qui l'a balancé.

Sean prit la parole :

— J'ai placé des policiers chez les Dillon, les parents de Maddie. Ils ignorent tout des véritables mobiles des ravisseurs. Ils attendent une demande de rançon.

— Et Williams ? demanda Judd.

— Il n'est pas au courant. Ces deux collègues me sont redevables et je leur ai demandé une discrétion absolue.

— Je croyais que tu ne fonctionnais pas ainsi, dit Judd.

— Les Dillon savent-ils qu'ils sont flics ?

— Les ravisseurs leur ont interdit de prévenir la police. Les Dillon pensent que ces hommes sont des détectives privés envoyés par la mère biologique de la petite pour les aider. Ils n'ont pas été surpris de la réaction de London.

— Je ne me suis jamais manifestée. Les Dillon ne voulaient rien de nous, ni argent, ni aide d'aucune sorte, et papa et moi avons respecté leurs souhaits.

Judd lui massa les épaules.

— Là, la situation est différente et je suis sûr qu'ils apprécient ton soutien.

Une sonnerie de téléphone portable retentit et tous cherchèrent leurs appareils dans leurs poches.

Sean brandit le sien et décrocha.

— Oui ? Oui ? C'est génial. Bravo, les gars ! ajouta-t-il en levant le pouce pour signaler à tous qu'il recevait une bonne nouvelle.

London bondit sur ses pieds.

— C'est Maddie ? Elle va bien ?

— Ses parents adoptifs l'ont récupérée, saine et sauve.

Judd embrassa London avec force.

Eric s'éclaircit la gorge.

— Je parie que ses ravisseurs l'ont déposée au coin d'une rue.

— Ils l'ont laissée dans un parc.

— Il a tenu parole, dit London. Il l'a relâchée sans lui faire de mal.

Ryan secoua la tête.

— Maintenant, il pense qu'il vous a à sa merci, London. Il vous a montré son pouvoir et il vous a fait comprendre qu'il peut vous atteindre si vous n'obéissez pas à ses ordres. Il a l'impression qu'il vous tient.

— Mais maintenant, les quatre frères Brody sont là et Williams va cesser de faire la loi à San Francisco, ajouta Judd.

Tous les cinq se rendirent au siège de la Police Judiciaire, Judd et London à moto, Ryan et Sean dans une voiture banalisée et Eric au volant d'un véhicule de location. Ils montèrent au dernier étage, aux Homicides, et se dirigèrent vers le bureau de Williams. Ils voulaient s'expliquer avec lui.

Quand Williams les vit apparaître, son expression confirma les soupçons de London. En blêmissant, il les dévisagea l'un après l'autre.

— Que faites-vous ici ? A quoi me vaut le plaisir de cette visite, London ?

— Nous sommes au courant de tout, capitaine. Je sais que vous étiez derrière les menaces et attaques dont j'ai fait l'objet ces derniers temps, je sais que vous avez enlevé ma fille. J'ai retrouvé l'ordinateur de mon père et les preuves que le groupe fournissait les trafiquants de la ville. Et que certains membres de la P.J. étaient complices et couvraient vos crimes dans l'espoir d'obtenir de l'argent ou une promotion.

Williams se mit à rire.

— N'importe quoi ! Sean, ne me dites pas que vous croyez ces sornettes ?

— J'ai les preuves que ces sornettes n'en sont pas et que certains officiers étaient impliqués, rétorqua Sean. J'en suis malade.

— Certains officiers peut-être mais pas moi. Vous n'avez rien contre moi.

— Niles Breck nous a livré votre nom.

— Ce taré ? Vous n'avez rien, je ne comprends pas un mot de ce que vous me racontez. Votre cousin essaie simplement de se dédouaner en accusant des tiers, London. Vous n'avez rien. Rien contre moi.

— Et moi, Williams ? J'ai des preuves de votre implication, j'ai de quoi vous faire tomber.

Williams en resta muet.

Tous se tournèrent vers la porte.

Un homme aux tempes argentées se tenait sur le seuil, les bras croisés.

Sean faillit s'effondrer.

— Papa.

Epilogue

Blottie contre Judd, London sourit à la vue du capharnaüm qu'était devenu son appartement. Les Brody avaient investi les lieux et y campaient depuis plusieurs jours. Ils n'auraient pas pu se réunir ailleurs. Le studio de Sean était minuscule, celui de Judd plus exigu encore. Il était logique qu'elle les accueille chez elle.

Et tous tournaient autour de Joseph Brody ressuscité. Vingt ans plus tôt, il avait fait semblant de sauter du haut du Golden Gate pour sauver sa famille des menaces qui pesaient sur lui.

Ses quatre fils lui avaient pardonné parce qu'ils auraient réagi comme lui pour protéger ceux qu'ils aimaient.

Marie Giardano, l'employée aux Archives de la Police Judiciaire, était rentrée de ses vacances prolongées, des vacances qu'elle avait décidé de prendre quand elle avait compris que quelqu'un aux Homicides la surveillait de près.

Maintenant, elle discutait avec Sean et Ryan, jouant les mères de substitution comme elle l'avait toujours fait depuis la mort de leur maman.

Cynthia Phelps était assise près du père de Judd, la main sur son épaule. Elle avait contribué à accréditer la thèse du suicide de l'homme qu'elle considérait comme son héros. Il l'avait sauvée autrefois et, par gratitude, elle n'avait pas hésité à déposer un faux témoignage pour le protéger d'une mort certaine. Quand il était retourné à San Francisco après vingt ans d'absence, lorsqu'il avait compris qu'il pouvait retrouver sa famille en toute sécurité,

Cynthia avait de nouveau été là pour lui. Elle avait facilité le rapprochement de Judd et de London, consciente que tous deux parviendraient, une fois réunis, à démêler le vrai du faux et à faire éclater la vérité.

— Penses-tu que ton père et Cynthia pourraient se mettre en couple ? murmura London à l'oreille de Judd.

— Comme elle a joué les entremetteuses avec nous, tu cherches à lui renvoyer l'ascenseur ? répliqua-t-il en l'embrassant.

Joey Brody fit signe à London.

— Apparemment, Breck Global Enterprises n'aura pas de mal à surmonter les difficultés liées à la mauvaise publicité provoquée par cette affaire. La preuve a été établie que votre oncle était l'instigateur de ces trafics et que votre père l'avait écarté du groupe dès qu'il en avait eu vent.

— L'entreprise est entre de bonnes mains avec mon frère Wade aux commandes. Il va redresser la barre, je lui fais confiance. Quant à Niles, il est en train de discuter de sa peine avec le juge. Il va sans doute être incarcéré quelque temps et j'espère qu'il retiendra la leçon.

Christina, la fiancée d'Eric, arrivait. Elle traversa la pièce pour embrasser London.

— Comment va Maddie ? A-t-elle surmonté le traumatisme de son kidnapping ?

— J'ai eu ses parents au bout du fil et elle va bien. Personne ne lui a fait du mal physiquement et les ravisseurs n'ont pas tenté de lui faire peur.

— Je suis heureuse de l'entendre.

Le regard de London se posa sur la fille de Christina, assise sur les genoux d'Eric.

— Votre bout de chou est adorable.

— Et son papa est tout pour elle.

Ryan s'approcha pour envoyer une bourrade dans le dos de Judd.

— Je suis impressionné que vous deux ayez réussi à régler toute cette affaire.

Judd se tourna vers son frère.

— Je n'ai rien réglé. Nous n'avions en effet aucune preuve contre Williams, mis à part les aveux de Niles. En réalité, le nom de Williams n'apparaissait nulle part dans les dossiers de Spencer Breck sur son ordinateur. Seul papa détenait les éléments pour le perdre. Quand Williams l'a vu apparaître, il a cru que son fantôme venait se venger et il a eu si peur qu'il a craqué et tout avoué.

Kacie Manning, la petite amie de Ryan, les rejoignit en tendant une bière à Ryan.

— Cette histoire est fascinante.

London hocha la tête.

— Sans l'aide de Joey, nous n'aurions pas pu découvrir tous les tenants et aboutissants de cette affaire. Pour nous aider à découvrir ce qui s'était passé, il y a vingt ans, il a demandé à Cynthia de nous réunir, Judd et moi, et il a même réussi à convaincre le compagnon de cellule d'Otis Branch de prendre contact avec Judd.

Kacie regarda la famille réunie.

— Il y a matière à un livre du tonnerre, Ryan. Crois-tu que tes frères accepteraient que je l'écrive ?

Ryan l'embrassa.

— Peut-être faut-il laisser les choses se calmer. Pourquoi ne pas attendre vingt ans pour publier l'enquête ?

Sean tapota son verre pour attirer l'attention de tous et réclamer le silence.

— J'aimerais dire quelque chose. Puis-je obtenir un moment de silence ?

— Papa est revenu d'entre les morts, tu peux te rasseoir, Sean ! cria Judd.

Tous éclatèrent de rire et Sean leva les yeux au ciel avant d'enlacer Elise Duran, sa fiancée qu'il avait arrachée aux griffes d'un tueur en série, quelques mois plus tôt.

— Je voudrais remercier London de son hospitalité, Cynthia pour tout ce qu'elle a fait pour papa et surtout papa d'être revenu dans nos vies après toutes ces années. Et enfin, remercier mes frères, les meilleurs dont un homme puisse rêver.

Les larmes aux yeux, Elise se pendit à son cou sous un tonnerre d'applaudissements.

Judd attira London à lui pour lui souffler à l'oreille :

— Il est temps de prendre la tangente.

— Tu m'emmènes ?

Il leva un sourcil étonné.

— Es-tu un P.-D.G. ou une femme éprise de liberté ? Veux-tu engranger des bénéfices ou découvrir le monde ?

Un frisson d'excitation la parcourut comme chaque fois qu'elle plantait les yeux dans ceux de l'homme qu'elle aimait.

Elle tapota son verre.

— A mon tour de vous dire un mot. J'ai été ravie de vous accueillir tous chez moi. Je vous en prie, restez aussi longtemps qu'il vous plaira et faites comme chez vous. Vous n'aurez qu'à claquer la porte en partant.

— Vous vous en allez, vous deux ? demanda Joseph Brody en se levant.

Judd regarda son père en face.

— Il est temps pour nous de prendre la route, oui.

— Très bien. Sois prudent, fils.

En enfourchant la Harley derrière Judd, London lui demanda :

— Où allons-nous ?

— Là où le vent nous entraînera. Est-ce important ?

— Pas tant que je serai avec toi.

Il démarra.

— C'était la réponse que j'espérais, London Breck.

Elle lui enlaça la taille et se blottit dans son dos.

— Et tu es l'homme que j'attendais, Judd Brody.

Comme Judd gravissait une colline, elle lui montra du doigt le pont du Golden Gate qui se dessinait à l'horizon, entre ciel et mer.

Et ils prirent la direction du soleil couchant.

ANGI MORGAN

Une innocente en fuite

BLACK *ROSE*

HARLEQUIN

Titre original : THE MARINE'S LAST DEFENSE

Traduction française de CATHERINE VALLEROY

83-85, boulevard Vincent-Auriol, 75646 PARIS CEDEX 13.
Service Lectrices — Tél. : 01 45 82 47 47
www.harlequin.fr

Prologue

Six mois plus tôt

— Laisse vivre la fille, ça sera moins compliqué, déclara soudain Griffin Tyler. Ça nous fera plus de fric, aussi.

— Tu ne nous as pas tout dit, Tyler.

Sabrina Watkins se plaqua contre les lambris du couloir. *Ils voulaient la tuer ?*

Quelques années auparavant, elle avait fréquenté le même lycée et la même université que Griffin avant de devenir son associée. Jusque-là, elle le considérait comme un ami proche. Leurs mères allaient à la même église, le dimanche matin.

— Elle connaît trop de gens, continua la même voix. Des personnes qui la croiront quand elle dira qu'elle est innocente. Si on la laisse parler, tout le monde va prendre son parti. Mieux vaut la buter. Ça aura l'air d'un suicide, et les indices prouveront sa culpabilité. En lui mettant ça sur le dos, on perdra un peu de fric mais, au total, le business survivra. Tu ouvriras boutique ailleurs. L'assurance marchera, et ils n'y verront que du feu.

Elle ne connaissait pas cette voix. Une tonalité moyenne, ni aiguë ni grave. Elle ne pensait pas que son propriétaire lui ait déjà amené un animal. Elle n'avait vu que l'arrière de son crâne en tournant le coin du couloir, et elle ne pourrait pas le décrire à la police. Elle ne savait même pas de quelle couleur étaient ses cheveux, car ils étaient recouverts d'une casquette de base-ball.

— Très bien, répliqua Griffin sans prendre la peine de convaincre son partenaire. Le suicide fera l'affaire. Depuis deux ans, elle ne fait que travailler. Tout ce qu'elle possède est investi dans ce cabinet. Si ça part en flammes, cette bonne petite ville pensera qu'elle était trop désespérée pour tout recommencer à zéro.

Il posa les mains sur les hanches, un geste qu'elle lui avait vu faire un millier de fois, et qui signifiait qu'il était prêt à passer à autre chose.

— Quand est-ce que vous allez le faire ?

Seigneur, ils vont vraiment me tuer, pensa-t-elle, prise de panique. *Pourquoi ? Qu'est-ce que j'ai fait ?*

— Ecoute, Tyler, c'est toi qui as fait des conneries. Ils veulent tous leur part du gâteau, maintenant. Tu n'aurais jamais dû impliquer ce flic, il est devenu trop gourmand. Les chefs veulent se débarrasser de la fille et lui, et faire disparaître toute trace de lien avec nous. T'as du pot qu'ils te comptent pas dans le lot.

A qui t'es-tu frotté, Griffin ?

Le cœur de Sabrina battait plus vite que celui du chihuahua qu'elle avait toiletté au relais routier, cet après-midi, et ses mains tremblaient. Elle avait envie de fermer les yeux et de supplier pour qu'on lui explique ce qui se passait. Quelqu'un pouvait-il la réveiller de ce cauchemar ?

Elle se remémora sa dernière conversation avec Griffin. Elle n'avait pas eu l'impression qu'il lui en voulait. Comment votre meilleur ami pouvait-il évoquer négligemment votre mort quelques heures seulement après vous avoir parlé ?

Attendez. Des *flammes* ? Il avait dit des *flammes* ?

Etait-ce une métaphore, ou bien allaient-ils vraiment réduire la clinique en cendres ?

... se débarrasser... toute trace

Il fallait qu'elle aille trouver la police. Non. L'inconnu avait parlé d'un policier corrompu. Lequel ? Ils n'avaient pas prononcé de nom. A qui pouvait-elle faire confiance ?

Griffin poursuivait sa discussion avec l'inconnu, mais elle n'arrivait plus à distinguer leurs paroles, car ils s'étaient rapprochés de la porte de service. Se laissant tomber à quatre pattes, elle se faufila dans la salle d'opération.

Griffin avait raison sur un point : elle n'avait pas de vie en dehors de la clinique. Et son moindre centime était investi dans sa part de l'affaire.

Ce qu'il lui fallait, c'était de l'aide, et tout de suite.

Le dimanche, il n'y avait personne ici. Sabrina faisait une tournée spéciale avec le fourgon une fois par mois pour toiletter les chiens des chauffeurs routiers. Elle avait passé l'après-midi au relais de l'I-40. Il était cinq heures, et son assistante avait emprunté sa voiture pour aller à un baptême. Si elle n'avait pas fini une heure plus tôt que prévu et décidé de réapprovisionner le fourgon en attendant le retour d'Amber, elle n'aurait rien su des intentions de ces hommes de la tuer et d'incendier la clinique.

Elle avait été tellement stupide ! Bon, plus maintenant. Il était temps de se rapprocher pour découvrir ce qu'ils faisaient.

Toujours à quatre pattes, elle traversa la pièce en restant entre les comptoirs et la table d'examen en Inox. Elle prit garde à ne pas heurter un des chariots roulants chargés d'instruments chirurgicaux. Elle ne s'était jamais sentie à l'aise dans cette pièce mal organisée, qui ne fonctionnait pas à plein rendement selon ce qu'elle avait observé ces deux dernières années.

Nombre de fois, elle s'était demandé comment Griffin arrivait à faire de l'argent. A présent, elle le savait : grâce à des activités illégales.

Prenant son courage à deux mains, elle tendit le cou pour jeter un regard derrière la table. Cette partie de la salle n'était pas assez éclairée pour qu'on la voie, mais elle faisait tout de même très attention.

— Donc, on est d'accord : ce soir, dit l'inconnu. Fais en sorte que ton copain le flic patrouille par ici. Je descendrai la fille avant de mettre le feu, et je veillerai à ce que ça ait l'air vrai.

— Il faut vraiment mettre le feu avec les animaux dedans ?

— Faut que ça ait l'air authentique, non ?

L'inconnu était près de la porte. Quand Griffin changea de place, elle eut un aperçu de son visage et son estomac se noua. Qui que soit cet homme, il aimait tuer et son sourire indiquait qu'il avait hâte de s'y mettre.

Elle ravala la bile qui lui montait à la gorge et se dissimula de nouveau derrière l'îlot. *Oh mon Dieu, mon Dieu, ils vont me tuer !*

Que faire ?

Rappelle-toi cette voix. Rappelle-toi ces lèvres minces et ce sourire mortel.

Elle n'aurait aucune preuve du fait que quelqu'un voulait la tuer. Et d'après ce qu'elle venait d'entendre, Griffin et son acolyte voulaient faire croire que c'était elle la responsable. Seigneur, elle ne savait par où commencer ! Elle ne connaissait rien aux procédures policières, excepté qu'on avait besoin de plus d'informations qu'elle n'en possédait pour démarrer une enquête.

La lumière mourante illumina brièvement la pièce quand la porte s'ouvrit et se referma. Le claquement du verrou résonna dans la salle froide. Oh non ! Le fourgon était garé dehors ! Allaient-ils le remarquer ? Allaient-ils revenir ?

Silence.

Elle s'effondra par terre. Elle n'avait nulle part où se cacher. Que ferait-elle s'ils revenaient ?

Le faible gémissement d'un chiot abandonné la remit en mouvement. Personne n'allait tuer les animaux qu'on lui avait confiés. Elle tira à elle un des chariots roulants et ouvrit une boîte pour y prendre un scalpel qu'elle brandit. Elle pourrait se défendre, peut-être même les retenir assez longtemps pour courir vers la sortie.

Informations ou non, elle pensait aller trouver la police pour lui demander de la protéger.

Panda et Pogo se mirent à aboyer. Les animaux. Il fallait qu'elle les fasse sortir du bâtiment.

Elle jeta un coup d'œil par la fenêtre et ne vit aucune voiture. Traversant la clinique en courant, elle alla déverrouiller la pension, et laissa la porte entrouverte pour pouvoir s'enfuir plus rapidement. Puis elle revint en arrière, toujours au pas de course, et sortit par l'entrée principale, avant de déplacer le fourgon devant la porte de service.

Dieu merci, elle n'avait pas beaucoup d'animaux en pension ce week-end-là. Les trois chiens et le chaton seraient en sécurité dans le fourgon. Elle referma la portière du véhicule avec un soupir de soulagement et posa le front sur le métal froid. Elle pourrait rejoindre Amber chez elle et lui demander de ramener les animaux à leurs propriétaires.

Ensuite, elle irait directement au commissariat en voiture et tenterait sa chance. Folle ou non, il fallait qu'elle signale Griffin aux autorités.

— Déjà de retour ?

Elle glapit comme un chiot.

— *Griffin !* Tu m'as fait une de ces peurs !

D'une main de fer, son associé l'éloigna du fourgon.

— Tu me fais mal !

— Ne joue pas les idiotes, Sabrina. Je t'ai vue charger les animaux. Tu nous as entendus et tu les as fait sortir avant qu'on mette le feu.

Elle se débattit, et il resserra son emprise.

— Je ne comprends rien, Griffin. Que se passe-t-il ?

— Rentre !

Il lui fourra un revolver entre les côtes.

— Tout de suite.

— Ne fais pas ça ! Ne me tue pas, je t'en supplie ! Quel que soit le problème, nous pouvons le résoudre.

Ellc tituba tandis qu'il la propulsait vers la porte.

— Je suis sûre que la police peut tout résoudre.

— Non, elle ne peut pas. Ce n'est pas moi qui donne les ordres, je me contente de les suivre. Entre dans mon bureau.

Il tenait fermement l'arme. Elle se mit en marche à reculons, peu désireuse de lui tourner le dos. Et s'il affichait le même sourire maniaque que l'inconnu ?

Griffin avait-il déjà tué quelqu'un ? Non, ce n'était pas possible. Ce n'était pas le genre d'homme à noyer les chatons, il était là pour les sauver. C'était un vétérinaire, n'est-ce pas ?

Comment vais-je faire pour t'échapper ? se demanda-t-elle.

— C'est une histoire de drogue ? De blanchiment d'argent ? Pour qui travailles-tu ? demanda-t-elle en faisant du surplace.

Réfléchis, réfléchis, réfléchis. Elle ne voulait pas se retrouver piégée dans son bureau, car il n'y avait aucune issue, à part un fenestron placé en hauteur.

— Peu importent les pourquoi et les comment, Sabrina. Tu ne peux rien faire.

— Ne rien faire, c'est exactement ce que j'ai fait ces deux ans, pendant que tu planifiais mon soi-disant suicide.

Elle s'arrêta à la porte de son bureau, tout proche de celui de Griffin. Malheureusement, cette pièce ne lui apportait rien de plus. La fenêtre était également placée en hauteur, et elle n'avait pas d'arme dedans. La bombe au poivre qu'elle emportait partout sur l'insistance de son père était sur son porte-clés, dans le fourgon. Sa seule voie d'évasion était bloquée.

— Je ne pensais pas qu'ils iraient jusqu'à tuer quelqu'un. Tu étais censée porter le chapeau, mais ils n'avaient jamais parlé de te descendre. Mais c'est toi ou moi, et je n'ai pas envie que ce soit moi. J'ai de la chance d'être revenu chercher mon assurance avant qu'ils ne mettent le feu. Autrement, nous serions morts tous les deux avant demain matin.

La lumière de son bureau était allumée. Par la porte entrouverte, elle aperçut une mallette bourrée de documents. Son assurance ?

— Je n'arrive pas à croire que tu vas me tuer.

Mais elle savait qu'il pensait ce qu'il disait. Et si c'était elle qui prenait son « assurance » ?

Des larmes de peur se mirent à couler sur ses joues. Le visage dans les mains, elle se raccrocha à l'image des chiots qu'ils avaient sauvés ensemble, l'année dernière. Il n'était pas question qu'elle fasse un centimètre de plus en direction de sa propre mort. Elle écarta les pieds pour raffermir sa posture.

Appuyé paresseusement au chambranle de l'autre bureau, Griffin attendait. Si elle pouvait le retarder assez pour s'emparer de sa mallette et courir au fourgon… Elle aurait peut-être une chance de s'en tirer.

— C'est inutile, dit-il. Tu ferais mieux de t'y faire.

Sabrina leva les yeux et sortit le scalpel de sa poche.

— Tu t'y ferais, toi ? cria-t-elle en le frappant de toutes ses forces à la jambe.

Il poussa un hurlement et tomba à terre. Se ruant dans le bureau, Sabrina se saisit de la mallette d'« assurance » et s'enfuit à toutes jambes.

1

Aujourd'hui

Je ne me plaignais pas quand j'étais détective privé, je ne me plaignais pas pendant les campagnes en Afghanistan. Ce ne sont pas des trottoirs glissants et des patrouilles de nuit qui vont me décourager. Ces types ne savent pas comment démoraliser les gens comme moi.

Jake Craig dérapa sur le ciment recouvert de neige fondue. Plantant la pointe de ses bottes dans la glace, il reprit son équilibre avant de se ridiculiser en s'étalant par terre. Son coéquipier, à l'abri dans la voiture, avait sans doute dégainé son Smartphone pour l'immortaliser dans cette posture humiliante.

La froideur de l'aube était agréable en comparaison du désert brûlant qu'il avait affronté durant six années de guerre. Et le froid du nord du Texas était loin de rivaliser avec le froid polaire des montagnes afghanes, où il avait cru laisser ses orteils. Oui, il pouvait supporter le froid, surtout quand il n'avait pas trente-cinq kilos de matériel sur le dos.

Entré depuis environ un an dans la police de Dallas, il avait été récemment muté aux Homicides. Plus d'un sourcil s'était haussé devant cette promotion qui l'avait propulsé du statut de bleu à celui d'inspecteur, contrairement à toute règle d'avancement. Ce n'était pas inhabituel pour un ancien militaire. Ses collègues connaissaient la politique du service : les ex-militaires étaient en tête de liste pour les promotions. Ça ne les empêchait pas de lui en vouloir, et quant à lui, ça ne lui rendait pas la vie plus facile quand il s'agissait d'encaisser leurs plaisanteries.

Comme à cet instant, où il devait rechercher un cadavre. Un appel anonyme au 911 avait prétendu qu'une femme morte bougeait dans les buissons bordant le lac. Il avait demandé au dispatcheur de répéter, et il avait de nouveau entendu la même ineptie.

— Va voir si tu trouves le fantôme, lui avait ordonné son coéquipier quand ils étaient arrivés sur place.

Il avait posé la tête contre l'appui-tête et fermé les yeux.

— Moi, je vais garder mes vieux os au chaud, *coéquipier*. T'as l'habitude du froid, pas vrai, *coéquipier* ?

— Bien sûr, Owens. Je pourrais passer toute la sainte journée dehors.

Bon, il avait peut-être un peu exagéré. Mais il n'avait fait que marmonner en quittant la voiture. Ça ne l'empêcherait pas de continuer à accepter les patrouilles de nuit, les mauvaises blagues et les canulars téléphoniques, comme il le faisait depuis le matin.

Je suis une fichue machine. Personne ne pouvait arrêter le travail d'une machine.

Le fantôme en question était sans doute un ivrogne s'abritant de la neige, mais il fallait vérifier. Et si l'appel n'était qu'une mise en scène ? Owens pouvait-il s'être arrangé pour qu'un « fantôme » se trouve près du déversoir ?

C'était le piège parfait. Quelqu'un pouvait surgir des buissons et le surprendre pour lui faire perdre l'équilibre.

Hors de question que je m'étale, pour qu'ils puissent diffuser mon humiliation sur internet. Ça n'en finirait plus.

Ses collègues savaient que ce serait lui qu'on enverrait vérifier si les fantômes existaient ou non. Chacun d'eux était parfaitement capable d'avoir monté toute l'histoire.

Peu importait combien de temps ils le harcèleraient, il le supporterait. Le froid, la chasse aux fantômes : rien n'y ferait. Il voulait ce boulot et il continuerait. Il ne possédait rien d'autre que ce travail et il n'allait pas le laisser filer comme le reste de sa vie.

Le battage des buissons autour de White Rock Lake tôt le matin valait bien le ramassage des ivrognes sur Deep Ellum n'importe quel soir de la semaine. Mais les inspecteurs des Homicides étaient en civil, une amélioration nette par rapport aux flics de rue. Seigneur, qu'est-ce qu'il était content d'avoir quitté l'uniforme ! N'importe quel uniforme.

Ses années de Marine ne semblaient pas impressionner ses collègues. Peut-être pensaient-ils qu'il était plus qualifié pour s'occuper de poivrots que d'homicides. Si seulement ils avaient une idée de ce qu'il préférait oublier !

Le faisceau de sa torche fit miroiter une paire d'yeux rouges. L'animal ne s'enfuit pas. Jake fit un pas vers la clôture et entendit le gémissement bas d'un chien.

Un labrador noir était couché sous les arbres, de l'autre côté de la clôture de sécurité haute d'un mètre quatre-vingts, sous un grand panneau jaune et orange annonçant la proximité du déversoir.

Sa laisse devait s'être enroulée autour d'une branche, le clouant au sol. Le chien glapit plus fort, visiblement tremblant de froid, puis retomba sur le sol, fatigué de se débattre.

— Tiens bon, mon vieux. Comment es-tu arrivé là ?

Sur sa droite, une portion de la clôture avait été remontée, laissant une ouverture assez grande pour laisser passer un chien ou une personne.

Jake éteignit sa lampe et la fourra dans sa poche. Escalader la clôture gelée serait bien plus pratique que de ramper par en dessous, comme le chien l'avait fait. Il secoua le grillage, vérifiant sa solidité, et la franchit en quelques secondes avant d'atterrir de l'autre côté, dans la neige fondue.

— Alors, c'est toi le fantôme qu'on a signalé ?

Il s'agenouilla et donna sa main à renifler au labrador. Celui-ci lui lécha rapidement les doigts.

— T'es plutôt sympa. Qu'est-ce qui te retient ?

Jake tira gentiment sur le collier de l'animal en l'encourageant, mais celui-ci refusait avec entêtement de bouger. Ses petits aboiements firent leur effet sur le soldat blasé qui esquissa un sourire.

Convaincu que la seule manière de libérer le chien était de se mouiller aussi, Jake pénétra plus avant dans les fourrés. Le pauvre animal frissonnait au point de faire tinter ses médailles. Jake compatissait, s'étant trouvé dans la même situation une ou deux fois.

S'avançant à quatre pattes, il sentit la neige tremper le tissu de son pantalon. Les flocons qui lui tombaient sur la nuque fondaient en lui mouillant la peau. Il passa la main sous le collier du chien et tira encore, ce qui lui valut des gémissements plus forts.

— Tu es blessé, petit ? C'est pour ça que tu ne bouges pas ? Bon, d'accord. Autant envoyer aussi mon manteau au nettoyage à sec.

Se mettant à plat ventre, il tendit le bras pour palper l'arrière-train du chien, qui ne bougeait plus.

— Bon, t'es une fille, apparemment. Mais qu'est-ce qui t'arrive ?

La chienne ne semblait avoir ni fracture ni os déboîté. Mais ses plaintes étaient continues, et plus Jake la tirait, plus elle reculait.

Ou bien l'animal était blessé, ou bien la laisse était coincée dans quelque chose. Jake tira plus fort, en vain. Il suivit à tâtons la lanière en cuir et sentit soudain des doigts glacés. Il sursauta.

Sa réaction effraya la chienne, qui se débattit avec plus de vigueur dans l'obscurité.

— Ça va, ma belle. Calme-toi, je vais te sortir de là.

Tout en maintenant sa prise sur le collier, Jake sortit la torche de sa poche et l'alluma pour examiner le corps de plus près.

Les yeux vitreux du cadavre le ramenèrent à l'Afghanistan. Il en avait vu plus d'un durant sa carrière militaire. Féminins ou masculins, ils lui nouaient toujours l'estomac.

Puis il la sentit. L'odeur de la mort. Atténuée par le froid, mais suffisamment tenace pour se glisser dans son cerveau et réveiller des souvenirs qu'il voulait oublier.

Ce signalement n'était pas une mauvaise blague, après tout. Le manteau de la femme était recouvert de neige. Elle était restée là toute la nuit. Il avait piétiné la scène de crime en essayant d'attraper l'animal, qui ne voulait ou ne pouvait pas quitter sa maîtresse.

— Tiens-toi tranquille, petite. Je ne vais pas te faire de mal. Laisse-moi une seconde.

Il n'arrivait pas à dégager la laisse des doigts de la morte, il fallait donc qu'il détache la chienne. C'était une laisse luxueuse, avec un mot gravé dans le cuir humide.

— Dallas ? C'est ton nom ou juste un souvenir ?

Tenant toujours le labrador de la main gauche, il détacha la laisse de la main droite. Puis il se débarrassa de sa veste en se contorsionnant, en chantonnant pour calmer la petite boule de fourrure tremblante. Des brindilles brisées par son passage le piquèrent à travers son pull. Il enveloppa Dallas dans le vêtement qu'il fit passer sous ses pattes. Enfin, il jeta un dernier regard au visage gelé. Quelque chose l'intriguait dans le cadavre, dans sa posture.

Quelque chose sur laquelle il n'arrivait pas à mettre le doigt. Peut-être était-ce simplement l'habitude qu'il avait prise depuis sa première affaire militaire. Il n'avait pas envie de faire de promesses, car il avait effacé son ardoise. Mais il ne put réprimer les mots :

— Celui qui vous a fait ça ne s'en sortira pas. Et je m'occuperai de votre chienne, madame, je vous le promets.

Couverte de sa veste, Dallas ne se débattait plus. Jake la libéra et se faufila sous le grillage en la traînant après lui. Puis il s'assit sur un arbre couché et prit l'animal sur ses genoux. Il commençait à avoir froid. Le vent soufflait sur le sentier isolé qui menait au déversoir et refroidissait ses vêtements humides.

Dallas laissa échapper un bruit à mi-chemin entre l'aboiement et le gémissement.

— Tout va bien, ma belle. On va te trouver un autre maître.

Il caressa la tête de la chienne, et elle se calma un peu. Ses médailles indiquaient qu'elle était vaccinée contre la rage et qu'on lui avait posé une puce électronique, mais il faudrait s'adresser à la fourrière animale pour avoir l'information.

Jake essaya sa radio. Rien. Il prit son portable dans l'étui sur sa hanche. Aucun réseau. Il escalada la colline jusqu'au moment où la connexion se rétablit et composa le numéro.

— Dallas 911. Quelle est votre demande ?

— Inspecteur Jake Craig, matricule 5942. Sujet décédé. Véhicule demandé sur le parking de Garland et Winstead, allée 114.

— Une ambulance part sur les lieux. Vous voulez que je vous mette en ligne avec les Homicides ? demanda le dispatcheur.

— Merci, mais nous sommes déjà là.

— Compris, Inspecteur Craig.

Le protocole l'obligeait à demander une ambulance, mais il savait que c'était inutile. A quelques mètres de là, la femme gelée était bien morte, et depuis longtemps.

La chienne tourna sa tête trempée vers lui et se coucha sur sa cuisse. Jake contempla la scène de crime dévastée, en composant le numéro du portable de son coéquipier.

— Je ne sais pas pour toi, Dallas, mais pour moi la journée va être sacrément longue.

2

Ce meurtre aurait dû être attribué à Jake. Il avait découvert le corps — et ravagé la scène de crime, même si personne ne lui avait reproché sa stupidité.

Tous les hommes trouvaient le chien génial, mais c'était à lui de le contrôler, une tâche difficile sans laisse. Il avait trouvé une couverture de survie dans le coffre et en avait fait une sorte de corde en en découpant le bout.

Aucune allusion au fait qu'il aurait dû laisser le chien sur place. Rien sauf : « Quatre cafés noirs, Craig », à lui, le garçon de courses idéal. Bien sûr, il ne devait pas oublier que c'était son rôle en tant que bleu. Il retourna à la voiture, suivi de quelques ricanements. Son coéquipier ne lui avait pas donné les clés. Il n'était pas question qu'il s'abaisse à les demander, mais il voulait mettre la jeune chienne au chaud, pendant qu'il irait chercher les boissons.

De l'autre côté du carrefour, il y avait un petit restaurant. Il pouvait bien jouer les garçons de courses, il était impatient d'entamer l'enquête. Il détestait devoir accomplir des choses sans importance. Cela lui donnait trop de temps pour penser à la vie à laquelle il rêvait quand il était en Afghanistan, et qui lui paraissait maintenant hors d'atteinte.

Un tremblement secoua sa main. Il serra le poing et le fourra dans sa poche. Loin de ses yeux, loin de ses pensées. Avec les rêves d'une autre époque.

— Bon sang, ce qu'il fait froid !

Un homme attendait au carrefour, sautillant sur place pour se réchauffer.

— Vous êtes flic ?

Jake se contenta d'un signe de tête, peu enclin à engager la conversation avec des curieux. Même ceux munis de grosses chaussures et de luxueux gants de cuir. Pourquoi ce type était-il sorti par ce temps ? *Tout le monde n'est pas suspect*, se dit-il pour calmer les soupçons qui montaient en lui.

Ce n'était pas le Moyen-Orient, là où on ne pouvait pas faire confiance à un gosse ou un vieillard qui traversait la rue. Le feu se mit au rouge, le voyant piéton clignota, et ils traversèrent tous deux. L'homme continua vers la supérette située à côté du restaurant, sans doute pour acheter des cigarettes, à en juger par l'odeur de nicotine qu'il dégageait.

Jake entra dans le petit restaurant à l'ancienne et fourra ses gants dans sa poche. L'endroit était pratiquement vide, en dehors d'une femme aux cheveux aile de corbeau, dans un box au fond. Le voyant regarder dans sa direction, elle porta une tasse à ses lèvres, souffla un peu et évita son regard.

Rien d'étonnant à ce qu'une jolie jeune femme préfère garder ses distances avec un homme couvert de boue.

Une espèce de géant vêtu d'une chemise rouge et blanc sortit en hâte de la cuisine.

— Asseyez-vous où vous voulez, dit-il en s'essuyant les mains sur un pan de sa chemise en flanelle.

— Je veux seulement cinq cafés à emporter, Carl.

L'homme parut surpris de s'entendre appeler par son prénom, jusqu'à ce que Jake désigne le badge à moitié décousu sur sa manche.

— Ne perdez pas ça dans le petit déjeuner d'un client.

La femme du coin rit, un doux bruit comparé au silence désapprobateur qu'il avait essuyé pour avoir dévasté la scène de crime. Cela amena un sourire sur son visage gelé.

— J'me demandais comment vous saviez.

Carl prit la cafetière et des gobelets en carton.

— Vous voulez de la crème ou du sucre ?

— Tous noirs. Merci.

— Hé, vous êtes avec les flics au lac ? Un type m'a dit qu'on a trouvé un cadavre près du barrage.

— Inspecteur Jake Craig, Police de Dallas, se présenta Jake, espérant le dissuader de poser d'autres questions.

En vain.

— Alors c'est une femme, à ce qu'on dit ? Elle était vraiment dans la neige ? Assassinée ou morte de froid ?

Tout le monde se posait des questions, lui y compris.

— Vous êtes là depuis longtemps ? questionna Jake.

Si l'homme voulait bavarder, autant en profiter.

— Depuis environ minuit, j'crois. Ça m'a pris un bout de temps pour arriver, avec les routes dans l'état où elles sont. J'ai brûlé deux feux rouges en venant. Heureusement que vous étiez pas là.

— Et elle ? insista Jake en désignant la femme au fond.

— Bree ? Elle est là depuis que j'ai pris mon service.

— Ça fait long pour une tasse de café.

— Naan, ça arrive tout le temps. Et je crois que c'est son quatrième ou cinquième chocolat.

Il y avait une valise à roulettes contre le mur, près d'elle.

— C'est une SDF ?

— Non, pas du tout. Sa voiture est tombée en panne, il y a quelques mois, et elle se déplace à pied. Elle travaille pour les gens de Lakewood, et de temps en temps, elle vient par ici. Ça ennuie pas le patron qu'elle reste là quand on n'a personne.

— Vous dites qu'elle est là depuis minuit ?

Sa victime avait déjà été tuée à cette heure-là.

— Ouais. Laissez-moi aller chercher un plateau pour les cafés, on vient d'en recevoir un carton, dit Carl en posant le dernier couvercle sur un grand gobelet.

— Je vous dois combien ?

— Offert par la maison pour les flics.

Laissant un billet de cinq dollars, Jake rangea son portefeuille et s'accouda au comptoir pour regarder le carrefour par la vitrine. Des joggers matinaux, des promeneurs avec leurs chiens, des conducteurs se rendant au travail. La rue était animée, mais il n'y avait pas un seul témoin. Il retira le couvercle d'un des gobelets et versa une bonne dose de sucre dedans. Il avait besoin d'un apport de calories.

Tout en sirotant, il prit mentalement des notes. En fait, il passait le temps, tous les sens en alerte, comme il le faisait depuis tant d'années.

La femme que Carl avait appelée Bree remua sur son siège, l'air nerveux. Elle avait manifestement entendu leur conversation. La plupart des gens étaient curieux de ce genre de choses. Et quand quelqu'un se détournait, se couvrait le visage ou s'efforçait de prendre un air naturel, ça voulait généralement dire qu'il ou elle avait quelque chose à cacher.

Ou bien se montait-il de nouveau la tête en voulant enquêter au lieu de se contenter de rapporter les cafés, comme on le lui avait demandé ?

Prends ton mal en patience, ils finiront par t'accepter.

Carl rangea les cafés dans le plateau en carton.

— Merci, mon vieux.

— Pas de problème. Revenez quand vous n'aurez pas de meurtre sur les bras. Là, faut que je prépare les petits déj des clients.

Carl fit un signe de la main et rentra dans la cuisine.

— J'y penserai.

Jake entrouvrit la porte de l'épaule. Une bourrasque d'air glacial fit vaciller le plateau. Il lâcha la porte et réussit à rattraper les gobelets avant qu'ils ne se renversent sur sa veste déjà dégoûtante. Un petit rire s'éleva au fond du café. Il leva les yeux et croisa le regard de Bree. Cette femme avait un rire adorable, peu importe qu'il soit bref et suscité par sa maladresse.

Elle cacha rapidement ses yeux en les abritant de la main. Sa réaction le rendit plus qu'un peu curieux. Il posa le plateau sur la table du premier box et s'approcha d'un air dégagé.

Parle-lui.

Il s'immobilisa, en attente. En attente de quoi, il l'ignorait. L'excitation s'était emparée de ses cordes vocales, les empêchant de fonctionner. Il ne voulait pas faire d'elle une suspecte ou un témoin, seulement obtenir son numéro de téléphone.

Non, il ne pouvait pas faire ça. Pas en tant que policier, en tout cas. Il n'avait pas demandé de numéro de téléphone depuis son divorce, un an auparavant. Bon sang ! C'était un témoin potentiel, puisqu'elle était restée là toute la nuit. Il devait lui demander ses coordonnées.

Quel fichu prétexte, mon vieux. Dis quelque chose.

Il prit son calepin dans la poche de sa veste, avant de se rendre compte qu'il n'avait pas de stylo.

La femme se redressa, laissa tomber les mains sur ses genoux et leva le visage vers lui. Des yeux améthyste, absolument magnifiques. Il n'en avait jamais vu de cette couleur auparavant.

— Vous voulez quelque chose, Inspecteur ?

— Je cherchais…

Son stylo se trouvait avec son carnet, un peu plus tôt. Il tapota les poches de sa veste.

— Je peux vous emprunter un stylo ?

Elle se contenta d'ouvrir un grand cahier à spirale devant elle, et lui tendit le stylo coincé entre les pages.

— Merci.

— Si vous en avez besoin pour le crime, je suis sûre que Carl en a un. Celui-ci est rose.

L'expression « un sourire qui illumine la pièce » lui traversa l'esprit. Il aurait pu jurer que toute la salle s'était éclairée quand elle avait retroussé les lèvres, s'amusant en silence de l'idée qu'il écrive avec un stylo d'adolescente. Il se secoua et écrivit Carl, puis Bree.

— Désolé de vous déranger, mademoiselle. Carl a mentionné le fait que vous êtes venue à pied. Vous avez traversé le parc ?

— Non, pas hier soir. Est-ce que quelqu'un a vraiment été assassiné ?

Elle s'était visiblement détendue en répondant.

— C'est triste.

— Oui. Vous avez vu quelque chose d'inhabituel ? Quelqu'un qui courait dans le parc, ou une voiture qui filait à toute allure ?

— Non. Mais j'ai dormi un peu, après minuit.

— J'aimerais noter votre nom et votre numéro de téléphone, au cas où nous voudrions vous interroger sur de nouveaux éléments. On ne sait jamais quand un détail pourra se révéler utile.

— C'est vraiment difficile de voir à travers les vitres la nuit, Inspecteur. Je ne crois pas qu'il soit utile de me mentionner dans votre rapport.

Jake leva les yeux et saisit le reflet d'un homme couvert de boue. Même son visage était maculé. On aurait dit un figurant dans un film-catastrophe. Il constata que, depuis le box, on ne voyait pas grand-chose dehors.

— Il ne s'agit pas du rapport. Seulement au cas où j'aurais besoin de vous contacter. Je préférerais un numéro de portable. Carl m'a dit que vous vous appeliez Bree ?

Il se concentra sur la pointe du stylo posée sur le papier et ne vit pas la lueur déconcertée qui venait d'apparaître dans les yeux de la femme.

— Oui. Bree Bowman. Et je n'ai pas de téléphone, mais on peut me joindre au 214 964 79… Ah zut ! Je mélange toujours les derniers numéros.

Elle ouvrit le cahier à spirale et en tira un feuillet jaune.

— Voilà.

— Jerome's Pet Sitters. C'est là que vous travaillez ?

Il fourra le papier dans sa poche.

— Je fais des vacations quand j'ai le temps. Jerome prend les messages.

— Est-ce que Bree est un diminutif ?

— Non.

Elle remua sur son siège, l'air aussi gêné que lui.

Il savait que les flics n'hésitaient pas à relever l'adresse des jolies filles pour s'en servir plus tard, mais ce n'était pas son style. Il ne pouvait décemment pas insister.

— Ça devrait suffire pour le moment.

Il posa le stylo sur la table et le regarda rouler vers le cahier.

— Merci pour votre coopération.

— Pas de problème, dit-elle en imitant Carl.

— Bon. Merci encore.

Il reprit les cafés et se dirigea vers la porte.

— Attendez, laissez-moi vous aider.

La voix de Bree s'éleva derrière lui.

— Je vais vous tenir la porte, pour que vous ne renversiez pas tout.

Elle le contourna, poussa la porte et la maintint ouverte tandis qu'il la franchissait.

— Merci de votre aide.

— Tout le plaisir est pour moi.

Comme un idiot, il s'arrêta et la regarda. Et, comme quelqu'un qui n'a pas flirté depuis une éternité, ce qui était son cas, il dit :

— Vous savez que vous avez les plus beaux yeux que j'aie jamais vus ?

Elle prit une brusque inspiration et se pinça les lèvres. Gênée peut-être. Ou flattée. A moins qu'on ne lui fasse souvent ce compliment.

— Merci, Inspecteur, mais il fait vraiment froid.

— Oui, désolé. Bonne journée.

— A vous aussi.

Juste avant que la porte ne se referme, il entendit un autre petit rire.

Espèce de crétin !

L'aube vint et repartit avec l'ambulance emportant le cadavre. La femme n'avait ni papiers ni clés sur elle et, à leur connaissance, personne n'avait signalé sa disparation. Dallas poussa des hurlements interminables quand sa maîtresse disparut avec le légiste.

L'hypothèse la plus évidente était que la victime avait été

agressée pendant qu'elle promenait son chien. En localisant la résidence de l'animal, ils découvriraient l'identité de la maîtresse. C'était aussi simple que ça.

Mais personne ne s'en souciait. Ils attendaient que la fourrière appelle pour leur transmettre l'adresse enregistrée sur la puce.

On avait fait comprendre à Jake qu'après avoir contaminé la scène de crime, il valait mieux qu'il s'en tienne à la garde du chien. Une fois les cafés distribués, il s'était replié dans la voiture, où il avait réchauffé et rassuré le chien, lui avait donné son casse-croûte et l'avait fait boire. A présent que presque tous les uniformes avaient quitté les lieux, il avait sorti l'animal pour lui faire faire ses besoins près d'un arbre.

— Hé, Craig ! lui cria son coéquipier depuis l'autre bout du parking, en riant et en tapant dans le dos d'un collègue. Faut que t'attendes que la fourrière vienne chercher le clébard ! Promène-le en cercles jusqu'à ce qu'ils arrivent !

Il rit encore et lui lança les clés de la voiture.

— On me ramène au commissariat.

Jake rattrapa les clés et n'eut pas le temps de lui demander ce qui était tellement hilarant. La laisse improvisée du chiot à la main, il se demanda si c'était de lui que l'autre riait. Oui, il venait d'être promu de la position de bleu à celle de promeneur de chien, il en était presque certain.

Une fois les autres partis, il pensa à sa nouvelle vie. Les Marines faisaient partie du passé et il était seul, dans une ville où il ne connaissait personne. C'était ce qu'il avait voulu après son divorce. Personne pour lui rappeler ces six années d'humiliation.

Jake s'assit dans la voiture et mit le moteur en marche, songeant aux yeux améthyste. Un bien meilleur souvenir que le temps qu'il avait perdu avec son ex. Devait-il appeler Bree Bowman ?

Et puis quoi ? Qu'allait-il lui dire ? Lui proposer de prendre un café ? Il pouvait retourner au restaurant, pour essayer de la revoir. Ça lui servirait de prétexte. Ce ne serait pas un trop gros détour et il pourrait même lui offrir de la conduire quelque part à l'occasion. C'était un plan tout à fait viable. Sans engagement, sans précipitation.

Vingt minutes passèrent, et des enfants à vélo se rassemblèrent sur le parking. Visiblement, il les gênait.

Il alla se garer au fond du parking pour leur faire de la place. Certains de leurs tours étaient stupéfiants. Il ne fallut pas longtemps pour que Dallas recommence à gémir, puis se mette à hurler assez fort pour attirer l'attention.

Elle griffait les vitres quand l'un des garçons s'approcha. Vêtu d'un énorme anorak et d'un bonnet de ski, il était juché sur un vélo davantage destiné à faire des acrobaties qu'à rouler. L'adolescent lui fit signe de baisser la vitre.

— Hé, Dallas ! T'es perdue, ma vieille ? déclara le garçon en passant une main gantée à travers la vitre pour caresser les oreilles soyeuses du chien. Qu'est-ce que tu fais si loin de chez toi ?

— Tu connais ce chien ? demanda Jake.

— Bien sûr. C'est Dallas. Elle appartient à Mme Richardson. Je passe devant chez elle tous les jours. C'est bizarre qu'elle se soit enfuie. Elle reste toujours près de la maison, même quand on la lâche.

L'adolescent continuait à caresser le chien.

— Vous êtes flic ? Un de mes potes dit qu'un ivrogne est mort de froid. Il a vu la housse.

— Tu connaîtrais l'adresse de sa maîtresse, par hasard ?

— C'est la cinquième ou la sixième maison dans Loving Street. Celle qui grimpe sur la colline. Je peux la ramener, si vous voulez. Elle a déjà couru près de ma bicyclette.

— Merci, mais il vaut mieux que je le fasse moi-même. A quoi ressemble la maison ?

Le gosse haussa les épaules.

— On peut vous montrer. Y a plus rien à faire ici, de toute façon. La neige est trop molle.

— Merci. Mais n'allez pas trop vite. Prenez les passages piétons.

— C'est la deuxième à droite, monsieur.

L'adolescent se retourna et tapa sur le capot avant de se mettre à pédaler dans la neige.

Jake releva sa vitre électrique et démarra. Sur le siège passager, Dallas tournait sur elle-même. Elle finit par se coucher et posa la tête au creux du bras de Jake, en le regardant de ses grands yeux tristes.

— Ça va aller, ma belle.

Il gratta le museau de la chienne avant de saisir la radio.

— Tout ira bien. Tu auras bientôt un grand jardin et quelqu'un pour s'occuper de toi.

Un par un, les enfants se mirent en route, dérapant dans la neige fondue avec un plaisir sans mélange. L'enfance avait ses avantages parfois. Pas de souci, pas de passé.

— Dispatcheur, Craig en route pour Loving et Winstead. Annuler la saisie de la fourrière à White Rock Lake. Rappellerai plus tard si nécessaire.

A la suite de l'adolescent, il tourna dans la deuxième rue, tandis que les autres enfants continuaient tout droit.

— Inspecteur Craig, aucune trace d'un appel à la fourrière. Votre situation est enregistrée.

Les autres inspecteurs devaient bien se marrer devant leur petit déjeuner, songea Jake. Pendant deux heures, on l'avait laissé attendre la laisse à la main une fourrière qui n'avait jamais été prévenue. Quelle blague !

Encore un bizutage à encaisser. Mais, cette fois, les choses allaient peut-être tourner en sa faveur. Quand il avait déclaré qu'à son avis, le chien était lié à la victime, son coéquipier l'avait simplement chargé de garder l'animal.

Soit il allait rendre Dallas à sa maîtresse, soit il allait découvrir l'identité de la morte. C'était peut-être bien lui qui rirait le dernier, après tout.

3

Deux semaines d'affilée dans le même lit. Incroyable combien c'était bon d'avoir le même oreiller sous sa tête, songeait Sabrina. Vivre au milieu des valises, passer de maison en maison et dormir à l'hôtel avait cessé d'avoir du charme. Six mois s'étaient écoulés, et elle n'était pas plus près de découvrir quel était le lien entre Griffin et les commanditaires de son meurtre.

Elle était sur le point de renoncer à sa quête et à son existence nomade. Griffin avait déclaré qu'elle n'avait pas de vraie vie, eh bien il avait tort. Sa vie d'avant était remplie de gens, d'animaux, de choses intéressantes à faire. C'était vivre ainsi qui n'avait pas de sens. Une vie solitaire, dépourvue d'amis et de distractions. Zut, elle n'avait même pas de voiture !

Et pour couronner le tout, la première trace d'attirance qu'elle ressentait, c'était envers un flic. Un inspecteur auquel elle avait failli donner son numéro de portable. Oui, elle lui avait menti en disant qu'elle n'en avait pas. Et s'il l'avait appelée ? Quelle erreur à ne pas commettre ! Mais le policier lui avait semblé si… timide.

Elle tira la valise dans la neige fondue et traversa la dernière rue.

Marcher dans la neige n'était pas difficile pour une fille née et élevée au Texas. Non, un peu de neige et de glace ne la ralentissaient pas du tout. Elle avait parcouru quatre pâtés de maisons depuis le café. Il n'y avait pratiquement pas de circulation. Elle avait fait un détour pour éviter le parking, au cas où l'inspecteur aurait été encore été dans les parages. Depuis le restaurant, l'endroit semblait vide, en dehors d'un véhicule et d'une bande de gosses à vélos.

Sous la neige, la ville de Dallas était très différente d'Amarillo dans les mêmes conditions. Un samedi matin, tous les enfants auraient été sur la colline, en train de glisser sur des luges en plastique ou en carton jusqu'à en avoir les doigts gelés.

Il ne fallait pas qu'elle pense à sa ville natale. Songer aux gens qui souffraient de sa disparition ne l'aiderait pas à rentrer chez elle. Au début, elle n'avait pas contacté ses parents, car elle ne voulait pas qu'ils soient mis en danger par les hommes qui travaillaient avec Griffin. Puis elle avait pris conscience que passer pour morte lui donnait une grande marge de manœuvre. La police ne la recherchait pas.

Mais même si les autorités ne s'inquiétaient pas d'elle, ça ne signifiait pas qu'elle pouvait fréquenter le bel inspecteur. Cela aurait été tenter le sort. La chance dont elle avait bénéficié ces six derniers mois la quitterait tôt ou tard.

Elle priait tous les jours pour que sa famille lui pardonne quand elle pourrait enfin prouver son innocence et rentrer chez elle. Encore trois noms à vérifier sur sa liste, puis elle se rendrait à la police. Ou bien elle se servirait de l'argent volé pour embaucher un détective privé, qui l'aiderait à blanchir son nom.

Mais elle ne pouvait pas faire ça. L'argent était une preuve. Bien sûr, elle aurait pu aller n'importe où avec, engager un détective et dormir dans un hôtel au lieu des refuges qu'elle avait fréquentés les premières semaines. En dehors des trois cents dollars qu'elle avait dû prendre, quatre-vingt-dix mille dollars en grosses coupures étaient cachés dans la doublure de sa trousse de toilette. Elle avait remis le reste à son oncle, qui l'avait aidée à quitter Amarillo.

Sabrina retira ses gants et repêcha ses clés dans la poche de son manteau. Elle replia la poignée de sa valise. L'énorme bagage s'usait bien plus vite que le premier, qu'elle avait pourtant acheté d'occasion. S'en procurer un autre faisait partie de sa liste de choses à faire très vite.

Repenses-y dans deux semaines. Peut-être que tu n'en auras plus besoin.

Elle enleva ses tennis sur le paillasson, en souhaitant de nouveau avoir ses bottes de neige, avant d'entrer dans le domaine immaculé de Brenda Ellen en remettant les clés dans sa poche.

Puis, à reculons, elle tira sa valise à l'intérieur, se raidissant pour se prémunir contre l'accueil de Dallas. Le chien turbulent pouvait la renverser quand elle n'était pas sur ses gardes.

Mais pas de Dallas.

Elle siffla en se débarrassant de son manteau et en le laissant tomber sur la valise. Puis elle tapa dans ses mains. Aucun bruit de griffes cliquetant sur le parquet.

— Dallas ? cria-t-elle. Mme Richardson ? Brenda Ellen ?

Son voyage avait-il de nouveau été retardé à cause de la neige ? Des assiettes sales étaient posées sur le comptoir de la cuisine. C'était bizarre, car Brenda Ellen Richardson mangeait pratiquement au-dessus de l'évier, quand elle se donnait la peine de manger chez elle. Un sac de pain de mie était resté ouvert. De la graisse dans une poêle où on avait fait cuire des œufs. Du sang près d'un morceau de fromage sur le comptoir.

— Oh mon Dieu !

Etait-ce le sang de Brenda Ellen ? Ou bien quelqu'un s'était-il introduit dans la maison ?

Brenda Ellen ne mangeait pas d'œufs et ne faisait jamais rien frire. L'avaient-ils retrouvée ?

Non, non ! Ne panique pas.

Peut-être Brenda Ellen avait-elle omis de l'informer par SMS que son vol était retardé. Peut-être avait-elle eu de la compagnie la veille au soir. Cette hypothèse était gênante mais pas aussi effrayante.

Mais où était Dallas ?

Quelque chose n'allait pas. Brenda Ellen était une femme

organisée et n'aurait jamais oublié d'annuler la garde de son chien. Devait-elle s'en aller ?

Oui, tourne les talons et pars tout de suite !

Reprendre sa valise et fuir à toutes jambes étaient la meilleure chose à faire.

Et puis quoi ? Où pouvait-elle aller ?

Les méchants l'auraient entendue entrer et siffler Dallas. L'auraient suivie dans la rue. Et s'ils attendaient son arrivée pour fouiller la maison ? Et si Brenda Ellen était ligotée quelque part… ou pire ?

Je suis lasse d'avoir peur, se dit-elle.

Il était temps de faire face et d'agir au lieu de fuir tout simplement. Elle allait appeler le 911 avant de partir.

Son portable était dans sa valise. Heureusement, sinon l'inspecteur Jake Craig n'aurait pas manqué de le voir.

Alors sers-toi du téléphone fixe pour appeler les secours et ensuite va-t'en.

Un bon plan d'action. Elle avait pris des cours d'autodéfense. Elle pouvait arriver jusqu'au téléphone, posé sur le bureau de Brenda Ellen.

Aussi silencieusement que possible, elle ouvrit le tiroir contenant le marteau à viande. Les couteaux avaient l'air tentant, mais trop gros par rapport au scalpel avec lequel elle avait poignardé Griffin.

Se risquer jusqu'au téléphone était dangereux. Mais elle ne pouvait partir sans avoir essayé, sans savoir si son employeuse avait besoin d'aide. Si Brenda Ellen était en danger, c'était sa faute à elle et elle devait faire tout son possible pour la sauver.

Maillet en main, elle s'agenouilla sur le seuil, s'efforçant de voir si quelqu'un se trouvait dans le salon. S'il y avait eu quelqu'un, il serait sûrement venu voir qui avait sifflé et claqué des mains. Il était inutile d'avoir peur. Malheureusement, elle ne pouvait s'empêcher de trembler et de penser à toutes sortes de possibilités. Les réactions excessives étaient devenues sa manière d'être habituelle.

Il n'y a personne ici.

Sabrina s'immobilisa et secoua les bras pour détendre ses muscles, en gardant malgré tout le marteau en main.

Puis elle tourna le coin du couloir, préparée à abattre son arme sur la tête d'intrus potentiels. Rien. Mais les coussins étaient dérangés et le plateau de verre de la table de salon fêlé.

On aurait pu croire qu'il s'agissait d'un accident, mais elle connaissait Brenda Ellen. Celle-ci lui avait fait un sermon de cinq minutes quand elle avait oublié une fois d'aspirer.

Sabrina se figea. Etait-ce un craquement du parquet, qu'elle venait d'entendre ? Un bruit provenant de l'escalier recouvert de moquette. Elle l'avait souvent entendu quand le chien descendait, au cours des nuits qu'elle avait passées dans la maison, et elle le reconnut. Elle déglutit péniblement, et ce simple bruit résonna dans sa tête comme un cri. Elle retint son souffle.

Etait-ce l'homme qu'elle avait vu à la clinique ? Celui qui avait l'air d'aimer tuer ? Son sourire affreux hantait ses cauchemars.

L'homme qui descendait l'escalier savait qu'elle se trouvait dans la maison. Elle ne pouvait traverser la pièce pour arriver jusqu'au téléphone. Elle ne pouvait pas non plus rouvrir la porte d'entrée, car ses clés étaient dans la poche de son manteau. Sortir par la porte de la cuisine était la seule option qui lui restait.

Elle se mit donc à courir. L'idée de tourner le dos à l'intrus était terrifiante. Le type au sourire fou pouvait lui tirer dans le dos. Ce n'était pas comme dans ses rêves, où elle courait toujours hors de sa portée.

Il l'entendit. Elle perçut ses pas lourds et rapides. La lampe de la table du salon tomba sur le sol, derrière elle, au moment où elle tournait le coin de la cuisine.

Ne regarde pas, ne regarde pas, ne regarde pas.

Elle s'arrêta, ouvrit la porte aussi largement que le permettait sa valise et dévala les deux marches du perron.

— Salut Bree, tu cherches Dallas ?

Il lui fallut quelques secondes pour ralentir le rythme

de son cœur. Ce n'était qu'un gosse du voisinage, qu'elle rencontrait souvent en promenant le chien.

— Va-t'en, Joey.

— Ça va. Le flic l'a trouvée au lac. Je suppose qu'elle s'est échappée après le départ de Mme Richardson.

— Un flic ? Où ça ?

Elle agrippa les poignées du vélo de l'adolescent pour le faire pivoter.

— Allez, Joey. Je t'ai dit de partir.

— Qu'est-ce qui se passe ? demanda-t-il en traînant les pieds dans la neige.

La porte s'ouvrit. Du coin de l'œil, elle aperçut le canon d'une arme et un homme masqué.

— Baisse-toi !

Sabrina renversa le vélo, plaqua Joey à terre et se jeta sur lui. Une masse floue tira sur son pull et lui écrasa le visage dans la neige.

— Ne bougez pas, tonna une voix au-dessus d'elle.

— Il est… Il est dans la maison, avec une arme, balbutia-t-elle, en recrachant de la neige.

— Ça va, fiston ? demanda la voix.

Elle ne ressemblait à rien à celle de la clinique. Les tonalités qui lui parvenaient aux oreilles étaient riches et profondes, avec un accent nasillard du Texas qu'elle reconnut immédiatement.

Jake Craig.

Elle vit Joey hocher la tête de haut en bas, et une lueur d'excitation traverser ses yeux à la pensée du danger.

— Ne t'en mêle pas. Ça ne ressemble pas du tout à ce que tu crois.

— Restez ici, ordonna Jake, et il courut vers la porte.

Pas question de lui obéir. Il fallait éloigner Joey autant que possible de la maison.

— Va te cacher derrière cette voiture, dit-elle à l'adolescent qui paraissait hypnotisé.

— Mais il a dit…

— Je m'en fiche. Lève-toi et vas-y.

Plus vite qu'elle ne l'aurait cru possible, ils se retrouvèrent derrière la voiture, adossés aux roues. Elle s'attendait à ce que des coups de feu éclatent à tout moment. Plus les secondes passaient, plus elle était soulagée et plus elle se rendait compte qu'elle devait filer avant que le flic ne revienne.

Ses pieds étaient gelés. Pouvait-elle aller où que ce soit sans chaussures ?

Elle entendit un bruit de griffes contre le verre, puis un aboiement familier et des gémissements. Dallas.

Le chien était entre de bonnes mains. Le flic allait s'occuper de tout. Elle pouvait partir avant qu'il ne voie son visage. Elle frissonna dans le froid et épousseta la neige collée sur sa figure. Elle achèterait un autre manteau, en même temps qu'une nouvelle valise.

— Oh non ! L'argent !

Que ce fut son cri d'exaspération ou son état émotif, Joey réagit en lui tapotant maladroitement l'épaule.

— Il y avait vraiment quelqu'un avec une arme ? demanda l'adolescent, incapable de dissimuler l'excitation de sa voix. On était en train de la cambrioler, ou un truc du genre ?

Il fit mine de se lever mais Sabrina le retint par le bras.

— Que fait Dallas avec ce policier ? Que se passe-t-il ?

— On est allé faire des tours dans le parking, vous voyez, et y avait plein de voitures de police. Y z'ont embarqué un corps, dans une vraie housse mortuaire et tout. Ensuite on a remarqué ce type, qui avait Dallas. Alors j'suis allé le voir, et je lui ai demandé pourquoi.

Durant ces explications, le cœur de Sabrina fit de nouvelles embardées.

— Sais-tu qui est mort ?

Dallas aboya, griffant la vitre.

— Vous êtes Mme Richardson ? interrogea l'inspecteur qui venait de contourner sa voiture. C'est votre chien ?

— Non, c'est Bree. C'est la baby-sitter du chien, expliqua Joey.

Jake avait une expression étrange. Il écoutait avec intensité, sans détacher ses yeux d'elle. Sabrina comprit qu'il était très grand. Déjà, au restaurant, il la dominait de toute sa taille, mais vu depuis sa position sur le sol, il paraissait gigantesque. Ses manières méfiantes ne faisaient qu'ajouter à son apparence menaçante. Elle savait qu'il était du côté de la loi et qu'il ne faisait pas partie des méchants, mais elle ne pouvait s'arrêter de trembler.

— Je peux y aller, maintenant ? dit Joey en lui touchant la main.

Elle ne s'était pas rendu compte qu'elle tenait toujours le bras de l'adolescent. Elle le relâcha et le flic s'approcha d'elle, sans glisser dans la neige. Cependant, à en juger par l'état de ses vêtements, il avait l'air de s'être traîné par terre. Elle avait eu l'occasion de l'observer en détail au restaurant.

— Merci pour l'adresse, petit.

— Faut que je raconte ça à tout le monde, dit Joey.

Le temps que Sabrina se tourne vers Jake, l'enfant était déjà au bas de la colline.

Jake ? Plutôt Inspecteur Craig ! L'inspecteur qui n'a pas eu besoin de ton numéro de téléphone, songea-t-elle. Oh mon Dieu ! Voilà qu'elle se mettait à radoter.

— Attendez une seconde, ma belle.

— Quoi ?

Il la contourna et posa son arme dans la voiture, avant d'ouvrir la portière pour laisser sortir Dallas. La chienne sauta sur Sabrina et lui fourra son museau froid sur la figure. Elle fit courir automatiquement ses doigts sur les flancs de l'animal. Tandis qu'il lui léchait le menton, Bree détacha son regard du sol pour croiser celui de l'inspecteur, plein de curiosité.

Les images d'une arme, d'une housse mortuaire, de la prison assiégèrent son esprit, lui faisant tourner la tête.

Brenda Ellen avait dû aller promener le chien la veille au soir.

Elle se sentit sur le point de vomir et enfouit le visage dans la fourrure du chien.

— Vous ne l'avez pas attrapé ? demanda-t-elle.

— Non, je n'ai trouvé personne.

— Elle est… ? C'est pour ça que vous rameniez Dallas ?

Oh ! mon Dieu, elle est morte.

Le maladroit soupir de sympathie de l'inspecteur lui confirma qu'elle ne s'était pas trompée.

— Il faut que je vous pose quelques questions, mademoiselle Bowman.

Il tendit la main pour l'aider à se remettre debout.

Sabrina n'avait plus le choix. Brenda Ellen était morte à cause d'elle. Elle allait sans doute être arrêtée, et elle devrait laisser l'enquête à des professionnels. Elle posa ses doigts froids dans la paume tiède de l'inspecteur et se leva. Elle ne voulait pas aller en prison.

— Je m'appelle Bree.

— Oui, je m'en souviens.

Il garda sa main, pour la stabiliser. Sa timidité, ainsi que sa maladroite tentative de flirt, s'étaient évanouies. Ils restèrent debout face à face plusieurs secondes, avant que Dallas ne gémisse et lui griffe les jambes.

— Nous devrions peut-être entrer ? dit-il.

— On peut ? Après l'intrusion de ce type ? Je veux dire, vous ne devez pas relever les empreintes ou quelque chose comme ça ? Il a tué Brenda Ellen.

— Vous avez vu quelque chose ?

Il lui fourra dans la main une sorte de matériau argenté dont il se servait comme laisse, puis la poussa derrière un énorme sycomore en guise de protection. Elle tressaillit quand la neige lui recouvrit les pieds.

— Il pointait un revolver sur Joey. La cuisine est en désordre et vous avez dit que quelqu'un l'a tuée.

— Je n'ai rien dit.

— Non ?

— Non.

— Mais vous avez trouvé un cadavre et Dallas était au lac. Et il y a des œufs et de la graisse, et tout est en désordre.

Ce qu'elle disait n'avait ni queue ni tête et, devant l'expression curieuse, elle comprit qu'il était perdu.

— Avez-vous vraiment vu quelqu'un dans la maison ?

— Oui. Il m'a suivie dehors, et il allait nous tirer dessus, mais vous êtes arrivé.

— Qu'est-ce qui vous fait penser ça ? De quoi avait-il l'air ?

— Je ne sais pas. Il portait un masque et une arme. J'ai vu le revolver.

Ses mains tremblaient. Elle n'avait pas eu aussi peur depuis qu'elle avait poignardé Griffin à la clinique.

— Elle ne mange jamais, jamais de friture.

— Bree, j'ai du mal à vous suivre. Vous n'êtes pas très logique. Je n'ai trouvé personne à l'intérieur, mais je peux vérifier de nouveau, si vous voulez attendre dans la voiture.

— Il l'a tuée, n'est-ce pas ?

Bree Bowman était en train de craquer, de perdre les pédales. Elle n'allait sans doute pas s'évanouir, mais c'était tout juste. Jake fit la seule chose qui lui venait à l'esprit…

Il donna la laisse à Bree et la souleva dans ses bras. Elle était menue, et ne pesait pas plus lourd qu'une plume. De grosses larmes roulaient sur ses joues, et elle était à moitié gelée, sans manteau et sans chaussures. Scène de crime ou pas, il n'avait pas d'autre choix que de la faire rentrer dans la maison.

La porte s'ouvrit à moitié. Il lui fallut une seconde pour comprendre pourquoi et reconnaître la valise qu'il avait vue au restaurant. Donc Bree s'occupait du chien et logeait aussi dans la maison. Le fond de la valise était encore humide. Elle n'était pas là depuis longtemps.

Le chien les entraîna en avant et Jake se cogna la hanche à un tiroir ouvert.

— Je suis désolée. J'avais besoin du marteau à viande, au cas où quelqu'un m'aurait agressée.

— Lâchez la laisse, Bree.

— Ce n'est pas possible.

Elle lui passa les bras autour du cou et se serra contre lui.

— Elle va courir dans la maison et faire disparaître les traces. Elle va fouiller partout. Quelqu'un était ici : il s'est lancé à ma poursuite.

— J'ai compris. Vous pouvez la lâcher.

Elle chercha ses yeux et fit ce qu'il lui demandait. La tenant par la taille pour la stabiliser, il la reposa sur ses pieds. Dallas continuait à tirer sur la laisse, avide de retrouver sa liberté.

— Qu'est-ce qui vous fait penser que votre patronne n'a pas simplement eu un invité cette nuit, qui n'a pas nettoyé et a cru que c'était *vous* l'intruse ?

— Brenda Ellen devait quitter Seattle hier. Son vol a été annulé, et elle était censée en prendre un autre à onze heures, ce matin, murmura Bree. Elle n'aurait jamais laissé tout en désordre. Ce n'est pas son style.

Jake survola la cuisine du regard. Elle était immaculée, comparée à son propre appartement.

— Ecoutez, même s'il y avait quelqu'un, il est parti maintenant.

— Comment savez-vous qu'il ne se cache pas quelque part ? Et où serait-il allé ? Toutes les portes sont fermées. Et s'il y avait quelqu'un d'autre avec lui ?

— J'ai vérifié toutes les pièces et le jardin.

Il valait mieux suivre la procédure et commencer par le début. Mais, envoyant bouler les règles, il posa les mains sur les épaules de Bree, en une tentative pour la rassurer.

Génial, il n'avait même pas signalé sa position à son coéquipier ou son capitaine ! Mais si un intrus s'était trouvé là, il était parti depuis longtemps, et il y avait peu d'espoir de trouver des signes identifiables.

Bree inspira profondément et ouvrit la bouche. Il lui posa un doigt sur les lèvres et sentit son haleine tiède. Mais elle ne prononça pas un mot.

— Je vais appeler des renforts. Vous allez rester ici avec Dallas. Essayez de la faire se tenir tranquille. Faites oui si vous avez compris.

Elle remua à peine la tête. Il avait envie de sécher ses cils humides et de la serrer contre lui. Pourquoi ? Sans doute par sympathie pour le chien qui se frottait à cette petite femme aimante. Ou bien à cause de la manière dont elle avait ri au restaurant. Il l'ignorait et repoussa cette impulsion.

— Une chose avant tout. De quoi avait l'air Brenda Ellen Richardson ?

— Des cheveux bruns, de la même longueur que les miens, mince, de taille moyenne…

— De quelle couleur étaient ses yeux ?

— Etaient ? Alors… c'est *elle* que vous avez trouvée au lac. Ils étaient marron.

Bree était en train de décrire la victime. Avec sa chance habituelle, Jake allait détruire d'autres indices en fouillant la maison, mais il fallait qu'il s'assure de l'absence de danger. Il tira son portable de son étui à sa ceinture.

— Attendez ici.

Tout en demandant des renforts, Jake parcourut méthodiquement la maison. Arrivé dans le salon, il aperçut une photo de la victime, accompagnée d'un couple âgé. Très certainement ses parents. Une autre photo la montrait en compagnie d'un golden retriever. Puis il appela son coéquipier, lui donna le nom et l'adresse de la victime et raccrocha avant que le vieux ronchon ne commence à rouspéter.

Il y avait de beaux meubles et un assortiment de livres dans le couloir. Aucune poussière nulle part. De son point de vue, il n'y avait quasiment pas de désordre : la vaisselle du petit déjeuner, une goutte de sang, et une petite table fêlée, certainement par le chien. Rien n'indiquait la présence d'un intrus.

Mais il entra dans chaque pièce comme si un AK-47 l'attendait de l'autre côté de la porte. Il ne pouvait s'en empêcher, les vieilles habitudes avaient la vie dure. Son précédent coéquipier en avait ri plus d'une fois, mais c'était devenu la routine pour eux. Mieux valait prévenir que guérir.

Une robe gisait sur le couvre-lit, portée la veille ou préparée pour le jour même, il n'aurait su le dire. Deux valises élégantes étaient posées près de la porte de la salle de bains, donnant crédit à l'histoire de Bree.

Rien à signaler dans la maison. Les renforts allaient arriver d'une minute à l'autre. Il était temps d'interroger son témoin et de s'attaquer à l'affaire. Il s'engagea dans l'escalier et fut accueilli à mi-chemin par Dallas.

— Alors on t'a lâchée ? Tu t'inquiètes ?

Il saisit la laisse et passa quelques minutes à persuader l'animal de venir avec lui.

— Il faut que je vous pose quelques questions.

Il entra dans la cuisine, mais la pièce était vide. Bree avait disparu, de même que son manteau et sa valise.

Trompé par les apparences, il avait non seulement avalé l'hameçon, mais aussi le plomb et la ligne.

4

— Cheveux bruns, yeux améthyste, un mètre soixante ou soixante-cinq. Elle ressemble à la victime de dos, mais pas de face. Environ vingt-cinq ans.

Si Jake décrivait le visage en forme de cœur, le nez en trompette, les taches de rousseur et le squelette menu de Bree, son coéquipier allait le croire fou. Ou s'imaginer qu'il l'avait délibérément laissée s'enfuir.

En l'état actuel des choses, depuis que l'inspecteur Elton Owens avait fait son apparition pour prendre l'enquête en charge, le harcèlement ne cessait pas. Tout en vérifiant ses notes, Owens le traitait comme un suspect ou, pire, comme un bleu.

— Tu dis que tu l'as vue au restaurant ce matin ? Et tu n'as pas pensé à le signaler en rapportant les cafés ?

— Allons, Owens, je ne pouvais pas savoir qu'elle gardait la maison de la victime. Vous seriez toujours en train d'attendre les informations de la fourrière ou du fichier des personnes disparues si je n'avais pas suivi le gosse jusqu'ici.

Jake était conscient d'être sur la défensive, et il était assez las pour s'en ficher. Owens l'ignora et posa quelques questions à l'enquêteur de scène de crime.

Jake savait qu'il avait fait du bon boulot durant la dernière année. Il avait accepté de jouer les subalternes tout au bas de l'échelle, se chargeant du sale boulot sans se soucier des heures supplémentaires non payées. Son travail était toute sa vie, et il n'en voulait pas d'autre. Etre de service à Noël lui avait permis d'éviter ses parents, ses frères et sœurs et les autres membres de la famille.

Les réunions de famille le mettaient mal à l'aise. Et être mis sur le gril par son coéquipier était tout aussi pénible.

Ses parents ne lui avaient jamais demandé si les accusations proférées par son ex étaient vraies, mais ils n'avaient jamais laissé entendre non plus qu'elle mentait. Peut-être interprétaient-ils comme de la culpabilité sa gêne de ne pas s'être aperçu qu'elle le trompait. Après quelque temps, tout ça avait cessé d'avoir de l'importance. Il était plus simple de ne pas faire de vagues et d'éviter les confrontations à propos de son mariage désastreux. Il essayait d'oublier à la fois sa première femme et la guerre.

Il avait effectivement oublié son ex, c'était sans doute le plus difficile à comprendre pour ses parents. C'était triste, mais ce qu'il y avait eu entre sa femme et lui au début de leur mariage s'était tout simplement évanoui, après six ans de séparation à des milliers de kilomètres l'un de l'autre.

Quand ce poste s'était libéré à Dallas — à trois heures de route de sa ville natale — il avait sauté sur l'occasion. Il avait besoin de prendre un nouveau départ et c'était plus facile ainsi. Une année de plus, et il travaillait aux Homicides. Exactement ce qu'il avait espéré.

A présent son coéquipier le soupçonnait d'avoir commis des erreurs plutôt que d'avoir pris des décisions. Il aurait aimé que quelqu'un, n'importe qui, lui fasse confiance. Mais depuis qu'il avait quitté l'armée, personne ne semblait le considérer comme fiable. Bon, il ne pouvait pas le leur reprocher : il avait laissé un témoin s'échapper. Bree avait pris la poudre d'escampette et il s'était fait avoir comme un débutant.

— Tu t'es fait embobiner, reconnais-le, Craig, le taquina le diablotin assis sur son épaule.

Owens retirait la photo du cadre.

— C'est incontestablement elle. Va falloir trouver ses parents pour leur annoncer la nouvelle. La promeneuse de chien, cette Bree, tu dis qu'elle avait l'air plus effrayée par la présence d'un intrus dans la maison que par l'assassinat de Mme Richardson ?

— Je n'ai pas dit ça, Owens. Les deux choses l'ont bouleversée.

Je crois.

— Quand tu retourneras au commissariat, faudra que tu passes en revue les photos signalétiques. On va éplucher les finances de Richardson et essayer de trouver un règlement pour cette mystérieuse promeneuse de chien. Pour l'instant, elle est notre seule piste.

Il referma son calepin et le fourra dans la poche de sa veste.

— T'es sûr qu'elle s'occupait du chien ?

— Joey la connaissait et semblait lui faire confiance.

— Pas de nom de famille pour lui ou les gosses qui étaient avec lui ? jeta Owens sans même attendre de réponse. Je vais envoyer un portraitiste au restaurant et un agent dans le quartier. Ça ne devrait pas être trop difficile de localiser cette nana. Oh… et le capitaine veut te voir dès ton retour.

— Je m'en doute.

Owens franchit la porte et échangea quelques mots en riant avec l'agent qui avait répondu à l'appel de Jake. La chance voulait que ce fût le même type qui lui avait conseillé de donner l'exemple aux enfants dans le parc.

— Ça va s'arranger, vous savez.

Shirley, l'analyste de scène de crime, interrompit le fil des pensées de Jake.

Il s'interdit de lui demander de quoi elle parlait. Il connaissait la réponse et ne voulait pas s'engager dans cette conversation.

— Ils vont arrêter de vous titiller. C'est comme ça qu'ils traitent tous les nouveaux.

— Vous avez trouvé quelque chose ?

Mieux valait s'enquérir de l'affaire, même s'il ne faisait pas officiellement partie de l'enquête.

— Tout sera dans mon rapport. Je préfère ne pas faire de suppositions.

— Hé, je suis Jake Craig, l'inspecteur qui ne fait pas partie de l'enquête. Vous ne pouvez pas me donner une version officieuse ? Ça ne sortira pas d'ici, promis.

Il lui adressa un sourire éclatant, espérant faire mouche. Flirter outrageusement n'avait jamais fait de mal à personne.

— D'accord. Apparemment, elle a été tuée au parc. Il n'y a qu'une goutte de sang dans la cuisine et pas de traces de lutte, en dehors du salon.

— Des empreintes ? La promeneuse de chien a dit que la victime faisait le ménage tous les jours et vivait seule.

— La table a l'air d'avoir été fêlée aujourd'hui. Peu d'éclats se sont enfoncés dans le tapis. Les empreintes sont fraîches et faciles à trouver. On écartera facilement celles de la victime.

— Donc elles ont été effacées ?

— Je ne pense pas. Je suis d'accord avec la demoiselle. Je pense que la victime aimait l'ordre, et prenait soin de sa maison quotidiennement.

La confusion dut se remarquer sur le visage de Jake car Shirley poursuivit :

— Regardez autour de vous. La propriétaire de cette maison avait un chien noir et une moquette blanche. Ou bien le chien ne rentrait jamais, ou bien quelqu'un nettoyait avec soin.

— J'ai compris. Et dans le jardin ? demanda-t-il, tandis que l'analyste rassemblait son équipement. Il y a quelque chose ?

Jake fourra les mains dans ses poches et aperçut son reflet piteux dans un miroir. Il rejeta les épaules en arrière pour se grandir. Sa mère lui avait dit qu'il avait l'air vaincu quand il avait les épaules voûtées. Pas question de se laisser abattre.

Les Marines l'avaient guéri de sa gêne de faire vingt centimètres de plus que tout le monde au lycée. Mais après son retour de l'armée, durant la semaine qu'il avait passée chez ses parents, sa mère lui avait rappelé plus d'une fois de se tenir droit. Il était sur le point de divorcer et n'avait encore aucun avenir.

— Avec cette couche de neige et de glace, il est impossible de collecter quoi que ce soit. Disons que le peu d'éléments que j'ai réussi à repérer ne sera pas la meilleure piste pour résoudre cet homicide.

Elle enfila son manteau.

— Le médecin légiste vous a fait part de ses hypothèses concernant la cause de la mort ?

Incontestablement une strangulation, selon lui. Il avait vu les mêmes yeux rouges sur un Marine tué par un combattant local.

— Ce n'est pas officiel, mais le légiste a noté des hémorragies sous-conjonctivales avant qu'on n'emporte le corps.

Ayant ajusté le dernier pan de sa tenue hivernale, elle empoigna ses mallettes et lui adressa un grand sourire.

— En langage profane, elle a été étranglée.

Il la suivit jusqu'à la porte, la lui tint ouverte et dit à mi-voix :

— On dirait qu'il y a eu préméditation : le meurtre a l'apparence d'une agression, mais l'homme est revenu se préparer un petit déjeuner.

— Ils sont revenus, c'est sûr. L'heure de la mort a été estimée entre vingt et vingt-trois heures hier.

Préméditation certes, car ce n'était pas une mort violente, comme dans une querelle d'amoureux. Le type avait sans doute étranglé sa victime alors qu'elle promenait le chien. Sans cœur ? Avait-il laissé le chien geler exprès, ou bien ne l'avait-il pas tué parce qu'il aimait les animaux ? Quelque chose ne collait pas, et ça dérangeait Jake. Le meurtrier semblait avoir attendu quelque chose ou quelqu'un après le meurtre. Bree l'avait-elle surpris, ou bien s'était-il posté là pour l'attendre ?

Qui fuyait-elle quand il était arrivé, et pourquoi avait-elle disparu alors qu'il était en haut ?

— Shirley ?

Il la rattrapa dans l'allée.

— Rendez-moi un service.

Jake lui tendit sa carte de visite.

— Vous pouvez m'envoyer les résultats de la recherche d'empreintes ? Surtout celles que vous avez relevées sur le tiroir de cuisine. Voici mon numéro de portable.

— Bien sûr, mais je croyais qu'Owens avait dit…

— Oui, le service c'est de ne pas lui dire que je suis au courant.

— Oh ! pas de problème. Donc… vous pensez qu'on va trouver une correspondance.

Shirley empocha la carte.

— Elle avait tellement peur que ses genoux en tremblaient. Et puis il y a le fait qu'elle est partie sans ses chaussures.

Comme l'indiquaient les traces de pieds nus qui menaient dans la rue.

— On dirait bien.

Shirley sourit et reprit ses mallettes.

— Je voulais vous demander… qu'est-il arrivé au chien que j'ai vu ce matin ?

— La fourrière est venue, cette fois.

Ça aidait quand on les appelait, ce qu'il avait fait personnellement.

— Un gosse a vu Dallas avec moi au parking, et m'a guidé jusqu'ici.

— Tant mieux. J'espère que quelqu'un l'adoptera. Les gros chiens noirs ne sont pas faciles à placer, surtout quand ils sont borgnes. A plus.

Elle lui fit un signe de la main et monta en voiture.

Jake alla s'asseoir dans sa propre voiture.

Borgne ? Il n'avait pas remarqué. Dallas était une bonne chienne et quelqu'un allait l'adopter.

Elle méritait de trouver des maîtres avec un grand jardin, ou quelqu'un habitant près du parc, qui l'entraînerait à rattraper des frisbees et des balles de tennis. Du peu qu'il avait vu de ses interactions avec Bree, il avait compris que la petite chienne avait un cœur fidèle. La loyauté qu'elle avait démontrée en restant avec sa maîtresse lui rappelait la solidarité des Marines.

Serait-elle adoptée ? Ou bien fallait-il s'étonner qu'elle ait été adoptée une première fois ? Il avait détecté un authentique soulagement sur le visage de la femme-mystère quand il avait ramené Dallas. Intuition ou réflexe professionnel, Jake était prêt à parier sa prochaine paie que Bree ne laisserait pas la chienne passer la nuit à la fourrière.

Owens et le reste des agents discutaient près de leurs véhicules. Si son intuition se révélait juste, il pourrait obtenir la réponse à de nombreuses questions. Le fait qu'on ne lui ait pas attribué l'enquête ne l'empêcherait pas de retrouver le meurtrier.

En croisant le regard mort de Brenda Ellen Richardson, il avait établi un contact avec elle. Et il avait tenu dans ses bras la promeneuse de chien à moitié gelée. Il espérait se tromper sur les raisons de sa terreur — ainsi que sur celles de sa fuite.

Une série d'appels lui procura l'information dont il avait besoin, de même que l'adresse de la fourrière. Cela fait, il s'arrêta dans un fast-food pour calmer les appels insistants de son estomac. Deux hamburgers et vingt minutes plus tard, il se gara au fond du parking de la fourrière, et attendit.

En cette fin de samedi après-midi, il y avait peu de passage. La plupart des visiteurs avaient un enfant ou deux avec eux. Quand une belle voiture conduite par une femme ralentit pour entrer dans le parking, l'intérêt de Jake s'éveilla.

Moins de quinze minutes plus tard, comme il s'y attendait, la femme sortit avec la chienne en laisse et la fit monter sur le siège arrière. Jake n'eut pas à la filer de trop près. Elle reprit le chemin qu'il avait suivi jusque-là… Retour à White Rock Lake, retour à Bree.

5

— C'est qui ce géant ? Jolie voiture, mais on dirait qu'il s'est roulé dans la neige.

Tout en tendant la laisse de Dallas à Sabrina, Julie lorgna effrontément l'inspecteur.

L'inspecteur Craig ? Ici ?

Sabrina ne se retourna pas : peut-être ne l'avait-il pas vue.

Mais de longs doigts solides atterrirent sur ses épaules, à quelques centimètres de sa poitrine, la clouant sur place.

— Te voilà, Bree ! Désolé, je suis un peu en retard.

Jurant intérieurement, Sabrina dissimula sa surprise. Le policier s'avança à son niveau et entremêla des doigts chauds et fermes aux siens. La proximité de son corps fit monter un peu sa température corporelle.

Au moins, il ne lui plaquait pas le visage sur une table de pique-nique pour lui passer les menottes. Il avait la courtoisie de lui épargner l'embarras de se faire arrêter devant une amie.

Même si Julie n'était qu'un de ses employeurs. Sabrina l'avait contactée car elle était la seule à pouvoir recueillir Dallas chez elle. Et encore, parce qu'elle lui avait promis de s'occuper de ses chiens gratuitement.

— Bonjour, je m'appelle Julie Butler. Je ne m'étonne plus que vous n'ayez pas froid, Bree, avec un homme aussi séduisant pour vous réchauffer.

— Désolé de vous presser, mais nous devons y aller, répondit Jake. Il faut que je passe chez moi changer de vêtements.

Du coin de l'œil, Sabrina le vit pointer son pantalon maculé de boue.

— Vous sortez ce soir, c'est bien. Bree ne doit pas rester toute seule. Elle vous a dit que Brenda Ellen a été assassinée ?

— Oui, je suis le premier à qui elle en a parlé.

Il lui tapota la main.

— Tu es gelée, Bree. Viens te réchauffer dans la voiture.

Elle lui ferait savoir combien son comportement était déplacé. Plus tard. Pour le moment, elle était soulagée de ne pas avoir à ouvrir la bouche.

— Je vais la raccompagner.

Jake ne lui lâchait pas la main.

— C'est terrible. Je ne me sentirai plus jamais en sécurité dans cette ville, s'exclama Julie en posant une main sur sa poitrine abondante pour souligner sa terreur. Mais Bree m'a promis de me donner tous les détails si j'allais chercher Dallas.

— Une autre fois, dit l'inspecteur.

— On se voit dans quinze jours alors. Nous nous absenterons quatre jours. Vous pourrez amener Dallas à la maison si nécessaire, bien sûr.

— Merci d'être allée la chercher, Julie.

— Ciao !

Sabrina comprit que c'était sans doute la dernière fois qu'elle voyait Julie. Encore un job évanoui. Si elle parvenait à s'en tirer avec la police, il faudrait de toute façon qu'elle abandonne les chiens dont elle s'occupait.

— Dois-je vous remercier, Inspecteur ? Ou bien réclamer un avocat ? Très malin de votre part de me retrouver grâce à Dallas. Comment saviez-vous que je ne la laisserais pas à la fourrière ?

— Je dois admettre qu'au début j'étais perplexe et que je me demandais ce qui vous avait fait fuir. Mais l'analyste criminelle m'a fait remarquer que les chiens noirs sont moins souvent adoptés que les autres, et qu'en plus, celui-ci est borgne. Je ne m'en étais pas aperçu. Il a l'air normal.

— Il l'est, protesta Sabrina pour défendre l'animal.

— Je me suis dit que vous ne prendriez pas le risque de la donner à adopter. Acceptez-vous de répondre à quelques questions avant d'appeler un avocat ?

— Eh bien, comme vous le voyez, je suis très occupée.

Elle désignait Dallas, qui bondissait en lui frappant la poitrine de ses pattes, sans doute pour échapper au sol verglacé.

— Occupée à partir ? reprit l'inspecteur en montrant du doigt sa valise dissimulée derrière une haie.

— Non, c'est simplement que je ne suis pas repassée chez moi. Il fallait que j'attende Julie.

— Et c'est loin, chez vous ? Vous avez l'air de faire des kilomètres à pied. Ça fait cinq heures que vous vous êtes enfuie, et vous n'êtes allée ni chez vous ni au restaurant. Vous devez être frigorifiée. Je serai ravi de vous reconduire, pour que nous parlions au chaud. A moins que je ne vous emmène directement au commissariat.

— Je suis sûre que nous pouvons éclaircir ça tout de suite.

Sabrina s'assit à la table de pique-nique, où elle avait attendu Julie après lui avoir envoyé un SMS.

— Je voudrais d'abord que vous me montriez une carte d'identité, dit l'inspecteur en joignant le geste à la parole.

— Je… Euh, je l'ai perdue il y a trois semaines, hasarda Sabrina, avec l'impression de braver un géant.

— Et vous n'avez pas de permis de conduire ? Très pratique. Vous vous rappelez peut-être le numéro ? Essayons une question simple, qui ne sollicitera pas trop votre mémoire défaillante. Quel est votre vrai nom ?

Il croisa les bras, dans l'attitude de celui qui n'attend pas de réponse cohérente.

— Vous croyez pouvoir y arriver ?

Bien qu'elle ne l'ait rencontré que quelques heures auparavant, Sabrina savait déjà que la moue de l'inspecteur présageait des ennuis.

— Je vous demande pardon ?

— Demandez tout ce que vous voulez, mais jusqu'à ce que je sache qui vous êtes…

Il s'interrompit, fouilla dans sa poche et en sortit une paire de menottes qu'il agita en l'air.

— … vous êtes en état d'arrestation.

— Pour quel motif ?

Mais elle le savait, bien sûr : elle était soupçonnée de meurtre, accusée de compliquer l'enquête et d'avoir fui une scène de crime. Les charges ne manquaient pas et on allait la mettre en détention. Puis la police découvrirait que tous ses proches la croyaient morte. Dès qu'ils auraient fait le rapprochement entre la femme retrouvée dans l'incendie de la clinique et elle, elle serait accusée d'un deuxième meurtre. Sans oublier les accusations d'escroquerie et d'usurpation d'identité qui suivraient.

Oui, elle connaissait la réponse à sa question… Même si ce bel inspecteur l'ignorait.

— Commençons par votre fuite de ce matin. Je suis certain qu'on vous recherche, étant donné que vous refusez de me donner votre vrai nom.

Il lui fit signe de tendre les poignets.

— Vous savez qu'on découvrira qui vous êtes grâce à vos empreintes, n'est-ce pas ?

Sabrina s'exécuta, en priant pour que les menottes ne la serrent pas trop par-dessus ses gants épais. Pas de chance, il repoussa la fourrure, en effleurant son pouls au passage.

Avait-il senti les battements de son cœur ?

Après lui avoir pris la laisse de Dallas, il la fit monter à l'arrière de sa voiture en lui posant une main sur la tête. Il lui passa la ceinture de sécurité, puis appela Dallas d'un petit claquement de lèvres. Le gros labrador sauta par-dessus Sabrina, tourna sur lui-même et se coucha la tête en travers de ses genoux.

— Désolée de vous demander ça, mais pourriez-vous prendre ma valise ? Elle est dans les buissons.

— Oui, j'ai vu.

La portière se referma, le verrouillage automatique se

fit entendre et Sabrina se retrouva seule. Dès que l'inspecteur eut tourné le dos pour aller chercher son bagage, elle essaya la poignée.

Sécurité enfants. Elle était piégée. Bonne pour la prison. Elle caressa la fourrure soyeuse de Dallas, un peu réconfortée par la présence aimante de l'animal.

— Eh bien, ma belle, j'ignore ce qui va se passer. Ça me fend le cœur de te renvoyer à la fourrière.

Dallas émit un petit gémissement, comme si elle comprenait et compatissait. Brenda Ellen l'avait adoptée quatre mois auparavant, mais c'était une mauvaise idée, car elle se déplaçait au moins deux fois par mois pour ses affaires, et restait absente plus d'une semaine chaque fois.

— J'ai passé plus de temps qu'elle avec toi, pas vrai, trésor ?

Sabrina posa la joue sur la tête de l'animal. C'était vraiment un amour de chien.

Le coffre s'ouvrit et se referma. Mieux valait tout expliquer à l'inspecteur Jake Craig. Il constituait son dernier espoir.

— Vous n'auriez pas aussi faim que moi, par hasard ? demanda-t-elle quand il fut monté en voiture et eut ajusté le rétroviseur intérieur pour la voir.

— J'ai mangé un hamburger avant de me rendre à la fourrière.

— Ah.

L'expression qui traversa les yeux de l'inspecteur indiquait clairement la pitié. Sabrina avait appris à reconnaître cette expression, qui l'exaspérait quand elle la déchiffrait sur le visage des gens. Mais dans le cas présent, c'était peut-être le signe que son histoire ne tomberait pas dans les oreilles d'un sourd.

— J'ai quelques frites refroidies.

Il les lui tendit par-dessus la tête de Dallas.

— Merci. Ça empêchera peut-être mon estomac de gargouiller, dit-elle en allongeant le bras pour attraper l'emballage.

— Vous devriez vous réjouir que je vous mette en garde à vue.

— Vous croyez que je devrais me réjouir d'aller en prison ?

La perspective d'être mise en accusation et de n'avoir personne pour la défendre la glaçait.

— Qui a parlé de prison ? Pour le moment, tout ce que je veux, ce sont des réponses.

Quand les membres de sa famille apprendraient qu'elle était en vie, ils la bombarderaient eux aussi de questions. Leur bonheur ne durerait qu'un instant, et ils ne tarderaient pas à la soupçonner de meurtre autant que de mensonge.

Ses empreintes avaient été enregistrées quand elle avait ouvert sa société. Il ne faudrait pas longtemps à la police pour découvrir qu'elle était censée être morte. Sauf que c'était Brenda Ellen qui était morte à sa place. Comment les choses avaient-elles pu tourner si mal ?

— Je ne pourrais pas répondre à vos questions maintenant ? demanda-t-elle, pleine d'espoir, mais en déglutissant avec difficulté, car les frites froides avaient du mal à passer.

— Je ne crois pas que ce soit une bonne idée.

Se retournant à demi, l'inspecteur la dévisagea. Ses prunelles marron aux profondeurs hypnotiques soutinrent son regard sans ciller.

— Vous voyez, je connais votre secret, Bree.

Cet homme lui faisait quelque chose. Il éveillait en elle des sentiments jamais éprouvés, qu'elle n'arrivait pas à identifier. Cela ressemblait à une confiance innée, comme s'il la connaissait intimement. Qu'allait-il découvrir en la fouillant du regard de la sorte ? Une femme innocente était morte à cause d'elle. Cela ne faisait-il pas d'elle une coupable ?

Elle avala sa salive, avide d'interrompre cet interrogatoire silencieux.

— Alors vous savez que je promène des chiens le jour et que je commets des crimes en série la nuit ?

— Vous êtes une petite marrante.

Il mit le contact et lui fit de nouveau face après avoir passé une vitesse.

— Je sais que ce n'était pas Brenda Ellen Richardson qui était visée. C'était vous.

6

Le silence à l'arrière le surprit. Jake s'attendait à des flots de larmes dans ces magnifiques yeux violets. De même qu'à une bonne dose de déni et de persuasion.

Dallas gémit et poussa du museau le carton de frites, pour pouvoir poser sa tête sur les genoux de Bree.

La jeune femme enfouit le visage dans la fourrure de l'animal, et Jake l'entendit respirer à fond pour réprimer ses larmes.

— Je n'aurais pas dû vous le jeter à la figure comme ça, admit-il.

Jauger sa réaction lui avait semblé important, mais il ne se sentait pas fier.

Elle s'essuya les yeux avec sa manche.

— Oh Seigneur, cessez d'être aussi gentil et venez-en au fait. Mettez-moi en prison pour que je puisse tout leur raconter.

Une autre réaction inattendue.

— Pourquoi ne commencez-vous pas par me dire votre vrai nom ?

— C'est Bree.

— Savez-vous qui en a après vous ?

— On ne pourrait pas aller directement au commissariat, Inspecteur ? Je ne pense pas que l'assassin de Brenda Ellen va renoncer aussi facilement que la police.

— Vous êtes avec moi et à dix minutes d'une cellule. Croyez-moi, vous êtes en sécurité.

Jake démarra et s'engagea sur la chaussée.

— J'ai l'intuition que vous fuyez quelqu'un. Je peux vous aider, Bree.

— Je sais que vous croyez ce que vous dites, Inspecteur, mais je doute sérieusement que vous le ferez. Je ne pense pas que quiconque me croira.

Jake se sentit tressaillir. Combien de fois s'était-il dit la même chose ? Pourquoi se donner la peine de s'expliquer, quand personne ne vous croyait ? Il avait été condamné par sa famille sans même un procès. Mais il ne s'était pas défendu non plus.

— Pourquoi n'essayez-vous pas de m'expliquer ?

Dans le rétroviseur, il lut l'indécision dans les yeux de Bree et résolut de l'écouter. Quittant la route principale, il s'arrêta sur un parking qui donnait sur les rampes de mise à l'eau. La surface du lac était calme, après la chute de neige de la nuit précédente.

— Je ne sais pas par où commencer.

— Commencez par le début. Résumez-moi les choses et dites-moi qui essaie de vous tuer.

Elle secoua la tête.

— C'est bien la question. Je n'en sais rien. Ils ont essayé de me tuer à Amarillo, mais je leur ai pris quelque chose qu'ils veulent récupérer.

— De la drogue ?

— Non. Du moins, je ne crois pas. J'ai volé une liste de noms et de l'argent.

— Où est cet argent, maintenant ?

— Vous voyez, ils voulaient me faire porter le chapeau pour leurs escroqueries. J'ignore pourquoi. L'homme qui allait me tuer m'a dit qu'il n'avait pas le choix, que c'était un ordre des chefs. J'ai attrapé la mallette et je me suis enfuie.

Elle gardait toujours son quant-à-soi. C'était à dessein qu'elle ne disait pas tout. Il avait entendu l'hésitation dans sa voix et comprit qu'elle choisissait ses mots avec soin.

— C'était il y a combien de temps ?

— Six très longs mois.

Elle soupira et regarda par la vitre.

— Et comment se fait-il qu'ils ne vous aient pas retrouvée avant ? Pourquoi maintenant ?

— Je faisais des gardes de maisons et d'animaux. Uniquement sur recommandation personnelle, je ne travaillais pas pour une agence.

— Au noir, donc. Alors comment vous ont-ils retrouvée ?

— J'essayais de découvrir qui étaient ces « chefs », et j'ai passé beaucoup de temps sur l'ordinateur de Brenda Ellen.

Encore des larmes. Jake était soulagé qu'il y ait un dossier de siège entre eux. Dans le cas contraire, il l'aurait enlacée et lui aurait tapoté le dos pour la réconforter. Il la comprenait. Lui aussi était passé par là. Il s'était senti responsable, s'était fait des reproches, s'était demandé s'il n'aurait pas pu faire autrement.

— Je n'avais pas l'intention d'impliquer quelqu'un d'autre dans cette histoire. Je n'arrive pas à croire qu'elle soit morte.

— Mais c'est arrivé et on ne peut plus rien y faire. L'important, c'est que vous pouvez nous aider à capturer l'homme qui l'a étranglée.

— Comment ? En allant en prison ? Qui prouvera de mon innocence dans ce cas ?

— Il faut que vous nous disiez tout, Bree. Comment puis-je vous aider, alors que vous ne voulez même pas me dire votre no;m ?

Il mourait d'envie de résoudre cette affaire. L'impatience le tenaillait de pouvoir jeter son succès à la figure de son coéquipier, ne serait ce qu'une seconde.

Par la lunette arrière, il vit une camionnette ralentir puis reculer. Par une journée d'été, cela n'aurait rien eu d'étrange. Mais en plein hiver, alors que les routes enneigées étaient pratiquement désertes, c'était inquiétant. Jake éprouva soudain un sursaut d'alarme. Le véhicule vira et accéléra dans la pente, venant droit sur eux.

— Cramponnez-vous !

Jake passa la marche arrière en hâte mais trop tard. Les pneus de sa voiture patinèrent. Dans son rétroviseur, la camionnette blanche avait pris des proportions monstrueuses. Il se prépara à la collision.

Le choc les projeta en avant. Jake enfonça la pédale de frein, tourna le volant, tira le frein à main, mais rien ne suffit à stopper leur élan.

— On va tomber à l'eau ! Déverrouillez les portières !

Bree avait raison. La camionnette avait assez de puissance pour les projeter dans le lac. Aucun obstacle ne se dressait entre eux et l'eau. Pressant la manette, il abaissa les vitres des fenêtres avant.

Dallas se mit à aboyer. Bree hurla. Détachant sa ceinture, Jake tira son arme ainsi que son portable. Il lança ce dernier à l'arrière.

— Appelez le 911.

Encore un mètre cinquante et ils seraient dans le lac. Jake lâcha le volant et empoigna son Beretta. Se retournant, il fit feu sur la camionnette, qu'il toucha du premier coup. Mais la voiture bascula lentement dans l'eau, et sa ligne de mire se brisa.

— Ils vont nous tuer !

— Restez calme. C'est ici que vous êtes le plus en sécurité. La voiture n'ira pas plus loin.

— Vous n'en savez rien. Sortez-moi d'ici.

— Faites-moi confiance, Bree. Restez ici. Je vais revenir. Il ne vous arrivera rien, je vous le promets.

Il retira sa veste, qui aurait pesé trop lourd dans l'eau.

— Vous ne pouvez pas…

Jake n'entendit pas la fin de sa phrase. L'avant de la voiture se remplissait rapidement d'eau. Il fallait qu'il se débarrasse de leurs agresseurs pour faire sortir Bree du véhicule. Il sortit par la fenêtre côté passager et entendit des coups de feu au moment où il donnait un coup de pied pour s'éloigner de la voiture.

Il prit pied dans l'eau et tira deux salves. La camionnette repartit en sens inverse et disparut en quelques secondes. Ça n'avait pas de sens : ils auraient pu les abattre ou noyer tout à fait la voiture. Leur véhicule n'avait pas de plaques d'immatriculation et serait sans doute abandonné dans un fossé à quelques kilomètres de là.

Jake se retourna. Bree était à l'avant, encourageant Dallas à la rejoindre. La chienne, terrifiée, avait rampé sur la plage arrière, et ne voulait plus en bouger.

— Venez vous mettre au sec, Bree. Allez.

Il tendit la main par la vitre et lui tira doucement le bras.

— Seigneur ! Elle est morte de peur, elle ne veut pas venir.

Sabrina croisa son regard d'un air suppliant.

— Je vais aller la chercher.

La voiture s'ébranla, sombrant un peu plus dans le lac Bree lui abandonna ses mains menottées et se laissa hisser par la fenêtre. Jake la soutint sur les rochers glissants jusqu'à ce qu'elle reprenne son équilibre.

Puis il rengaina son arme et secoua la tête, n'ayant pas oublié qu'il devait secourir la chienne traumatisée.

— Ils pourraient revenir, alors ne vous éloignez pas de la voiture. Elle ne bougera plus.

— Ne vous inquiétez pas, je ne vais nulle part. Vous allez probablement devoir la porter.

Les portières étaient toujours condamnées et la clé sur le contact. Jake pressa la manette, en vain. L'électricité ne fonctionnait plus.

— Dallas, viens, ma belle.

Il s'efforça de la convaincre avec de petits claquements de langue, comme le matin même, près du cadavre de Mme Richardson.

— C'est son œil droit, Inspecteur. Je crois qu'elle ne vous voit pas.

Selon lui, l'animal était seulement terrifié. Tout comme la femme qu'il voyait escalader la rive ?

— Je vous ai dit de ne pas bouger, Bree. Je vais devoir aller vous chercher, au lieu de Dallas.

— Croyez-moi, Inspecteur, je n'ai nulle part où aller. Je gèlerai à mort dans la neige au lieu de me noyer.

Elle leva ses poignets menottés, soulignant son statut de captive.

Les liens n'avaient pas dissuadé certains des hommes qu'il avait arrêtés de tenter de s'échapper. Il espérait qu'elle disait la vérité car, Dieu lui en soit témoin, il ne pouvait abandonner le chien. Il retint son souffle et s'introduisit dans la voiture. C'était la première fois qu'il était content de conduire une grosse berline au lieu d'une petite compacte.

Il se débarrassa de sa veste de costume et respira à fond pour se préparer à une immersion glaciale. A peine ses pieds furent-ils passés par la fenêtre qu'il déplia son long corps en direction du siège arrière. Puis, plongeant dans l'eau, il attrapa la chienne avant de la perdre de nouveau. En effectuant un tour sur lui-même pour ressortir, il saisit du coin de l'œil un mouvement du côté conducteur. Les hommes qui les avaient emboutis s'avançaient à travers les buissons.

— Attention !

Jake frappa du poing le plafond de la voiture, effrayant la chienne qui essayait de regagner la plage arrière.

L'attrapant par son collier, il la força à revenir sous l'eau, et elle passa enfin par la vitre. Il la suivit aussi vite que ses jambes pouvaient le propulser, sans cesser d'entendre les cris de Bree. Quand il émergea, la jeune femme se débattait en hurlant sur l'épaule d'un homme, qui escaladait le petit talus menant à la route.

— Attention ! hurla-t-elle.

Détournant son attention du ravisseur de Bree, Jake sentit quelque chose le frapper sur les côtes. Toute la journée, il avait eu un temps de retard sur les événements, mais pas cette fois.

Les rochers étant très glissants, il se fraya un chemin entre les roseaux gelés pour rejoindre la rive. A cet instant, son agresseur le chargea avec son bâton. Jake para l'attaque en s'emparant de l'extrémité du gourdin et en déséquilibrant l'homme qui glissa à reculons sur la glace.

Il le suivit et lui envoya un direct au menton. Puis un autre et encore un autre. L'homme titubait en arrière à chaque coup. Jake repoussa son masque, découvrant un menton imberbe. Le gamin n'avait pas vingt ans. Son bâton toujours à la main, il rabattit son masque. Mais Jake avait vu son air éperdu et ses yeux agrandis par la peur.

Haletant, le jeune cilla et laissa tomber la branche. *Il va s'enfuir,* songea Jake. Il s'apprêtait à le plaquer au sol, quand l'autre dégaina une arme et se mit à tirer en tous sens. Jake entendit une balle frapper la carrosserie de la voiture, une autre ricocher sur les rochers. Quant à la troisième…

Des éclairs de lumière explosèrent dans sa tête, obscurcissant sa vision. Il s'écroula, tête la première dans l'eau glaciale, et lutta pour rester conscient. Le « non ! » de Bree résonna dans ses oreilles, accompagné des battements de son cœur. Un mouvement brusque près de sa tête. Etait-il en train de flotter, ou bien n'était-ce qu'une sensation ?

Touché par une balle. Conscient, mais incapable de réagir. Etait-ce la fin ? Avait-il survécu six ans en zone de guerre pour se noyer dans cinquante centimètres d'eau ?

Pas question !

7

Jake était mort.

Sabrina n'oublierait jamais l'éclat de ses yeux quand ils s'étaient rencontrés, la timidité qui l'avait empêché de lui demander son numéro de téléphone. La manière dont il s'était précipité dans la maison pour poursuivre l'assassin de Brenda Ellen. Ou la délicatesse dont il avait fait preuve en évitant de l'arrêter devant Julie, au parc.

Un homme bon était mort à cause d'elle. Combien d'autres allaient mourir ? Il fallait que ça cesse.

— Il faut que ça s'arrête ! hurla-t-elle dans l'obscurité qui l'environnait.

Elle renifla encore, s'essuya le nez sur son manteau trempé et malodorant et donna un coup de pied contre le capot du coffre.

La voiture de ses ravisseurs était arrêtée depuis plusieurs minutes. Sabrina était pétrifiée, mais déterminée à se montrer forte. Elle avait déjà affronté l'inconnu. Elle avait réussi à échapper à Griffin. Avec un peu de chance, elle pourrait encore s'en sortir.

Des pas. Le déclic de la serrure. Une lumière vive qu'on lui braquait dans les yeux.

— Sortez de là.

— Je... euh, je ne peux pas. J'ai des crampes aux jambes.

— Vous croyez que j'en ai quelque chose à faire ?

En dépit de ses efforts, l'homme qui avait tiré sur Jake ne parvenait pas à déguiser le timbre aigu de sa voix ni la nervosité de son regard qui sautait de gauche à droite. A le regarder, il était évident que ce n'était pas le chef.

Il empoigna Sabrina par le col et les menottes pour la faire sortir du coffre étroit. Ses jambes protestèrent et elle s'écroula sur le sol en béton. Cela n'y changea rien. L'homme la saisit par les vêtements et les cheveux et la traîna sur le sol crasseux, avant de la ligoter sur une chaise avec du ruban adhésif.

L'autre, celui qui l'avait transportée sur son épaule, fumait une cigarette, appuyé au coffre de la voiture. Sabrina se jura de ne pas pleurer. Pas de larmes, peu importe ce qu'ils lui feraient.

— Vous ne vous en tirerez pas comme ça. L'homme que vous avez laissé se noyer était un inspecteur des Homicides. Il y aura une chasse à l'homme dans toute la ville pour vous retrouver.

— Comme si on nous avait vus…

Le jeune rit en tranchant le bout du ruban adhésif à l'aide d'un couteau qu'il fourra ensuite dans sa botte.

— Attends, dit l'homme aux commandes. La petite chérie doit avoir froid dans ses fringues mouillées. Laisse-moi l'aider…

— Elle est menottée, Larry. On peut pas…

Le dénommé Larry attendit d'être tout près pour ouvrir un cran d'arrêt sous le nez du jeune toujours masqué.

— Qu'est-ce que j'ai dit sur les noms ?

Sabrina déglutit avec difficulté. Sa gorge était douloureuse des larmes de terreur qu'elle avait retenues dans le coffre. L'homme au couteau s'approcha d'elle et passa sa lame effilée sur sa clavicule, à un centimètre de sa gorge. Elle ne baissa pas les yeux, de crainte qu'il ne l'égorge et que tout soit fini.

Il fit descendre la lame le long de son bras, découpant son manteau comme du beurre, avant de revenir à son cou et de continuer son chemin sur l'autre manche. Elle sentit la pointe de la lame piquer une ou deux fois son bras droit, tandis qu'il déchiquetait son pull. Dans son état d'esprit, elle ne s'en serait pas rendu compte, s'il lui avait vraiment entaillé la peau.

Il repoussa les restes de son manteau. Ils seraient tombés d'eux-mêmes de toute façon, mais le truand poursuivit son œuvre, avide d'affirmer son pouvoir en la privant de ses vêtements, couche après couche.

Enfin les lambeaux de son manteau s'étalèrent tout autour de la chaise. Le jeune choisit ce moment pour s'approcher et enrouler le ruban adhésif autour de sa poitrine, lui interdisant tout mouvement. Sabrina pouvait à peine respirer. Ses veines étaient saturées d'adrénaline, et elle n'aurait su dire si elle tremblait de froid ou à cause du choc.

Après que les deux hommes se furent éloignés, il lui fallut une minute pour se reprendre, mais elle retrouva finalement sa voix.

— Qu'est-ce qu'on fait ici ? cria-t-elle aux deux hommes.

Le jeune se retourna à peine une fraction de seconde. Il était nerveux, inexpérimenté, tandis que l'autre, plus âgé, avait une expression qui disait « provoque-moi-un-peu-pour-voir ». Le même air mauvais que l'acolyte de Griffin, à la clinique vétérinaire.

— Qu'est-ce que vous me voulez ? reprit-elle.

Depuis qu'ils l'avaient ligotée, ils l'ignoraient. Cela la rendait folle de ne pas savoir pourquoi ils la gardaient en vie. Et, honnêtement, cela la surprenait, étant donné qu'ils avaient tué Brenda Ellen de si horrible manière.

Il ne s'était pas écoulé beaucoup de temps depuis l'épisode du lac et ses vêtements étaient encore mouillés. Les minutes se traînaient, dans cet entrepôt rempli de courants d'air glacials. Elle avait encore plus froid maintenant que ce sadique avait pris tant de plaisir à découper son manteau. Elle se souvint du contact de la lame sur sa peau et frissonna.

Des rayons lumineux filtraient par les fenêtres, bien au-dessus de sa tête. Trop haut pour qu'elle puisse passer par là, à supposer qu'elle se libère de ses liens. Mais cela prouvait qu'il faisait encore jour. Bien que l'heure ne change pas grand-chose à l'affaire. Pas vraiment.

Personne ne savait qu'elle était en danger. Après l'avoir retrouvée, Jake n'avait ni appelé le commissariat ni demandé des renforts.

Ces hommes allaient la tuer et abandonner son corps n'importe où. Ses parents la croyaient déjà morte. Absolument personne ne saurait. Il fallait qu'elle se libère et, faute de mieux, qu'elle se rende aux autorités pour empêcher la mort d'autres innocents.

Jake Craig était un héros, mort en essayant de la sauver. Il avait certainement une famille. Brenda Ellen avait aussi des parents. Ces gens méritaient de connaître la vérité. Les morts de leurs enfants ne resteraient pas vaines.

Les larmes lui montèrent aux yeux. Mais il fallait qu'elle se maîtrise. Elle pleurerait plus tard.

Les deux hommes étant masqués, elle ne pourrait les identifier si elle réussissait à s'échapper. Et ils avaient changé de voiture. Elle avait été secouée pendant tout leur trajet en ville.

S'échapper semblait impossible. Mais peut-être pouvait-elle les persuader de la relâcher ?

L'argent !

— Vous ne savez pas où est l'argent, pas vrai ? C'est pour ça que vous me gardez en vie.

— Ferme-la. Je te le dirai pas deux fois, dit le terrifiant Larry en brandissant un poing dans sa direction.

Affronter cet homme était bien pire que de faire face à Griffin, à la clinique. Six mois auparavant, elle avait trouvé le moyen de se défendre. A présent, ligotée et impuissante, elle avait encore bien plus peur de ces hommes qui discutaient à cinq mètres d'elle, toujours appuyés à la seconde voiture. Le meurtrier de Jake ne cessait de regarder sa montre et de vérifier son portable.

Ils attendent des instructions.

Elle se tortilla dans ses liens qui bougèrent à peine contre ses vêtements mouillés. Le cliquetis de ses menottes lui rappela le corps de Jake flottant dans l'eau. Elle avait envie de hurler et de faire mal à l'homme qui l'avait tué. Cette idée n'avait rien de rationnel, mais la mort de l'inspecteur n'avait rien de normal non plus.

Reprends-toi et trouve le moyen de sortir d'ici, pour que sa mort ne reste pas un simple numéro !

— Je peux vous donner l'argent. Les deux millions. Vous n'aurez pas besoin de le rendre à Griffin. Vous y avez pensé ?

Les deux hommes la dévisagèrent. Le plus jeune se mit à parler, mais l'autre le frappa à la tête.

Un simple appel téléphonique suffirait à lui procurer l'argent. Elle avait laissé la mallette à la seule personne de sa famille qui savait qu'elle était encore en vie, son oncle. Si elle prononçait le mot convenu, son oncle amènerait la police au rendez-vous. Les assassins de Jake passeraient le reste de leur vie en prison, même si elle devait y aller aussi.

— C'est l'heure, dit Larry.

Le jeune type composa un numéro sur son portable. Le méchant le lui arracha des mains, se rua vers Sabrina et lui fourra l'appareil sous le nez.

— Bonjour Sabrina.

La voix douce était celle de son ancien associé.

— Espèce d'ordure. Comment va ta jambe ? J'espère qu'elle est en train de pourrir.

— Je crains d'aller mieux que ton policier, répliqua-t-il sans se démonter.

Elle déglutit pour réprimer ses larmes. Deux personnes étaient mortes à cause d'elle. Elle ne donnerait pas à Tyler la satisfaction de savoir qu'elle avait peur de ces hommes.

Ce coup de fil confirmait ce que Jake avait supposé, à savoir que Brenda Ellen n'était pas la victime désignée. Mais de qui se moquait-elle ? Les confirmations étaient inutiles. C'était sa faute, et elle devrait payer pour ça. D'une manière ou d'une autre.

— Nous avons un petit problème, trésor, articula doucement Griffin.

— Et alors ?

Elle reconnaissait la persuasion hypocrite dont il usait

avec ses clients. Six mois auparavant, elle levait les yeux au ciel en l'entendant. A présent, cela lui nouait l'estomac.

— Toujours la même petite maligne. Nous avons besoin de la mallette que tu m'as volée.

— Je ne l'ai pas.

— Ecoute, Sabrina. Ces hommes vont te faire du mal, et récupérer quand même l'argent. Alors tu ferais mieux de leur dire.

— Tu ne comprends pas. C'est la vérité, Griffin, je ne l'ai pas. Ces imbéciles ont laissé mes affaires dans le coffre de la voiture de Jake. Maintenant ce sont les flics qui ont l'argent, du moins en partie. Le reste est caché à Amarillo.

L'espoir revint à Sabrina en entendant Griffin hurler de grossières imprécations aux hommes masqués.

— Récupérez-le. Vous savez ce qui se passera si on n'y arrive pas. Je vais donner l'ordre aux autres de s'occuper de sa famille. Faites ce que vous avez à faire.

Griffin raccrocha et l'écran devint noir.

— De quoi parle-t-il ? Qu'est-ce que ça veut dire *s'occuper de ma famille* ? Ma famille n'a rien à voir avec ça. Ils ne peuvent pas vous aider, ils pensent que je suis morte.

— Trop tard. T'aurais dû y penser avant de partir avec le magot.

Larry se débarrassa de son mégot d'une chiquenaude et attira son complice dans un coin. Ils se mirent à parler, trop bas pour que Bree puisse distinguer leurs propos.

Les hommes qui lui en voulaient semblaient avoir aussi des types à leurs trousses. La voix de Griffin ne tremblait pas seulement de colère : elle avait perçu la frayeur chez lui.

— Attendez ! Je peux vous rendre l'argent.

Elle pouvait rassembler l'argent caché. Mais si quelque chose arrivait à sa famille… Elle avait le dos au mur. En échangeant l'argent contre sa famille, peut-être pourrait-elle obtenir que la police intervienne. Peut-être. Ce n'était pas certain, mais il fallait qu'elle coure le risque.

— Libérez-moi et je vous donnerai l'argent dès que je l'aurai récupéré.

— Vous avez dit que c'est les flics qui l'ont, gémit le jeune.

Le méchant le frappa de nouveau à la tête.

— L'écoute pas. Elle dirait n'importe quoi pour qu'on la relâche, dit-il.

— Alors vous préférez aller au commissariat essayer de le récupérer ? Vous croyez que ça marchera ?

— Ça serait plus facile si t'avais pas tué le flic.

Larry donna un nouveau coup au jeune homme.

— J'arrête pas de te l'dire, mec, je l'ai pas tué. Ce foutu chien l'a sauvé. J'ai vu le fils de pute se relever, avant d'monter en voiture.

Dieu merci ! Jake était vivant. Il serait furieux contre elle si elle réussissait à s'échapper, mais il était vivant.

— Je sais comment récupérer ma valise, leur dit-elle.

Les deux hommes la fixèrent. Le soleil se reflétait sinistrement dans leurs yeux noirs. Sabrina faillit déglutir, mais elle ne pouvait se permettre d'afficher sa peur.

— Vous pouvez m'échanger contre l'argent.

— Comment ? J'appellerai pas le commissariat, déclara le jeune en secouant la tête.

— Il y a un téléphone dans mes affaires, au commissariat. S'ils le donnent à l'inspecteur, vous pourrez organiser un échange.

— Et s'ils ne répondent pas ?

— Je ne sais pas. Peut-être que quelqu'un entendra le téléphone et fera passer le message à l'inspecteur Craig. On peut au moins essayer.

Elle était prête à supplier, persuader, insinuer n'importe quoi pour les convaincre de rentrer en contact avec Jake. Il allait l'aider. Il fallait qu'il l'aide.

Larry donna une chiquenaude à l'autre.

— C'est p'têt une ouverture. On a toujours le téléphone qu'elle avait à la main ?

— C'était le sien, dit-elle vivement. Il reconnaîtra tout de suite le numéro. Ce sera plus facile.

— On va tenter le coup. Sors ce téléphone de la voiture, ordonna le truand.

Le jeune se précipita à l'autre bout de l'entrepôt. Il faisait sombre, mais elle entendit le déclic de la portière et vit s'allumer la petite lampe du plafonnier.

Celui qui donnait les ordres revint vers elle et se pencha si près qu'elle sentit une bouffée de son eau de Cologne rance.

— Ecoute-moi… Je t'aurais étranglée comme l'autre garce si Tyler m'avait laissé faire. Et c'est ce que je ferai si tu essaies de nous doubler. Sans hésitation et sans regret.

— Pourquoi vous rendrais-je l'argent si vous allez me tuer ?

— Je sais que t'es une vraie p'tite maman pour les chiens que tu bichonnes. Je te jure que je les tuerai tous si je récupère pas le cash.

Sa voix tremblait de plaisir mauvais et une excitation malsaine emplissait son regard.

— Pis, y a ta famille. Ça me plairait d'entendre ta petite sœur me supplier. Sans parler de ce qu'elle ferait avant.

Sabrina comprit au fond d'elle-même que le tueur ne plaisantait pas. Il irait au bout de ses promesses. Il tuerait tout ce qui se mettrait en travers de son chemin, peu importait qui ou quoi. Toute sa personne proclamait qu'il aimait tuer.

— Je, euh… Je peux vous donner l'argent, mais j'ai besoin du téléphone qui se trouve au commissariat. J'en ai caché une partie à Amarillo. Si je n'appelle pas, l'argent sera remis à la police avec une lettre.

L'homme se retourna et débita une grande partie des mots hurlés par Griffin peu de temps auparavant. Puis, pivotant sur lui-même, il tendit le bras et lui écrasa le larynx dans une main de fer.

Malgré ses liens, Sabrina s'efforça de lever la main pour le frapper. Il allait la tuer si elle ne faisait rien. Il pressait juste assez pour l'empêcher de respirer normalement.

— Si tu me doubles, chérie, t'auras nulle part où te planquer. T'as compris ? Je sais où vit ta famille, Sabrina Watkins. J'travaille pas seulement pour ton copain le vétérinaire au cœur tendre. Ceux qui mènent le bal sont bien pires que ce que tu crois.

— Arrête, mec, arrête… On a besoin d'elle.

Le deuxième homme se mit en devoir de détacher la main de son partenaire crispée autour de la gorge de Sabrina. Juste à temps, car l'air n'entrait plus qu'avec peine dans ses poumons.

Le criminel la lâcha enfin et s'éloigna à grands pas. Sabrina absorba une bouffée d'air en toussant, sentant toujours un étau autour de sa gorge. Une bouteille s'approcha de ses lèvres et lui versa de l'eau dans la bouche. Elle s'étouffa et laissa la plus grande partie du liquide couler sur son menton.

Le jeune agita un doigt devant son visage et posa la bouteille sur son épaule.

— Faut que vous persuadiez le flic de coopérer, sinon vous allez mourir. Mon associé ne plaisante pas.

Ça, elle l'avait compris.

— Et des gens à nous surveillent votre maison vingt-quatre heures sur vingt-quatre, chuchota-t-il. Dès qu'ils auront le signal, votre famille se retrouvera dans un endroit comme celui-là, avec des armes braquées sur la tête. Alors cherchez pas à avertir la police ou un truc du genre. Parce qu'on le saura et vot'famille mourra.

Durant les six derniers mois, elle avait souvent été terrifiée. Le pire avait été le jour où elle les avait entendus discuter de sa mort. La situation actuelle était encore plus horrible. Mourir était une chose, mais elle ne supportait pas l'idée que le tueur prenne sa revanche sur ses parents et sa sœur et les torture avant de les tuer.

Elle s'était plusieurs fois inquiétée pour le bien-être de sa famille, mais elle n'avait jamais cru que Griffin les tuerait. Cambrioler leur maison, chercher des indices du lieu où elle se trouvait, oui. C'était la raison principale pour laquelle elle n'était pas entrée en contact avec eux. A présent, rendre l'argent à ces monstres était sa seule option. Il n'était pas question de mettre sa famille en danger.

Elle devait convaincre Jake de l'aider.

— On va pas te lâcher d'une semelle.

Le cinglé s'approchait de nouveau d'eux.

— Tu diras rien à ce flic. On prend le téléphone, on se débarrasse de lui, et on t'emmène à Amarillo.

— Ça… ça ne marchera pas.

Elle fouilla fébrilement son esprit en quête d'un prétexte, et ne put fournir qu'une partie de la vérité.

— La personne qui garde l'argent…

— Ouais ?

— Il… euh, je l'ai persuadé de m'aider, mais j'ai promis de rendre l'argent à la police. Il faudra que Jake le reprenne.

Les hommes jurèrent. Sabrina ferma les yeux en sentant un poing s'approcher de sa tête.

— Allez, vieux, murmura le jeune. On peut pas la démolir.

Elle rouvrit les yeux, et vit Larry gesticuler en retournant à la voiture.

— Vous faites pas d'idées, princesse, ajouta le jeune en lui tapotant la joue. Tout ce que je veux, c'est l'argent. Après, il pourra vous faire tout c'qu'il veut.

8

Jake attendait sur une chaise, dans le bureau du capitaine Kennedy. Il était prêt à lui expliquer les événements du jour sans passer pour un imbécile. Il n'avait pas été le seul à rater l'implication de la promeneuse de chien dans l'histoire, et pourtant, c'était lui qu'on avait convoqué pour l'interroger sur sa responsabilité dans le kidnapping.

Il s'était montré patient avec ses collègues et il prenait son travail au sérieux. Il allait le dire à son chef, tout en tenant une Dallas frémissante dans ses bras.

Cette chienne avait quelque chose de spécial. Des yeux tristes, une nature loyale. Il avait décidé de la garder, après qu'elle lui avait sauvé la vie. A son arrivée, un des agents avait offert de l'en débarrasser, mais il avait décliné, et son refus catégorique avait découragé les autres de s'y risquer.

Il s'était présenté au bureau du capitaine une demi-heure auparavant et patientait depuis ce moment-là. Il n'avait pas eu à s'occuper de grand-chose au lac. Owens avait pris les choses en main et ordonné à un patrouilleur de l'escorter au commissariat. Les autres agents étaient déjà revenus et faisaient une pause-café.

— Vous avez bousillé cette affaire et vous allez être convoqué par la commission d'examen, dit le capitaine en claquant la porte derrière lui, ce qui fit gronder Dallas. Ils vous contacteront quand ils seront prêts à statuer. Appelez votre représentant syndical, mais jusque-là vous êtes suspendu. On déterminera votre responsabilité au regard de l'évasion de la prisonnière et de la destruction d'un bien de la municipalité.

Jake se redressa et déplaça le chien qui pesait de plus en plus lourd sur ses genoux. Pour se calmer, il le caressa entre les oreilles. Il n'avait pas l'habitude de commettre des erreurs et certainement pas l'habitude de recevoir une réprimande se concluant par une suspension.

— Techniquement, ce n'était pas une prisonnière, à ce moment-là, seulement un témoin récalcitrant. La destruction d'un bien de la municipalité ? Si vous faites allusion à la voiture, nous avons été attaqués et poussés dans le lac. N'est-ce pas…

Dallas l'interrompit en aboyant, toutes griffes dehors.

— Ne posez pas le clébard dégoûtant par terre, il pue, jeta le capitaine en farfouillant dans ses papiers. Vous auriez dû vous en débarrasser à la fourrière avant de venir me voir.

— Je suis venu dès que possible, comme vous l'aviez demandé. Elle m'a sauvé la vie, monsieur. Je n'ai pas l'intention de l'abandonner à la fourrière.

Sans lever les yeux, le capitaine tapota du bout de son stylo sur son bureau, pressant et relâchant alternativement le bouton. Réfléchissant à sa suspension ou seulement irrité par cette digression ? Jake l'ignorait.

— J'aimerais vous expliquer pourquoi…

— Votre comportement d'aujourd'hui frôle l'insubordination. Vous avez négligé des ordres directs et si j'ai mon mot à dire, vous serez viré pour de bon. A votre place, je commencerais à me chercher un job ailleurs. Dans le patelin perdu d'où vous venez, par exemple.

Le capitaine s'adressait à lui sans le regarder. Il avait levé le stylo près de son oreille, mais il gardait les yeux rivés sur le dossier ouvert devant lui. Jake déglutit et se força à desserrer son étreinte, pour ne pas agiter davantage Dallas.

— J'ai suivi la piste qui m'avait été assignée.

Owens n'avait peut-être pas rapporté les faits tels qu'ils s'étaient déroulés ?

— Nous ne pouvions pas savoir qu'elle était suspecte ni que c'était elle qu'on visait.

— C'est vous qui le dites. Si vous aviez suivi la procédure, elle serait en détention.

Le capitaine fouilla dans son tiroir, sans cesser de presser son stylo de manière irritante.

— Pour ce qu'on en sait, cette femme était de mèche avec les meurtriers, et elle s'est échappée.

— Je les ai vus l'emmener. Je ne suis pas sûr qu'elle soit encore en vie.

Kennedy referma violemment le tiroir et regarda finalement Jake dans les yeux.

— Si elle est en vie, nous n'aurons pas besoin de votre incompétence pour la retrouver et l'inculper.

Il se leva et se pencha sur son bureau.

— Ses empreintes correspondent à celle d'une femme censément morte dans un incendie d'Amarillo, Sabrina Watkins. Maintenant que nous avons la preuve qu'elle est vivante, elle est recherchée pour meurtre. Mais ce ne sont pas vos affaires.

— Censément morte ?

— Amarillo a identifié ses restes dans l'incendie de sa société. Elle est rusée et a des ressources suffisantes pour avoir procédé à l'échange des empreintes dentaires. Son associé l'a accusée d'escroquerie et, le lendemain, le bâtiment était réduit en cendres.

Il se rassit et reporta son attention sur le dossier.

— Cette affaire a l'air plus compliquée qu'un simple cambriolage avec homicide. Vous êtes sûr que…

— Vous êtes suspendu et ce ne sont plus vos affaires. Laissez votre plaque.

Le capitaine ne se donna pas la peine de croiser son regard en lui signifiant sa suspension. Il se contenta de composer un numéro de téléphone et demander le service du personnel.

Les entretiens de ce genre n'étaient pas faciles à encaisser. Mais on regardait l'officier de commandement droit dans les yeux, et on l'assurait qu'on comprenait. On lui certifiait qu'on ne referait pas la même erreur et on le saluait. Mais que fallait-il faire quand l'homme en question refusait de vous regarder ?

Jake ouvrit la porte. *Je ne suis plus à l'armée, mais ce n'est pas une raison pour battre en retraite,* se dit-il.

— Si on m'en donnait la chance, je ferais un bon inspecteur des Homicides.

Un raclement de gorge désapprobateur s'éleva derrière lui. Jake pivota juste à temps pour saisir le regard noir du capitaine.

— Nous ne manquons pas d'officiers zélés qui attendent leur chance. Ils connaissent les procédures et ils ont davantage d'expérience que vous quand il s'agit de protéger les citoyens.

Le capitaine revint à sa paperasse et désigna vaguement la table placée près de la porte.

— Laissez votre plaque et votre arme.

— Désolé, elles sont dans la voiture, au fond du lac.

Les biceps de Jake lui brûlaient à force de tenir le chien dans ses bras, mais il était déterminé à ne pas se plaindre et à priver autant que possible le capitaine de la satisfaction de l'humilier.

— Espèce d'incapable !

La plaque était bien dans la voiture, rien à redire. Mais son arme était au creux de ses reins, sous sa veste. Garder son arme à feu confinait à l'insubordination, mais il considérait qu'elle lui appartenait. Et puis son instinct lui soufflait qu'il en aurait besoin pour sauver Sabrina Watkins.

A mi-chemin du commissariat, juste avant d'être poussé dans le lac, il avait pris la décision de l'aider. A présent qu'il était suspendu, plus rien ne l'en empêchait. Si elle était encore en vie, il la retrouverait et éclaircirait cette histoire.

Ne jamais abandonner personne.

— J'ai fait mon temps, Capitaine. Huit ans, pour être exact. Dont six à l'étranger, en zone de conflit. S'il n'y avait pas une dame avec nous…

Il excita Dallas, qui aboya au signal.

— … je vous aurais démontré ma capacité à protéger les citoyens.

Ses chances d'être réintégré étaient sans doute fichues à présent. Le claquement de la porte fit rentrer les agents au galop dans leurs bureaux. Il se dirigea droit vers le sien, comme un enfant boudeur, et caressa le chien du menton avant de l'attacher à sa chaise.

Puis il fourra quelques objets personnels dans le carton où il les avait transportés la semaine précédente. Enveloppée dans les lambeaux de la couverture de survie, Dallas ferma les yeux. Jake la comprenait : ça avait été une longue journée.

Une sonnerie de portable s'éleva, un peu étouffée, comme si l'objet était enfermé dans un tiroir. Il l'ignora et finit de ranger ses affaires. Puis il s'assit sur son bureau, se frotta le visage et se demanda comment procéder pour retrouver Sabrina Watkins. Il ne pourrait pas passer par la voie officielle, ça c'était certain. Il ne s'était pas fait d'amis au commissariat, à l'exception de Shirley, des services du légiste. Il lui avait demandé de le tenir au courant pour les empreintes.

Zut ! Il n'avait plus de téléphone.

— C'est ça, Dallas !

Le chien leva la tête en entendant son nom.

— Je peux tracer mon portable. Sabrina ou ses ravisseurs doivent encore l'avoir !

L'irritante sonnerie se remit en marche. En survolant la salle du regard, il vit l'écran s'allumer sur un bureau, dans un sachet de pièces à conviction. Un sachet faisant partie du contenu de la valise de Sabrina.

En cette fin d'après-midi, il restait peu d'agents au commissariat. Jake fit un pas vers la salle de repos, dans l'intention d'avertir l'agent qui s'occupait des pièces à conviction. Et s'ils manquaient l'appel ? Et si c'était elle ?

La seule personne en vue était le capitaine qui, le téléphone plaqué sur l'oreille collée, tournait le dos à la porte. A première vue, il passait un savon à quelqu'un, sans doute parce que Jake avait osé remettre en question son autorité. A quoi servirait-il de lui dire que le téléphone de la suspecte sonnait ? Entendrait-il raison et enverrait-il quelqu'un la secourir ?

Jake saisit le sachet. Il pouvait s'agir de quelqu'un qui laisserait un message contenant un indice.

Bon sang, mais c'est mon numéro !

Sans hésiter, il brisa le sceau et répondit.

— Qui êtes-vous et comment avez-vous eu mon téléphone ?

— Jake ! Dieu merci, vous êtes sain et sauf. Je n'arrive pas à croire que c'est vous.

Sabrina semblait à la fois nerveuse et soulagée. Il avait rencontré bon nombre de témoins craignant pour leur vie et il connaissait leurs intonations. Mais ce n'était pas le cas de la jeune femme. Il pensait pourtant en avoir fini avec les surprises ce jour-là.

— Où êtes-vous ? Vous pouvez parler ? Savez-vous qui vous a enlevée ?

Baissant la voix et gardant un œil sur le couloir, il retourna à son bureau et fourra le sachet de pièces à conviction dans un classeur.

— Ils veulent l'argent qui est dans ma valise, Jake. Si vous l'apportez chez Brenda Ellen, ils promettent de me laisser partir.

Un rapide coup d'œil lui avait appris qu'il n'y avait pas assez d'argent pour justifier un assassinat. Quelque chose ne collait pas.

— Je ne comprends pas…

Sabrina poussa un cri. Manifestement, on venait de la gifler et le téléphone était tombé par terre.

— Amène la valise là où on s'est rencontrés c'matin, ou t'auras une autre promeneuse de chien morte sur les bras, hurla un homme dans le téléphone.

— Attendez, il n'y a rien…

La ligne fut coupée.

Personne n'avait été témoin de cet échange. Le capitaine était toujours engagé dans sa conversation.

Jake glissa le portable dans la poche de sa veste. La valise avait été vidée de ses affaires personnelles : des vêtements, une trousse de toilette et de la teinture noire. Il se demanda brièvement quelle était la véritable couleur de cheveux de Sabrina.

Sans cesser de surveiller un retour éventuel des agents, il fouilla rapidement la doublure de la valise. Rien.

Puis il vida le sac de toilette. Une poche avait été cousue à l'intérieur. Une petite secousse et l'ourlet céda. Une grosse liasse de billets de cent dollars était prise en sandwich entre deux morceaux de carton. Il fourra le tout dans sa poche et rangea les articles de toilette dans la trousse pour dissimuler sa découverte.

Pas le temps de compter. Il cueillit Dallas sous un bras, coinça la boîte sous l'autre et quitta le bâtiment.

Qu'est-ce que tu fiches, mon vieux ? Dépêche-toi de remettre l'argent avant qu'on ne remarque son absence. Tu viens de violer ton serment. C'est pour tenir ta promesse envers la morte ? Ou ces yeux améthyste ont-ils pris le contrôle de tes actes ?

Inutile de s'appesantir. Sabrina Watkins était innocente et elle avait besoin d'aide. Si son intuition se révélait fausse, il serait le premier à remettre la jeune femme aux mains du capitaine, de même que les deux acolytes qui avaient voulu le noyer.

Une fois dans sa voiture, la question de savoir comment il allait se débrouiller se présenta à son esprit. Il s'agissait d'organiser un sauvetage sans aide, sans renfort et sans plan.

— Allez, n'aie pas peur, ma belle. Viens ici, dit-il en tapotant sa cuisse.

Dallas rampa sur ses genoux en tournant la tête pour le voir de son œil gauche.

— Il y aura toujours les Marines, si je ne me retrouve pas en prison. De toute façon, je te trouverai un bon foyer.

Mais avant cela, il devait retrouver Sabrina. Il avait lu le désespoir dans ses yeux si particuliers. Le désespoir d'être crue.

Son instinct lui soufflait cependant que c'était trop facile. Il y avait un piège quelque part. L'air d'impuissance authentique de la jeune femme, quand cette brute l'avait jetée sur son épaule, renforçait sa résolution de la retrouver. S'ils avaient voulu la tuer, ils l'auraient tuée au lac.

Mais ils savaient qu'il était flic et la liasse de billets n'était pas assez importante pour justifier un kidnapping. Il y avait anguille sous roche. Il fallait qu'il obtienne des détails de Sabrina elle-même.

La compagnie de téléphone ne se montra pas très coopérative, mais il parvint à leur faire dire que son portable se trouvait dans la zone de Lakewood.

Il refit le trajet jusqu'à la maison de Brenda Ellen en un temps record. Les ravisseurs ne pouvaient pas connaître la voiture qu'il conduisait, aussi dépassa-t-il la maison et se gara en diagonale, pour avoir une bonne vue sur les abords. De lourds nuages de neige cachaient le soleil et le ciel s'était obscurci. Il attendit un bon quart d'heure. Aucune activité dans la rue.

Dallas gémit quand il la déposa sur le siège arrière. Elle avait sans doute faim et soif. Mais il faudrait qu'elle attende. Il avait un sauvetage à exécuter en solo.

9

Elle était désormais ligotée à une chaise de salle à manger. La maison était affreusement vide. Contre toute attente, Sabrina avait espéré que la police ou d'autres gens seraient là. Mais Brenda Ellen avait mentionné une fois que ses parents avaient pris leur retraite dans le Hill Country, près de Llano, et qu'ils n'aimaient pas faire de longues distances.

— Souviens-toi : on sera tout près. Si ton copain le flic essaie de te mettre en taule, il est mort. Et ensuite on s'occupera de ta famille. On te surveille.

L'homme était un fou dangereux, déterminé à récupérer l'argent. Il aurait tué n'importe qui pour y parvenir.

D'une manière ou d'une autre, il fallait qu'elle persuade Jake de l'emmener à Amarillo. Non, elle pouvait retrouver son oncle par ses propres moyens. Elle avait seulement besoin de son téléphone pour l'avertir qu'il pouvait lui remettre l'argent.

Faites que Jake ait le reste de l'argent, je vous en prie.

Les bandits lui avaient ordonné de partir avec le flic et de le convaincre de ne pas appeler ses collègues. Peut-être pourrait-elle s'échapper si les clés de la voiture étaient toujours dans la cuisine. Elle pourrait prendre la voiture de Brenda Ellen sans que la police s'en aperçoive.

De cette manière, Jake n'aurait pas à l'aider, cela valait mieux pour lui.

Maintenant qu'elle avait fait ses plans, l'attente lui paraissait interminable. Ses poignets étaient douloureux et ses jambes en coton. Depuis sa rencontre avec Jake au restaurant, elle n'avait mangé que deux frites. Et avant cela, elle s'était contentée d'un café et d'un toast, dans l'idée de se préparer un petit déjeuner chez Brenda Ellen.

La matinée lui paraissait si loin, à présent !

L'obscurité régnait dans la maison. Les volets et les rideaux étaient tirés. Tout était si différent, le matin, avec la lumière et la promesse d'un bon lit pendant deux semaines. Se souvenant que Brenda Ellen était morte assassinée, Sabrina se remit à pleurer.

Sa gorge lui faisait mal et son estomac grondait. Elle avait une soif affreuse. Mais, pour le moment, il n'y avait rien à faire d'autre que prier et espérer.

Soudain, elle entendit le déclic de la porte dans le silence de la maison vide.

— Inspecteur Craig ? chuchota-t-elle dans un murmure rauque.

Il franchit la porte de la salle à manger, un doigt sur les lèvres, puis posa la main sur la crosse de son revolver. Elle avait déjà vu des acteurs braquer une arme de cette façon. Ce grand gaillard qui venait à sa rescousse lui donna des picotements sur tout le corps.

— Ils sont partis après le coup de fil. Nous sommes seuls.

Etait-elle convaincante ? Elle ne voulait pas le mettre en danger. Deux morts sur sa conscience, c'était bien assez.

— Etes-vous blessée ? murmura-t-il en mettant un genou à terre à son côté, l'arme toujours dégainée.

Une posture naturelle pour un policier, qui ne signifiait rien en soi. *Ne l'oublie pas.* Elle avait si souvent rêvé qu'un homme vienne la secourir. C'était la réalisation de ce fantasme qui la plongeait dans le ravissement, non la réalité. Il ne faisait que son travail.

— Non.

Elle s'éclaircit la gorge.

— J'ai les jambes qui flageolent un peu. Et vous ? J'ai cru qu'il vous avait tué. Détachez-moi pour que nous sortions d'ici. Dallas est-elle avec vous ? Vous l'avez ramenée à la fourrière ?

Sans lui répondre, il se releva et alla se plaquer le dos au mur près de l'escalier. Il avait un pansement d'un blanc éblouissant au-dessus de l'oreille. Sans doute s'était-il blessé en s'écroulant dans le lac.

Pauvre Dallas. La pensée du chien errant dans la neige l'attrista.

Elle resta silencieuse tandis qu'il fouillait la maison. Elle n'était pas en mesure de prouver qu'ils étaient seuls. Le meurtrier avait pu revenir et se mettre à l'affût pour les tuer tous deux. Il en était bien capable.

Le seul espoir de Sabrina était que ces hommes voulaient l'argent et comprendraient qu'ils ne le récupéreraient jamais s'ils la tuaient.

— La maison a l'air sûr, déclara Jake en redescendant l'escalier.

Il rengaina son arme et sortit un canif, dont il se servit pour couper le ruban adhésif qui la retenait prisonnière.

— J'espère que vous avez la clé de ce truc.

Elle agita les menottes, les faisant tinter dans le noir.

— En général, les filles aiment les bijoux, mais là c'est un peu trop.

— Je vois que vous n'avez pas perdu le sens de l'humour. Vous allez garder les menottes jusqu'à ce que vous me donniez des réponses satisfaisantes. J'ai violé assez de lois, sans y ajouter la libération d'une fugitive recherchée.

— Une fugitive recherchée ?

— La police de Dallas veut vous interroger sur le meurtre de votre employeur. De même que sur cette histoire d'usurpation d'identité, d'escroquerie et d'incendie criminel. Et puis il y a le corps retrouvé dans l'incendie, que la police d'Amarillo supposait être le vôtre.

Ses yeux sombres ne cessaient de survoler la pièce et la porte donnant sur le jardin, en quête d'ennemis. S'il avait su de quoi étaient capables ces hommes, il serait parti aussi vite que possible.

— Vous n'êtes pas censé me lire mes droits, ou quelque chose comme ça ? Si c'est le cas, je vais me procurer un avocat.

Il fronça les sourcils, qui se rejoignirent au-dessus de son nez. La vision de Sabrina s'était ajustée à l'obscurité bien avant l'arrivée de Jake, et elle remarqua l'expression intense qui lui tirait les traits.

— J'aimerais que vous me racontiez ce qui s'est passé avant de prendre une décision. Mais là, tout de suite, je pense qu'on devrait se mettre à l'abri.

Il n'y aurait aucun refuge pour elle tant que l'argent ne serait pas de retour entre les doigts crochus de Griffin, songea-t-elle.

Jake l'aida à se lever et à gagner la cuisine en titubant.

— Attendez. Vous avez apporté le téléphone et l'argent qui était dans ma valise ?

Il secoua la tête et elle sentit l'air lui manquer. C'était pire que d'être étranglée. Ses genoux lâchèrent soudain et elle se retrouva à quatre pattes sur la moquette. Des larmes lui brouillèrent la vue et elle ne put s'empêcher de balbutier des paroles incohérentes. Tout se mélangeait dans sa tête.

— Personne ne va vous faire de mal, lui dit Jake, agenouillé à côté d'elle. Je peux appeler des renforts. Vous êtes en sécurité maintenant.

— On ne peut pas sortir.

Sabrina secoua la tête et lui prit la main.

— Ne sortez pas, je vous en supplie.

Elle baissa la voix dans un murmure.

— S'ils ne peuvent pas nous tuer, vous ou moi… ils tueront ma famille.

Il ne faisait aucun doute pour elle que tous ceux qu'elle aimait étaient en danger.

— Ils veulent récupérer l'argent.

Jake approcha sa bouche de son oreille.

— Je suppose qu'ils nous écoutent. Rappelez-vous que je suis de votre côté. Combien leur avez-vous volé ?

— Je n'ai pas… Ce monstre tuera tous ceux qui se

mettent en travers de son chemin. Il aime tuer et torturer. Je dois rendre le reste de l'argent à Griffin, mais j'ai besoin de mon téléphone pour le récupérer. Il faut m'aider, Jake.

Jake voulait qu'ils entendent ces paroles, elle le comprit à l'expression de son regard et à son léger signe de tête.

— Je me fiche que vous soyez effrayée, Sabrina, dit-il à voix haute. Vous voulez avoir cette conversation ici ? D'accord. Qui sont ces hommes ? Où vous ont-ils emmenée ? Pourquoi la police d'Amarillo pense-t-elle que vous êtes morte ? Qu'y a-t-il de si important dans ce téléphone ? Il n'y a rien d'enregistré dessus, j'ai vérifié.

— Je dois me servir de ce numéro pour appeler la personne qui a l'argent. Si j'appelle d'un autre téléphone, il ne viendra pas. C'est *sine qua non.* Autrement, personne ne saura où se trouve l'argent.

Elle se couvrit le visage des mains. Le cliquetis des menottes lui rappela qu'elle ne devait pas tout dire.

Reste calme. Les hommes de Griffin en savent déjà trop. Mais que pouvaient-ils faire ? La forcer à passer un appel à son oncle sous peine de tuer tous ceux qu'elle aimait ? Si le froncement de sourcils de Jake signifiait qu'il était perplexe, c'était tant mieux. Elle avait failli lâcher le nom de son oncle.

— Laissez-moi vous mettre en sécurité et vous pourrez tout me raconter depuis le début. J'y comprendrais peut-être quelque chose.

Il la releva et la guida vers la porte.

— Vous croyez que vous pourrez récupérer ce téléphone, Jake ?

— C'est possible.

Il s'efforça de l'entraîner en tirant sur sa manche, mais Sabrina s'immobilisa.

— Il n'y avait que quelques billets de cent dollars dans votre valise. Pas de quoi justifier un meurtre.

— J'ai seulement pris une liasse en cas d'urgence. Je crois qu'il y avait environ deux millions dans la mallette.

Je ne me suis pas arrêtée pour compter. J'étais pressée à ce moment-là.

— Pas étonnant qu'ils veuillent les récupérer. Allons-y.

Il se retourna et survola une dernière fois la pièce du regard.

— Vous devez bénéficier d'une protection policière pendant qu'on résout cette histoire.

— Il ne faut pas que j'aille en prison.

L'arme de Jake était à portée des doigts de Sabrina. Elle savait comment s'en servir. Il avait déjà fait beaucoup de sacrifices pour elle, et elle avait des scrupules à le trahir, mais elle ne pouvait pas non plus le laisser la remettre à la police. Ils ne croiraient pas son histoire. Qui l'aurait fait ? Tout ça était fou, et elle n'avait pas le choix.

— Il vaut mieux résoudre…

L'arme trembla dans ses mains. Elle avait plus peur de presser la détente par accident que de ce qui se passerait s'il la lui reprenait.

Mais Jake lui frappa le poignet du tranchant de la main et l'arme tomba à terre. Avant même que les sensations ne reviennent dans son bras, il l'avait déjà ramassée.

— On ne vous a jamais dit de ne pas jouer avec une arme chargée ? Ne faites pas l'idiote, mademoiselle Watkins.

Il fourra le revolver dans sa ceinture.

— Je crois que vous aussi, vous tenteriez de vous échapper si c'était votre famille qu'on menaçait, dit-elle pour ne pas s'éloigner de ses priorités.

— Je n'essaierais pas, je réussirais. Est-ce qu'on menace votre famille, Sabrina ?

Il tendit la main et elle y plaça les siennes. Puis il lui passa un bras autour de la taille pour la faire tenir debout et la pressa contre lui. Sabrina avait à présent les mains coincées entre leurs poitrines. Elle sentit les rapides battements de leurs cœurs et ne manqua pas de noter que Jake reprenait son souffle.

Le regard de l'homme tomba sur ses seins. Ses tétons durcis par le froid et l'humidité pointaient à travers son col roulé en coton. N'importe quel homme bien constitué n'aurait pas manqué de regarder, non ?

Mais pourquoi avait-elle une conscience si aiguë de ce qui passait entre eux, alors que le sort de sa famille était encore dans le flou ?

— Les bandits sont en route en ce moment même pour enlever mes parents et ma sœur à Amarillo. Si je ne leur donne pas l'argent d'ici trois jours, ils les tueront. Ils sont peut-être déjà en train de les torturer. Si vous me mettez en prison, mes proches sont perdus.

— Allons-y.

— Jake, je vous en supplie, balbutia-t-elle.

Elle n'avait plus qu'une seule solution.

— Donnez-moi le téléphone, je vous en prie, et laissez-moi partir.

Il la serra plus fort contre lui.

— Pourquoi ne dites-vous pas la vérité ?

Elle tirailla son col de chemise pour lui faire baisser la tête et lui murmura à l'oreille :

— Ils nous écoutent grâce à un téléphone scotché sous la table. Si je ne produis pas la preuve que j'ai le cash, nous sommes morts. Tout de suite. Ils m'ont dit de ne rien vous révéler, sous peine de vous abattre. Je vous le jure.

L'haleine tiède de Jake lui effleura l'oreille, déclenchant chez elle une réaction sans rapport avec la situation.

— Faites-moi confiance, murmura-t-il. Je peux vous sortir d'ici sans dommage. Mais ne me mentez plus.

Il s'immobilisa, lui laissant le temps d'assimiler ses paroles.

Cela faisait longtemps qu'un homme ne l'avait pas côtoyée de si près. Non, se reprit-elle : c'était la déshydratation, le manque de sommeil et le stress qui lui faisaient tourner la tête. Son métabolisme était bouleversé par les flots d'adrénaline déclenchés par son enlèvement et son sauvetage. Jake Craig n'avait rien à voir là-dedans.

L'inspecteur glissa un regard vigilant dans le jardin obscur, par l'entrebâillement de la porte.

— Ça va à l'encontre de tout bon sens, dit-il fermement, assez fort pour se faire entendre. Je suis déjà en mauvais termes avec le capitaine. J'ai pris une partie de l'argent, celle qui était avec le téléphone.

Jake posa un doigt sur ses lèvres et mit la main dans sa poche pour lui montrer l'argent pris dans sa trousse de toilette. Il en retira plusieurs billets et les fit claquer sur la table.

— Je n'ai pris que quelques milliers de dollars, sinon ils se seraient aperçus de quelque chose.

— Vous allez m'aider ?

— Rien ne me retient ici. Je peux vous protéger à la fois de la police et des hommes qui vous ont enlevée, mais je veux aussi ma part. Marché conclu ?

Si Jake ne lui avait pas fait comprendre qu'il s'agissait d'une comédie, elle y aurait cru. Ses sourcils haussés et sa moue l'auraient convaincue qu'il voulait sa part du gâteau.

Mais après la journée qu'ils venaient de passer ensemble, elle savait qu'il était trop honorable pour céder à la tentation de la corruption.

Dieu merci, les hommes qui les écoutaient n'en savaient rien.

10

Ils quittèrent la maison, Jake tenant fermement son bras. Le visage de Sabrina s'éclaira en voyant Dallas agiter la queue derrière la vitre de la camionnette.

Jake ouvrit la portière passager pour la faire monter, mais elle s'immobilisa en soufflant sur ses doigts. Ses yeux assombris sautèrent de droite à gauche, comme si elle réfléchissait à ses prochains mots.

— Il faut que j'appelle ma famille dès que possible, dit-elle enfin.

— J'ai besoin d'autres informations avant de vous autoriser à appeler qui que ce soit. Montez.

— Salut, Dallas.

D'une voix changée, Sabrina fit claquer ses lèvres et se pencha pour caresser le chien. Se dégageant de la couverture de survie, le chien s'étira et s'avança vers elle. Sabrina le prit dans ses bras pour l'embrasser entre les oreilles.

Jake avait agi de même quand le capitaine lui avait signifié sa suspension. Ces oreilles soyeuses adoucissaient les mauvaises nouvelles.

Jake prit le calepin qu'il avait mis à sécher sur le tableau de bord et écrivit « Avez-vous un micro sur vous ? » avant de le montrer à Sabrina.

— Non. Ils nous écoutaient seulement avec leur portable. Mais ils m'ont dit qu'ils nous surveilleraient à la jumelle.

Jake prit un téléphone et composa un numéro.

— Que faites-vous ?

— J'appelle la police pour qu'ils viennent cueillir ces

types. Ils vont devoir rentrer dans la maison pour reprendre leur téléphone.

Sabrina fit tomber l'appareil de ses mains.

— Même si ceux-là sont arrêtés, il y en a d'autres à Amarillo, prêts à tuer.

— Dans quoi vous êtes-vous fourrée ? Trafic de drogue ? Quel est cet argent dont ils parlent ?

Ses mains tremblaient un peu. Il était fatigué. Ces tremblements s'étaient accentués la semaine passée, sans doute en raison du stress.

— C'est ce que j'essaie de comprendre depuis six mois. Ça va, Jake ? Vous avez l'air bizarre.

— Quoi ?

— Je pense qu'il s'agit de blanchiment d'argent sale, mais je n'en suis pas certaine.

Il fit jouer les muscles de son cou pour se détendre et repousser l'anxiété qui le parasitait.

— Vous avez vu leurs visages ? Une chance de les identifier ? Vous vous rappelez des voitures dont ils se sont servis ? Des détails sur l'endroit où ils vous retenaient ?

— Vous pourriez m'interroger sur la route, Jake ? On gèle ici.

Elle replia les doigts sous son menton en frissonnant.

— Et ils nous surveillent, vous vous souvenez ?

Déjà, dans la maison, il avait remarqué qu'elle avait froid mais n'avait pas donné suite, trop préoccupé par le fait qu'il allait de nouveau franchir la ligne jaune. Pourquoi lui faisait-il confiance ? Qu'est-ce qui le poussait à tromper des hommes qui étaient encore ses collègues quelques heures auparavant ? Etait-ce dû à l'attirance ressentie au restaurant ? Non, impossible, il n'était pas du genre à tout laisser tomber pour une femme.

— Désolé.

Il mit le moteur en route, poussa le chauffage à fond et enleva sa veste pour la lui passer autour des épaules.

— Qu'est-il arrivé à votre manteau et vos gants ?

— Ils étaient humides et… euh, le dénommé Larry a découpé mon manteau.

Sa voix venait de changer, comme si elle avait décidé de garder quelque chose pour elle.

— J'aurais plus chaud si je pouvais passer les bras dans les manches.

Elle secoua ses poignets attachés, puis les laissa retomber doucement sur le chien.

— La clé est chez moi.

Et dans ma poche.

— Je devrais au moins passer un appel anonyme au 911 pour signaler la présence d'intrus sur la scène de crime. Quelque chose du genre. Ils trouveront peut-être des empreintes, cette fois.

— Je vous en prie, Jake, ne faites pas ça. Ils vont s'assurer d'une manière ou d'une autre que nous allons bien à Amarillo. Si ce n'est pas le cas, ils tueront ma famille. Vous voulez bien m'y emmener ? Cela va vous causer d'autres ennuis ?

— J'ai été suspendu de mes fonctions et j'ai violé la loi à plusieurs reprises, ces dernières heures. Chercher les ennuis n'a pas l'air de m'inquiéter outre mesure.

— Vous avez été suspendu à cause de moi ? Mais c'est vous qui m'avez trouvée et… Pourquoi voudrait-on suspendre un bon inspecteur ?

— C'est compliqué, mais ce meurtre est ma première et ma dernière affaire au sein des Homicides. A votre tour de me donner des détails sur les événements.

— Je suis désolée de vous avoir gâché la vie.

— Vous ne pouvez pas prétendre à ce titre, Sabrina. Mon ex-femme le possède depuis un bon moment.

Elle se couvrit le visage des mains d'un air honteux.

— Est-ce que d'autres gens vont souffrir par ma faute ? Vous avez des enfants ?

Il secoua la tête, heureux pour la première fois que Jennifer et lui n'aient pas eu d'enfants. Il n'avait pas voulu faire figure de père absent. Et s'ils en avaient eu, aujourd'hui il se demanderait s'ils étaient bien les siens.

Le plus pressant était d'amener Sabrina Watkins à lui raconter toute l'histoire. Mais il était clair qu'elle ne lui faisait pas assez confiance pour se confier, car elle ne cessait d'éviter ses questions.

La route était longue jusqu'à Amarillo, il finirait bien par tout savoir. *Gagne sa confiance. Comme ça tu pourras te rendre utile et peut-être même retrouver ton boulot.*

— Donc, vous vous cachiez en gardant des maisons et des animaux. C'était une bonne idée, étant donné le genre de personnages qui vous recherchent. Mais vous allez avoir besoin de nouveaux vêtements avant que nous prenions la route.

La neige tombait de nouveau avec force. Il avait écouté la météo par bribes au cours de la journée. Il était prévu que la température remonte et que la plupart des routes soient dégagées le lendemain matin.

— Je vous suis très reconnaissante de ce que vous avez fait. Vous m'avez sauvé deux fois la vie aujourd'hui. Mais quand vous m'aurez enlevé ces menottes, vous ne croyez pas que je devrais m'en aller ? Il vaut mieux ne pas vous impliquer davantage. Cela vous a coûté votre travail et vous avez failli y perdre la vie. Vous pourriez dire à votre supérieur que je vous ai assommé, exagérer mes capacités d'évasion…

Il frotta sa bosse sous le pansement, là où il avait été « assommé ». Il n'avait pas l'intention d'attirer l'attention de Sabrina là-dessus, mais il comprit que c'était le cas à sa brusque inspiration et son contact immédiat.

— Que vous est-il arrivé à la tête ? Vous vous êtes cogné sur quelque chose ?

— Une balle m'a frôlé. Si Dallas ne m'avait pas griffé l'oreille, je me serais évanoui et je me serais noyé.

Il jeta un coup d'œil dans le rétroviseur pour voir si on les suivait. Si ces deux brutes leur filaient le train, il était résolu à ne pas perdre une seconde.

— On vous a tiré dessus, vous avez été suspendu. Tout est de ma faute.

Sabrina laissa tomber le front contre la vitre. Il ne voyait plus que son épaule et ses cheveux emmêlés.

— Je crois que nous avons besoin de nous laver avant d'entamer un trajet de cinq ou six heures. Même Dallas sent les égouts.

— Vous croyez que c'est une bonne idée ? Ils sont peut-être juste derrière nous.

— J'ai tourné en rond pour les semer. Mon appartement est tout près.

Si elle avait compris qu'il avait été sur le point de l'emmener au commissariat, elle lui aurait tout à fait retiré sa confiance. Dieu savait pourquoi il avait changé de direction.

— Parlez-moi de Dallas. Comment se fait-il que cette femme ait adopté une chienne borgne ?

— Vous la connaissez.

Elle souleva la tête de la chienne et l'embrassa.

— Elle est absolument adorable et son œil ne la ralentit pas du tout. Je faisais du bénévolat au refuge, et je l'ai présentée à Brenda Ellen quand elle a perdu son premier chien.

— Alors vous aimez vraiment les chiens.

Il ralentit en arrivant au feu rouge situé à proximité de son immeuble.

Sabrina caressait la fourrure de Dallas, pas le moins du monde gênée par ses menottes. Jake se souvint que son père disait toujours qu'on pouvait juger du caractère des gens à la manière dont ils traitaient les animaux. Si c'était vrai… Peut-être était-ce la raison qui l'avait fait se décider.

— Je suis heureuse que vous l'ayez gardée, dit doucement Sabrina.

Jake se gara au fond du parking, de manière à pouvoir repartir précipitamment si nécessaire. Il s'attendait à moitié à ce que ses collègues policiers aient cerné la zone. Après tout, il avait volé des pièces à conviction à seule fin de sauver cette femme.

— Ecoutez…

Il lui prit le bras et elle leva ses grands yeux violets d'un air interrogateur.

— Voler des pièces à conviction n'est pas ce que j'ai fait de mieux. Ce n'est pas non plus ce que j'ai fait de pire.

— C'est pour sauver ma famille. Qu'y a-t-il de mal à ça ?

Sa décision était prise, et il fallait qu'il soit honnête.

— Vous avez le choix : ou vous allez en prison tout de suite, ou vous me remettez l'argent et les pièces à conviction, et vous irez en prison à Amarillo.

Elle se redressa brusquement, l'air pétrifié.

— Je vois.

— Je fais partie de la police. A quoi vous attendiez-vous ?

Le petit rire de Sabrina, au restaurant, n'était plus qu'un lointain souvenir.

Sois honnête.

D'accord, son attirance envers elle avait influencé ses décisions de la journée. Mais il ne pouvait le lui avouer. Il pouvait à peine se l'avouer à lui-même.

— Je ne sais pas, murmura-t-elle. Il s'est passé tellement de choses aujourd'hui. Je suis si fatiguée que j'ai du mal à réfléchir. Je ne veux pas qu'on fasse du mal à qui que ce soit.

— Nous ferons en sorte de garder votre famille en sécurité. Ça marchera, Sabrina.

— Je sais que vous le pensez.

— Je serai là tout le temps. Rien ne vous arrivera. Mais je dois tout savoir.

— Je comprends. Tout de suite, ou on peut entrer d'abord ?

Ils sortirent de la camionnette, Dallas dans les bras de Sabrina. Jake arrangea la veste autour d'elle, mais elle se dégagea quand il fit mine de prendre la chienne pour la porter.

A l'intérieur de l'appartement, elle posa Dallas par terre, détacha la laisse improvisée et leva les mains pour que Jake lui enlève les menottes.

Il prit la clé dans sa poche et Sabrina fit claquer ses lèvres de dégoût.

— J'aurais pu vous mentir sur les raisons pour lesquelles je vous emmène à Amarillo, dit-il en rempochant les menottes.

— Merci de me rappeler que je suis une fugitive. Je sais à quoi m'en tenir maintenant.

Elle se frotta les poignets et désigna le couloir du doigt.

— La salle de bains, c'est par là ?

Il hocha la tête et elle parcourut vivement la courte distance.

Une main sur la poignée de la porte, elle hésita :

— Et vous devez absolument venir avec moi ?

— Il le faut, Sabrina. J'ai juré de respecter la loi.

Il avait fait plusieurs serments dans sa vie. Croyait-il pouvoir les tenir tous ?

Sabrina laissa retomber les bras, visiblement abattue. Jake se sentait mal à l'aise, ses obligations lui faisaient horreur, de même que ce qu'elle devait penser de lui.

— Je n'ai pas le choix, reconnut-il.

— Moi non plus. Personne ne m'a demandé si je voulais renoncer à tout ce que je connaissais et laisser ma famille penser que j'étais morte. Personne ne m'a demandé l'autorisation d'incendier ma société et de détruire tout ce pour quoi j'ai travaillé depuis le lycée. On veut me tuer parce que je suis le bouc émissaire idéal, et je dois me cacher. Je comprends tout à fait ce que c'est de ne pas avoir le choix.

Il aurait pu argumenter avec elle, mais pourquoi ? Parce qu'il avait souhaité avoir son numéro de téléphone ce matin-là ? Il n'en était plus question à présent. C'était la première femme à entrer dans son appartement depuis son divorce. Peut-être l'avait-il amenée là parce qu'il ne supportait pas de ne pas l'avoir sous les yeux.

Etait-ce surprenant ? C'était une femme attirante, et le hasard avait fait qu'il pouvait lui être utile.

Arrête de te mentir.

C'était une suspecte, tout aussi coupable, sans doute, que les hommes qui l'avaient enlevée. Pourquoi se mentait-il ? Etait-il victime des circonstances ou bien avait-il appris à se raconter des histoires ? Cela avait-il une importance quelconque ?

Il n'était plus temps pour les questions et les hypothèses : ou bien il sauvait la famille Watkins ou bien il mettait Sabrina en prison.

Dans la pièce, Dallas tournait sur elle-même, comme pour se rouler en boule et s'endormir.

— Il faudrait te faire faire tes besoins avant que tu t'installes.

La chienne s'accroupit. Trop tard, une fois de plus. Lassé de toujours réagir avec un temps de retard, Jake se promit d'agir dorénavant comme il se le devait.

Comme un Marine.

11

— Si vous avez faim, je peux vous faire un sandwich à la dinde ou au gruyère, dit Jake, la tête dans le réfrigérateur.

Il n'y avait pas grand-chose d'autre. Une bière glacée ne convenait pas à une femme frigorifiée. Il n'avait même pas de plats à réchauffer. Depuis une semaine, il sifflait le café du commissariat, grignotait dans les restaurants et évitait les supermarchés.

Les chaussures trempées de Sabrina couinaient sur le lino usé.

— Vous êtes sûr que nous avons le temps de manger ? Ils ont dit qu'ils nous surveilleraient jusqu'à ce que nous ayons l'argent. Ils n'ont sûrement pas prévu de pause-repas ni de douche.

Jake regarda sa montre : huit heures. Il espérait que MacMahan pourrait rassembler le matériel en deux heures, car c'était tout ce dont ils disposaient. Il fallait qu'il prenne une minute pour faire la liste.

— Je dois passer un appel.

— Quand pourrais-je appeler ma famille ?

— Ecoutez, nous puons tous les deux après ce bain forcé. Je n'ai pas l'intention de passer cinq ou six heures dans la camionnette avec vous dans cet état. Bon, vous avez faim ? Moi, je suis affamé.

Tout en gardant sa prisonnière à l'œil, il sortit des aliments du réfrigérateur et prit une poêle dans l'égouttoir.

Sabrina lui lança un regard noir et, croisant les bras, se dirigea vers une chaise.

— L'odeur ne nous gêne pas, Dallas et moi.

Tout en beurrant le pain, il se dit qu'il ne pourrait plus l'empêcher très longtemps d'appeler sa famille. Il était conscient d'avoir poussé un soupir exaspéré devant sa requête, car sa famille pouvait aussi bien être en danger qu'être à l'origine de tout ça. Il n'avait aucun moyen de le savoir et il voulait du temps pour soupeser les possibilités. Du temps pour réfléchir au lieu de simplement réagir.

Il ignorerait donc sa demande jusqu'au moment où il serait prêt à prendre une décision. Il pointa le couteau à beurre dans la direction de Sabrina.

— Mais c'est moi qui commande et, moi, elle me gêne. C'est une voiture toute neuve que j'ai là, en bas. Maintenant, déshabillez-vous.

— Je vous demande pardon ?

Sous le choc, elle laissa échapper un petit rire nerveux. Le même petit rire perlé qui l'avait tant séduit au restaurant.

Arrête, Marine.

Jake se demanda une nouvelle fois s'il devait lui expliquer l'importance d'attendre le matériel dont il avait besoin.

— Je veux seulement laver vos vêtements pendant que vous prenez une douche. Comment croyiez-vous pouvoir vous nettoyer ?

— Je… Ce n'est pas une bonne idée. Et s'ils arrivent et que je…

— Et que vous êtes toute savonneuse ?

Il ne put s'empêcher de rire, l'expression de Sabrina était impayable.

— Ils ne nous ont pas suivis. C'est promis. Si vous voulez que nous partions le plus vite possible, vous devriez y aller.

Dallas sauta du canapé et Sabrina la prit dans ses bras. Voyant cela Jake tendit les mains pour la lui prendre.

— Je parle sérieusement, en ce qui concerne l'odeur. Les ambulanciers m'ont averti du risque d'infection.

Il désigna son pansement.

— Faites-le pour moi. Après tout, je vous ai sauvé la vie.

— Je n'arrive pas à croire que vous essayez de me

culpabiliser pour me faire obéir. Oh bon sang ! Je suis sûre que ce n'est pas une bonne idée de nous attarder.

Sa « prisonnière » parcourut le petit couloir en soufflant bruyamment. Suivi de Dallas, Jake lui emboîta le pas. Arrivé devant la porte de la salle de bains, il posa la main sur la poignée pour l'empêcher de se refermer. Conscience coupable ou non, cela parut fonctionner.

— Qu'est-ce qu'il y a encore ? lança-t-elle en lui faisant face. Vous n'entrez pas dans la salle de bains avec moi.

— J'ai besoin de vos vêtements, et je ne veux pas que vous vous enfermiez.

— Vous rêvez, Inspecteur. Je ne vais pas me déshabiller devant vous.

Elle avait parlé d'un ton catégorique, mais elle recula d'un pas quand il raffermit sa prise.

— Mettez-vous derrière le rideau de douche et donnez-les-moi avant d'ouvrir les robinets. Rien de lubrique là-dedans.

— Je… euh, je ne suis pas sûre de vous faire confiance à ce point.

Sans cesser de bloquer la porte du pied, il croisa les bras et s'adossa au chambranle, l'air innocent et sans arrière-pensée. Mais en réalité, ses pensées ressemblaient à celles de n'importe quel Marine au sang chaud confronté à la possibilité d'une femme nue. Pour empirer les choses, il désirait Sabrina depuis la première fois qu'il l'avait vue.

Celle-ci se débarrassa de ses chaussures mouillées. Curieusement, il n'avait pas remarqué qu'elle portait un pull moulant. Violet, presque de la couleur de ses yeux. Bien sûr, elle avait un gros manteau par-dessus la plupart du temps. Dans la lumière de la salle de bains, ses yeux brillaient de la couleur améthyste qu'il avait admirée dès le premier instant.

Dallas s'assit entre eux. Il la souleva et la renifla longuement.

— Tu sens atrocement mauvais. Nous sommes tous crasseux. Il faut te laver aussi, ma fille. Ne me regarde pas avec ces grands yeux tristes. Ça ne sera pas si terrible.

— C'est très gênant. Je vous connais depuis moins de vingt-quatre heures et c'est… Je n'ai jamais fait ça.

— Vous prenez une douche et nous ne faisons rien de mal. Je ferme les yeux. Vous voyez ?

Il pressa les paupières, se concentrant sur les bruits.

Les anneaux du rideau de douche cliquetèrent dans un sens, puis dans l'autre. Il l'entendit remuer. Même s'il ouvrait les yeux, il ne verrait que sa silhouette derrière le rideau en plastique bon marché. Il supposa qu'elle repoussait son jean trempé sur ses cuisses minces et ses petits pieds. Oui, elle avait des pieds parfaits pour sa petite taille. Le plastique bruissa de nouveau, et il entendit le son mat du jean tombant sur le tapis de bain. Le pull passa bientôt par-dessus la tringle.

Ça n'aurait pas été correct d'ouvrir les yeux pour regarder le reste.

C'étaient les images qui lui traversaient l'esprit qui n'étaient pas correctes.

Mais pas tant que ça, en fait. Après être resté fidèle à sa femme pendant six ans, son imagination était devenue très fertile. De longs membres minces, couverts de gouttelettes d'eau dans les creux…

Rouvrant les yeux, il se pencha pour poser le chien par terre et rassembler les vêtements en tas. L'odeur lui donna envie de les jeter plutôt que de gaspiller son temps à les mettre dans la machine. La douche se mit en marche. Son corps réagit : la femme qui l'attirait était de l'autre côté du rideau.

C'est ma prisonnière. En quelque sorte, car je ne suis plus flic.

Il ne pouvait plus se mentir. Il désirait Sabrina Watkins avec une force qu'il n'avait pas éprouvée depuis très longtemps.

Le rideau s'agita. La chienne l'avait repoussé. Il vit la silhouette de Sabrina se pencher pour aider l'animal à entrer dans la baignoire.

— Alors tu as décidé de prendre un bain aussi ? C'est bien ma belle.

— Il y a une serviette propre sur le porte-serviettes et mon peignoir est accroché à la porte, quand vous aurez fini.

— Je n'en ai que pour quelques minutes.

— Bien.

Il n'y avait pas de fenêtre dans la salle de bains. Sabrina ne pourrait pas s'échapper pendant qu'il avait le dos tourné (surtout toute nue), mais il ne voulait prendre aucun risque. Elle avait réussi à lui filer entre les doigts à deux reprises, sans compter l'enlèvement.

Il retourna dans la cuisine, laissa tomber les vêtements malodorants par terre et prit un tournevis sous l'évier, là où il rangeait une petite mallette à outils.

Démonter la poignée de la salle de bains ne lui prit que quelques minutes, et il veilla à le faire en silence. Malgré le désespoir que Sabrina devait ressentir, des éclats de rire s'échappaient de la douche. Jake se prit à souhaiter qu'elle fût la première femme à se servir de sa douche, et non sa première prisonnière.

Il mit la machine en route, non sans remarquer combien le pull était abîmé, contrairement au jean qui paraissait presque neuf. Cela n'avait aucun sens.

Bon sang ! Elle avait dit que l'affreux Larry avait découpé son manteau. Visiblement, il avait également tranché son pull, mais elle n'avait rien dit. Pas un mot.

Et lui qui la forçait à prendre une douche, sans songer au traumatisme qu'elle avait souffert lors de son enlèvement.

Repoussant ces pensées, il composa un numéro qu'il n'avait pas appelé depuis des mois.

Mac était un expert de la Marine et un bon copain, démobilisé trois mois avant lui. Jake ignorait s'il répondrait à son appel, car ils avaient seulement échangé leurs numéros au cours des deux années précédentes.

— Hé, Craig mon vieux ! Où te terrais-tu tout ce temps ?

— Ça fait une paye, Mac. Je voudrais t'envoyer une liste de courses par SMS.

— Pour des filles ? Je m'y attendais. J'ai entendu dire que tu avais divorcé.

Son ami éclata de rire.

— J'ai peur de te décevoir dans ce domaine. Tu travailles toujours dans la Sécurité ? Tu es toujours en mesure de fournir du matériel aux amis ?

Il revint à la salle de bains, pris de l'envie d'ouvrir la porte et de… Quoi ?

La douche coulait toujours. Il entendit Sabrina parler à la chienne.

— Tu me laisses combien de temps pour préparer la commande ? demanda Mac.

Jake pivota sur lui-même, s'éloignant de Sabrina.

— J'en ai besoin dès que possible. Il faut que je parte à 22 heures.

— Il faudra te contenter de ce que j'ai sous la main. Tu as besoin d'une voiture propre ?

— J'ai ce qu'il me faut de ce côté-là. Pour le reste, fais au mieux. Je t'envoie l'adresse par SMS.

— Je pensais que tu avais toute une brigade derrière toi, mec.

— Non, plus maintenant. Le plus vite sera le mieux.

Les vêtements de Sabrina étaient presque immettables. Son sang se mit à bouillir. Les déchirures dans le dos du pull étaient sans doute dues à ce cinglé. Et il avait vu de petites coupures sur son bras droit. Le salopard !

— Encore une chose, Mac. Il y a quelques articles destinés à une amie. Ne ris pas et ne me pose pas de questions. Achète-les dans un magasin quelconque.

— Tu veux un coup de main, Jake ?

— Pas cette fois, mon vieux. Je dois faire ça tout seul.

Il ignorait pourquoi il faisait confiance à cette femme et il ne voulait impliquer personne d'autre dans cette histoire.

— D'accord, mais tu me devras une faveur. Et tu ferais mieux de prévoir de partir à 22 h 30.

— Pas de problème. Merci, Mac.

Il raccrocha et tapa sur son portable la liste qu'il avait

préparée mentalement. Puis il alluma la chaîne météo, espérant tomber sur un bulletin sur le Texas. Un front de neige venant du nord-ouest avait sévi toute la semaine, mais il n'avait pas écouté les prévisions.

— Jake, j'ai besoin de vous…

Comment fallait-il l'entendre ?

Pris de curiosité, il posa le téléphone et se précipita vers la salle de bains. Une odeur de chien mouillé l'accueillit quand il pénétra dans la pièce envahie de vapeur, et il comprit tout de suite pourquoi elle l'avait appelé.

Difficile, néanmoins, de se concentrer sur autre chose que sa peau crémeuse parsemée de taches de rousseur. Pour une femme, elle avait une musculature très tonique, qui prouvait qu'elle se dépensait physiquement.

Soi-disant aveugle au derrière parfait recouvert de tissu-éponge, Jake se concentra sur la chienne qui gigotait, les pattes posées sur le rebord de la baignoire.

— Elle ne veut plus jouer, mais je dois encore me rincer les cheveux. Vous avez oublié de laisser d'autres serviettes.

Sabrina était enroulée dans une des quatre serviettes qu'il possédait. Il tendit les bras, mais fut accueilli par les mouvements vigoureux de la chienne et un petit cri choqué de Sabrina. Il fallait faire vite, avant que le coin noué de la serviette ne se défasse et qu'il en voie plus qu'il ne voulait. Ou devait.

— Vous n'allez pas l'envelopper dans votre chemise sale ?

Les lèvres parfaites de Sabrina esquissèrent un sourire taquin.

— Vous ne voulez pas qu'elle pue de nouveau, n'est-ce pas ?

— Une seconde.

Les serviettes propres étaient toujours dans le séchoir. Il alla les chercher et revint dans la petite pièce juste au moment où Dallas sautait hors de la baignoire et s'ébrouait.

Il laissa tomber une serviette sur la chienne et se mit en devoir de la sécher.

— Que s'est-il passé ?

— J'ai dû la poser, parce que ma serviette était en train de tomber. Ensuite, elle a sauté. Faites attention, elle glisse quand elle est mouillée.

Le carrelage glissant était plus facile à gérer que la pente qu'il dévalerait s'il voyait davantage de chair nue. Dieu seul savait où cela pourrait les mener.

Au lit, était la conclusion la plus probable.

12

Sabrina contempla le lit en cent quatre-vingts de Jake. Il était gigantesque et lui paraissait très tentant. Comme Jake ne voulait pas la quitter des yeux, coincée dans le couloir, elle alternait les regards entre le lit et la salle de bains. Elle avait le choix entre imiter Dallas et se rouler en boule au milieu des oreillers moelleux, ou admirer le derrière de Jake, moulé dans un jean. A genoux, celui-ci épongeait en effet le carrelage avec une serpillière.

Ce spectacle lui fit momentanément oublier ses ennuis et les menaces de Jake concernant la police. Sans blague, c'était *lui* la police.

Il avait échangé son pantalon sale contre un vieux jean déchiré qui lui tombait sur les hanches. Et, bien sûr, il ne portait pas de chemise.

Sabrina resserra la ceinture de son peignoir et revint à sa contemplation du lit. Elle avait également enfilé des chaussettes en laine appartenant à Jake, et qui avaient l'apparence et le contact d'articles fournis par la Marine.

— Vous n'auriez pas un sweat-shirt à me prêter ? Si vous vous douchez, nous pourrions nous mettre en route dans un quart d'heure, au lieu d'attendre mes vêtements pendant des heures.

— Je vous ai dit…

— Je sais, vous avez pensé à tout. Patience…

Plus facile à dire qu'à faire.

— Dallas a l'air d'adorer votre lit.

Morte de fatigue, elle mourait d'envie de plonger sous la

couette et ne plus bouger pendant trois jours. Elle se serait volontiers passée de manger, rien que pour pouvoir dormir.

— Vous êtes prête ?

Elle avait dû s'endormir une seconde contre le chambranle, car Jake se tenait dans le couloir, un coussin à la main, désignant la salle de bains.

— Vous ne prenez pas de douche ?

— Si. Et si vous croyez que je vais vous laisser errer dans l'appartement… Vous vous trompez.

Il tira les menottes de sa poche arrière.

— Voyons, Jake. Où pourrais-je aller, habillée comme ça ?

— Je vous ai tourné le dos deux fois, et vous avez disparu. Ça n'arrivera plus. Asseyez-vous.

Il laissa tomber le coussin sur le seuil. Puis il lui prit gentiment le poignet, pressant malgré lui les coupures qu'elle s'était faites en se débattant dans l'entrepôt.

— Je préférerais ne pas les serrer, Sabrina, mais je crains que ça ne marche pas de cette façon.

Elle comprenait son dilemme. Il caressa son pouls du pouce, là où les menottes lui avaient mis la peau à vif. Le contact apaisant de ses doigts lui fit du bien, mais il ne tarda pas à lui mettre un bras autour des épaules pour la faire asseoir. Puis, se penchant derrière elle, il fixa la deuxième menotte au tuyau du lavabo.

Le chatouillis du souffle tiède de Jake sur son oreille donna envie à Sabrina de tendre le cou pour l'embrasser. Elle en avait envie. Quoi de plus naturel que de se pencher un peu plus… ?

Elle battit des paupières et obéit à son impulsion. Jake vint à sa rencontre et leurs lèvres entrèrent en contact. L'excitation se mêla au désir et à l'émerveillement, puis vint la minute « Oh non, qu'est-ce que je suis en train de faire… ».

Ce baiser avait répondu en tout point à la promesse de leur rencontre au café. Et même plus…

Le bruit des menottes se refermant autour de la canalisation du lavabo la fit reculer et elle se cogna la tête au mur. Que c'était donc gênant ! Elle l'avait embrassé et il l'avait menottée.

— Hum… Suis-je censé mettre la main sur les yeux pendant que vous vous déshabillez ? Ça ne vous met pas mal à l'aise ?

Il n'était pas clair si elle parlait de la douche à venir ou de l'excitation du baiser. Mais elle ne ferma pas les yeux et remarqua le chaume qui lui couvrait le menton.

Des rides se creusèrent sur le visage de Jake. Etait-ce d'amusement ou d'inquiétude ? La proximité du corps de Jake jointe à son désir de s'évader un peu lui donnaient envie de le savoir.

— Vous plaisantez ?

Il rit.

— J'ai pris des douches communes pendant huit ans. Dont six sous une tente dans le désert. Ça ne me pose pas le moindre problème.

Se relevant, il déboutonna son jean, comme si elle n'était rien de plus qu'un soldat. Elle plaqua sa main libre sur ses yeux d'un geste qui sonna comme une claque.

Sabrina aurait voulu être plus à l'aise. S'il n'avait pas été aussi sexy et s'il ne l'avait pas embrassée, il aurait été plus facile de le regarder se déshabiller. Elle entendit le jean tomber par terre, le couvercle du panier à linge se refermer et le rideau de la douche aller et venir. Elle était enchantée qu'au moins l'un d'entre eux n'ait pas peur de prendre sa douche devant l'autre, et elle aurait voulu être assez courageuse pour l'épier. Gardant les yeux fermés, elle laissa retomber sa main et posa la tête contre le mur.

Le son de son prénom la tira d'un cauchemar dans lequel elle fixait Larry avec son masque noir. Il était sur le point de faire d'autres découpes dans son pull avec son couteau.

— Vous faisiez un gros roupillon. Désolé de vous réveiller, Belle au Bois Dormant, mais vous pourriez me lancer la serviette qui est sur le lavabo ? Je pourrais y arriver, mais vous me verriez à poil.

De fait, Sabrina en voyait davantage derrière le rideau

qu'elle ne l'aurait cru possible. La silhouette de son grand corps mince pour commencer. Elle leva la main au-dessus de sa tête pour attraper la serviette et la lança dans sa direction. Elle avait vu ses épaules quand il s'était baladé torse nu, exhibant une touffe de poils très mignonne là où il le fallait.

— Merci d'avoir fait vite, dit-elle en avalant sa salive.

— Pas le choix. Il n'y a plus d'eau chaude.

Derrière le rideau, Jake s'ébroua un peu comme Dallas.

Sabrina admira ses mouvements tandis qu'il tamponnait avec précaution sa blessure au-dessus de l'oreille. Encore heureux qu'il ne lui demande pas de répondre à des questions, car elle était certaine d'avoir perdu sa voix.

Oh mon Dieu !

Il enjamba le rebord de la baignoire, la serviette nouée autour de la taille. Sabrina eut l'impression que ses yeux allaient sortir de ses orbites. Elle n'arrivait pas à les fermer et sa main refusait de monter à son visage. Elle n'avait plus du tout sommeil.

— Autant économiser le temps, je ne vais pas me raser.

Il se gratta la mâchoire des ongles, produisant le son caractéristique d'une barbe naissante. Sabrina l'avait sentie sur sa joue, et elle aurait tout donné pour la sentir encore.

Des gouttelettes d'eau s'accrochaient encore à sa poitrine musclée et bronzée. Comment pouvait-on être aussi bronzé au milieu de l'hiver ? Sabrina voulait tout savoir de lui. Pourquoi avait-il quitté le corps des Marines, et comment se faisait-il qu'il soit aussi sûr de lui quand il s'agissait de l'aider ?

— Je reviens vous libérer dans une seconde.

Il n'y avait pas beaucoup d'espace sur le seuil. Aussi tentant que ce fût de regarder, Sabrina recula et pressa ses bras contre le tuyau. Jake passa derrière elle et elle put se détendre un peu.

Puis la serviette vola au-dessus de sa tête et atterrit

dans la baignoire. Elle enfouit son visage dans ses mains et entendit un éclat de rire dans la chambre. Il ne ferma pas la porte.

Saperlipopette !

13

Sabrina s'attendait à tout moment à l'arrivée de la police ou de Larry et ses complices. Selon elle, ils étaient restés bien trop longtemps dans l'appartement. A quoi bon gaspiller du temps à faire la lessive quand ils avaient assez d'argent pour acheter tout ce qu'il leur fallait ?

Et voilà que toute propre, l'estomac garni d'un excellent sandwich et d'un chocolat chaud, elle attendait que son jean et ses chaussures sèchent. Une Dallas épuisée était blottie sur le canapé et son hôte rassemblait des affaires pour leur voyage.

Jake l'avait finalement laissé appeler sa famille. Elle avait fait plusieurs tentatives, sans succès. Son cœur tambourinait à chaque sonnerie. Que leur dire ?

Comment prendraient-ils l'annonce qu'elle était en vie ? Lui pardonneraient-ils ? Comprendraient-ils qu'elle avait cru indispensable de se cacher ?

Et par-dessus tout, étaient-ils sains et saufs, ou bien les hommes de Griffin leur avaient-ils fait du mal ?

Les mêmes questions qu'elle se posait depuis qu'elle avait fui. Il fallait qu'elle aille à Amarillo et mette un terme à cette histoire.

Pour la énième fois, elle recompta les voitures dans le parking et le tronçon de rue visible. Les véhicules récemment garés étaient faciles à repérer, car une nouvelle rafale de neige soufflait. Les flocons fondaient sur deux voitures au capot encore chaud. Mais elle était intriguée par des traces de pneus à proximité de l'utilitaire de Jake, là où un véhicule était passé et repassé.

Elle avait depuis longtemps pris l'habitude de surveiller son environnement et de vérifier qu'on ne la suivait pas. Cela n'avait pas empêché les événements de la journée, bien sûr. Mais elle avait dû voir ces hommes à un moment donné. Où ? Ils avaient dû découvrir son adresse et la suivre. Sinon, comment auraient-ils su qu'elle travaillait pour Brenda Ellen ?

Assise en peignoir dans le salon, elle se sentait vulnérable et démunie. Mais elle avait enfin chaud. Jake lui apporta un vieux plaid fait main avant de s'asseoir près de Dallas, sur le canapé.

Pauvre petite Dallas. A six mois, elle dormait beaucoup, mais elle avait aussi besoin de courir et de jouer. Peut-être valait-il mieux la laisser quelque part ? Ce serait toutefois très difficile de se séparer d'elle.

Comme tous les labradors, Dallas adorait l'eau et s'en était donné à cœur joie dans la douche. La remettre à Jake pour qu'il la sèche avait donné à Sabrina une étrange sensation d'intimité. Quelle était la situation la plus gênante, se demanda-elle : que Jake l'ait regardée sous sa douche, ou qu'elle-même l'ait regardé sous la sienne ?

En fait, cela n'avait pas été si intimidant que ça de se déshabiller devant lui. Elle l'avait cru quand il lui avait affirmé avoir fermé les yeux. Lui faire confiance était plutôt facile. C'était Jake qui avait été trempé quand Dallas s'était ébrouée. Un instant de légèreté avant qu'il ne retire sa chemise et ne la jette dans le panier à linge.

Mais elle n'avait pas ri quand il l'avait embrassée et menottée au tuyau. Non seulement, il n'avait pas voulu la laisser en liberté dans l'appartement, mais il n'avait même pas voulu l'attacher ailleurs, à quelque chose de plus confortable. Et depuis leur baiser, il évitait tout contact avec elle.

— Rester ici n'a pas de sens. Plus on attend, plus ce sera difficile de récupérer ma famille. Et je ne peux même pas appeler mon oncle tant que je n'ai pas un autre chargeur, étant donné que vous avez laissé le mien dans ma valise.

Elle avait pris une profonde inspiration avant de l'affronter. Elle était déterminée à tenir bon et à passer à l'action.

— Ne laissez pas la panique vous dominer. Faites-moi confiance. J'ai passé quelques appels pendant que vous preniez votre douche. Il ne s'agit pas de passer le temps pendant que vos vêtements sèchent. J'attends qu'un copain des Marines m'apporte du matériel. Nous devrions nous mettre en route dans une demi-heure environ. Vous avez écouté la météo ?

— Désolée, j'ai coupé le son, je regardais dehors.

Elle resserra la ceinture du peignoir et releva le col autour de son cou. Elle ne portait rien en dessous et s'était assise sur un tabouret pour ne pas s'endormir. Elle était épuisée, mais tant qu'elle n'arrivait pas à joindre sa famille, se détendre était hors de question. Tout ce qu'elle avait pu faire avait été de laisser des messages à son oncle.

Dallas s'étira, les pattes en l'air et la tête posée sur les genoux de Jake. Sabrina la regarda avec envie. Bien sûr, c'était sa position allongée qui lui faisait envie, pas les genoux de Jake.

— Quand croyez-vous qu'on va remarquer l'absence de l'argent au commissariat ? demanda Sabrina, avec le bruit du séchoir en arrière-plan.

— Ils s'apercevront sans doute de la disparition du téléphone lundi matin. Mais personne n'a remarqué l'argent. C'est une chance qu'on ne m'ait pas escorté à l'extérieur. Quelques minutes de plus et je n'aurais pas été en mesure de vous aider.

— Je me sens affreusement coupable de vous avoir fait perdre votre travail. Vous croyez que vous pourrez le récupérer ?

C'était bien de la culpabilité qu'elle ressentait. Mais s'il n'avait pas été suspendu, lui aurait-il accordé son aide ? Il fallait s'estimer heureux quand on le pouvait.

— Peut-être.

Il haussa les épaules et ses muscles roulèrent sous son T-shirt blanc.

— Je ne suis pas sûr de le vouloir. Je n'y ai pas encore réfléchi. Cette promotion est arrivée très vite, et j'ai compris dès le premier jour que j'allais avoir du mal à faire mon trou. Un autre policier a été victime de harcèlement pendant un an, apparemment. C'est mon expérience dans l'armée qui m'a valu cet avancement, et malheureusement il n'y avait qu'un poste de disponible. A long terme, ça aurait pu marcher, mais il aurait fallu que je prenne sur moi pendant un bon bout de temps. Suffit à propos de moi. J'ai besoin de faits, Sabrina Watkins. Vous êtes prête à me raconter votre histoire à présent ?

Venait-il d'exprimer des sentiments personnels ? Essayait-il de gagner sa confiance après l'avoir attachée dans la salle de bains ? *Quelle importance ? Tu n'as nulle part où aller et personne à qui demander de l'aide.*

— Vous connaissiez les types qui vous ont enlevée ?

Se penchant en avant, Jake fit jouer les muscles de son cou, avant de prendre une bouteille d'eau et gober deux comprimés d'aspirine.

— Je ne les ai pas vus. Ils ont gardé leurs masques tout le temps. Mais je reconnaîtrais le dénommé Larry. Impossible d'oublier ses yeux. Il avait le même regard que l'homme qui planifiait ma mort avec Griffin. J'espère de tout mon cœur que ce n'est pas lui qui a ma famille.

Que faire ? Sabrina se leva et, incapable de rester assise, fit les cent pas dans la pièce, où des piles d'objets déballés s'entassaient.

— Qui est ce Griffin ? demanda Jake. Vous l'avez déjà mentionné.

— Quand votre ami va-t-il arriver ?

Elle retourna à la porte-fenêtre, fouillant le parking du regard. Devait-elle parler de ces traces de pneus ou interroger Jake sur ses plans ? *La confiance, c'est réciproque, chéri.*

— Il s'occupe de rassembler le matériel que je lui ai demandé. Continuez.

— Nos familles se fréquentaient à Silverton. Griffin Tyler est un peu plus âgé que moi. Après ses études, il a ouvert un cabinet de vétérinaire à Amarillo. Moi, j'avais une entreprise de toilettage et de garde de chiens. Très modeste, mais il y a quatre ans Griffin m'a proposé de nous associer.

— C'est donc cette activité qu'on a réduit à néant ?

Elle hocha la tête.

— Ils ont mis le feu aux bâtiments après que j'ai poignardé Griffin avec un scalpel.

— Légitime défense ?

— Il voulait me tuer.

Jake sourit. Elle vit ses dents briller dans la faible lumière du couloir.

— Qu'est-ce qui vous fait penser qu'il voulait vous tuer ?

La conversation n'empêchait pas Sabrina de rester consciente de sa situation. Sa nudité, sous son peignoir, lui interdisait toute fuite. A supposer qu'elle s'empare des clés laissées sur la porte et gagne la rue en s'efforçant de garder son vêtement fermé, Jake n'aurait aucun mal à la rattraper. Malgré sa réticence à parler de la journée qui avait fait basculer son monde, il n'y avait rien à faire.

— Son arme, pour commencer. Je connais beaucoup de chauffeurs poids-lourds, amis de mon père, poursuivit-elle. Je toilettais leurs chiens quand ils s'arrêtaient à Amarillo. Je faisais ça deux dimanches par mois. Ce jour-là, j'ai fini plus tôt et j'ai décidé d'aller jeter un coup d'œil aux animaux que j'avais en pension. Mon assistante était invitée à un baptême et ne pouvait pas y passer. C'est à ce moment-là que je les ai entendus. Il y avait un homme avec Griffin, qui lui transmettait les ordres. Ses yeux brillaient en parlant de tuer.

— Et vous avez vu son visage ?

Elle frissonna.

— Je ne l'oublierai jamais, il hante mes cauchemars. Son expression avait quelque chose de vraiment sadique. Je déteste les cauchemars.

Jake prit un air compatissant. Faisait-il aussi des cauchemars sur ses années de guerre ?

— Donc…

Il l'encouragea à poursuivre, tout en caressant gentiment Dallas entre les oreilles. Au lieu de lui prêter attention, Sabrina se mit à déchiffrer les titres des livres empilés dans un coin. A quoi bon s'interroger sur la vie ou les rêves de Jake ? Elle avait bien d'autres chats à fouetter, en l'occurrence.

— J'ai compris qu'il fallait que je parte très vite. J'ai couru au fourgon, en priant pour qu'ils ne m'aient pas vue. Puis je me suis souvenue des animaux. S'ils incendiaient la clinique comme ils en avaient discuté, tous mes pensionnaires allaient mourir. Je ne pouvais pas les abandonner.

— Tout comme vous ne pouviez pas abandonner Dallas au refuge, sans être sûre qu'on l'adopterait ?

— Il m'a fallu trois mois pour convaincre Brenda Ellen de l'adopter. Si je n'avais pas été là, ils l'auraient…

Elle préférait ne pas penser au sort des animaux auxquels elle n'avait pas trouvé de foyer : il n'y en avait que trop.

— Qu'est-ce qui vous a fait comprendre que je reviendrais la chercher ?

— Je ne sais pas. Sans doute l'attachement que vous sembliez avoir l'une envers l'autre, dit-il d'une voix grave, comme s'il était surpris qu'on puisse s'attacher à ce point à un animal. Et où avez-vous pris l'argent ?

Retour à la réalité. Elle n'avait parlé à personne de ce soir-là, mais les détails étaient gravés dans sa mémoire. Pour ne pas les oublier, elle les avait notés dans son journal électronique. A présent, il fallait espérer que personne ne le trouve.

— Griffin a dû m'entendre déplacer les cages. Il m'a surprise au moment où je chargeais la dernière et m'a forcée à entrer dans son bureau. Nous nous sommes battus. Je me suis emparée d'une mallette et j'ai pris la fuite avec le fourgon, que j'ai laissé ensuite devant une autre clinique vétérinaire.

— Pourquoi ne pas être allée à la police pour leur expliquer ce que vous aviez entendu ? Vous auriez pu identifier l'homme et ils vous auraient protégée.

Son accent texan s'était fait plus prononcé, comme précédemment, quand il avait manifesté son irritation. Qu'est-ce qui le mettait en colère ? Qu'elle ne soit pas allée voir la police ? Ou qu'elle n'ait rien fait pour arrêter un tueur potentiel ?

— J'avais entendu Griffin dire qu'un policier les aiderait à maquiller le meurtre. L'autre n'était pas content de mêler un flic à l'histoire, mais il a fini par reconnaître que ce serait utile pour me faire porter le chapeau. J'étais complètement affolée. J'ai tourné en rond pendant des heures, avec les chiens et le chat dans le fourgon. J'étais trop effrayée pour m'adresser à qui que ce soit.

Il y avait fort à parier que ce Marine sûr de lui n'aurait pas été aussi effrayé qu'elle ce jour-là. De l'endroit où elle était assise, elle voyait ses citations militaires empilées sur une étagère. Peut-être un jour l'interrogerait-elle sur son passé. Mais ce qui comptait pour l'instant, c'était de mettre Griffin et ses complices en prison.

— L'incendie était énorme, il se voyait à des kilomètres à la ronde. Griffin a déclaré dans une interview à la radio que j'étais coupable d'escroquerie et que la police me recherchait. Le jour suivant… mes restes ont été officiellement identifiés. Ça signifiait non seulement qu'ils avaient tué une autre femme, mais qu'ils avaient réussi à intervertir nos empreintes dentaires. C'était la confirmation du fait qu'au moins un policier était à leur solde. Je ne savais plus à qui me fier.

— Je comprends. Mais c'est incroyable que vous ayez réussi à vous cacher si longtemps. Comment êtes-vous venue d'Amarillo à Dallas ? Et comment vous êtes-vous retrouvée à garder des chiens à domicile ?

Jake avait accompagné ces derniers mots d'un sourire un peu condescendant.

— Ne vous en déplaise, c'est comme ça que j'ai démarré

mon entreprise. Tout le monde n'a pas assez d'argent pour aller à l'université ou faire carrière. Comme beaucoup d'autres, j'ai fait de mon mieux, à une époque très difficile.

Reposant soigneusement la tête de Dallas, Jake se planta devant elle et lui souleva le menton d'un doigt.

— Je n'avais pas l'intention de vous offenser. Nous ne nous connaissons que depuis ce matin, mais je sais combien vous aimez les animaux. Et ça vous va très bien.

Jusqu'à ce qu'elle plonge le regard dans ses yeux inquiets, elle était effectivement vexée. *Souviens-toi que tu es seule et vulnérable. Sois forte.*

Soudain prise d'inquiétude, elle fouilla le parking du regard. La neige tombait, fondant sur le goudron ou s'accumulant sur les congères des jours précédents.

— Il n'y avait pas que de l'argent dans la mallette. J'ai trouvé aussi une liste de noms, sur lesquels j'ai fait des recherches. Tous ces gens avaient des animaux et vivaient autour de Lakewood. J'ai cru entendre le truand dire que les chefs étaient de la région, mais je n'ai rien trouvé sur eux. Ça n'a servi qu'à faire tuer Brenda Ellen et vous faire perdre votre travail.

— Ne vous faites pas de reproches. On ne peut pas revenir sur le passé, dit Jake en fixant un point au-dessus de sa tête.

Sabrina crut qu'il avait vu quelque chose, mais comprit très vite qu'il pensait à sa propre vie et préférait se taire là-dessus.

— Laissez-moi réfléchir à ce que vous m'avez raconté, dit-il enfin. Nous pourrons continuer en voiture.

— Y a-t-il un supermarché ouvert la nuit par ici ? Il nous faut de la nourriture pour Dallas. Elle a besoin de quelque chose de plus consistant que de la viande froide.

En manque d'affection, elle s'assit près de la chienne pour le câliner. L'alarme du séchoir se mit en marche au même moment.

— C'est prêt.

Jake la rejoignit sur le canapé et caressa le crâne de Dallas.

— Vous savez, on pourrait demander à mon ami de la garder.

De longs doigts musclés et fuselés… Si près de son peignoir entrebâillé qu'elle se sentit obligée de le rajuster. Difficile de penser à autre chose. Si les circonstances avaient été différentes… Elle secoua la tête, répondant en même temps à sa tentation et à la question de Jake.

— Je suis peut-être égoïste, mais j'aimerais la garder avec moi. Elle en a tellement vu, je ne sais pas comment elle réagirait si je la laissais derrière moi.

— Je comprends.

Peut-être considérait-il maintenant le labrador comme le sien ? De toute façon, si elle allait en prison, elle ne pourrait le garder et Jake le traitait avec gentillesse.

L'Interphone sonna et Jake décrocha sans prononcer un mot. Puis il reposa l'appareil sur son berceau et s'adressa à Sabrina :

— Vous pourriez vous retirer dans la chambre une minute, avec Dallas ? Mac est arrivé.

Dégainant son arme, il se dirigea vers la porte.

— Maintenant que j'ai ce qu'il me faut, nous partirons dans cinq minutes.

Sabrina laissa la porte de la chambre entrouverte, pour essayer d'entendre les paroles des deux hommes, mais ils parlaient trop bas. Elle ne parvint même pas à apercevoir le Marine. Elle ne vit que le grand sac noir posé sur le sol, et les cinq ou six billets que Jake comptait dans la main de l'autre homme.

La chienne gémit.

— Chut, petite, tout ira bien.

Il le fallait.

Elle connaissait à peine Jake et il avait admis qu'il ne retournerait pas dans la police. Pouvait-elle se fier à son désintéressement ?

Mais quelles que soient ses motivations, elle n'avait pas le choix : il lui faudrait accepter son aide pour sauver sa famille et jongler avec l'attirance torride qui flambait entre eux à chaque regard.

14

Jake se reprocha de ne pas avoir écouté la météo avant de partir. Au nord de Fort Worth, la neige s'était mise à tomber dru. L'idée qu'une tempête de neige se préparait ne l'avait pas effleuré, à l'appartement.

Ce n'était pas la fin du monde. Ils avaient de quoi se nourrir et leur réservoir était plein.

Deux heures plus tard, il plafonnait à trente à l'heure sur l'autoroute, suivant les conducteurs assez courageux ou assez stupides pour continuer malgré tout.

Mais, à présent, même ces véhicules s'engageaient les uns après les autres sur la bretelle d'accès d'une station-service.

— Vous voulez boire un café ?

Sabrina s'éveilla en s'étirant du profond sommeil qui lui avait tant fait défaut.

— Oh ! ils n'ont pas l'air ouvert !

— Je crains qu'on ne soit coincé ici un bon bout de temps.

— Mais on ne peut pas s'arrêter. On n'a pas le temps !

— Je ne vois plus la route. Sans parler du fait que les ponts sont de vraies patinoires.

Il était fatigué de conduire dans les rafales de vent qui secouaient le véhicule. Et quand il était fatigué, il pouvait perdre le contrôle. Il ne voulait pas que ça arrive et savait comment l'éviter.

— Mais…

— Ecoutez, je veux autant que vous arriver le plus vite possible. L'idée de vous soustraire à la police de Dallas ne me plaît pas, mais je sais que c'est la meilleure solution pour votre famille, pour vous et pour moi. Mais j'aimerais aussi arriver vivant. Tout le monde vient de sortir de la 287.

Il enfila ses gants, en regrettant déjà sa rudesse.

— Je vais voir si le chauffeur du camion en sait davantage sur l'état des routes, ou s'il s'est juste arrêté pour se reposer.

Il retira la clé du contact. Dallas leva la tête quand le plafonnier s'alluma.

— Reste là.

— Vous croyez vraiment que j'ai envie de m'enfuir ?

— Je parlais à Dallas.

— Bien sûr. Vous voulez de nouveau me menotter ?

Il referma la portière sans la claquer. La tension était suffisante dans l'habitacle, il n'avait pas envie d'essuyer le courroux d'une femme.

La neige lui fouetta le visage. Il remonta la fermeture Eclair de son anorak et releva son col. Comparée à ce vent, sa promenade du matin dans la neige faisait figure de partie de plaisir.

Dans l'armée, il avait essuyé de nombreux blizzards, mais il n'en avait jamais vu au Texas. Un instinct viscéral lui disait qu'il ne s'agissait pas d'une simple tempête de neige. Il avait le pressentiment qu'ils seraient coincés jusqu'au matin. Si ce n'était ici, ce serait sur la route, loin de toute habitation ou zone de réception des portables.

Le vent soufflait assez fort pour le faire zigzaguer et il n'était pourtant pas un poids plume. Il abrita ses yeux de la main pour distinguer les véhicules devant lui. Les traces de pneus de la voiture précédente avaient déjà disparu sous la neige. En passant près du véhicule, il vit que le conducteur s'était mis à l'abri dans un sac de couchage, sur le siège arrière.

Jake trotta de son mieux jusqu'au camion et tapa contre la vitre. Le chauffeur lui fit signe de faire le tour du côté passager. La portière s'entrouvrit. Il pénétra dans la cabine et fut accueilli par un très gros homme armé d'une batte de base-ball.

— A.B. Mills. Vous avez besoin de quelque chose ?

— Jake Cra… Crain, se reprit-il. Je me demandais si vous étiez au courant de l'état des routes jusqu'à Amarillo ?

— Ça roule très lentement. Tous les ponts sont verglacés jusqu'à Wichita Falls. On ne peut pas circuler à l'ouest de la I-40. Les secours n'arrivent pas à affronter la tempête. Tout le monde s'est replié sur les aires de repos et on parle de fermer l'autoroute. Vous feriez mieux d'attendre le matin. C'est ce que j'ai l'intention de faire.

— C'est ce que je pensais.

— Vous êtes dans la voiture ou l'utilitaire ?

A.B. Mills ne cessait de tapoter et faire tourner sa batte dans sa main, faisant clairement comprendre qu'il valait mieux ne pas s'en prendre à lui.

— Dans l'utilitaire. Le conducteur de la voiture s'est installé pour la nuit.

— Z'êtes pressé d'arriver à Amarillo ?

— Pour tout dire, oui. Une urgence familiale.

— Vous avez des roues motrices ? Si oui, mettez du poids à l'arrière pour ne pas déraper. N'appuyez pas sur l'accélérateur ni le frein. Avec un peu de chance, vous rejoindrez la I-40 en cinq ou six heures.

— Merci. Je vais aller en parler à… ma femme.

— Ramassez des bûches ou quelque chose comme ça. Bonne chance.

— Merci encore.

Jake se raidit en prévision de la bourrasque glaciale et sortit du camion.

Passer la nuit sur l'aire de repos n'était pas complètement impossible. Sabrina et lui avaient des manteaux et des gants. Mais seule Dallas avait une couverture. Et ils n'avaient pas non plus assez d'essence pour laisser le moteur et le chauffage en marche. La crainte d'échouer le rendait nerveux

Il avait élaboré un plan et obtenu les gadgets électroniques dont il avait besoin, mais il n'était pas allé au bout de ses réflexions en s'informant de la météo.

Son court trajet lui parut si froid que l'intérieur de la

voiture lui fit l'effet d'une serre chaude. Dallas était pelotonnée sur elle-même et sa prisonnière grelottait. Il mit tout de suite le contact et poussa le chauffage à fond.

— Désolé. J'aurai dû laisser tourner le moteur.

— Je ne vous le reproche pas. Si vous aviez laissé la clé, vous seriez peut-être en train de faire du stop.

— Etes-vous en train de me dire que je dois vous menotter au volant à partir de maintenant ?

— Pas vraiment. Quelle que soit mon envie, je sais que je ne peux pas le faire. Qu'a dit le chauffeur ?

Jake lui répéta les informations que lui avait données l'homme et Sabrina eut la même réaction que lui.

— On ne peut pas attendre toute la nuit. Jerry est chauffeur-routier et il reste à Amarillo le dimanche en général. On le manquera si on n'arrive pas avant demain.

— Holà, attendez une minute. Qui est Jerry, et pourquoi devons-nous le voir ? Votre plan était de récupérer l'argent auprès de votre oncle.

— Jerry est mon oncle et c'est lui qui a l'argent. C'est pourquoi j'ai besoin de mon téléphone. Il est le seul à savoir que je suis toujours en vie.

— Vous avez remis deux millions de dollars à un chauffeur-routier ? Bon sang !

Il jeta son bonnet et ses gants sur la banquette arrière.

— Vous croyez vraiment qu'il va vous les rendre ?

— C'est le frère de ma mère.

Sabrina plaqua ses mains contre la bouche d'aération.

— Il a mis l'argent en sécurité.

Devait-il lui faire un sermon sur la nature humaine et souligner la probabilité que l'argent se soit envolé ?

— Vous aviez une raison particulière pour ne pas m'en parler jusqu'à maintenant ?

— Peut-être à cause de votre réaction. On reste ici ou on repart ?

— On y va. Mais ça va être difficile.

— Comme si ça avait été facile jusqu'à maintenant…

— Là, vous marquez un point, remarqua-t-il.

Il passa une vitesse et les roues se mirent à patiner comme pour souligner son propos

— Le plus gros problème, c'est le verglas.

— Vous voulez que je conduise ? J'ai grandi ici, dans le Panhandle. J'y suis habituée.

Il lui lança un regard de stupéfaction. Elle regardait la route d'un air sérieux. Peut-être n'avait-elle pas l'intention de s'évader. Ça ne signifiait pas qu'il allait baisser sa garde. Cette femme lui glissait entre les doigts chaque fois qu'il avait le dos tourné.

— Je me débrouillerai. Y a-t-il autre chose que je devrais savoir avant que nous arrivions à Amarillo ?

Jake appuya prudemment sur l'accélérateur. Il ne pouvait dépasser trente kilomètres à l'heure sans se mettre à chasser de l'arrière.

— Je ne sais pas.

Sabrina mit la radio sur la bande AM. Une voix rapide et excitée s'éleva. Les nouvelles en espagnol.

Jake ne comprenait pas cette langue. Il ouvrit la bouche pour le lui dire, mais elle lui fit signe de se taire et monta le volume au point que c'en était irritant. Dallas se redressa d'un bond. Sabrina la prit dans ses bras par-dessus le siège, et la persuada très vite de se recoucher sur ses genoux.

Puis elle éteignit la radio et s'adossa à son siège. Visiblement elle réfléchissait à ce qu'elle venait d'entendre, sans se presser de lui en faire part.

— Vous comprenez l'espagnol ? demanda-t-il.

— Je comprends l'essentiel et je devine le reste.

La patience ne faisait pas partie de ses qualités, mais il attendit. Il devait tenir le volant à deux mains pour empêcher le vent de déporter la voiture dans le fossé. Il n'avait pas vu de lumière depuis plus d'un kilomètre. La visibilité était presque réduite à néant. Aucun phare, aucun feu arrière.

— Quel est le verdict ?

— D'après ce que j'ai compris, la tempête a atteint Amarillo. La circulation est coupée sur l'Interstate 40, et on conseille aux gens de se mettre à l'abri.

Ils passèrent un autre pont verglacé en dérapant pendant plusieurs secondes.

— C'est sans doute le mieux à faire.

Sabrina ne paraissait pas incommodée par leurs dérapages incontrôlés. Cramponnée à l'accoudoir d'une main, elle tenait fermement Dallas de l'autre. Si elle avait peur, cela ne se voyait pas.

— Ne faites pas demi-tour, je vous en prie. Il faut continuer ou bien ils…

— Tueront votre famille, je sais. Mais si nous avons un accident, nous ne leur serons d'aucune utilité. La meilleure chose à faire est d'appeler la police d'Amarillo, pour qu'ils assurent leur protection.

— Ça ne marchera pas, vous le savez bien.

— Je sais que vous croyez qu'ils ont un policier à leur solde, mais tous les flics d'Amarillo ne sont pas des pourris. Les chances pour qu'un truc pareil se produise…

Lisant la peur dans les yeux de Sabrina, il tendit la main pour presser la sienne. Moins d'une seconde après, ils fonçaient en direction du terre-plein séparant les voies. Une plaque de verglas ou une rafale de vent les envoya heurter le talus, et le véhicule entama un tête-à-queue.

Jake s'empressa de manœuvrer le volant et de pomper sur le frein, mais rien n'y fit : il avait perdu le contrôle de la voiture. Il ne restait plus qu'à prier pour ne pas heurter la glissière en béton et tomber dans le fossé.

— Cramponnez-vous !

Passant un bras autour de Dallas, Sabrina agrippa sa ceinture de sécurité. Elle ferma les yeux en sentant la voiture déraper. Elle ne voulait pas assister à leur collision. Mais sa sensation de nausée s'estompa quand le véhicule ralentit et s'arrêta. Elle comprit qu'ils s'en étaient sortis indemnes.

Jake passa au point mort, lâcha le volant et se frotta la nuque en étirant les bras au plafond, comme s'il venait juste de décider de faire une pause.

— Ça va, vous et Dallas ? demanda-t-il.

— Je crois.

La chienne tremblait sur ses genoux.

— Mais j'ai encore l'impression de tourbillonner.

Le rire tendu de Jake lui mit un peu de baume au cœur.

— On va faire demi-tour, c'est trop dangereux, Sabrina, déclara-t-il d'un ton catégorique.

Rien ne vint à l'esprit de Sabrina pour le faire changer d'avis. Seule l'image des yeux horribles du meurtrier, et de ce qu'il ferait à sa famille hantait son cerveau.

Jake appuya doucement sur l'accélérateur et la camionnette se remit miraculeusement en marche. Ils n'étaient pas enlisés. Il reprit la route encore plus lentement qu'avant. La neige brouillait tout devant eux. Sabrina se demandait comment il se débrouillait pour suivre la chaussée dans tout ce blanc.

— On va retourner au parking et appeler les secours par téléphone ou avec la cibi du poids lourd. Dans le pire des cas, il faudra attendre que la tempête passe.

— Il n'y a peut-être pas autant de neige à l'ouest. On pourrait retourner à Decatur et contourner Lubbock par l'ouest avant de reprendre la direction d'Amarillo.

Jake poussa un long soupir irrité. C'était exactement ce que Sabrina ressentait, jusqu'au bout de ses orteils glacés.

C'est alors qu'une sonnerie de téléphone à l'ancienne les fit sursauter. Le son semblait provenir de sous les fesses de Sabrina, mais c'était impossible, les deux portables étaient sur le tableau de bord, là où Jake les avait laissés.

— Comment vous êtes-vous procuré ce téléphone ? demanda Jake d'un ton accusateur. Donnez-le-moi tout de suite.

— Je n'en ai pas. Ce doit être eux. Ils nous observent et ils nous ont vus faire demi-tour.

— C'est impossible. Il n'y a aucune voiture à des kilomètres à la ronde. Les routes sont désertes.

S'arrêtant sur le bas-côté, il coupa le moteur. Sabrina reposa Dallas sur sa couverture, défit sa ceinture et fouilla dans son sac qu'elle avait rangé sous son siège. La lueur de l'écran qui s'alluma quand l'appareil se remit à sonner lui permit de le trouver.

— Le voilà.

— Bon, fit Jake en le lui prenant des mains. Ecoutez, Sabrina, quoi que je dise, rappelez-vous que je suis de votre côté. Je vous ai donné ma parole. Si leur appel nous est parvenu, ça signifie que nous pouvons aussi nous servir de ce téléphone pour demander aux autorités de mettre votre famille sous protection.

Il lui avait pris le poignet pour mieux la convaincre, mais cela ne suffit pas à calmer son pouls. Sabrina savait qui était au bout du fil, et elle savait que Jake ne pourrait pas tenir sa promesse, malgré ses efforts.

Les hommes de Griffin détenaient déjà ses parents et sa sœur, autrement ils auraient déjà répondu à ses appels. Trois portables et un fixe n'avaient pas pu tomber tous en panne à cause de la neige. Elle était certaine qu'ils avaient été enlevés.

— Craig à l'appareil, répondit Jake.

— Faites demi-tour ou on zigouille ses parents, ordonna froidement la voix qui hantait ses cauchemars. Et laissez le téléphone allumé. On vous rappellera.

La communication fut interrompue.

Puis l'écran se ralluma. Jake marmonna des mots qu'elle aurait bien voulu pouvoir hurler au nez de son tortionnaire.

— Qui est-ce ? bredouilla-t-elle, la vue brouillée par des larmes de frayeur.

— Je suppose que c'est votre famille ?

Elle essuya ses larmes et se reprit. Lentement, la petite photo se précisa devant ses yeux. Elle hocha la tête, reconnaissant la petite véranda menant à la porte d'entrée que sa mère repeignait en rouge au début de chaque année. Rouge pour la prospérité et le bonheur.

Agenouillés dans la neige, sans manteau, ses parents et sa sœur avaient les mains ligotées et trois revolvers braqués sur leurs têtes.

— Il n'y a pas de neige sur le sol. C'est seulement à trois heures qu'il s'est mis à neiger à Amarillo, selon la radio. Quand j'ai dit à Griffin que je n'avais pas l'argent… Il m'a dit que c'est ce qu'il ferait.

Jake toucha l'écran.

— Bon sang ! Le mot de passe est protégé. Je ne peux ni les appeler ni désactiver le GPS.

Il retourna l'appareil pour l'ouvrir.

— Ne faites pas ça, s'il vous plaît. Ils doivent savoir où nous sommes. Il faut y aller, tout de suite.

— Je continue à penser que nous devrions appeler la police d'Amarillo.

— Inspecteur Craig, qu'est-ce qui vous a poussé à m'aider ? Il n'y a pas très longtemps, vous disiez que vous ne saviez pas si vous vouliez récupérer votre travail ou non. Alors pourquoi m'aidez-vous ?

Jake tapota le volant des doigts, cherchant ses mots ou essayant de définir ses raisons.

Sabrina, elle, savait très bien pourquoi elle était restée avec Jake. Ses options étaient limitées : ou elle acceptait son aide ou elle allait en prison. Mais les motivations de Jake n'étaient pas si claires. Du moins pas pour elle.

— Est-ce si difficile de me répondre ? insista-t-elle.

— Je tiens à être honnête.

— Avec moi ou avec vous ?

Il se gratta la gorge et continua à scruter le pare-brise.

— Vous voulez mon anorak ?

— Non, seulement votre réponse.

Elle reconnaissait cette expression perplexe. Beaucoup de gens l'avaient regardée comme si elle était folle, quand elle avait décidé de se lancer dans les affaires au lieu d'aller à l'université, puis quand elle s'était associée à Griffin.

— Je ne suis pas folle, et j'ai de bonnes raisons de vous le demander. Je veux connaître vos motivations.

— Je ne vous suis pas. Qui a dit que vous étiez folle ?

— Vous voyez, Inspecteur…

— Jake.

— Non, en ce moment, vous êtes le policier qui se croit obligé de faire appel à ses compagnons d'arme. Une chose est certaine, *Inspecteur* : vous ne pensez pas sérieusement que c'est la chose à faire, sinon vous m'auriez déjà remise à la police de Dallas. Alors pouvons-nous cesser de réfléchir à une idée perdue d'avance et mettre au point un plan vraiment efficace ?

Même en les étouffant avec la main, Jake ne put empêcher Sabrina de distinguer des jurons sans doute habituels chez les Marines.

— D'habitude, mon instinct ne me trompe pas. Je prends une décision et je m'y tiens sans regrets.

Il se gratta le menton et le crâne, l'air confus.

— J'ai décidé de vous aider en sortant du bureau du capitaine. Quelques minutes avant que vous ne me le demandiez.

— Alors nous sommes d'accord pour dire qu'appeler la police n'est pas la meilleure conduite à tenir ?

— Même si ça me coûte de l'admettre, oui. Vous allez devoir me supporter.

— Merci, Jake. Et si nous ne faisons pas demi-tour…

— J'ai compris.

Il mit le contact et recula. Aucune voiture n'était passée durant tout le temps où ils étaient restés sur le bas-côté et il n'y avait aucune lumière en vue. Les conditions météo étaient sans doute pires qu'il ne le craignait. Mais il n'y avait pas d'autre solution.

— Je ne plaisantais pas en vous proposant de conduire, dit Sabrina avec plus de calme qu'elle n'en ressentait. Ce n'est pas mon premier blizzard et j'ai conduit des tas d'utilitaires.

— J'ai eu aussi ma part de tempêtes. Des températures épouvantables, des tempêtes de sable si violentes qu'elles nous arrachaient la peau du visage.

Sa voix avait pris une tonalité dure et lointaine, mais il s'engagea doucement sur l'autoroute.

Sabrina n'avait pas eu l'intention de lui remémorer le souvenir de ses batailles au Moyen-Orient.

— Vous pouvez compter sur moi jusqu'à la fin de cette histoire. Ne vous interrogez plus sur ma loyauté. Votre famille est en danger et nous devons coopérer pour la sauver.

Sans plus hésiter, sans souligner la dangerosité du verglas, il poussa la voiture en direction du nord, en contrôlant soigneusement sa vitesse.

— Merci, Jake.

— Ces salopards ont l'intention de nous tuer. Vous le savez, n'est-ce pas ?

— Oui, articula-t-elle avec difficulté.

— Vous avez raison au sujet de la police : ça ne servirait à rien d'aller la voir. Mais une fois que nous aurons récupéré l'argent, il nous faudra un meilleur plan.

15

— Celui-là ! C'est son camion, cria Sabrina en détachant sa ceinture, prête à sauter de voiture. Arrêtez-vous derrière lui.

Il ne s'était pas écoulé assez de temps pour que Jake ait oublié A. B. Mills et sa batte de base-ball.

— Attendez. Il faut s'assurer que personne ne le surveille ou ne nous surveille, nous.

— Mais personne ne sait qui est Jerry.

— Vous pensiez aussi que personne ne savait que vous travailliez pour Mme Richardson. Une chose à la fois. Vous lui avez dit que vous l'appelleriez. Nous allons prendre du carburant et vérifier si quelqu'un rôde autour d'un air suspect.

Les autres camions étaient couverts de neige, mais le semi-remorque de Jerry Riley avait l'air de stationner depuis peu de temps de l'autre côté de la rue.

Sabrina avait appelé son oncle à plusieurs reprises, sans succès, et ils avaient visité deux aires de repos avant de le trouver. Mais Jerry l'avait avertie que ce serait difficile de le joindre, en raison de la faiblesse du réseau et parce qu'il avait besoin de ses deux mains pour lutter contre les bourrasques de quatre-vingts kilomètres heure.

Avant le premier appel de Sabrina, Jerry se trouvait sur une aire de repos au sud, où il s'était arrêté de peur que le vent ne renverse son semi-remorque. En apprenant que sa famille était en danger, il avait accepté d'affronter la tempête et de les retrouver à Wichita Falls.

Le parking était bondé. En se dirigeant vers les pompes à essence, Jake s'étonna du nombre de poids lourds garés pare-chocs contre pare-chocs.

Tandis qu'il faisait le plein, Sabrina composa une nouvelle fois le numéro de son oncle. Pas de réponse.

— Vous avez l'air épuisé, m'sieur-dame. Vous venez de loin ? fit une voix haut perchée derrière eux.

Le rugissement du vent et le fracas métallique de l'auvent avaient dû couvrir l'approche de l'homme. Jake fut instantanément renvoyé au souvenir de l'Afghanistan, de la traque des ennemis dans les tempêtes de sable. Il se reprit en constatant que sa main s'était abattue sur la crosse de son arme.

La combinaison orange au logo de la compagnie indiquait un préposé légitime.

— Je peux m'occuper de ça, si vous voulez attendre à l'intérieur.

— Non, merci. Où pouvons-nous garer quand nous aurons fini ? demanda Jake en gardant l'œil sur les véhicules et leurs conducteurs.

La visibilité était à peine suffisante pour voir à dix mètres. Tout était flou.

— Ben, si vous voulez vous arrêter quelque temps, il y a encore de la place pour quatre ou cinq voitures dans la rangée derrière. Tous les motels sont pleins. Y ont été les premiers à se remplir hier soir, quand on a su qu'y fermaient l'autoroute.

Stationner sur le parking ne leur servirait à rien. La simple idée de rester bloqués dans cette jungle de véhicules suffit à amener un air anxieux sur le visage de Sabrina.

— On veut seulement faire une pause. Le vent est vraiment mauvais.

— V'savez, l'autoroute est fermée jusqu'à Amarillo. La patrouille vous laissera pas passer, déclara le jeune homme en reposant la pompe sur son berceau.

— Nous n'allons pas très loin, mentit Jake, et il vit la confusion s'étaler sur le visage du jeune homme. Nous étions presque à sec et j'ai préféré faire le plein. Patty voulait s'assurer que sa mère était bien rentrée hier, mais je ne pouvais pas rester une minute de plus.

— D'accord.

Le préposé désigna la rue en amont du semi-remorque de Jerry.

— Si vous restez pas longtemps, faut vous garer un peu plus loin. On essaie de s'organiser, mais le parking est pas prévu pour tant de monde. Faudra que tout le monde parte en même temps, quand y donneront le feu vert.

— Nous comprenons tout à fait. Vous savez combien de temps va durer la tempête ? demanda Sabrina. Hum… le téléphone satellite de ma mère ne fonctionnait plus, et nous n'avons aucun réseau sur celui-là.

Elle montra le téléphone que Jake avait pris au commissariat.

— Ça peut durer toute la journée. Il est tombé cinquante centimètres de neige cet'nuit. Le soleil va la faire fondre, mais faut attendre que les ponts soient dégagés. La tempête s'déplace vers le nord, mais c'est pas encore conseillé d'aller vers le sud. Si c'est tout pour vot'service, je rentre me met'au chaud.

Le jeune homme agita ses gants et disparut de l'autre côté du véhicule.

Dallas poussa un hurlement en le voyant s'éloigner. Jake fixa la route un long moment. Il n'y avait aucun bruit, en dehors de l'auvent qui menaçait de s'envoler à tout instant. Si quelqu'un les épiait, il n'en saurait rien.

— Vous avez réussi à avoir votre oncle ? questionna Jake quand ils furent remontés en voiture.

Sabrina secoua le portable et le laissa tomber près d'elle.

— C'est un appareil bon marché, que j'ai acheté dans un relais comme celui-là. Jerry doit dormir.

Jake se gara, en faisant attention à laisser assez d'espace pour ne pas avoir à manœuvrer s'ils devaient partir précipitamment.

— Restez ici et verrouillez les portes.

— Mais…

— Mais rien. Il faut limiter les risques, nous nous sommes mis d'accord là-dessus. C'est moi qui commande.

Il coupa le moteur, récupéra les clés et sortit de voiture, évitant toute discussion.

— Je ne me souviens pas d'avoir dit que j'étais d'accord, dit Sabrina à la portière qui se refermait.

Le vent plaqua Jake contre le pare-chocs avant qu'il puisse traverser la rue.

A l'approche de Wichita Falls, les radios locales leur avaient donné des nouvelles de la météo. Le vent soufflait entre quatre-vingt-dix et cent dix kilomètres à l'heure et pourtant la tempête continuait à stationner au-dessus de la région. Jake n'avait aucune peine à le croire, la visibilité étant presque réduite à zéro.

Continuer vers Amarillo était une idée stupide, mais il savait que Sabrina n'hésiterait pas à voler sa voiture et à emprunter les routes secondaires plutôt que d'abandonner. Arrivé près du semi-remorque, il le contourna et se jucha sur le rail. Mais avant qu'il puisse jeter un coup d'œil à l'intérieur, une brusque poussée le fit tomber sur les fesses.

Levant les yeux, il vit un géant se dresser au-dessus de lui dans le tourbillon de flocons.

— Hé, petit… C'est la troisième fois que tu regardes mon semi-remorque. Qu'est-ce que tu veux ?

— Vous êtes Jerry Riley ?

— T'es Craig ?

Jake acquiesça fermement et un sourire lui confirma qu'il s'agissait bien de l'oncle de Sabrina. Le géant le remit sur pied et lui secoua le bras de sa main gantée au point de le décrocher.

— Je commençais à m'inquiéter. Où est ma nièce ? Elle va bien ? J'ai entendu le téléphone, mais je pouvais pas répondre dans ce vent. Après, j'ai dû aller acheter à bouffer. J'ai hâte de la voir. Vous avez déjà annoncé à ses parents qu'elle est en vie ?

Il était rare que Jake doive lever les yeux pour regarder

les gens, mais l'oncle Jerry le forçait à renverser la tête pour croiser son regard. Et le vent était si fort qu'ils devaient presque crier pour se faire entendre. Quelqu'un aurait pu surprendre leur conversation à moins de trois mètres.

— Je préférerais rester le plus discret possible. Je ne suis pas sûr que vous devriez…

— Oncle Jerry !

Sabrina sauta dans les bras de son oncle. Pas le moins du monde gêné par le vent ou la neige, celui-ci la souleva de terre sans bouger d'un centimètre.

— Oorah ! C'est bon de te revoir, petite.

Jerry n'était pas seulement bâti comme un Marine, *c'était* un Marine, du moins un ancien Marine.

Jake les laissa à leurs retrouvailles et en profita pour inspecter les alentours.

Peut-être n'aurait-il pas dû les laisser bavarder sans surveillance, mais il ne pouvait l'empêcher. S'attendant à tout instant à une agression venue de nulle part, il gardait la main sur son arme.

S'il avait été à la place de leurs poursuivants, il aurait étudié la situation avant de passer à l'attaque. Mais pourquoi auraient-ils supposé que l'argent ne se trouvait pas à Amarillo, comme Sabrina le leur avait dit ? Le téléphone que Larry avait laissé dans la voiture pour les pister — le téléphone GPS, comme ils avaient commencé à l'appeler — était toujours sur le siège avant.

Comment savoir ce qui se passerait quand Larry et son complice s'apercevraient qu'ils stationnaient à Wichita Falls ? L'une des choses qu'il avait apprise chez les Marines, c'était qu'on ne savait jamais quand l'adversaire allait frapper.

— Allons-y, dit Jerry. Mes vieux os n'aiment pas beaucoup le froid. Faites ce que vous avez à faire, je serai prêt dans quinze minutes. Faut juste que je me gare sur le parking.

— Attendez.

Géant ou non, Jake lui prit le bras pour le stopper.

— Nous avons seulement besoin du paquet.

— Jerry peut nous aider, intervint Sabrina.

Jake s'adressa directement à elle :

— Nous nous sommes mis d'accord pour qu'il emmène le GPS à Amarillo quand les routes rouvriront. Nous, on prend par le sud et on arrive à Amarillo sans qu'ils le sachent. On garde l'avantage de la surprise, c'est le meilleur plan.

Il se tourna vers Jerry, dont l'expression était impassible.

— J'apprécie votre offre, mais vous savez que j'ai raison.

— Sabrina chérie, tu pourrais t'occuper de Charlie ? Il refuse de faire ses besoins dans le froid.

— Mais…

La suggestion d'oncle Jerry ne souleva pas autant d'opposition que celle de Jake. Un seul regard et Sabrina fit demi-tour pour se mettre au chaud dans le semi-remorque.

Jake saisit au passage une image de son derrière parfait, moulé dans un jean étroit et… oui, il aurait bien aimé se réchauffer lui aussi.

La portière se referma avec un déclic. Avant que Jake puisse se tourner vers Jerry, il reçut un direct dans la mâchoire. C'était la deuxième fois qu'il se retrouvait seul avec ce Marine et qu'il mordait la neige.

Faisant jouer sa mâchoire pour vérifier qu'elle n'était pas déboîtée, Jake réfléchit à la manière dont il allait rendre le coup. Mais Jerry lui tendit la main pour le remettre sur ses pieds.

— Je pourrais vous demander à quoi ça rime, mais je crois que je le sais.

S'il avait surpris quelqu'un en train de regarder Sabrina comme il venait de le faire, il l'aurait aussi assommé.

— Mais je parie que vous ne savez pas pourquoi. C'est pour souligner un point que je ne vous ai pas encore fourni.

— D'accord, allez-y.

Jake n'avait qu'une envie : échapper au blizzard qui les faisait valser contre le flanc du semi-remorque.

— C'est moi qui suis fatigué ou le vent a redoublé ?

— Je sais que Sabrina veut récupérer l'argent et partir. Mais si je vous ai pris au dépourvu, c'est parce que vous n'êtes pas seulement fatigué, vous êtes épuisé. Donc, soit vous m'emmenez et c'est moi qui conduis, soit vous restez ici jusqu'à ce que la tempête se calme, parce que ce n'est pas vous qui imaginez le vent.

— Je ne peux pas vous emmener, Jerry. Et malheureusement, — il se frotta la mâchoire — Sabrina ne supporte pas de s'arrêter.

— Je savais que vous alliez dire ça. Et je connais ma nièce. Elle s'est cachée pendant six mois pour ne pas mettre sa famille en danger. Le vent souffle à cent vingt kilomètres/heure et pousse les voitures en travers de la route. Il n'y a aucun moyen de rejoindre Amarillo sans traverser cette tempête, aucun. Vu les types auxquels vous aurez affaire, vous aurez besoin de toute votre énergie. Conduire dans une tempête comme celle-là n'est pas seulement épuisant, c'est stupide.

— Qu'est-ce que vous suggérez ? Ils nous pistent grâce à un GPS. S'il ne bouge plus, ils vont venir voir ce qui se passe.

— Laissez-les venir. Donnez-moi les clés de votre camionnette, grimpez dans ma couchette avec Sabrina, et donnez-moi Charlie.

Jake tira les clés de sa poche.

— Il faudrait que j'aille chercher Dallas.

— Si Dallas est un chien — et connaissant ma nièce, c'en est un — je m'en occuperai. Verrouillez les portes et dormez un peu.

— D'abord, il faudrait débusquer les loups.

Jerry se frotta les mains dans ses gants.

— Moi, ça fait six mois que je me prépare à une bonne chasse.

16

Le vent sifflait dans la cheminée, envoyant de petits nuages de fumée dans le salon de Griffin Tyler. Bien qu'il ait appelé à plusieurs reprises des professionnels pour réparer, rien n'y faisait, et il larmoyait toujours quand il allumait un feu. Il jeta une autre bûche pour alimenter les flammes. Le bourbon qu'il s'était servi ne suffisait pas à le réchauffer.

Ces cinq années de « faveurs » commençaient à lui peser. Et maintenant ces crétins avaient tué une autre femme. Si au moins, ils s'en étaient pris à la bonne, les choses auraient été moins compliquées.

— Je hais cette garce !

Personne ne l'entendit hurler sa colère. Il fallait qu'il en finisse avec ces « faveurs ». Ça n'allait plus tarder. Ses efforts pour blanchir chaque semaine des quantités de plus en plus importantes d'argent portaient de moins en moins leurs fruits.

Son deuxième téléphone, qu'il avait surnommé sa « ligne à faveurs », vibra sur le comptoir, derrière lui.

Au début, le blanchiment d'argent sale n'était qu'un moyen commode de rembourser une dette de jeu. Ce n'était pas difficile de facturer des opérations chirurgicales fictives. Les animaux arrivaient, il établissait une facture et était payé en cash. Il avait pu blanchir sans difficulté quelques milliers de dollars par semaine. Mais c'était devenu plus compliqué quand les sommes avaient augmenté, et que Sabrina avait commencé à poser des questions sur des hébergements inutiles ou des animaux qui n'étaient pas là. Puis elle était partie, et il avait ouvert une nouvelle clinique qui avait coûté bien moins que ne l'indiquait la comptabilité. Sauf qu'il était de nouveau sur le point de tout perdre.

— Je déteste cette fichue garce.

Si Sabrina n'avait pas volé la mallette, il aurait disparu six mois auparavant. A présent, il serait sous les tropiques, libéré de tout ce stress et des menaces des meurtriers. Mais s'il parvenait à mettre la main sur les deux millions avant son « associé », il pourrait s'échapper et disparaître dans la tempête.

Le téléphone vibra de nouveau sur le comptoir en granit. Le vent faisait trembler les vitres. Il était trois heures du matin et ça durait depuis plus de douze heures. Il faudrait qu'il appelle le couvreur pour lui demander de vérifier l'état des bardeaux.

Il craignait de répondre. Il n'y avait que deux personnes qui pouvaient être au bout du fil : Leroy ou son frère, Larry. C'était des pseudonymes et, bien sûr, il n'avait pas cherché à savoir leurs vrais noms. Larry et un autre voyou anonyme suivaient Sabrina et le flic. Il ne voulait pas entendre parler d'eux avant qu'ils aient récupéré l'argent, mais ce damné blizzard fichait tout en l'air. Surtout le délai pour la remise de l'argent.

Difficile de croire que toute cette histoire avait commencé par une série de mauvais paris sur des matchs de football.

Il s'arracha de son fauteuil et se versa le reste du bourbon. Le téléphone se remit à sonner.

Rien ne bougeait à Amarillo, pas même la police. Il ne pouvait s'agir que de Larry lui signalant qu'ils s'étaient arrêtés. Il fallait qu'il réponde.

— Oui ?

— Y se passe quelque chose, mec. Y sont à Wichita Falls, en train de parler à un vieux schnoque. On arrive pas à s'approcher pour écouter, murmura Larry dans l'appareil.

— Et qu'est-ce que je peux y faire ?

— Le boss m'a dit que tu t'en occuperais. J'peux lui demander des ordres, mais j'pense que tu préfères pas.

Griffin saisit la menace sous-entendue. Le moindre problème et le truand l'éliminerait, en même temps que Sabrina et son nouveau copain.

— Où sont-ils ?

— Au même endroit que tous ceux qu'ont réussi à arriver jusque-là, mec, au relais routier.

C'était pourquoi il avait du mal à l'entendre. Des voix et des accents de musique à l'arrière-plan brouillaient la voix de Larry.

— Est-ce que le vieux a un chien ? C'est peut-être un de ses clients. Ou bien ils s'informent sur ce foutu blizzard. Ils sont toujours en train de lui parler ?

— On dirait qu'ils viennent ici, et que le vieux retourne à son camion. Attends…

Griffin mit le téléphone sur haut-parleur et s'accouda au bar. C'est pour gérer cette pagaille qu'il était resté éveillé.

— Le vieux cherche quelque chose.

— Reste derrière eux et ne t'approche pas. Rappelle-moi quand ils repartiront. Si quelqu'un leur donne un truc, vérifie que c'est l'argent avant de faire un geste. Je me fiche de savoir comment, il faut que l'argent soit ici dans vingt-quatre heures maximum.

— Tu veux toujours qu'on te ramène la femme ? demanda Larry.

— Non, laissez-la porter le chapeau pour la gonzesse que vous avez tuée hier. Enfin, si vous êtes pas obligés de la tuer avec son mec. Je m'en fous complètement ; rapportez-moi l'argent.

Il raccrocha et fit couler le reste du bourbon dans son gosier, en écoutant le feu crépiter. Il allait enfin pouvoir dormir. Il posa son verre dans l'évier, sentant le stress de ces six derniers mois quitter enfin ses épaules. C'était presque fini.

— Salut, Griffin.

La voix démente provenait de l'obscurité, du côté de la cuisine.

— Leroy ?

Il était en avance. Sans doute pour s'assurer que l'argent allait bien échouer entre ses mains.

— Je ne t'attendais pas avant lundi.

L'autre haussa les épaules.

— On a un problème et on avait besoin de ton avis.

Leroy s'approcha de la porte de derrière et l'ouvrit en grand.

Trois personnes ligotées et bâillonnées se tenaient sous la véranda, dans cinquante centimètres de neige. Il les reconnut immédiatement. La famille de Sabrina.

— Ils peuvent pas rester ici. T'es dingue ?

— On le dit.

Leroy tira Darlene par le bras. Elle franchit le seuil et ses parents suivirent.

Devant les regards noirs que lui lançait le couple, Griffin sentit la haine le ronger. La sœur était en pleurs, bouleversée. Il s'en fichait. Aucune raison de la réconforter ou la prendre en pitié. Maintenant que ces trois imbéciles savaient qu'il était impliqué, il faudrait les tuer dès que Larry arriverait avec l'argent.

Watkins aurait dû tuer tout le monde plutôt que de les laisser prendre sa femme et sa fille en otages. L'homme qui les tenait en joue n'entra pas. Il détala comme le scorpion qu'il était, se dissimulant dans le noir jusqu'à ce qu'il puisse s'en prendre à ses victimes.

— Quel est le problème ?

— Le boss veut liquider cette branche des opérations.

Les yeux de Leroy, dissimulés par ses paupières lourdes, ressemblaient à des fentes noires.

Plus de faveurs ?

— Quand ?

— Je croyais que tu serais content, se moqua l'autre. Tu le sauras bien assez tôt. T'as de la place pour enfermer ceux-là ? Une pièce sécurisée, un cellier ?

— J'ai un abri anticyclonique, à l'arrière. Une fois bouclé, on ne peut pas en sortir. La clé est accrochée près de la porte.

Watkins émit une protestation étouffée. Les larmes de sa femme continuaient à couler. Ils savaient qu'ils allaient mourir et ils ignoraient pourquoi. Tout comme ils ignoraient que Sabrina était toujours en vie. Ses relations dans la police lui avaient bien servi.

Leroy siffla et son apprenti se faufila par la porte.

— Mets-les dans l'abri dans le jardin. La clé est près de la porte.

L'homme leur fit traverser la cuisine à la pointe du couteau. Griffin se surprit à ouvrir la bouche pour protester, mais il ne voulait pas paraître faible. D'ailleurs il ne s'en souciait pas. Pas pour les raisons qu'on aurait pu penser.

Le seul motif qui l'avait poussé à intervenir, c'était qu'il n'avait aucune envie qu'on laisse pourrir les cadavres des Watkins dans son abri. S'il obtenait l'argent avant Leroy, il prendrait ses jambes à son cou.

— Larry a appelé ? Il a l'argent ? demanda Leroy, en s'appuyant au bras d'un fauteuil.

— Il pense que Sabrina va le récupérer rapidement. Il appellera quand il l'aura.

— Bon.

Le feu pétilla à l'arrière-plan. Des rafales de vent secouaient toujours les fenêtres.

Griffin était à court de mots. Quel genre de conversation était-il censé entretenir avec un tueur à gages ? Il se tenait là comme un idiot. Il n'avait pas eu beaucoup de contacts avec Leroy depuis l'incendie, et il ne savait même pas qui était la femme morte à la place de Sabrina. Il ne voulait pas le savoir. Moins il en saurait, mieux ce serait.

Il obéirait aux ordres jusqu'à ce qu'on le renvoie ou qu'il puisse fuir la ville avec l'argent. Quelle que soit la situation, il prendrait l'avantage. Il l'avait toujours fait.

— Tu veux boire quelque chose ?

— T'as une bière ? demanda Leroy en se levant et en le suivant jusqu'au bar.

Griffin marcha jusqu'au petit réfrigérateur, derrière le comptoir, l'ouvrit et y prit une bière d'importation.

— Alors quand est-ce que tu crois qu'ils en auront fini avec moi ?

En se redressant, il vit le canon d'une arme sous son nez. Leroy haussa les épaules.

— Tout de suite ?

Il eut l'impulsion de fuir mais, pour une raison inconnue, il ne put bouger. La bouteille tomba à ses pieds et se brisa en mille morceaux. Leroy rejeta la tête en arrière et éclata de rire. Griffin fixa le doigt qui pressait la détente et…

17

— Vous êtes d'accord pour attendre ? demanda Jake une dernière fois.

— Jerry est un chauffeur professionnel. S'il dit qu'on ne peut pas conduire jusqu'à Amarillo, alors je le crois. Je ne suis pas ravie de dormir dans sa couchette, mais je dois admettre que nous n'avons pas pris de repos depuis deux jours. Il a raison de dire que nous ne serions d'aucune aide pour ma famille dans cet état, difficile d'argumenter avec lui. Mais ça ne veut pas dire que je cesse de m'inquiéter.

Jake avait passé un compromis avec Jerry. La logique lui soufflait que les types de Dallas n'étaient pas loin. Il voulait avoir une chance de les éliminer. Il était probable que Larry ou Griffin allaient appeler pour demander pourquoi ils étaient toujours à Wichita Falls.

Le portable au GPS était dans la poche de Jake, et Sabrina et lui se trouvaient dans le magasin de la station, là où le signal était le plus fort.

— Encore dix minutes, et nous pourrons aller nous coucher.

Jusque-là le téléphone n'avait pas sonné, et il n'avait repéré personne qui ait l'air de s'intéresser à eux. Mais il ne pouvait se débarrasser du sentiment qu'on les observait.

— Je dois avouer que votre oncle ne ressemble pas à ce que j'imaginais.

— A quoi vous attendiez-vous ? Un gros ronchon obèse au volant d'un fourgon ?

Elle rit exactement de la même manière que la veille, au restaurant.

— Il faudra que je le dise à oncle Jerry. Il prend son pied à démontrer aux gens qu'ils se trompent. Mais c'est vrai qu'il est en forme. Dès qu'il y a de la place, il fait de l'exercice. Ça ne le gêne pas de s'exercer en public sur les aires de repos et les endroits comme ça.

— Je ne m'attendais pas à ce que ce soit… un Marine.

— Si je vous l'avais dit, est-ce que ça aurait fait une différence ? murmura-t-elle en prenant un paquet poussiéreux de donuts sur un rayon presque vide.

La conversation était presque normale, aussi normale qu'elle pouvait l'être en tout cas. Sabrina était ravie de voir son oncle. Mais une sensation agaçante nouait les entrailles de Jake. Le sentiment d'être observé. Un sentiment assez fort pour lui donner envie de se mettre dos au mur et riposter.

Autrefois, il s'arrangeait de la tension éprouvée à braver les ordres. Mais violer la loi et transgresser ses principes pesaient lourd sur sa conscience. Pourtant, s'il avait suivi son instinct durant les quatre derniers mois passés dans les Marines, il aurait…

Jouer au jeu des « si » n'avait pas de sens. Autant suivre le conseil qu'il avait donné à Sabrina. C'était la seule manière de s'en sortir avec le temps.

— Jerry veut seulement nous aider, dit-elle à voix basse.

Il dut se pencher vers elle pour distinguer ses paroles. Le relais était bondé et terriblement bruyant. Des automobilistes en rade campaient dans tous les coins possibles du restaurant et du magasin. Et les rayons étaient vides, car cela faisait bientôt huit heures qu'on avait fermé l'autoroute. C'était pire qu'un jour de grève dans un aéroport.

— Nous allons nous en tenir à notre plan. Mais votre oncle a raison, autant prendre du repos puisque les routes sont fermées. Il fera en sorte de surveiller nos arrières.

— Il pourrait se reposer aussi, s'il confiait le téléphone à quelqu'un.

— A qui pourrait-il faire confiance ? Faisons ce que

nous avons convenu : mettons votre famille en sûreté et reprenons le contrôle de la situation. Ensuite, nous irons voir la police. On ne peut pas lutter contre un adversaire inconnu, vous êtes d'accord ?

Elle hocha la tête avec brusquerie et prit des gants trois fois trop grands pour elle.

— Vous êtes un Marine fier, Jake Craig. Trop fier, si vous voulez mon avis.

Le sentiment d'être observé le reprit. Tête basse, Jake fit semblant de lire les détails techniques d'un radiateur portatif, tout en décochant des regards à droite et à gauche. Il n'aurait eu aucun mal à reconnaître le jeune qui lui avait tiré dessus.

Il y avait beaucoup de gens dans la boutique, mais peu d'entre eux se déplaçaient entre les rayons. D'autre part, personne n'avait pénétré dans le magasin depuis que Jake et Sabrina y étaient entrés.

La crainte d'être pris au dépourvu le rendait peut-être paranoïaque. Il était très possible que Larry et son complice n'aient pas réussi à arriver aussi loin au nord.

Il fallait qu'il fasse comprendre à Sabrina que ce n'était pas la fierté qui l'empêchait d'accepter l'aide de Jerry.

Il lui tapota l'épaule. Elle leva vers lui ses yeux violets. Sa peau était claire, parsemée de taches de rousseur sur son petit nez droit. Jake eut envie de caresser le bleu que lui avait fait Larry, et une bouffée de rage pure le saisit à l'idée que ce dingue l'avait touchée. Il dut la réprimer pour continuer :

— Si j'étais à votre place, j'écouterais aussi mon oncle. Vous le connaissez depuis plus longtemps que moi. Mais vous devez me croire quand je dis que je sais ce que je fais.

Et que je ne commettrai plus d'erreurs.

— Il vaut mieux que personne ne sache ce que nous faisons. Je suis prêt à enfreindre la loi pour sauver votre famille, mais si votre oncle s'en mêle, il risque de se retrouver en prison. Je suis sûr que ce n'est pas ce que vous voulez.

— Ça fait du bien de voir un visage familier, c'est tout.

— Je comprends ce que vous ressentez.

Tout en parlant, il cherchait dans la foule une voix rauque et un visage imberbe et rondouillard.

Si seulement ce téléphone GPS sonnait, il pourrait tirer Sabrina à l'écart et l'embrasser à perdre haleine. Il devait être vraiment fatigué — comme le lui avait prouvé Jerry avec son direct — pour penser à l'embrasser au milieu de ce chaos.

— Vraiment ? Comment ?

— Hein ?

Il secoua la tête. Il avait perdu le fil de la conversation. A deux rayons de là, un homme venait de détourner le visage pour éviter son regard. Il était temps d'y aller.

— Allons payer ces trucs.

— Que se passe-t-il ?

Avant qu'elle puisse réagir, il l'enlaça avec fermeté, non sans céder à l'impulsion de passer un doigt sur sa joue tuméfiée. Puis, lui saisissant le menton pour l'empêcher de regarder autour d'elle, il se pencha à son oreille pour lui murmurer :

— Je crois que le type en veste et bonnet noirs nous suit. On va payer et sortir. Vous pouvez faire ça avec naturel ?

— Bien sûr.

— Bon. Je ne veux pas qu'il se doute de ce qui l'attend à la sortie.

— Il se rapproche, dit-elle, les lèvres à quelques centimètres des siennes.

S'ils n'avaient pas été au milieu de tous ces gens, avec des meurtriers à leurs trousses… il l'aurait embrassée sur-le-champ.

— Excusez-moi…

Jake pivota sur lui-même en protégeant Sabrina de son corps. L'homme était jeune, mais son visage était plus mince et plus crispé que celui du gamin qui lui avait tiré dessus.

— Quoi ? aboya Jake.

Gorgé d'adrénaline et d'humeurs sensuelles, son corps réagissait au quart de tour. Le jeune homme parut embarrassé.

— Désolé, vous m'avez fait peur.

— C'est moi qui suis désolé, mon vieux. J'ai déjà demandé à tout le monde ici… J'essaie de trouver quelqu'un qui pourra m'emmener vers l'ouest, quand la tempête se calmera.

— Peux pas vous aider.

Sabrina tira la manche de Jake. Se ravisant, il pêcha quelques billets dans sa poche.

— Tenez, ça vous sera utile.

— Je ne demande pas la charité.

— On m'a dépanné autrefois. Faites la même chose quand vous en aurez l'occasion.

Le jeune homme sourit, prit l'argent et le remercia avant de s'éloigner. Jake l'entendit à peine. Le téléphone GPS vibrait.

— Craig.

Sabrina écoutait son côté de la conversation. Elle fut soulagée de constater que Jake gardait son calme pour déclarer à Larry le meurtrier qu'ils allaient rester à Wichita Falls.

L'échange se limita à deux ou trois phrases et tout ce temps Jake chercha des yeux un homme parlant au téléphone. C'est ce que Sabrina elle-même aurait fait, si elle avait pu voir par-dessus les rayons.

— Sortons d'ici, lui dit Jake, une fois la conversation terminée.

Il la guida vers la caisse en lui tenant le coude. Tandis que le caissier faisait le total des donuts, du lait et des chewing-gums, ils refermèrent leurs anoraks. Le temps qu'ils franchissent la porte du magasin, le cœur de Sabrina avait repris un rythme normal.

A l'extérieur, la situation ne s'était pas améliorée. Non seulement, il leur fallait escalader les congères, mais les rafales de vent les faisaient vaciller à chaque pas.

Enfin, ils rejoignirent le semi-remorque. Jerry avait tout

préparé pour qu'ils puissent dormir, et il emmena les chiens à la voiture de Jake, pour monter la garde.

— J'ai dormi un peu partout ces derniers mois, déclara Sabrina. Mais je vous assure qu'aucun lit ne m'a paru aussi confortable que celui-ci.

Elle retira son anorak et ses chaussures, fermement décidée à se débarrasser aussi de son jean humide. Le confort passait incontestablement avant la pudeur.

— Un peu partout ? questionna Jake depuis le siège avant, où il retirait son bonnet et ses gants.

— Je dormais dans un lit différent tous les quatre ou cinq jours.

— Ou vous ne dormiez pas du tout, comme au restaurant.

— J'avais tellement envie de me glisser dans le vôtre, hier soir.

Elle réalisait trop tard ce qu'elle venait de dire.

— Je veux dire… pas avec vous, vous n'y étiez pas. C'était Dallas qui était couchée dessus et… c'est ce qui m'a donné envie de…

— J'ai compris, Sabrina.

Il sourit et se frotta la mâchoire en grattant sa barbe naissante.

— Vous croyez que Jerry va se débrouiller avec Dallas ? Elle a l'air de bien aimer Charlie.

Des doigts masculins grattant des poils masculins sur une mâchoire masculine… Sabrina se sentit fondre.

Il stoppa son mouvement et la regarda comme si elle était folle.

— Je suis désolée. Quoi ? Je dois être vraiment fatiguée.

— Nous le sommes tous les deux. Cette portière est-elle verrouillée ?

Il prenait son temps pour se déchausser.

Quant à Sabrina, elle était prête à retirer son jean et à poser la tête sur l'oreiller.

Une fois les yeux fermés, elle ne mettrait plus les pieds dans le plat, ou du moins ne trébucherait plus sur les mots.

Jake s'appuya contre la vitre et ferma les yeux. C'était

le moment. Sabrina descendit sa braguette et se faufila hors de son jean. A présent, elle ne mouillerait pas le lit.

Se retournant pour passer entre les sièges, elle jeta un bref coup d'œil derrière elle.

Des yeux brûlants caressaient ses jambes, de ses chevilles à ses hanches, et retour. Elle sentit sa peau s'embraser.

— Je n'aurais pas dû faire ça.

— Non, fit Jake, en déglutissant visiblement.

Qu'est-ce qui la paralysait ?

Il lui lança un regard ardent, sans se donner la peine de dissimuler son expression.

Comment des yeux bruns pouvaient-ils être aussi passionnés ? Et comment sa peau, froide quelques instants auparavant, était-elle devenue brûlante alors qu'il ne l'avait pas touchée ?

— Bonne nuit.

Sa voix était grave et rauque. Et plus que tout, sexy.

— Bonne nuit, Jake.

Elle leva la jambe pour gagner le lit, mais des doigts encerclèrent sa hanche, stoppant son mouvement. L'ongle qu'elle avait admiré un instant plus tôt effleura sa jambe avec la douceur d'un papillon. C'était si léger qu'elle se demanda si elle l'avait imaginé.

Son cœur fit un bond, puis se remit à battre lourdement. Qu'allait-il se passer ? *Quelque chose* allait-il se passer ? Sa tête lui ordonnait de s'envelopper étroitement dans les couvertures et d'oublier la présence de Jake. Mais son corps réagissait avec violence à son contact.

C'était trop tôt. Alors pourquoi la touchait-il ? Lui demandait-il la permission ? S'interrogeait-il sur son envie ?

Elle voulait aussi la réponse à ces questions, car elle était tout aussi incapable de lui dire de s'arrêter que de faire comme si de rien n'était.

Elle connaissait à peine Jake. Mais elle en avait vécu davantage à ses côtés en un seul jour qu'elle n'en avait vécu ces deux dernières années.

Elle saisit la main posée sur sa hanche. Il ne la retira et

elle ne la repoussa pas. Elle ferma les yeux, inspira profondément et laissa la chaleur de sa paume imprégner sa peau.

Puis elle emmêla ses doigts aux siens et l'attira avec elle sur la couchette, au-dessus des couvertures.

18

— Je ne crois pas que c'est à ça que pensait votre oncle, quand il parlait de prendre du repos.

A genoux, il lui sourit, lui donnant le temps de se raviser. Le souvenir de leur premier baiser ne l'incitait pas à changer d'avis. Elle voulait profiter de la tempête, de cette pause dans leur périple fou.

— Chut ! Ne parlez pas. Ne pensez pas.

Lasse d'écouter la voix de la raison plutôt que celle du cœur, elle posa un doigt sur les lèvres de Jake et vit les flammes se rallumer dans ses yeux. Puis elle laissa descendre ses mains sur son torse, et les réchauffa sur ses abdominaux saillants.

Croisant les bras, Jake se débarrassa de son pull, qu'il fit voler par-dessus le siège avant.

— Il n'y a pas beaucoup de place ici.

— Je crois que ça nous suffira.

Sabrina tiraillait le T-shirt blanc de Jake, mais il prit le temps de détacher son holster pour le poser à côté de l'oreiller. Puis, changeant de position, il enfourcha Sabrina, retira son T-shirt et sa ceinture, et se mit en devoir de défaire son jean.

— Attendez.

Elle éloigna ses mains de sa fermeture Eclair.

— Il y a quelque chose que je meurs d'envie de faire.

Elle avait vu Jake se promener torse nu chez lui, et ce n'était pas la première fois qu'elle admirait ses abdominaux. Mais c'était la première fois qu'elle les touchait, et elle avait l'intention d'en profiter.

Elle ne fut pas déçue. Redessinant les creux et les courbes de son torse, elle absorba la chaleur de sa peau.

Jake aurait pu faire fondre des congères en se déshabillant. Il n'avait pas un gramme de graisse.

Elle aurait pu fermer les yeux et se contenter de sentir, laissant Jake entamer lui aussi son exploration.

Mais regarder ses yeux fermés, écouter le brusque chuintement entre ses dents serrées, faire courir ses doigts sur le bord de son jean… Cela rendait l'attente d'autant plus délicieuse.

Elle était ravie que le moteur du semi-remorque bourdonne en rythme avec son corps. Cette petite vibration couvrait ses frissons.

Il ne fallait pas que Jake se sente coupable et remette ce moment en question le lendemain. Il n'était pas en train de profiter de son émotion ou sa fatigue. Peu importait ce qui se passerait entre eux plus tard. Elle ne se faisait pas d'illusions.

Elle connaissait le danger de ne pas aimer quand on le pouvait. Et si elle allait en prison et n'avait plus jamais l'occasion d'aimer ? Et si quelque chose tournait mal et qu'elle mourrait ?

C'était elle qui devait décider ou non de faire l'amour, Jake avait déjà donné son consentement. Elle descendit sa braguette et repoussa son jean sur ses genoux, consciente de la puissance de son désir.

Appuyé sur ses coudes, Jake fit la démonstration de sa force en se débarrassant d'une jambe de pantalon, puis de l'autre. Il ne la toucha pas. Elle mourait d'envie d'arquer le dos et de le prendre par le cou pour l'attirer contre ses seins.

Après que le jean eut atterri aussi sur le siège avant, Jake se redressa, à califourchon sur elle. Son slip ne parvenait pas à cacher son désir. Un éclair de convoitise traversa le ventre de Sabrina, la rendant presque folle.

L'homme qui lui avait sauvé la vie s'allongea à côté d'elle et tira lentement l'édredon sous lequel elle se cachait.

Elle avait encore le choix entre aller de l'avant ou se blottir sous les couvertures. Elle les laissa glisser jusqu'à sa taille.

Du revers d'un doigt, Jake caressa son ventre, ses côtes, la courbe de sa poitrine. Elle songea qu'elle allait mourir sur-le-champ. Mais il dessina d'autres cercles sur son bras, le long de son cou… Partout, sauf là où elle voulait vraiment qu'il la touche.

— C'est ton tour d'ôter ton T-shirt, dit-il d'une voix lourde de désir. Tu veux que je t'aide ?

Etait-ce seulement de désir qu'il était question ? Non.

La veille, Jake aurait pu la séduire sous la douche ou la persuader de se coucher dans son lit. Mais il s'était lancé à l'assaut de routes verglacées et de vents violents pour lui permettre de sauver sa famille.

Même à présent, il ne faisait qu'effleurer sa peau et tirailler son T-shirt.

Cet humble Marine devenu inspecteur avait renoncé à tant de choses pour l'aider ! Peut-être l'avait-il menacée de l'envoyer en prison, mais il s'était débrouillé pour se procurer des vêtements à sa taille. Et à chaque étape, il était resté à l'écoute de son opinion.

Il était bien possible qu'elle soit amoureuse de ce type. Et ils ne s'étaient embrassés qu'une seule fois !

Rien de plus facile que d'y remédier. Elle posa les mains sur ses épaules et l'attira à elle.

Mais Jake avait sa propre idée. Il glissa un bras sous sa taille, l'obligeant à arquer le dos.

Un soupir échappa à Sabrina quand leurs hanches entrèrent enfin en contact. Mais ce n'était pas assez. Elle voulait le sentir sur elle, éprouver le poids de son corps. Elle s'empara des biceps tendus de Jake, et les écarta pour qu'il se laisse tomber sur elle.

Peine perdue. Il lui renversa la tête et lui caressa la mâchoire des lèvres. Puis il se rapprocha et ses baisers se firent plus pressants. Mais quand elle tourna la tête pour lui offrir ses lèvres, il passa à son bras. Il poursuivit son jeu dans son cou et en haut de ses seins.

Combien de temps croyait-il qu'elle pourrait supporter cette torture exquise ?

— Prête à enlever ton T-shirt ?

Le vêtement tomba sans qu'il cesse ses manœuvres. Il construisait un feu de joie, et c'était elle le bois. Chacune de ses caresses ajoutait un peu de combustible. Elle était prête à s'enflammer à la moindre étincelle. Il lui effleura les seins presque avec négligence, alors qu'elle n'avait qu'une seule envie, qu'il les empoigne fermement.

Puis… Elle sentit un toucher timide sur son slip. Son cœur se mit à battre.

Quand ce n'étaient les mains de Jake qui l'effleuraient, la caressaient ou l'enveloppaient, c'étaient ses lèvres. Elle ne voulait pas être la seule à se consumer ainsi : elle s'aventura à le toucher aussi.

— Continue, murmura-t-il à son oreille.

Ses lèvres descendirent sur sa mâchoire et il enfouit la tête au creux de son épaule. Sabrina la prit entre ses mains et l'approcha de la sienne. La bouche de Jake enveloppa ses lèvres, et elle sentit son corps exploser. C'était bon, c'était intense — aussi parfait qu'elle s'y était attendue.

Depuis leur rencontre au restaurant, tous deux brûlaient de désir. Ce baiser était l'étincelle qui manquait au bûcher.

Aucune lenteur dans leur abandon. Des baisers déchaînés et des caresses exigeantes repoussèrent les couvertures sur leurs chevilles. Ils ne sentirent pas la froideur de l'air. Blottie dans la chaleur du corps de Jake, Sabrina n'avait qu'une envie, se coller contre sa peau brûlante et faire partie de lui pour toujours. Plus elle pensait à ça, plus elle avait chaud.

Il roula sur le côté et s'appuya sur un coude. Ses yeux s'étaient assombris et les rides étaient de retour entre ses yeux. Il se frotta légèrement le front.

— Tu recommences à réfléchir.

— J'ai l'impression d'avoir attendu une éternité pour te voir nue. Tu es tellement belle, Sabrina Watkins.

— Et ça t'inquiète ?

— J'ai du mal à croire que nous nous soyons rencontrés il y a à peine vingt-quatre heures.

Et que je devrais te remettre aux autorités.

— Ça fait une différence ? demanda-t-elle en laissant traîner un index en travers de sa poitrine, pour détourner le cours de ses pensées.

— Ça devrait, mais non.

Il enroula une mèche de cheveux autour de son petit doigt, et la laissa se dérouler près de son oreille. Il aurait pu passer des heures à se repaître de son corps.

— Je sais ce que tu veux dire, murmura-t-elle avant d'attirer sa bouche sur la sienne.

Il était prêt à embrasser bien plus que ses lèvres délicieuses. Mais avant de se laisser aller à la passion, il fallait qu'il prenne les préservatifs achetés au relais routier. Dès que Jerry leur avait suggéré de dormir, il s'était douté, ou avait espéré que ceci se produirait.

A contrecœur, il s'éloigna d'elle pour fouiller dans son jean. La neige tombait toujours et le vent secouait le véhicule. Pour la première fois, il remarqua que la couchette possédait des rideaux. Il alluma la petite lampe fixée à la paroi et tira les tentures.

Le papillon qui l'attendait sur le lit devait encore se dépouiller de son cocon. Ce délicat soutien-gorge ne venait pas de la liste fournie à MacMahan. C'était le sien, celui qu'elle portait quand ils s'étaient rencontrés.

Incroyable de penser que c'était la veille.

Encore plus incroyable de penser combien il désirait cette femme. Sans savoir pourquoi, il la voulait avec une force désespérée. Mais il était inutile de chercher à comprendre. Elle lui avait clairement montré qu'elle le voulait aussi.

Quand il revint, elle effleura son slip du dos de la main. Il se pressa sur ses doigts, avide de son contact. Il lui retourna la caresse et fut récompensé par un soupir et un frisson de

Sabrina. Elle laissa courir ses mains sur son corps, et il fit de même. Puis il dessina légèrement le contour de son soutien-gorge, et elle fit entendre un son étranglé.

La regarder s'éveiller à la sensualité et jouir de ses explorations l'avaient amené à un niveau d'excitation tel qu'il n'en avait jamais connu. Il ne voulait pas précipiter les choses, mais ces échanges participaient incontestablement de la torture.

Le moment était venu de détacher le soutien-gorge et de découvrir plus de peau à embrasser. Il fit glisser les bretelles, libérant la paire de seins la plus parfaite qu'il ait jamais vue. Sa bouche suivit ses yeux qui la dévoraient déjà. Il pinça un téton entre ses lèvres, le faisant durcir, tandis que l'autre se réchauffait dans sa main.

Il glissa un doigt dans le tissu qui lui enserrait les hanches. Une petite secousse et, sans qu'il l'ait voulu, les coutures délicates du slip cédèrent. Sabrina pouffa et il sentit un sourire lui monter aux lèvres.

A mesure qu'il gagnait en audace, elle faisait de même. Elle lui rendait caresse pour caresse, baiser pour baiser, et son corps réagissait à l'égal du sien. Nul besoin de demander si elle était prête, quand elle tendit la main pour prendre un préservatif.

Sabrina le surprit en lui administrant de longues caresses avant de dérouler l'étui sur son membre. La température et la tension montaient, en lui comme en elle, si leurs respirations précipitées signifiaient quelque chose. Elle s'allongea sur le matelas, offerte, en attente.

Il ne pouvait plus attendre.

L'espace réduit où ils se trouvaient avait ses avantages. Ce n'était pas l'endroit le plus sexy du monde, pour faire l'amour, mais il s'en fichait. Il se souleva sur un bras, glissa l'autre sous ses reins et la pénétra. Les yeux de Sabrina se fermèrent et sa bouche s'ouvrit sur un long soupir, tandis qu'elle s'abandonnait toute à lui.

S'allonger près d'elle, explorer son corps… tout ça était bel et bon. Mais cela ne pouvait se comparer à ce qu'il ressentait maintenant. Il ne faisait plus qu'un avec elle, emporté vers un lieu où ils ne pouvaient se rendre qu'ensemble. Oui, c'était bien plus que bon…

Se laisser aller aurait été facile, mais il veilla à satisfaire Sabrina une fois, puis une deuxième fois. Il l'aima à longs coups de reins. Elle s'agrippa à ses épaules et vint à sa rencontre. Leur rythme accéléra, de même que leur souffle. Un instant plus tard, son corps se convulsa et elle cria. Il lui prit les mains et poursuivit ses mouvements.

C'était comme un doux cocon. Elle enroula ses jambes autour de lui et l'attira contre elle. Si le vent n'avait pas dissimulé le balancement du camion, personne n'aurait eu de doute sur ce qui se passait là-dedans. Dans cette petite couchette, ils étaient à l'abri du monde, blottis dans la douceur, l'odeur, le désir. Encore quelques coups de reins, et ils crièrent tous deux leur satisfaction.

Il roula sur le côté et l'attira contre lui. Il avait à peine repris son souffle, que l'odeur de son shampooing, dans les cheveux de Sabrina, le fit de nouveau durcir. Il voulait bien davantage qu'une matinée dans ses bras. Avant cela, il se demandait s'il n'était pas fou. Maintenant, il n'avait plus aucun doute.

Le premier moment de magie avait pris fin, et il attendit que la réalité fasse de nouveau irruption et que Sabrina se dégage. Mais elle ne bougea pas.

Quand sa respiration ralentit, elle lui fit face et approcha sa bouche de la sienne. Il l'embrassa avec un mélange de tendresse et de désir. Elle serra le poing sur sa poitrine, et s'endormit en moins de deux secondes.

Comment avait-il pu penser que faire l'amour diminuerait son besoin d'elle ? Une unique fois ne pourrait pas lui suffire. Cela ne lui suffisait déjà pas. Il faudrait qu'il y ait encore bien d'autres moments semblables. Du revers d'un doigt, il caressa doucement sa pommette bleuissante, là où elle avait été frappée par ses ravisseurs. Il effleura ses seins, et la sentit reprendre son souffle dans son léger sommeil. Sa main s'aventura plus bas, sur son ventre étroit.

— On devrait faire un petit somme, dit-elle dans un soupir de bien-être. Tu étais plutôt… fatigué avant notre petite gymnastique.

— J'étais fatigué avant que tu n'enlèves ton pantalon et que je voie ce petit slip de rien du tout.

Il repoussa une mèche de cheveux presque noirs derrière son oreille et se souvint de la boîte de teinture.

— J'imagine que je devrais savoir de quelle couleur sont tes cheveux, maintenant.

Il y avait moyen de satisfaire sa curiosité et d'entamer un autre *moment*.

— Je les ai teints plus foncés que… oh…

Ils pourraient bientôt dormir, mais d'abord, il devait vérifier.

19

Quelque chose venait de changer.

Jake s'éveilla dans l'obscurité, un corps chaud entre ses bras. *Ça*, c'était un changement. Il n'avait pas eu de femme dans son lit depuis son dernier séjour dans l'armée. Mais il y avait autre chose.

Sabrina et lui étaient couchés dans la couchette du semi-remorque de Jerry, derrière un épais rideau. La lumière s'infiltrait sous le tissu, plus vive qu'au lever du soleil.

La tempête faisant rage, ils avaient remis une grande partie de leurs vêtements. La douceur de la peau de Sabrina sous ses doigts lui manquait, comme lui manquaient ses ongles qui l'avaient légèrement égratigné.

Mais c'était tout de même bon d'être couché près d'elle. Elle lui correspondait. Il avait besoin de quelqu'un qui s'accorde à lui. Peut-être…

Ce « peut-être » tentateur oscilla devant lui, le défiant de s'en emparer. Mais ce genre de pensées était fait pour les gens avec un avenir, et ils n'en auraient pas s'il ne l'aidait pas à s'innocenter.

Et puis elle ne connaissait rien de son passé. Rien de ses cauchemars. Et il ignorait comment lui en parler.

A présent, il fallait qu'il se concentre sur ce qui avait changé.

Le moteur bourdonnait toujours. Le vent n'était plus aussi bruyant, les rafales semblaient s'être calmées. Les deux téléphones se mirent à vibrer près de sa tête. Il les avait posés à proximité, au cas où, mais ils étaient tout de même hors d'atteinte s'il ne déplaçait pas la marmotte qui dormait sur son épaule.

L'étroitesse de la couchette l'empêcha de l'embrasser sur les lèvres, comme il l'aurait voulu. Il se contenta de son front.

— Sabrina, c'est l'heure.

Il s'étira du mieux possible et tira le rideau pour laisser entrer un brillant soleil.

Plus de neige tombant à l'oblique. Et le vent n'avait pas seulement ralenti, il était tout à fait tombé.

— Ça va ? demanda Sabrina en se redressant sur un bras. Bon sang, c'est l'autoroute ?! La tempête est finie ! Tu as raison, il faut y aller.

Tout était changé. Il aimait le changement. Il tâta le lit autour de sa tête, cherchant le téléphone le plus proche. Elle passa un bras sur lui et, dans ce mouvement, pressa ses seins contre lui, rallumant un désir que ne pouvait être satisfait… pour l'instant.

— Le voilà.

Elle lui tendit l'appareil.

— C'est Jerry.

Jake s'assit et plaqua le téléphone sur son oreille, soudain prêt à retourner sur le terrain.

— Oui ?

— Quelqu'un observe votre camionnette.

Jake mit le haut-parleur pour que Sabrina, qui cherchait leurs chaussures à l'avant, puisse entendre.

— Je ne suis pas dedans. Je promène les chiens entre la troisième et la quatrième rangée de camions. De combien de temps avez-vous besoin ?

— J'arrive tout de suite.

— Ce n'est pas prudent. Ils peuvent voir mon bahut d'ici. Je ne crois pas qu'ils sachent que vous êtes dedans. Mieux vaut continuer à le leur laisser croire. Commencez par éloigner Sabrina des vitres.

— Trois minutes.

Jack raccrocha et agrippa Sabrina sous les aisselles pour

la tirer dans la couchette, sans se soucier de son expression stupéfaite.

Elle s'adossa à la paroi opposée, et enfonça les pieds dans les bottes de caoutchouc qu'elle avait retrouvées.

— Qu'est-ce que tu vas faire ? Pourquoi trois minutes ?

— Je vais mettre mes chaussures et te dicter les règles.

Il enfila son pull noir. Il ferait une cible facile sur la neige, mais il n'avait rien d'autre.

— Quelles règles ?

Il laça rapidement ses chaussures en regardant Sabrina.

— Mon autorité ne va sans doute pas suffire, mais ton oncle et moi, nous voulons que tu restes ici, sans bouger.

— Mais je peux vous aider…

— Je préfère y aller seul. Je veux savoir si ce sont Larry et son acolyte qui surveillent la camionnette. Si oui, je m'en occuperai. Mais n'oublie pas que ton oncle est là, dehors. La dernière chose dont nous avons besoin, c'est de nous inquiéter pour toi.

— Je m'occupe de moi depuis le début de cette histoire…

— Et ça a failli très mal tourner. Si je dois penser à te protéger, ça me distraira. Souviens-toi que c'est après toi qu'ils en ont. Tu es la seule personne qui peut leur donner ce qu'ils veulent.

Il vit que ses paroles l'avaient irritée. Elle était assise en tailleur, les bras serrés autour d'elle. Il avait des excuses sur le bout de la langue, mais c'était la vérité. Sabrina était une distraction adorable, mais une distraction tout de même. Et il ne pouvait pas agir s'il était distrait.

— Ils t'ont tiré dessus.

Il s'approcha d'elle, tira le rideau afin que personne ne puisse les voir et l'embrassa comme il en avait eu envie en se réveillant. Il dut se refréner pour ne pas plonger de nouveau sous les couvertures avec elle, nu et oublieux du monde.

— Un joli coup, mais ce n'est qu'une éraflure. Ça ne me laissera même pas de cicatrice en souvenir.

Il posa le front contre le sien, tenté de l'embrasser encore. Mais il fallait qu'il rejoigne Jerry.

— Tu as d'autres souvenirs de ce genre ?

Des images du petit matin envahirent son esprit. Il n'oublierait pas de sitôt ce week-end d'aventures, mais il ne voulait pas penser aux cicatrices que lui avaient laissées les huit années précédentes. C'était une partie de lui qu'il était résolu à oublier.

Le passé était le passé. Il était un *ancien* Marine. C'était son *ancienne* vie. Les cicatrices étaient là, de vieilles blessures qui devaient guérir. C'était dangereux d'emprunter cette voie et dangereux d'embrasser encore Sabrina. Il fallait qu'il sorte observer les hommes qui croyaient l'observer.

— Il faut que j'y aille. Tu peux jeter un coup d'œil à l'homme appuyé sur le 4x4 ?

Il laça sa deuxième chaussure tandis qu'elle s'exécutait.

— Tu le reconnais ?

Sabrina secoua la tête.

— Jake…

— Il faut que tu me le promettes, chérie.

Ces yeux violets seraient sa damnation. S'ils laissaient échapper une seule larme, il allait… Il allait la menotter au volant, voilà ce qu'il ferait.

— Promets-le-moi.

— Je…

Sabrina leva les yeux au ciel.

— Je te le promets si tu promets de ne pas te faire « égratigner » encore.

— Je t'ai donné une fausse idée de mes capacités, chérie. Hier, j'ai eu un coup de malchance, mais je me débrouille mieux que ça d'habitude.

Il tira son arme de son holster et jeta l'étui sur le siège avant de vérifier ses munitions. Puis il se plia en deux, autant que possible, et passa sur le siège passager, où il composa le numéro de Jerry.

— Vous pouvez faire diversion pendant une minute ?

— *Oorah*, lança Jerry avant de raccrocher.

— Qu'est-ce que je fais, si les choses ne tournent pas comme prévu ? demanda-t-elle.

— Qui te dit que j'ai prévu quelque chose ?

Des voix s'élevèrent sur le parking. C'était le moment.

— Notre voyeur s'est éloigné ?

— On dirait.

Elle se pencha vers lui et l'embrassa sur la joue.

— Sérieusement, Jake, fais attention.

D'une certaine façon, ce geste lui parut plus sexy que tout ce qu'elle avait fait auparavant. Bon, peut-être pas tout.

Il se glissa par la portière et se laissa tomber sur le sol, où la neige n'était pas aussi haute que dans le fossé. Près des immeubles, les congères lui arrivaient à la tête.

Le blizzard avait cessé, mais il faudrait encore des heures pour dégager les routes. Marcher dans cette neige, c'était comme avancer dans l'eau à mi-cuisse. Super-exercice, mais épuisant.

Ce dont ils avaient besoin, c'était d'un hélicoptère. Onéreux, mais il ne voyait pas d'autre manière de semer les hommes qui les filaient et d'arriver à Amarillo le plus vite possible. Le temps manquait pour sauver la famille de Sabrina.

S'il n'était pas déjà trop tard.

Il ne pouvait bien sûr pas courir dans la neige, mais il se déplaça aussi rapidement que possible et s'abrita derrière un poteau pour jauger son adversaire.

Il aurait dû demander une tenue de camouflage à Mac, son anorak noir ne serait pas ressorti aussi clairement sur tout ce blanc.

Plus il s'approchait, plus l'homme lui paraissait familier. Bien sûr : c'était le jeune auto-stoppeur à qui il avait donné cent dollars dans la matinée. Le jeune homme s'efforçait de prendre l'air naturel, mais il était incontestablement en train de surveiller le véhicule.

Son téléphone vibra. C'était Jerry.

— On dirait une tique sur un chien blanc, dans cette neige. Vous reconnaissez ce type ?

— Ce n'est pas un de ceux qui nous ont attaqués au lac, mais il regarde ma voiture, c'est sûr.

— J'arrive.

Jake fit de nouveau un effort pour se concentrer. Il aimait beaucoup l'oncle de Sabrina. Et il aimait beaucoup Sabrina. Peut-être trop en si peu de temps. Bon sang, ils avaient déjà un chien. Il repoussa ces pensées et reporta son attention sur son environnement immédiat.

Il y avait davantage de poids lourds et de semis qu'il ne pouvait en compter. Garés parallèlement les uns aux autres, ils avaient tous le moteur en marche. S'il pouvait en escalader un, il pourrait inspecter la totalité du parking ainsi que le relais, de l'autre côté de la route.

Il se faufila entre la cabine et la remorque d'un camion et, avisant une bonne prise, se hissa à la force des bras. Arrivé sur le toit du véhicule, il se jeta à plat ventre. Apparemment, il n'était pas le seul à avoir eu cette idée. Un anorak noir était perché à cinq remorques de là.

Pas le temps d'avertir Jerry ou Sabrina de ses intentions — il voulait s'emparer de l'homme coûte que coûte. Il tira son arme. Une fois qu'il se mettrait à courir, il n'y aurait plus rien d'autre que l'adrénaline dans son système.

S'il pouvait le prendre vivant, tant mieux. Mais ce n'était pas sa priorité. Vu la position du type, il ne voyait sans doute pas Jerry. Ni Sabrina, assise du côté passager.

La surprise était son seul atout.

Jake rampa sur le ventre vers l'arrière du camion, en tenant son arme au-dessus de la neige. Il avait les mains gelées, mais il n'aurait pas pu presser la détente avec des gants. Il frotta ses doigts et souffla dessus, avant de se relever.

L'homme ne l'avait toujours pas vu, ni entendu. Il fallait en remercier les moteurs diesels, qui noyaient la plus grande partie du bruit.

Quelques inspirations et il prit son élan. Il fut reconnaissant à ses bottes militaires de freiner sa glissade sur le toit du camion suivant. L'espace entre les deux premiers camions n'était pas trop large. Le suivant non plus. Mais quand Jake atterrit sur le troisième, il vit l'homme rouler sur le dos, alerté par le bruit.

Encore un saut.

Des coups de feu. Il entendit une balle claquer sur le métal alors qu'il était en l'air. Il se jeta à plat ventre en atterrissant. Encore des coups de feu. Mais le type n'était pas bon tireur. Ce devait être celui qui l'avait raté au lac.

— Laisse tomber, petit. Tu ne sais pas qu'on ne peut pas aborder un Marine par le travers ?

Le jeune tomba à genoux, terrifié. Il ne portait pas de masque de ski. C'était bien l'acolyte de Larry, avec son menton imberbe.

Jake bondit et sauta sur le toit argenté avant qu'une autre balle ne l'effleure de trop près.

Seule la longueur du camion et un espace de trois mètres le séparaient de l'apprenti-meurtrier. Une fois arrêté, le gamin fournirait toutes les informations voulues sur le lieu de détention de la famille Watkins.

— Allez, petit. Tu sais que tu ne peux pas t'en sortir. Tout ce que t'as entendu dire sur les Marines… Imagine ça et rajoutes-en encore… c'est moi.

C'était une part de lui qu'il voulait enterrer, mais l'autre ne le savait pas. Le jeunot tremblait et ce n'était pas de froid.

— V-v-vous p-p-pouvez r-rien m-me f-f-faire. V-v-vous êtes f-f-flic, balbutia-t-il.

Jake se sentait presque désolé pour lui. Presque. Le gamin avait prêté main-forte à un meurtrier pour enlever Sabrina. Il ne connaissait pas encore les détails de ce qu'ils lui avaient fait, mais ces sales types ne méritaient aucune pitié.

Du calme. Essaie de ne pas le tuer.

— Tu m'as tiré dessus, tu es un tueur de flic. Tu sais ce qu'on leur fait, aux tueurs de flics ?

Il vit le visage du gamin pâlir.

— C'est ça, c'est la peine de mort.

— Y'n-n-nous pr-pren-dr-drons ja-m-mais.

Jake secoua la tête et sourit à dessein.

— Regarde autour de toi. Comment tu vas t'en sortir ?

Jake s'avança vers le bord du toit, simulant une confiance qu'il ne ressentait pas. Il n'avait pas bien vu l'arme dont se servait le gamin et n'avait aucune idée des munitions en sa possession.

Ils ne se trouvaient plus qu'à trois mètres l'un de l'autre, séparés par un vide de dix mètres de hauteur.

En dehors de ses yeux, le gamin ne remuait pas un cil. Il était nerveux, figé sur place.

Prends-le vivant, lui ordonna une voix.

Il va te tuer, hurla une autre.

L'arrêter n'allait pas être facile. Jake voulait avoir l'occasion de lui rendre la monnaie de sa pièce.

La remorque bougea juste au moment où il allait se mettre en mouvement. Il sentit une oscillation et vit la bouche du gamin esquisser un rictus.

Le jeune leva son arme. Sûr de lui.

Feu.

— Derrière toi, Craig, hurla Jerry, quelque part d'en bas.

Larry.

Le meurtrier se tenait au bout de la remorque, arme au poing, tenant Jake en joue.

20

Feu.

L'arme de Jake ne vacilla pas. Inutile de la braquer sur les deux hommes, c'était Larry la menace.

— Occupe-toi de la fille avant que quelqu'un arrive, ordonna Larry.

Jerry disparut derrière les poids lourds. Jake espérait qu'un de ses « potes » aurait l'idée d'appeler les flics. Sabrina ne le ferait pas, mais Jerry peut-être. Ils pourraient éloigner Sabrina, pour la soustraire aux interrogatoires.

— Le grand méchant M-marine s'est fait avoir…, ironisa le gamin en déglutissant visiblement.

Obéissant aux ordres, il se laissa tomber avec maladresse sur le toit orange du camion suivant et fila.

— On a un problème, mec, dit Larry. Tout ce qu'on veut, c'est la fille et l'argent.

Il me faut ce type vivant, pensa Jake.

Il se demanda pourquoi Larry lui parlait, lui un flic. Qu'espérait-il y gagner ?

— Alors peut-être que tu devrais presser la détente au lieu de faire joujou avec ton flingue. Ou alors, c'est moi qui tire et ça résout tous nos problèmes.

Larry haussa les épaules, s'efforçant de prendre un air de dur, comme dans les films.

Jake eut envie d'effacer ce sourire d'un coup de poing et de lui laisser une marque pire que sur la joue de Sabrina. De lui décrocher la mâchoire. Ensuite, il le mettrait au défi de prendre… n'importe quel air.

— Tu t'crois malin ? Si tu m'tires dessus, tu récupéreras jamais la famille de la fille. Aucun risque que mon frère les libère si tu fais pas c'que j'dis.

— Je sais. C'est pour ça que t'es pas encore mort. Accouche, Larry.

C'était tentant de presser la détente et de mettre un terme à l'arrogance suffisante de ce meurtrier patenté.

Mais le flic avait pris le dessus sur l'homme qui voulait tirer-d'abord-et-questionner-ensuite.

Vivant. Il me faut ce type vivant.

Pour le mettre en prison.

— Tu sais que j'ai ce que tu veux, alors tu vas pas tirer, dit Larry. Laisse tomber ton flingue.

Des aboiements familiers. Dallas et Charlie.

— Retiens-les ! Arrête !

Ce devait être le gamin.

— Je vais la tuer, vieux ! Je vais la tuer !

Larry jeta un coup d'œil en direction des cris. Jake vit le canon de son arme plonger légèrement. C'était assez : il pressa la détente une fraction de seconde avant Larry. Celui-ci le manqua et se jeta à plat ventre, évitant la balle.

Jake sauta sur le camion orange et freina des talons.

Vivant, il me faut ce type vivant.

S'il ne se l'était pas répété continuellement, il aurait vidé son chargeur.

Mais il ne tira pas. Sur sa droite, il saisit une brève image d'une silhouette aux longs cheveux noirs luttant dans la neige avec un homme en anorak noir.

Il revint à Larry, qui se relevait sur sa gauche.

Prenant son élan, Jake bondit sur le camion et se jeta sur le dos de Larry, envoyant valser leurs armes. L'impact les fit déraper.

Jake agrippa la veste de son adversaire et planta les talons dans la glace pour ralentir leur glissade. Sous son pied, une barre de renforcement leur évita un plongeon dans le vide.

Sans se préoccuper du risque de chute, Larry lui mit un bras autour de son cou et lui comprima la trachée-artère.

S'ils tombaient la tête la première, ils se tueraient, neige ou pas neige.

— Alors, poulet ? souffla le truand en crispant les mâchoires et en lui serrant le cou plus fort.

C'était l'impasse. Ils devaient rouler sur le flanc et se lâcher pour reprendre pied. Comment allait-il faire pour capturer ce dingue vivant ?

Le gamin sortit de derrière le semi-remorque, poussant Sabrina devant lui. Elle avait le bras tordu derrière le dos et un pistolet pointé sur la tempe.

Jerry était invisible.

— Lâche-le ou je la tue ! hurla le gamin. Mais le laisse pas tomber. J'veux dire…

Sabrina trébucha sur une congère et le gamin lui donna des coups de pied. Elle se roula en boule pour se protéger.

— J'arrêterai pas tant que tu le lâcheras pas !

— Ne la tue pas à coups de pied. Il a compris, dit Larry.

Son visage était assez proche pour que Jake puisse distinguer une lueur de triomphe dans ses yeux.

— On a besoin d'elle.

Le bras qui écrasait le larynx de Jake se desserra prudemment. Jake roula sur lui-même et recula, jusqu'à ce que tous deux puissent agripper le bord du camion.

Ils s'éloignèrent l'un de l'autre et se remirent debout. A l'instant où Jake se relevait, il vit le défi dans les yeux de Larry. Son adversaire venait de sortir un cran d'arrêt.

Jake ne s'inquiéta pas de cette nouvelle menace. Inutile de traiter ces hommes comme s'ils méritaient la pitié. Chaque coup qu'il leur infligerait serait loin de payer ce que Sabrina avait enduré.

Larry appuya sur le cran et la lame jaillit. Il plongea en avant.

L'entraînement militaire de Jake prit le dessus, et il se mit en mouvement. Une fois lancée, impossible d'arrêter la machine. Cette machine qu'il aurait voulu ne jamais réveiller.

21

Les coups de pied lui avaient mis les côtes en feu. Sabrina descendit discrètement la fermeture Eclair de son anorak et sortit l'un des revolvers qu'elle avait pris dans le sac de Jake.

Elle ne voyait pas les deux hommes sur le toit du camion, mais elle avait saisi le signal de son oncle.

Avec un peu de chance, Jake profiterait de cette diversion pour se sauver. Et la sauver.

Se dépliant avec précaution, elle roula en direction du camion. Dès que le salopard se pencha vers elle pour l'agripper, elle lui fourra le revolver sous le nez.

— Laisse tomber ton arme.

Elle avait parlé doucement afin qu'il soit le seul à l'entendre.

Quand il eut obéi, elle ramassa le revolver et l'empocha. Son oncle apparut derrière elle, avec un rouleau de ruban adhésif trouvé dans son tas de matériel pour la route.

Mais il n'allait pas assez vite. Le jeune se mit à courir en hurlant et en agitant les bras.

— Larry ! Larry !

— J'y vais. Cherche les armes. Les flics seront là dans une minute.

Jerry s'élança pour rattraper le gamin.

Trouver les armes : plus facile à dire qu'à faire. En se penchant, Sabrina sentit la douleur lui transpercer les côtes comme un pic à glace. Elle était presque désolée pour le gamin, mais ce sentiment lui passa quand elle serra les dents et reprit son souffle.

— Personne ne les trouvera avant la fonte des neiges, grommela-t-elle.

La remorque oscillait derrière elle. Jake se battait toujours avec Larry, comme son oncle l'avait prédit. Elle recula dans la neige qui lui montait jusqu'aux genoux, afin de les apercevoir sur le toit du camion. Une foule s'était rassemblée à l'extérieur du magasin, de l'autre côté de la route, et venait vers eux.

— Jake ! J'entends la police.

Une sirène hurlait au loin. Il n'était pas question de prendre le temps de convaincre la police que sa famille était en danger. Il fallait partir.

Elle leva les yeux juste à temps pour voir le pied de Jake s'abattre sur la poitrine de Larry et envoyer ce dernier voler par-dessus le rebord du camion.

Il atterrit sur le dos, sous un angle bizarre. Mais il fallait qu'il réponde à leurs questions !

— Sabrina, non !

Elle était déjà près du corps. Larry ouvrit les yeux, agrippa son bras et l'attira à lui. En un clin d'œil, elle sentit un couteau se poser sur sa gorge.

— On ne joue plus, princ…

Un coup de feu sonore le stoppa net.

Jake tira Sabrina en arrière. Il avait bondi si vite qu'elle ne l'avait pas vu. Il ouvrit la bouche, mais elle ne comprit pas ce qu'il disait dans le brouillard qui la cernait.

Larry avait les yeux encore ouverts et un trou dans la poitrine.

— Je vais vomir.

— Viens par là.

Jake l'entraîna vers une congère.

— Dès que les gens vont se reprendre, ils vont venir voir ce qui se passe. Où est Jerry ?

Malgré l'image qui venait de s'imprimer sur sa rétine et les objections de son estomac, Sabrina ne rendit pas ses biscuits.

— Il poursuit le gamin en direction de l'autoroute.

Elle fit un pas pour contourner Jake et se retrouva dans ses bras. La main douce qu'il posait sur sa nuque faisait un contraste frappant avec l'homme qu'elle avait vu se battre sur le camion. Du pouce, il traça des cercles apaisants sur son menton.

— Ça va, toi ?

Il lui renversa un peu la tête pour essuyer les gouttelettes de sang sur sa gorge.

— Je vais bien.

— Si on n'était pas pressé…

— Mais on est pressé. Où est mon oncle, où est le gamin ?

Envolée l'idée que le jeune avait suivi de mauvais conseils et succombé aux pressions. Ce serait à un jury d'en décider. Pour le moment, c'était lui qui détenait la clé du sauvetage de sa famille.

Ils se mirent en chemin, Jake lui tenant fermement le coude. Sabrina aurait voulu se rappeler ses mains le matin même — douces et aimantes. La fermeté de sa poigne était rassurante, mais c'était cette main qui avait pressé la détente, retardant d'autant l'échange de la rançon.

Ils firent un détour pour éviter la foule qui grossissait. Les voitures de police étaient déjà au relais. Sabrina se mit à courir lourdement derrière Jake, qui cherchait Jerry.

Soudain ils virent l'auto-stoppeur, qui s'efforçait d'attirer leur attention.

— Il va le tuer. Ils sont derrière les poubelles.

Des deux mains, il essayait de contenir les chiens.

— Restez ici, leur ordonna Jake à tous deux.

— C'est aussi mon combat, dit-elle dans son dos, en lui emboîtant le pas.

Jerry était par terre, et le gamin lui frappait le bras avec un tuyau. Jake attrapa le tuyau au vol et le jeta dans les sacs d'ordures qui débordaient des poubelles.

Le jeune homme tourna sa colère contre lui.

— J'y retournerai pas ! Y m'ont promis !

Il martela Jake de coups de poing, qui recula, l'éloignant ainsi de Jerry.

L'auto-stoppeur sur les talons, Sabrina se précipita vers son oncle.

— Ça va ?

Elle l'aida à s'asseoir et tendit l'oreille, non pour écouter ses explications, mais pour détecter le bruit d'une autre bagarre.

— Je crois que j'ai le bras cassé.

Jerry tenait son poignet gauche dans sa main énorme.

— Le garçon m'a pris par surprise, je me suis écroulé comme une masse.

— Vous pouvez rester avec lui ? demanda Sabrina à l'homme qui tenait les chiens.

Son oncle et elle l'avaient « engagé » pour s'en occuper, en lui promettant de l'emmener en Californie, quand ils auraient réussi à sauver Jake.

Dallas se dégagea des bras de l'homme et sauta sur Sabrina pour lui lécher les mains, heureuse de la voir.

Sabrina reposa la chienne et rendit la laisse au jeune homme.

— Je t'aime, Oncle Jerry.

Se relevant, elle courut dans la direction où Jake avait disparu, s'attendant à entendre des bruits de lutte. Mais le silence régnait. Elle se dissimula derrière un petit immeuble et attendit.

Elle aurait dû rester avec son oncle. Les choses s'étaient déroulées si vite. Sa première pensée avait été d'aider Jake. Mais que pouvait-elle faire ? Hurler à l'aide était la dernière chose à faire. La police était sur le parking. Parmi la foule, des gens avaient dû les voir s'éloigner en toute hâte du corps de Larry.

Son estomac se tordit au souvenir de la blessure et du sang dans la neige.

— Où est l'argent ?

Au début, elle crut que la question s'adressait à elle. Puis elle comprit que le garçon se trouvait derrière le coin du bâtiment.

— Je te l'ai dit, petit. A Amarillo. C'est tout ce que je sais, mentit Jake.

Si Sabrina se débrouillait pour remettre l'arme à Jake, il pourrait arrêter le gosse. Elle la tira de sa poche et s'agenouilla par terre.

— J'sais pas quoi faire. Où est Larry ?

— Tu veux que je t'amène le voir ?

Sabrina risqua un regard au coin du mur, et vit le jean de Jake à quelques centimètres. Elle aurait pu lui mettre le revolver entre les doigts. Mais il fit un pas en avant, ce qui le mit hors de portée.

Sabrina se releva et s'appuya contre le revêtement en stuc du bâtiment, tenant l'arme à deux mains, comme on le lui avait enseigné. On lui avait aussi appris à ne pas pointer une arme chargée sur quelqu'un, mais c'était une question de vie ou de mort. Elle allait ordonner au gosse de laisser tomber son couteau, Jake serait sauvé et ils apprendraient ce qui était arrivé à sa famille.

— Pas un geste ! dit-elle en fonçant de l'autre côté, l'arme pointée sur les deux hommes.

— Ahhh ! cria le jeune en se ruant sur Jake, couteau brandi.

— Recule, Sabrina !

La tactique défensive de Jake frôlait la perfection. Il contra l'élan du couteau en le balayant de l'avant-bras. Puis il saisit le poignet du gosse et lui imprima une secousse. Fermement plantés dans la neige, ses pieds ne bougèrent pas d'un centimètre, tandis qu'il relâchait l'épaule du gamin et s'emparait de son bras.

Celui-ci se jeta en avant, les yeux fous. Libérant son bras de la poigne de Jake, il se mit à lacérer sauvagement l'air de son couteau.

— Je vais la tuer. Je vais la tuer !

Jake gronda et bloqua l'arc de la lame. Sabrina réalisa soudain qu'elle braquait toujours le revolver sur eux. Elle le rempocha, sachant qu'elle ne tirerait pas. Elle ne pouvait prendre le risque de tuer l'unique piste menant à sa famille.

Jake esquivait facilement les assauts du jeune homme. Brandissant son couteau, le gamin s'efforçait de le contourner, sans cesser de crier :

— Je vais la tuer, je vais la tuer.

Toujours postée au coin du bâtiment, Sabrina était comme hypnotisée, incapable de bouger ou de crier. Son oncle apparut et, poignet brisé ou non, se jeta en avant.

Jake balaya encore une fois l'air du bras et le couteau disparut. Il y eut un hurlement. Le gamin renversa la tête en arrière et tomba dans la neige.

Jake et Jerry s'approchèrent, examinèrent sa blessure et s'efforcèrent d'étancher son sang. Sabrina s'était précipitée pour prendre le visage du jeune homme entre ses mains. Son regard était flou. Abandonnant toute retenue, elle le secoua par le col.

— Pour qui travaillez-vous ? Où est ma famille ? Dites-le-moi !

Son oncle aurait pu mourir. Et si Jake était mort pour elle ?

— Vous aurez pas…

Il toussa et une bulle de sang noir sortit de son nez.

— Y m'ont promis…

Elle recula en titubant et heurta la masse solide du corps de Jake. Son oncle, les doigts sur le pouls du jeune homme, confirma ce que montraient à l'évidence les yeux vitreux et grands ouverts.

— Ils sont… morts ? Tous les deux ?

Sabrina se mit à parler à toute allure, incapable de retenir les questions qui lui remplissaient la tête.

— Ça va aller, dit Jake au-dessus d'elle, en la ramenant vers le camion.

— Tu ne vois pas qu'il est mort ? Il n'a pas dit où se trouvait ma famille ! Pour qui travaillait-il ? Pourquoi tu l'as tué ? Tu les as tués tous les deux ! C'est ta faute.

— Ma faute ? répliqua Jake en s'appuyant au camion, le souffle court. Bon sang, pourquoi ne l'ai-je pas interrogé ? Ah oui, parce qu'il frappait ton oncle avec un tuyau en acier ! Et qu'il voulait nous tuer à coups de couteau. J'ai sauvé ton oncle et je t'ai sauvée ! Ça aurait été inutile si tu étais restée dans le camion !

Sabrina savait qu'elle avait tort, mais sa peur lui inspirait des mots durs.

— Et mes parents, et ma sœur ? Et si ces types devaient faire leur rapport à Griffin ? Que va-t-il se passer quand il apprendra que ses hommes sont morts ? Tous les médias vont en parler avant même qu'on arrive à Amarillo.

— Essaie de te calmer, Sabrina. Tu es en état de choc.

Jake attira son visage sur son épaule, étouffant le bruit de ses sanglots.

— On va trouver un moyen. Ne te décourage pas. Il faut partir tout de suite.

— Donnez-lui le chien noir, dit Jerry à l'auto-stoppeur. Sabrina, Jake et toi vous devez partir avant que la police n'arrive.

— Nous aussi, on s'en va ? questionna le jeune homme, en posant les chiens dans la neige.

— En temps et en heure, répondit Jerry.

— Vous devriez garder Dallas, lui dit Jake.

Sabrina secoua la tête.

— Elle est à moi. Tu ne peux pas la donner comme ça.

Le visage enfoui dans la fourrure du chien, elle se laissa pousser dans la camionnette. Tous ses espoirs s'étaient évanouis.

Jake démarra et fonça sur la route enneigée, laissant là les cadavres, la foule et les policiers perplexes, qui s'efforçaient de retracer le cours des événements.

— Je ne sais pas comment mon oncle va éviter la prison.

— Si tu étais restée dans le camion…

— Tu serais mort, riposta-t-elle vivement.

— Bon sang, Sabrina ! Tu m'avais promis d'y rester. Ne me reproche pas d'avoir dû réparer les dégâts.

— Tu t'attendais vraiment à ce que je reste assise sans rien faire ?

— Oui.

— Alors, je ne sais pas pourquoi tu continues à m'aider. C'est sans espoir.

— Nous ne sommes pas encore battus, Sabrina. J'ai déjà vécu des situations sans espoir, et ça ne ressemblait pas du tout à ça.

Sabrina déposa Dallas sur le siège arrière. Quels que soient les efforts de Jake pour l'encourager, elle ne pouvait se résoudre à le regarder. Oui, il lui avait sauvé la vie, mais à quel prix ?

— Ils sont morts, n'est-ce pas ? Ma famille. Ils sont tous morts, et c'est ma faute.

— Ne pense pas à ça. Griffin a besoin d'eux pour récupérer l'argent.

— C'est une longue route jusqu'à Amarillo. On ne peut pas y arriver en un claquement de doigts. Et ensuite, il faudra les trouver. Dans le meilleur des cas, il faut trois heures et demie pour arriver à Amarillo. Admets que c'est impossible.

— Je t'ai promis de les trouver avant qu'il ne leur arrive quelque chose, chérie. Il ne faut que deux heures en hélicoptère. Ils ne s'attendront pas à nous voir arriver. Nous aurons l'avantage de la surprise.

Une expression implacable passa sur ces traits qu'elle adorait, et qu'elle avait embrassés avec fureur à peine une heure auparavant. Ce n'était pas ce combattant féroce qu'elle aimait. Mais elle avait besoin de son instinct de tueur pour gagner cette bataille.

— Dis-moi ce que je dois faire.

Etait-elle encore capable de se battre ? Elle fuyait depuis si longtemps, terrifiée à l'idée d'échouer.

Toutes ces années passées à développer son affaire contre l'avis de sa famille et de ses amis ne représentaient-elles plus rien ? Savait-elle encore ce que lutter signifiait ?

22

A un moment quelconque de ses affrontements, Jake avait reçu un coup de couteau au flanc. Ce n'était pas une blessure très grave, mais elle saignait assez pour transpercer son pull. Sabrina lui avait reproché de la lui avoir cachée, mais en toute honnêteté il ne se rappelait pas quand c'était arrivé.

Aucun hélicoptère n'étant disponible, il avait fallu plus de temps que prévu pour trouver un petit avion et un pilote. Jake craignait de voir la police arriver à tout moment. Mais, cinq mille dollars plus tard, ils étaient enfin en route pour Amarillo.

Il aurait tout donné pour faire un somme. Sa mâchoire douloureuse lui rappelait la nécessité de rester alerte et vigilant. Mais l'expression de Sabrina était tout sauf paisible. Après avoir enlevé son T-shirt, il l'avait laissée lui laver les côtes et, à présent, patientait pendant qu'elle cherchait un antiseptique dans la trousse de premiers secours.

L'ambiance était toujours glaciale entre eux. Sabrina ne desserrait pas les dents et communiquait par gestes avec lui. Il n'aimait pas ça. Il aurait voulu la prendre dans ses bras et l'installer sur ses genoux. Il aurait voulu oublier les visages et les coups, et la convaincre que toutes ses actions ne visaient qu'à la garder en sécurité.

— Cet avion est plus confortable qu'un hélicoptère, remarqua-t-il, choisissant un sujet anodin. J'ai de la place pour m'étaler, au moins.

Il étendit ses longues jambes dans l'allée, au moment où

Sabrina posait un genou à terre pour nettoyer sa blessure. L'avion tangua et elle chancela. Jake tendit la main pour la retenir, mais elle s'écarta.

— Ça m'ennuie d'avoir dû utiliser une partie de l'argent pour louer cet avion.

— Nous n'avions pas le choix. C'était le seul appareil disponible et Ernie voulait trois mille dollars ne serait-ce que pour décoller.

Les doigts délicats de Sabrina étaient chauds et apaisants sur sa peau. Ça valait la peine de supporter la brûlure de l'alcool.

Elle reprit son équilibre et se laissa tomber sur son siège, tandis que l'avion prenait de la vitesse. Une image de ses cuisses nues et de son slip déchiré traversa l'esprit de Jake. Il aurait adoré poser de nouveau les mains sur ce soutien-gorge en dentelle noire.

— Je crois que tu as besoin de points de suture.

Gaze et ruban adhésif en main, Sabrina s'apprêtait à finir sa tâche, quand l'avion piqua du nez. Perdant l'équilibre, elle tomba tête la première sur le plancher de l'appareil.

Jake la prit par la taille pour la relever, oubliant qu'elle avait été frappée à coups de pied. Le pilote reprit le contrôle de l'avion avec force jurons et un « Désolé m'sieur-dame ».

Sabrina se dégagea de son étreinte en grimaçant.

— Tu as très mal ? lui demanda Jake.

Il n'était pas certain que son expression soit due à la douleur, cela ressemblait plutôt à du dégoût.

— Seulement quand j'appuie dessus.

— Ou quand quelqu'un met les mains sur toi.

Il jeta un coup d'œil à sa blessure.

— Inutile de recoudre. Déchire des bouts de ruban d'un centimètre.

Elle s'exécuta et il pinça les lèvres de sa plaie en serrant les dents.

— Pose… hum… les bouts de ruban en travers… Oui, comme ça… rapproche les bords. Et maintenant, la gaze. Super. Tu vois, pas besoin de points.

— Il faut quand même que tu voies un médecin.

— Mes vaccinations sont à jour.

Ce n'était pas son imagination : elle ne supportait pas de rester près de lui.

— Quand j'étais petit, on me soignait comme ça au lieu de m'emmener aux urgences.

— Tu plaisantes ?

Elle s'assit en prenant Dallas sur ses genoux.

— A quoi pensaient tes parents ?

— Ma grand-mère : c'était elle qui me gardait pendant l'été. Si on m'avait fait des points de suture, il aurait fallu que je reste à la maison. Alors elle me scotchait, j'allais jouer dehors et elle avait la paix.

— C'est grâce à ma grand-mère si j'ai démarré ma société. Je promenais et toilettais ses chiens. Après l'armée, mon oncle est revenu vivre chez elle, et ses chiens lui ont fait beaucoup de bien. Charlie l'a vraiment aidé à surmonter son stress post-traumatique. Plus tard, j'ai fait des gardes à domicile. Ma grand-mère m'a mise en contact avec des amis à elle à Amarillo. Ça me semblait tout naturel de développer mon activité plutôt que d'aller à l'université ou de travailler dans un café.

Jake cueillit une larme silencieuse sur sa pommette mais elle se déroba, et il vit l'irritation dans ses yeux violets.

— Ecoute, j'ai l'impression que tu ne veux pas que je te touche. Je croyais que nous étions devenus intimes, mais…

— C'était trop rapide. Ne le prends pas mal, Jake, mais je ne te connais pas du tout. Nous devrions reprendre un peu nos distances.

— Tu préfères feindre qu'il ne s'est rien passé ?

— J'aimerais bien pouvoir faire semblant que rien de tout ça n'est arrivé.

— Rien de tout ça ?

— Dois-je vraiment me rappeler les deux hommes qui ont été tués ?

Qu'il avait tués, plutôt.

— Je comprends.

— Je sais que tu as fait ce que tu croyais devoir faire.

Jake aurait tout donné pour quitter la pièce, mais il n'avait pas de parachute sous la main. Il était donc coincé à cinquante centimètres de la seule personne dont il était devenu proche depuis son retour, grâce à une chienne qui s'était introduite dans ses bonnes grâces en remorquant sa maîtresse après lui.

L'avion fit un piqué et Sabrina faillit faire tomber Dallas.

— Ouh là, petite !

La chienne gigota et bondit en aboyant, avant de finir sur un court gémissement. Elle escalada la poitrine de Jake pour lui lécher le menton.

— Ce chien va sauter partout pendant le trajet ? lança Ernie.

— J'aurais dû la laisser à mon oncle. Je n'ai pas réfléchi.

Mais Jake savait très bien pourquoi elle avait emmené la chienne : pour se réconforter.

— Tout ira bien. On demandera à Ernie de la garder contre paiement.

— Ou la confier à un autre auto-stoppeur. C'était tellement bizarre : Jerry lui a jeté un coup d'œil, lui a demandé ce qu'il regardait, et lui a dit : « Fiston, je t'emmène en Californie si tu me gardes ces chiens. »

— Tu es sortie du camion. Pourquoi ? Tu m'avais promis de ne pas le faire. Je savais que j'aurais dû te menotter.

— Je ne pouvais pas rester sans rien faire pendant que tu te battais pour moi en prenant tous les risques. Et puis je voulais t'aider à garder ta promesse de ne pas te faire tirer dessus.

Sabrina releva les cheveux de Jake au-dessus de son oreille, pour examiner l'éraflure causée par la balle de la veille.

Il recula la tête en évitant son contact, pourtant agréable.

— La distance, ça marche dans les deux sens.

En une fraction de seconde, le visage détendu de Sabrina prit un air « mais-qu'est-ce-que-je-fais ? ».

— Le jeune suivait Jerry. J'ai compris qu'il était en

danger. Je ne pouvais pas rester à l'abri pendant que vous vous battiez tous les deux.

— C'est pourtant exactement ce que tu aurais dû faire.

— Notre intervention t'a permis de redescendre sain et sauf du toit du camion, argumenta-t-elle.

Votre intervention impliquait-il de tuer Larry ?

Informulée, la question resta suspendue entre eux. Les yeux de Sabrina firent des allers-retours inquiets, elle avait deviné ses pensées. Elle se mordit la lèvre et poussa un long soupir. Elle connaissait très bien la réponse à cette question : si elle n'avait pas été en danger, Jake n'aurait pas tiré.

Mais quoi qu'il se soit passé durant cette sinistre matinée, c'était terminé. Sabrina Watkins se servait de lui, tout comme son ex-femme l'avait fait. Le rôle de Jake se bornait à jouer les maris à distance ou les hommes de main.

Il ne voulait pas d'une relation durable. Bon sang, il ne voulait *aucune* relation. Alors quelle importance si celle-ci s'achevait avant même d'avoir commencé ? *Tu ne la connais que depuis deux jours.*

— Je peux tenir Dallas si tu veux te reposer.

Il caressa la chienne sur les genoux de Sabrina et lui frotta le ventre quand elle se mit sur le dos, pattes en l'air.

— Tout va bien pour elle. Tu as déjà compris que je ne suis pas partageuse. Et puis elle doit apprendre qui commande.

Jake ferma les yeux et se heurta à un regard fixe au fond de sa mémoire. Il avait vu trop de morts pour les compter. Mais il savait, il avait toujours su le nombre de gens qui avaient perdu la vie de son fait. Larry et le gamin étaient des meurtriers, mais leurs morts pesaient sur sa conscience.

Tu les as tués tous les deux. C'est ta faute.

Il sortit de sa somnolence, incapable d'oublier les paroles de Sabrina. Jerry et lui avaient essayé de venir en aide au gamin, mais il n'y avait plus rien à faire. Jake s'était lavé à grande eau avant de partir, sans pouvoir se débarrasser de tout ce sang.

Il avait les mains sales, le savon n'y pouvait rien. Sabrina, qui en était conscience, gardait ses distances. Elle avait posé le front contre le hublot, et le poids de sa tête sur son épaule lui manquait.

— J'aurais dû t'envoyer en prison. Tu aurais été davantage en sécurité.

Sanglée sur son siège, elle pivota pour lui faire face. Le petit avion luttait toujours contre le vent.

— Ces hommes seraient toujours en vie si tu l'avais fait. Peut-être n'aurais-tu pas dû t'en mêler du tout.

Croyait-elle que cela lui avait plu de prendre leurs vies ?

— Tu peux dire ce que tu veux… Mais sache que même si j'avais eu le choix, j'aurais pris les décisions que j'ai prises.

Elle eut l'air choqué, surprise qu'il défende ses actes. Certes, cela avait abouti à la mort de deux hommes et, sans doute, à une gigantesque chasse à l'homme à leur encontre, mais il parlait aussi de leur rencontre au restaurant, du vol du téléphone au commissariat et de leur intermède sexuel.

Jake plongea le regard dans ces splendides yeux améthyste et songea qu'il serait heureux s'il pouvait se réveiller auprès d'elle chaque matin. Pouvait-il forcer les événements, amener Sabrina à le comprendre et lui démontrer qu'il était davantage que le sauveur de sa famille ?

— Je comprends, Sabrina. Tout ce qui t'intéresse, c'est d'atteindre ton but. Ça m'est arrivé plus d'une fois dans ma vie, je ne t'en veux pas.

Il prit son sac d'équipement et jeta le portable de Larry sur le siège à côté de lui.

— On a l'argent et un téléphone pour les contacter. Tout ce qu'il nous faut, c'est une voiture et un rendez-vous pour procéder à l'échange.

— Et un énorme miracle.

— Les miracles, c'est pour les amateurs.

La machine était de retour.

*
* *

— Je crois qu'on a un petit problème, m'sieur-dame.

Alors qu'ils entamaient la phase d'atterrissage, le pilote désigna la piste devant eux.

Imposant silence à Dallas d'un regard sévère et d'un claquement de doigts, Sabrina se pencha devant Jake, occupé à vérifier son équipement.

Deux voitures de police patientaient en bordure de la zone dégagée par le chasse-neige pour les avions.

— Il fallait que tu le fasses !

Les yeux rivés sur le hublot, Sabrina hésitait entre fureur et désespoir.

— Je n'y suis pour rien. Réfléchis : je n'aurais pas quitté la scène d'un double homicide si j'avais eu l'intention d'appeler la police.

Il prit le revolver à sa ceinture et l'enferma dans son sac.

— Les policiers ne sont pas idiots, Sabrina. Additionne deux et deux, ça donne Amarillo. Pas besoin d'être sorcier pour faire le lien entre ma camionnette et l'aéroport d'ici.

Il avait raison. Sabrina faillit le reconnaître, mais se mordit la lèvre à la place. C'était fini. Ils ne pourraient jamais être ensemble, jamais.

Elle avait échoué à sauver sa famille.

Ernie freina avant de stopper l'appareil.

— La tour de contrôle nous demande d'ouvrir la porte, de jeter les armes dehors et de sortir un par un. Je suis censé sortir le premier et vous ouvrir à l'arrière.

Il leva les mains devant la vitre du cockpit, puis ouvrit la porte près de lui et sortit.

Sabrina défit sa ceinture, prit Dallas dans ses bras et l'embrassa entre les oreilles.

— Tu vas tellement me manquer, ma chérie.

— Tu la reverras.

— Je ne sais pas comment je pourrai survivre en prison sans animaux. J'ai toujours préféré les êtres à quatre pattes qu'à deux pattes.

S'ils ne pouvaient organiser l'échange… Il ne fallait pas

qu'elle pense à sa famille, sinon elle allait piquer une crise avant même de poser le pied sur le tarmac.

— On va les persuader de nous aider. Il y a suffisamment d'éléments qui prouvent ta bonne foi. Ils vont nous prêter main-forte. Fais-moi confiance, tout ira bien.

— Mais si ça ne marche pas, eh bien, merci quand même, Jake. Pour tout. Ma gratitude est bien peu de choses à côté de tout ce que tu as perdu.

La porte extérieure s'ouvrit. Sabrina s'apprêta à descendre de l'appareil. Jake lui prit le coude, malgré leur accord tacite.

— Tout n'est pas perdu. On peut encore libérer ta famille.

Sabrina franchit le seuil de l'avion, suivie de Dallas. Elle jeta un dernier regard à Jake, regrettant de l'avoir tenu à distance. Elle n'avait rien à lui reprocher, elle espérait qu'il le savait.

— Merci d'avoir essayé, mais il n'y a plus d'espoir.

Elle s'attendait à être plaquée à terre, fouillée et poussée dans une horrible petite salle d'interrogatoire. Elle espérait qu'elle n'allait pas se mettre à pleurer.

Ernie monta dans une voiture de police qui s'éloigna.

En laisse, Dallas décrivait des cercles dans la neige, cherchant un endroit où faire ses besoins.

Deux policiers les tenaient en joue.

Après un instant, Jake jeta son sac sur le sol et se plaça à côté de Sabrina, les bras repliés derrière la tête.

Dallas gémit. Elle n'aimait pas du tout la neige et voulait qu'on la prenne dans les bras. Elle était de plus en plus gâtée.

— Je peux la prendre ?

Un des policiers haussa les épaules.

— Je ne comprends pas. Qu'est-ce qui se passe ? demanda Jake.

— On nous a ordonné d'attendre.

Une voiture de police arriva, avec un visage familier à bord. D'un signe de la main, l'homme indiqua aux policiers de le suivre.

— Amenez-les à l'intérieur.

Les agents escortèrent Jake et Sabrina dans le hangar.

L'agent Wilder prit la laisse des mains de Sabrina et la confia à l'homme qui venait de prendre le sac de Jake.

— Promène le chien, donne-lui de l'eau et attends dans la voiture, Powell.

Jake s'interposa entre Sabrina et le policier. Il était aussi désorienté qu'elle par cet accueil étrange.

— Quand j'ai entendu aux nouvelles qu'on avait retrouvé les empreintes de Sabrina Watkins sur une scène de crime, j'en ai recraché mon café.

— Tu connais cet homme, Sabrina ?

— Je connais mieux sa femme, mais oui. Je te présente Kyle Wilder. Je m'occupais de ses chiens quand sa femme l'obligeait à prendre des vacances.

— Inspecteur Craig ?

Kyle tendit la main. Jake ne la prit pas.

— Merci d'avoir ramené Sabrina saine et sauve. Un policier va vous escorter à Wichita Falls dès que les routes seront dégagées.

— Je ne comprends pas, dirent Jake et Sabrina à l'unisson.

— Vous avez laissé deux cadavres, et la police de Wichita veut que vous fassiez une déposition. De nombreux témoins ont certifié qu'il s'agissait de défense légitime. Ensuite, je crois que la police de Dallas veut éclaircir la confusion concernant votre suspension.

— Ça, j'ai compris, mais vous avez l'air de prendre la résurrection de Sabrina comme allant de soi. Vous allez l'arrêter ?

Kyle leva un sourcil en hochant la tête.

— En dehors d'un interrogatoire concernant l'homicide de Richardson, pourquoi voudrais-je l'arrêter ?

Quoi ?

— Si vous la laissez partir, elle mourra dès que vous aurez tourné le dos.

Jake se plaça de nouveau entre elle et le policier.

— C'est ça votre tactique ? C'est vous le flic qui avez échangé les empreintes dentaires ?

— Drôle que vous en parliez, Inspecteur Craig. Depuis

l'incendie, je travaille avec des enquêteurs au sein d'un détachement spécial.

Il s'assit au bord d'une table, près du mur.

— Nous soupçonnons Griffin Tyler de racket et de blanchiment d'argent sale depuis un bout de temps, surtout depuis la mort suspecte de Sabrina. Nous avons aussi découvert que quelques agents de chez nous étaient un peu trop copains avec lui, et nous les tenons à l'œil. Si vous êtes prêts à témoigner, nous pourrons laisser tomber les charges contre vous.

— Vous vous trompez sur…

— Jake…

Sabrina lui tira la manche pour attirer son attention. Comme il refusait de détacher le regard de l'homme qu'il considérait comme une menace, elle fit un pas en avant.

— Je suis là et je suis tout à fait capable de parler pour moi. Je ne suis coupable de rien, en dehors du fait d'avoir pris la fuite.

— Vous êtes prête à témoigner ?

— Je suis prête à tout. Mais d'abord, je dois secourir ma famille. Griffin les a pris en otage, en échange de l'argent que j'avais pris en partant.

— Ça explique bien des choses.

Wilder s'adressa à Jake :

— Les routes ne vont pas être dégagées tout de suite. Je suppose que vous voulez régler ça au plus vite ?

Cette fois, ce fut Jake qui tendit la main au policier, et Kyle la serra.

— Où est votre détachement ? questionna Jake. Une fois que nous aurons passé l'appel, il faudra faire vite.

— Vous êtes devant. Les choses sont un peu différentes ici, Inspecteur.

Pivotant sur lui-même, Jake fourragea dans ses cheveux. Puis il croisa le regard de Sabrina et lui entoura les épaules de son bras.

— Tu me fais confiance ?

— Oui.

Et c'était vrai. S'ils avaient été seuls, elle lui aurait dit combien elle était désolée d'avoir pensé le pire de lui. Il s'était seulement défendu, et elle avec. N'importe qui aurait fait la même chose.

— Mon idée est simple. Les faire sortir du bois, les faire parler et découvrir pour qui ils travaillent, dit Jake au policier.

— Vous ne le savez pas ? demanda Kyle à Sabrina.

— Je ne savais pas…

— Elle ne…, commença Jake en même temps, mais la main de Sabrina sur son bras l'empêcha de poursuivre.

— J'ai réussi à leur échapper parce que je les ai entendus parler de l'incendie. Ensuite, j'ai essayé de démêler les tenants et les aboutissants de l'affaire. Je possède une liste de clients inexistants et d'animaux qui n'ont jamais été opérés. Je vous donnerai tout ça dès que ma famille sera hors de danger.

— Il faut que j'en réfère au commissariat pour obtenir l'équipement nécessaire pour ce que vous suggérez.

Le cœur de Sabrina se mit à tambouriner dans sa poitrine.

— Mais les policiers en cheville avec Griffin pourraient en entendre parler et l'avertir.

Jake posa le sac de sport contenant l'argent et les appareils électroniques sur un banc.

— Inutile, j'ai ce qu'il nous faut.

23

Ils avaient appelé les truands. La famille de Sabrina était toujours en vie.

Ils attendaient l'échange près d'un ranch abandonné, à vingt-cinq kilomètres au sud-ouest de la ville, par une nuit obscure. Pourquoi les criminels devaient-ils toujours agir dans le noir ? Et le lieu de rendez-vous aurait pu tout aussi bien être situé sur la lune, pour ce qui était du délai d'intervention.

Jake et Sabrina avaient passé l'après-midi au hangar de l'aéroport, mettant Wilder au courant et attendant ses hommes de confiance.

Jake n'enviait pas le rôle du policier dans le sauvetage. Wilder était dans la neige jusqu'à la taille, attendant le signal pour procéder aux arrestations.

— Tu avais raison de ne pas renoncer.

Sur le siège passager, Sabrina se cramponnait au sac d'argent comme à une bouée de sauvetage.

— Je sais que c'est un peu tard, mais je te suis reconnaissante de tout ce que tu as fait. Tout le monde serait mort si tu n'avais pas pris la décision de m'aider.

— Contente-toi de suivre le plan, cette fois-ci.

Il ne voulait pas baisser la garde.

— Si ce dingue n'avait pas insisté pour que ce soit toi qui apportes l'argent, tu ne serais pas là du tout.

— J'ai reconnu sa voix. C'est le type qui était avec Griffin à la clinique. Il veut toujours me tuer, dans mes cauchemars.

Jake avait eu sa part de cauchemars et il ne les souhaitait pas à Sabrina. Sans réfléchir, il couvrit ses mains de la sienne. Il avait oublié leur accord.

— Je… Tout ira bien. Suis le plan : tu les rejoins et tu cours. Laisse-moi m'occuper du reste.

Il avait envie de la réconforter. Et bien plus que ça. Il voulait qu'elle devienne sa famille, qu'il devienne la sienne. Tout le truc.

Le téléphone du défunt Larry sonna.

— Oui ? répondit Sabrina, comme ils le lui avaient ordonné. Sur cette route ? D'accord.

Elle raccrocha.

— Il faut reculer jusqu'aux parcs d'engraissement, sortir de voiture et attendre.

— Vous avez entendu, Wilder ? demanda Jake dans l'émetteur radio qu'il partageait avec le policer.

Ils n'en avaient que deux. Quand Sabrina prendrait la fuite, il ne pourrait plus communiquer avec elle.

— Il va me falloir dix ou douze minutes, répondit Wilder.

— Compris.

Jake passa une vitesse et s'engagea sur la route enneigée.

— Souviens-toi : ne t'avance pas avant que ta famille le fasse. Laisse tomber le sac et mets-toi à couvert.

— J'ai compris.

— J'ai confiance en toi, Sabrina.

Il ne pouvait lui dire à quel point, car Wilder entendait tout ce qu'ils disaient. Il lui pressa de nouveau la main avant de s'arrêter et se garer.

Ils sortirent de voiture dans l'obscurité.

— Wilder ? murmura Jake en remuant à peine les lèvres.

— Cinq minutes au moins.

Trois personnes tournèrent le coin du bâtiment, toutes proches les unes des autres, comme si…

— Ils ne pourront pas courir. On leur a attaché les chevilles…

— Ils courront. On s'en tient au plan, dit Sabrina avec confiance.

— Bon. Le seul abri est le parc à bétail. Tu ne pourras pas les faire passer par-dessus la barrière, alors il faudra les ramener vers la voiture. Si quelque chose tourne mal, prends le chemin entre les enclos. Marche lentement pour l'instant. Tu courras plus tard. Tu as le couteau ?

Elle leva les yeux vers lui.

— J'y vais.

Il avait envie de hurler, mais il acquiesça. Elle avait déjà avancé d'un pas quand il pensa à l'embrasser. Où était la « machine » quand il en avait besoin ?

Sabrina avança lentement, en faisant crisser la neige sous ses bottes. Elle ralentit un peu, calculant qu'elle les rencontrerait à la hauteur du chemin entre les enclos. Le vent murmurait dans les fils électriques au-dessus de sa tête. Une autre tempête arrivait du sud. Elle sentit l'odeur du bétail sur sa gauche et entendit les bêtes se déplacer vers la clôture, où elles espéraient recevoir du fourrage.

— C'est bon !

Le cri venait de quelque part derrière les bâtiments. Une voix qu'elle n'oublierait jamais.

Ses parents et sa sœur cessèrent d'avancer. Elle s'arrêta aussi et laissa tomber le sac à ses pieds. Encore une minute et elle allait se trouver face à face avec son cauchemar.

— Ouvrez le sac !

Elle ouvrit la fermeture Eclair au moment où un projecteur s'allumait en haut d'un silo à grain. Elle laissa le sac dans la neige.

— Il y a la moitié de l'argent. Je veux ma famille.

— Vous étiez censée apporter la totalité.

— Et vous l'aurez si vous les relâchez.

— Sabrina Watkins…

La voix était toute proche, arrivant par le chemin sur lequel elle avait eu l'intention de fuir.

— Vous et votre petit copain, vous nous avez coûté

beaucoup de temps et d'argent. Toute notre activité est… kaput.

Sabrina distingua le contour d'une arme, tandis qu'il approchait. Kyle leur avait dit que Larry avait un frère. Elle distinguait maintenant leur ressemblance, surtout dans l'expression mauvaise du regard.

— Le petit copain reste où il est, hurla l'homme. Bon, on va s'amuser un peu. Ramassez l'argent et avancez.

— Quoi ?

Ce n'était pas ce qui était prévu. Comment pourrait-elle évacuer sa famille si elle allait avec lui ? Mais Jake était là. Il pourrait s'occuper d'eux.

Agitant son arme dans tous les sens, l'homme martela le sol du pied.

— Assis ! hurla-t-il en la pointant sur sa famille.

Attachés comme ils l'étaient, ils se laissèrent tomber dans la neige boueuse.

— Vous voyez, dresseuse de chiens ? Moi aussi, je sais dresser. Ils obéissent ou mon associé leur tire dessus. Maintenant, ramassez l'argent et venez avec moi.

— Non ! C'est pas ce qui est convenu, hurla Jake. Le reste de l'argent est caché. On dira à Tyler où le trouver.

— Tyler est mort. Y pourra plus aller chercher quoi que ce soit.

Il agita la main au-dessus de son épaule en direction de Jake.

— J'ai l'impression que votre petit copain vous aime bien.

Trois coups de feu partirent.

— Salopard…

Jake plongea de l'autre côté de la Jeep.

— Ramassez l'argent, Sabrina.

— Vous laisserez ma famille tranquille ?

— Peut-être.

Il leva l'autre main en l'air. Ses parents tressaillirent et son père tenta faire écran de son corps à sa sœur.

— D'accord. Je peux vous mener jusqu'au reste de l'argent.

Tout ce qu'elle avait à faire, c'était de filer dans le parc à bétail. Ils ne pourraient pas tirer sur sa famille s'ils essayaient de lui tirer dessus. Elle ramassa le sac et le mit en bandoulière sur son épaule.

Leroy tendit la main pour lui saisir le bras. Elle l'évita et le devança de deux pas.

— Laissez-les marcher jusqu'à la Jeep.

— Bien sûr.

Elle les vit se relever, au moment où elle atteignait la clôture. Dieu merci, son père les pressait de se dépêcher. A distance de leur ravisseur, elle les regarda avancer.

Ils avaient presque atteint Jake, quand elle arriva au portail de l'enclos.

Cours !

Jake se tapait du poing sur la jambe. Il tira son couteau de sa botte, prêt à couper les liens des parents de Sabrina et à les mettre en sécurité. Puis il pointa la tête derrière le pare-chocs, essayant de repérer l'homme qui lui avait tiré dessus.

— Wilder, d'après l'angle des tirs, couvrez le toit du silo.

Sabrina avait atteint le portail. *Cours !*

— Je traverse l'enclos sud. Fichus congères.

— Je mets la famille dans la Jeep et je file derrière Sabrina.

— Reçu, répondit Wilder. Une camionnette arrive du nord.

— J'ai jamais cru que ce serait facile. Je m'occupe de la famille, vous vous occupez du tireur.

Couteau en main, Jake s'élança sur les trois mètres et quelques qui le séparaient encore de la famille. Des coups de fusil résonnèrent.

— Ou bien c'est un mauvais tireur ou…

— Sabrina s'est arrêtée. Elle est toujours près de lui…

Jake devait se concentrer sur un sauvetage à la fois. Evacuer la famille, ne penser à rien d'autre sous peine d'inutilité.

Une balle frappa la Jeep. Le tireur allait bientôt corriger sa visée.

— Prenez votre fille et courez aussi vite que possible. Je vais porter votre femme.

Pas le temps de vérifier si Watkins avait compris ou non. Ils se hâtèrent du mieux possible. Jake coupa leurs liens et souleva la mère de Sabrina dans ses bras, ravi de constater qu'elle avait la même taille que ses filles.

Il les mit en sûreté de l'autre côté de la Jeep avant de couper le reste des cordes.

Puis il sortit son sac d'équipement et poussa la sœur de Sabrina sur le siège arrière.

— Restez baissés. Conduisez et ne vous arrêtez pas. On vous retrouvera au commissariat. L'adresse est dans le GPS.

— Sabrina est-elle vraiment en vie ? demanda la mère de Sabrina. C'était vraiment elle ?

— Oui, madame. Désolé, pas le temps de vous expliquer.

— Merci, dit Watkins avant de faire reculer la Jeep.

Au même moment, la camionnette arriva à toute allure, en faisant rugir son moteur.

— C'est à vous, Wilder.

Jake prit son fusil et courut en direction de la clôture pour se mettre à couvert. Cela empêcherait peut-être le tireur de l'atteindre.

— Je crois que j'ai le tireur. Je vous ai averti de mon manque de précision.

— Je me charge de la camionnette, pour qu'ils ne puissent pas suivre la famille. Au pire, couvrez-moi.

Jake s'élança dans la direction dégagée par Wilder, tandis que la camionnette accélérait pour suivre la famille Watkins. Il plongea, retint son souffle et tira sur les pneus avant, jusqu'à ce qu'il entende une explosion. Le véhicule fit une embardée et fonça dans la clôture en fil barbelé.

— Vous voyez Sabrina ? hurla-t-il par-dessus la fusillade derrière lui.

— Négatif. Tiens, salopard…

Un coup de fusil, puis un autre. Une masse chuta en faisant résonner la paroi métallique du silo.

— C'est fait. Mon équipe est en place autour du périmètre. Ils ne peuvent pas sortir du parc.

Jake décida de laisser les hommes dans la camionnette. Inconscients ou morts, il s'en fichait. Wilder pourrait s'occuper d'eux.

— Je rejoins Sabrina.

24

— Taisez-vous et avancez.

— Dans quelle direction ? questionna Sabrina.

L'homme qui hantait ses rêves depuis six mois lui envoya une bourrade entre les omoplates et elle tomba.

Il agrippa son anorak en jurant et la remit sur pied.

— Tombe encore et je te fais sauter le caisson, vu ?

— Dites-moi par où aller, et je ne tomberai plus.

Cette fois, elle ne battrait pas en retraite. Elle avait certes peur, et elle ignorait comment sortir de cette mauvaise passe. Mais la police était tout près et ce monstre ne pourrait bientôt plus nuire à personne. Elle pouvait s'en sortir, il fallait juste réfléchir.

Dans la lueur jaune des lampes à mercure, ils suivaient le chemin servant à nourrir et charger le bétail. Les sillons tracés par les pneus des camions glissaient, faute de soleil pour faire fondre la neige.

Croyant qu'on allait les nourrir, les animaux se pressaient contre la clôture en mugissant.

— Entre dans l'enclos à gauche.

C'était l'occasion ou jamais. Tandis que son ravisseur escaladerait la clôture en acier, elle allait passer en dessous et gagner quelques précieuses secondes qui lui permettraient de disparaître au milieu du bétail.

Se faufilant entre les barres glacées, elle se fraya un chemin aussi vite que possible entre les animaux.

— Encore un geste et je jure que je te tire une balle dans la tête, cria l'homme perché sur la rangée supérieure.

Elle stoppa, environnée de vaches qui se pressaient contre elle. Même si l'homme la manquait en faisant feu, elle risquait de se faire écraser par les énormes bêtes.

Atterrissant dans l'enclos, il s'empressa de lui remettre son arme sur la tempe.

— T'as peut-être pas peur pour toi, mais pense à ta famille et à tes amis. Je vais leur couper la gorge quand je sortirai d'ici.

Il la gifla sur le crâne et se mit en devoir de repousser les vaches. Les animaux les cernaient de toute part, leur écrasant les orteils en beuglant. C'était dégoûtant d'avancer dans le fumier et la neige fondue, et ils étaient à la merci de la direction prise par le troupeau.

Puis la horde parut rebrousser chemin. Que… ?

Une ombre longue tomba sur l'enclos. Quelqu'un marchait en équilibre sur la clôture. Sabrina pointa le doigt dans la direction opposée :

— Par là…

Seules quelques vaches se tenaient entre eux et le champ suivant. Elle accéléra le pas, espérant que l'ombre allait se dépêcher.

S'il vous plaît, s'il vous plaît, faites que ce soit Jake.

— Qu'est-ce que tu regardes ?

Leroy se retourna. Elle en profita pour se mettre à courir. Toujours juché sur la clôture, Jake venait d'aborder l'enclos vers lequel ils se dirigeaient.

— Ne bouge plus, Leroy, et jette ton arme, cria-t-il.

Puis, sur un autre ton :

— Parc 77, silence.

L'homme allait-il comprendre que Jake indiquait leur position aux policiers ?

— Tu vas tirer ? Ta copine est à terre, Inspecteur. Effraie les vaches et elle mourra.

Il écrasa un pied sur le ventre de Sabrina, la plaquant dans la boue glaciale.

Inutile de s'essayer de se relever, Leroy pointait son arme

sur elle. Les vaches étaient peu nombreuses, mais il avait raison. Si quelque chose les effrayait, Sabrina serait piétinée.

— A ton tour de lâcher ton arme !

— T'as nulle part où aller, mec. Cet endroit sera cerné par la police dans quelques minutes.

Le bétail avait remarqué Jake sur la clôture. Les animaux allaient rapidement se mettre à mugir. Elle tendit les muscles de son ventre sous la botte de Leroy, dans un effort désespéré pour se relever.

Que faire ? Elle ne voyait pas Jake et Leroy lui avait pris son couteau.

Que disait son prof d'autodéfense quand on était à terre ? Agripper les vêtements de l'adversaire pour le déséquilibrer. Se rejetant en arrière, elle tira sur la jambe du pantalon de Leroy. Dès qu'elle sentit la pression de son pied se relâcher, elle se contorsionna et roula sur elle-même en direction d'un animal.

— Je me suis dégagée, Jake !

Quelqu'un fit feu. Se mettant à quatre pattes, Sabrina se rapprocha des vaches qui s'égaillaient dans toutes les directions, effrayées par les coups de feu.

Puis elle grimpa sur la clôture et vit Jake envoyer deux directs à Leroy, qui tituba en arrière.

Mais Jake ne l'avait pas lâché et lui expédia un coup de poing dans le ventre.

Leroy s'effondra contre une grosse vache blanche. Le sourire mauvais qu'elle avait vu à la clinique rampa sur son visage. C'était une éternité auparavant, mais elle le reconnut immédiatement.

— Il a mon couteau !

C'était une répétition de la bagarre qui l'avait opposé au gamin dans la matinée. Jake contrait chacun des mouvements de la lame. Du sang coulait sur son bras, mais il ne ralentissait pas. Puis il refit le geste qui avait tué le jeune homme.

L'homme tomba sans un cri et ses yeux déments se refermèrent.

Jake s'écroula à genoux. Sabrina sauta de la barrière et courut vers lui.

— Oh mon Dieu, Jake, tu n'as rien ? dit-elle d'une voix effrayée.

Ils parvinrent à franchir la barrière à temps pour voir les voitures de police cahoter dans la neige fondue. Adossés à un abreuvoir, ils attendirent. Le bétail suivait la clôture derrière eux, réclamant bruyamment du fourrage. Les animaux ne semblaient pas affectés par la bagarre.

Contrairement à elle.

— Tu saignes. Est-ce que Kyle peut toujours t'entendre ?

— J'ai perdu l'oreillette au premier coup de poing. Elle doit être quelque part dans la boue.

Jake saisit les mains qu'elle avait posées sur ses bras.

— Seigneur ! J'ai cru que tu étais morte. J'ai cru qu'il t'avait tiré dessus.

Il lui prit le visage entre ses longs doigts, qu'elle recouvrit de ses propres mains.

— Je ne sais pas où tout ça mène, Sabrina, mais je ne veux pas que ça se termine.

— C'est de la folie, Jake. Nous nous sommes rencontrés hier matin seulement. Ce n'est pas parce que nous avons eu un intermède sexuel que tu dois t'engager.

— Vous quoi ? demanda Kyle Wilder qui venait d'approcher. Alliez-vous embrasser le témoin, Inspecteur Craig ?

Ils se séparèrent.

Un agent apporta une trousse de secours pour soigner le bras de Jake, et Kyle entraîna Sabrina sur le chemin.

— Ça va compliquer l'affaire si vous avez une liaison avec l'inspecteur.

— Nous nous connaissons à peine.

Elle n'y croyait pas elle-même. Il y avait bien quelque chose entre eux. Ou bien étaient-ce seulement des circonstances atténuantes ?

— Tant mieux, parce qu'une liaison avec une suspecte constituerait un mauvais point de plus dans son dossier.

Kyle avait baissé la voix pour que les autres ne l'entendent pas.

— C'est stupide de penser que nous avons une liaison. Je ne l'ai rencontré qu'hier.

Peu importait ce qu'elle ressentait. Après tout ce que Jake avait fait pour elle, elle ne voulait pas qu'il ait des ennuis pour l'avoir embrassée — ou avoir couché avec elle.

Kyle la guida vers une voiture sur le départ.

— Montez, Sabrina.

Devant son hésitation, il resserra la main sur son bras.

— Vous n'avez pas le choix.

— Pourquoi l'arrêtent-ils ? Vous avez dit…

Elle se dégagea et fit un pas en direction des agents qui escortaient Jake vers une autre voiture.

— On nous arrête tous les deux ?

Kyle lui prit de nouveau le bras et referma une menotte autour de son poignet.

— On m'a ordonné de vous mettre sous protection en dehors d'Amarillo. C'est vous qui allez conduire ces ordures devant un tribunal. Maintenant, montez en voiture.

Elle voulait expliquer à Jake ce qu'elle ressentait.

— Je ne peux pas lui parler une minute ?

— Vous devez faire des dépositions séparées. Je ne peux pas non plus vous permettre de voir vos parents.

— Je… Je ne comprends pas, Kyle.

Cette affaire de blanchiment a des proportions énormes. Ils sont en train de tout liquider. Mes hommes ont trouvé Griffin chez lui, une balle dans la tête. Ils essaient de vous tuer depuis six mois, vous croyez qu'ils vont cesser maintenant ?

— Et si je refuse ? Je veux dire, Jake a fait un boulot fantastique pour me protéger et…

— Sera-t-il capable de protéger votre famille ? Et s'il devait aller en prison pour le vol des pièces à conviction ?

— Si je vais avec vous, il sera innocenté ?

Kyle hocha la tête. Elle monta en voiture et il referma la portière.

La protection de la police lui faisait encore plus peur que le couteau de Larry, qu'elle sentait encore sur son cou. Mais pourquoi ? Elle n'avait aucune raison de ne pas faire confiance à Kyle. Ce qui l'inquiétait, c'était de ne pas pouvoir voir sa famille.

Et de ne pas pouvoir dire à Jake combien il comptait pour elle.

Mais elle pourrait l'innocenter et s'assurer qu'il récupère son travail. C'était le moins qu'elle puisse faire pour le Marine qui l'avait défendue avec tant d'ardeur.

Assis à l'arrière de la voiture de patrouille, furieux, Jake ne put que regarder Kyle Wilder emmener Sabrina.

Puis un agent le conduisit au commissariat et le fit entrer dans une salle d'interrogatoire. Il aurait beaucoup d'explications à donner à son capitaine et à la police de Wichita Falls et, là tout de suite, à un représentant du détachement spécial tiré à quatre épingles.

Après s'être roulé dans le parc à bétail, Jake puait littéralement. Le seul morceau de tissu propre sur lui, c'était le bandage qu'on lui avait appliqué sur le bras.

— Inspecteur Craig, l'Etat du Texas souhaite vous remercier pour votre aide. Je vais prendre votre déposition et organiser votre retour à Dallas.

L'homme posa un bloc-notes et un stylo devant lui. Se redressant à demi, Jake jeta un regard appuyé au policier qui faisait tous ces efforts d'amabilité.

— Où est Sabrina Watkins ?

— Miss Watkins n'est plus à Amarillo. Elle a été placée sous protection.

Protection ?

— Quand pourrais-je la voir ?

Jake se rassit, contenant une fureur croissante.

— Je l'ignore. Et même si je le savais, je ne pourrais pas vous le dire, Inspecteur.

— Où est mon chien ?

— Pardon ?

Jake connaissait la chanson, il l'avait poussée lui-même bien trop souvent. La seule chose qui les intéressait, c'était qu'il fasse sa déposition aussi vite qu'il pouvait écrire. Il repoussa le bloc-notes.

— Quand nous avons atterri, Kyle Wilder a laissé mon chien Dallas à un agent. Il est peut-être à la fourrière maintenant, pour ce que j'en sais. Et ça ne va pas se passer comme ça. Je ferai une déposition quand vous aurez trouvé mon chien.

Le chien de Sabrina, qu'il garderait jusqu'à ce qu'elle revienne. Il croisa les bras derrière la tête. Le sparadrap tirait sur sa peau, mais il garda une mine impassible.

— Pas la peine de secouer la tête comme si je n'étais pas en position d'exiger. Trouvez-moi mon chien. Et apportez-moi un hamburger, je suis affamé.

L'agent ramassa le stylo et le papier et sortit. Dix minutes plus tard, Dallas franchit la porte d'un bond.

— La voilà, ma petite chérie.

Au moins l'une d'entre elles.

Quand le moment serait venu, il demanderait à voir Sabrina. Et si ce n'était pas possible, il était certain qu'en gardant le chien, il finirait par la revoir.

25

Sabrina était aussi agitée qu'une douzaine de chihuahuas, et cela n'avait plus rien à voir avec son témoignage au procès.

Affronter Jake après cinq longs mois lui paraissait plus difficile que de marcher sur une route enneigée un revolver pointé sur la tête.

Et puis, ce jour-là, elle savait que Jake viendrait à sa rescousse.

Aujourd'hui, elle ignorait comment il allait réagir en la voyant réapparaître sans tambour ni trompette.

Avec ces collines ondulantes en toile de fond, la maison ne ressemblait en rien au deux-pièces de Jake à Dallas.

— Voilà, c'est maison. Je vous attends, si vous voulez, dit M. Soku, le chauffeur, avec un fort accent japonais.

Elle avait eu tout le temps de lui faire part de ses craintes concernant sa visite à l'improviste.

— Finalement, j'ai changé d'avis. Vous pourriez faire demi…

Un aboiement familier l'arrêta. Dallas. Elle n'avait pas besoin de voir le chien pour savoir qui l'accueillait ainsi.

— Je vous appellerai quand je serai prête à partir. Ce sera peut-être dans cinq minutes.

— Je ne serai pas loin, Miss Sabrina. Bonne fortune à vous. Je vous souhaite chance et heureux commencement.

— Merci beaucoup, M. Soku.

Elle paya la course et descendit de voiture par la portière qu'il lui ouvrait. Puis, tandis qu'il repartait, elle s'immobilisa dans la rue déserte.

Dallas aboya derrière la clôture. Au coin de la rue, M. Soku klaxonna et, par la vitre entrouverte, lui fit signe d'avancer.

Elle avait peur. Et si Jake lui fermait sa porte ? Un véhicule tourna le coin de la rue et elle dut dégager le passage. Il n'y avait pas de trottoir, aussi elle gagna vivement l'allée qui menait à la véranda.

Une porte claqua. Elle voulut se retourner, mais elle ne put que fixer la sonnette avec une sensation de paralysie. Si elle tournait les talons, elle ne reviendrait pas.

Poule mouillée.

Elle pressa la sonnette et attendit. Il y eut des grattements, des aboiements et quelques gémissements derrière la porte.

— Je peux vous aider, Madame ? demanda une voix grave et sexy derrière elle.

Nom d'un chien, que cette voix lui avait manqué ! L'entendre de nouveau fit frémir ses entrailles de bonheur.

— Bonjour, Jake.

Main tendue, elle se retourna pour le saluer, espérant qu'il ne la renverrait pas. Pourrait-elle rattraper M. Soku en courant, dans cette robe moulante et ces hauts talons ? Les cinq minutes étaient-elles passées ?

Le Marine devenu inspecteur des Homicides, puis enquêteur d'Etat, déglutit et regarda autour de lui, comme s'il était gêné de la voir sur son perron.

— Je ne t'ai pas reconnue en blonde, dans cette… Quelle robe extraordinaire, Sabrina. Qu'est-ce que tu fais ici ?

— Je suis désolée. J'aurais dû t'appeler.

Elle redescendit une marche. Les petits cris derrière la porte et l'air de confusion de Jake lui brisaient le cœur.

Il tendit la main et la referma sur son bras nu. Il faisait une chaleur torride et quelques minutes au soleil avaient suffi à la faire transpirer. Mais le contact de Jake fit courir des flammes sur le moindre centimètre de sa peau.

— Attends. On m'a dit que tu venais voir Dallas.

Elle était venue de très loin pour voir *Jake*. Elle avait passé des mois à s'interroger et à débattre avec elle-même. Elle recula à l'ombre du porche et chercha ses yeux noirs.

— Tu as l'air en pleine forme, Jake.

Celui-ci ouvrit sa porte et ignora Dallas jusqu'à ce qu'elle s'assoie devant lui.

— Bonne chienne. Tu as faim ?

La chienne faisait deux fois la taille qu'elle avait cinq mois auparavant. Toute en pattes, elle bondit sur Sabrina, avant de suivre Jake en dérapant sur le parquet.

Persuadée d'avoir commis une erreur en venant, Sabrina resta dans le hall d'entrée, ne sachant que faire d'elle-même. Jake et elle n'avaient pas passé plus de deux jours ensemble. La vie de Jake avait suivi son cours, tandis que la sienne avait été mise entre parenthèses dans le programme de protection des témoins.

Jake passa la tête au coin du couloir.

— Tu viens ?

— Ta maison est très belle.

— J'ai fait une bonne affaire. Les propriétaires s'installaient dans une maison plus petite et ils ont laissé pas mal de meubles. Et puis Dallas avait besoin d'un jardin.

Il versa des croquettes dans une gamelle.

— Allez, ma jolie. Tu connais la chanson. Assise.

Le labrador obéit et balaya le sol de sa longue queue.

— Vous avez l'air de bien vous entendre. Je suis heureuse que tu l'aies gardée.

Le visage de Jake se plissa de perplexité.

— Tu croyais que j'allais l'abandonner ?

— Non.

Elle secoua la tête, priant pour qu'il lui offre une deuxième chance. Si elle ressortait en courant et qu'il lui ouvrait de nouveau la porte, peut-être pourrait-elle prononcer le discours qu'elle avait répété toute la matinée dans l'avion. Jake caressa Dallas et se redressa, obligeant Sabrina à se tordre le cou pour le regarder dans les yeux.

— J'avais oublié combien tu es grand. Tu as complètement récupéré ?

Elle pivota sur elle-même dans le mouvement tournant

de sa robe. Elle ne reviendrait pas et elle ne le verrait plus jamais. C'était au-dessus de ses forces.

Elle ne se souvint de ses talons aiguilles qu'au moment où son pied cédait, et elle s'écroula dans les bras de Jake. Plus vif que l'éclair, il la déposa sur une chaise de cuisine.

Deux secondes plus tard, il lui faisait face en haussant un sourcil, de l'autre côté de la table.

Le soldat qui avait tout risqué pour elle et sa famille refit surface quand il jeta une enveloppe sur la table.

— J'ai reçu les papiers. Tu as entamé une procédure pour la garde partagée de Dallas ? Tu es venue me la reprendre ?

— Quoi ? Je n'ai pas… Je plaisantais, en disant ça. Je ne te la prendrai jamais, Jake, elle est à toi, maintenant.

Elle adorait la chienne qui avait provoqué leur rencontre, mais elle aimait plus encore Jake.

— Je n'ai jamais eu l'intention de te l'enlever. J'ai eu un entretien bizarre avec un avocat, mais je ne suis pas allée jusqu'au bout. Je voulais me servir de cette histoire pour briser la glace… pas pour bloquer la situation.

— Alors c'était une plaisanterie ?

— Ils n'auraient rien dû faire du tout.

— Alors c'est différent. Tu peux passer autant de temps que tu veux avec elle, tu sais. Chaque fois que tu viens.

Il fourra les mains dans ses poches en voûtant les épaules.

Sabrina se leva en chancelant sur ces stupides talons hauts. Elle s'en débarrassa d'un coup de pied et se pencha vers la chienne.

Dallas enfouit son museau dans sa main, en quête d'affection. Soudain, ce fut comme si elles n'avaient jamais été séparées.

Si seulement l'amour entre humains avait été aussi simple !

— En fait, je suis venue te dire que j'avais tort.

— A propos de quoi ?

Jake fourragea dans ses cheveux et se gratta le menton.

Sabrina agrippa le bord de la table, sachant ce qui allait suivre : une bouffée de nostalgie. Ce simple geste lui avait mis les jambes en coton.

— Zut, Jake. Pas la peine de tourner autour du pot. Je voulais te voir. Tu m'as manqué.

— Et Dallas aussi, ne l'oublie pas.

Il la taquinait. L'étincelle était de retour dans ses yeux.

— Vous m'avez manqué tous les deux. J'ai eu envie de t'appeler plus d'une fois, mais le procureur ne me laissait pas faire.

— Je ne savais pas s'il fallait te contacter. La dernière fois que nous nous sommes vus, tu as dit à Wilder que nous ne nous connaissions pas et que c'était stupide de penser que nous avions une liaison. Ce sont tes paroles, pas les miennes.

— J'ai dit ça pour que tu n'aies pas d'ennuis. Et j'avais tort de toute façon. Ces deux jours ensemble m'ont aidée à supporter les cinq derniers mois.

Les doigts de Jake essuyèrent une larme sur sa joue, et il la prit dans ses bras.

Ce geste lui donna des frissons et la réchauffa en même temps. Aucun homme ne lui avait jamais fait cet effet. Ses lèvres étaient toutes proches… alors elle l'embrassa. Sa bouche était fraîche et sentait le thé glacé et le citron. Jake la serra plus fort.

Dallas gémit et sauta sur eux. Ils s'interrompirent et se mirent à rire.

— Pas besoin d'être jalouse, ma jolie, dit Sabrina en caressant son poil noir et frisé.

— J'ai eu envie de faire ça dès que je t'ai vue dehors, dit Jake dans ses cheveux.

— Je croyais que tu ne me reconnaîtrais pas.

Il braqua ses yeux sombres sur les siens.

— Je te reconnaîtrai dans une foule à une centaine de mètres. Je n'arrivais pas à croire que tu étais enfin là.

Jake se débarrassa de sa veste et composa un numéro sur son portable.

— Il faut que j'envoie un SMS pour annuler un rendez-vous ce soir. Tu vois, une fille un peu piquée m'a conseillé de faire une thérapie.

— Pas du tout. J'ai seulement dit que Charlie avait aidé mon oncle à s'en sortir.

— Il ne m'a pas fallu longtemps pour comprendre le bien que me faisait Dallas. Maintenant, je fais du bénévolat dans une association qui aide les vétérans à choisir un animal domestique.

Il lui fit face en se passant les mains dans les cheveux. Un signe certain de nervosité chez lui. Elle le connaissait à peine et, en même temps, le connaissait si bien.

— Sabrina, le temps que nous avons passé ensemble…

Il lui prit la main et se mit à dessiner du pouce ces cercles concentriques qui la rendaient folle de désir.

— Ç'a été les meilleures heures de ma vie. Tu m'as manqué chaque minute, depuis.

Il lui prit le menton et lui adressa un sourire ravageur.

— Tu pleures de nouveau, et je ne suis pas encore arrivé au meilleur, murmura-t-il contre ses lèvres.

En effet, des larmes coulaient au coin de ses yeux.

— Le meilleur ?

— Je sais que c'est un peu tôt, et je te laisserai tout le temps dont tu as besoin. Mais j'ai complètement craqué quand tu es entrée dans ma vie. Et la séparation n'a réussi qu'à me convaincre que je t'aime.

Ses lèvres fondirent sur les siennes, les emprisonnant. Il l'enveloppa étroitement dans ses bras et la serra tendrement contre lui. Puis il taquina et dévora ses lèvres jusqu'à ce que Dallas leur saute de nouveau dessus.

— Aucun doute, c'était le meilleur.

Sabrina posa la joue contre la poitrine de Jake.

— C'est ce que je suis venue te dire. Je t'aime. Je croyais être dingue. Je n'arrêtais pas de me dire que ça ne pouvait pas être vrai, que c'était trop tôt, ou que c'était juste une de ces idylles-éclairs suscitées par les circonstances.

— Moi aussi.

Il la serra davantage et lui chatouilla le cou de son haleine.

— Je me disais que nous finirions par nous revoir. Mais la police nous a séparés à Amarillo et ensuite les autorités fédérales m'ont menacé pour que je ne compromette pas davantage l'affaire. Ils m'ont offert un poste à la Commission des Paris du Texas. Je ne pouvais pas refuser.

— J'avais tellement envie de t'appeler. Kyle Wilder m'a certifié qu'on me donnerait ton adresse après mon témoignage. Le procureur m'a placée dans un programme de protection. J'ai été enfermée dans une maison au milieu de nulle part. A côté, Amarillo faisait figure de métropole. J'ai eu beaucoup de temps pour penser. Mais mes sentiments pour toi n'ont pas changé.

— Le procureur ne cessait de répondre que je ne pouvais pas te voir. Et quand j'ai appelé ton oncle, le mois dernier…

— Tu as parlé à Jerry ?

— Oui, mais il n'en savait pas plus. Il m'a dit que la famille avait reçu une lettre de toi, mais qu'il ignorait où tu étais.

— Une lettre sans détails, c'est tout ce qu'ils m'ont permis.

— Je ne l'aurais pas cru si on m'avait dit que je craquerais aussi vite et aussi fort. Ou que tu me manquerais avant même qu'on se soit dit au revoir. Mais c'est ce qui s'est passé…

Sa voix s'éteignit tandis qu'il lui mordillait le cou.

— J'espère que tu vas rester quelque temps. Une semaine ou deux ? Je les ai avertis que je me mettrai en congé dès que je t'aurais retrouvée.

Ses lèvres brûlantes laissèrent une traînée incandescente sur sa peau. Sabrina recula la tête pour voir ses yeux refléter son propre désir.

— Et quant à ta demande de garde partagée…

Il s'interrompit pour l'embrasser et faire courir ses doigts sur sa peau nue.

— Si tu veux voir Dallas, tu dois nous supporter tous les deux, c'est à prendre ou à laisser. Viens vivre avec moi.

Il la souleva dans ses bras et la fit tourbillonner en riant.

— Ça me paraît une très bonne affaire.

Elle embrassa les sourcils qui lui avaient tant manqué.

— Rappelle-moi d'appeler M. Soku, à la compagnie de taxis. Il m'a souhaité bonne chance. Je veux lui dire que ça a marché.

Le 1er avril

Black Rose n°337

Série L'héritage des Sloane

Une enfant a disparu - Angi Morgan

La rage au cœur, Alicia quitte le bureau du shérif. Comment les policiers ont-ils osé la traiter ainsi, en refusant d'entreprendre des recherches pour retrouver Lauren, sa fille de quatre ans disparue depuis plusieurs jours, et – pire – en l'accusant d'avoir organisé elle-même l'enlèvement pour toucher une rançon et résoudre ainsi ses problèmes d'argent ? Terrifiée pour son enfant, Alicia ne sait vers qui se tourner. Mais soudain elle reprend espoir : John Sloane, son fiancé d'autrefois, est de retour au pays après quinze ans d'absence. John qui, en souvenir de leur amour passé, l'aidera. Du moins doit-elle à tout prix l'en convaincre...

Une troublante affaire de famille - Angi Morgan

Pour Brian Sloane, une chose est sûre : Lindsay Cook est en danger. En effet, depuis vingt ans, un mystérieux meurtrier s'attaque à la famille de la jeune femme et maquille tous ses crimes en accidents. Pour protéger Lindsay qui, de toute évidence, refuse d'admettre qu'elle est menacée, Brian la suit discrètement.
Mais un jour Lindsay est percutée par une voiture... Cette fois, plus question pour Brian de jouer les gardes du corps invisibles : celle qui le trouble bien malgré lui va devoir accepter qu'il la protège. Mais aussi lui révéler tous les secrets liés à sa famille...

Black Rose n°338

L'héritière piégée - Beverly Long

Tout en saluant Hope, la ravissante héritière dont il doit assurer la protection, Mack s'interroge : qui peut bien en vouloir à la vie de la fille d'Archibald Minnow, un homme célèbre et profondément influent dans la région ? Et d'où proviennent les lettres anonymes qu'on lui a envoyées ? Bientôt, Mack découvre que Hope mène une double vie. Le jour, elle joue son rôle de riche héritière oisive. Mais, la nuit venue, elle se rend dans les bas quartiers de la ville où, sous une fausse identité, elle s'occupe d'un centre d'accueil pour femmes battues... Une activité clandestine qui, de toute évidence, est à l'origine des menaces qu'elle a reçues.

Témoignage à haut risque - Aimée Thurlo

En proie à la plus grande confusion, Erin soutient le regard d'un noir de jais de l'homme qui vient de lui sauver la vie. Qui est cet inconnu qui a surgi de nulle part ? Et peut-elle lui faire confiance quand il prétend vouloir la protéger ? Mais, presque aussitôt, elle comprend qu'elle n'a pas d'autre choix que d'accepter son aide. Car son patron vient d'être tué, et elle est la seule à avoir vu ses assassins... ce qui, la place en tête sur la liste de leurs prochaines victimes.

Complice malgré elle- Carla Cassidy

Nous avons beaucoup en commun, vous et moi...

Les yeux écarquillés par la peur, Georgina serre à le broyer l'écouteur du téléphone. A l'autre bout du fil, la voix du tueur en série résonne dans le bureau du FBI de Louisiane, insistante, moqueuse : *Votre enfance n'a pas été très heureuse, n'est-ce pas ? Vous n'avez jamais eu envie de tuer vos parents ?* Et, tandis que Georgina sent sur elle les regards étonnés des membres de son équipe, la voix s'élève à nouveau, tranchante comme un couperet : *En réalité, c'est vous que je veux...* Glacée d'effroi, Georgina comprend alors que le ton de fausse complicité du criminel n'était qu'un jeu. Il vient de la désigner comme sa prochaine cible...

Le goût du danger - Meredith Fletcher

Retrouver le meurtrier qui a assassiné sa sœur et lui faire payer ses crimes... Pour Lauren, c'est devenu une idée fixe, et peu importe que le policier en charge de l'enquête lui ait ordonné de quitter la Jamaïque et de rentrer à Chicago, elle ira jusqu'au bout de sa mission.

Car elle possède un atout de poids pour attirer l'attention de l'homme que la police traque en vain depuis des mois : comme lui, elle pratique la magie, un art qui va lui permettre de le provoquer pour mieux le piéger...

Black Rose Hors-Série

Pour l'amour d'un innocent - Suzanne Brockmann

William Hawken ne peut être coupable du crime dont on l'accuse, Nell en a l'intime conviction. Cet homme, qui lui a passionnément fait l'amour, ne peut avoir abattu quelqu'un de sang-froid. Cette certitude, rien ne peut l'ébranler, pas même la tristesse qui lui serre toujours le cœur quand elle repense au jour où William l'a quittée, en prétendant ne jamais l'avoir aimée. Aussi, bravant l'interdiction de ce dernier de chercher à le revoir, décide-t-elle de lui rendre visite en prison...

La sincérité en question - Beverly Bird

Le jour où on lui confie le dossier d'Aidan McKenna, un policer soupçonné de corruption, Grace Simkanian est persuadée de devoir, une fois de plus, oublier son rôle d'avocate intègre pour défendre un client dont elle réprouve les actions. Pourtant, quand elle le rencontre, elle est désemparée. Car, en plus d'être doté d'un charme évident, Aidan clame son innocence... Résolue à découvrir s'il la manipule, ou s'il est innocent comme il le prétend, Grace décide de prendre le risque de le faire libérer. Sans se douter que, en agissant ainsi, c'est non seulement son cœur mais aussi sa vie qu'elle met en danger...

Il faut que tu me croies - Justine Davis

Voilà quinze ans que Nicole n'a pas revu Travis Halloran. Quinze ans qu'elle est hantée par le souvenir de ce garçon qui avait fait naître en elle les premiers émois de l'adolescence... jusqu'à ce qu'il soit accusé d'avoir tué son père. Aujourd'hui pourtant, alors qu'il est de retour à San Remo et la supplie de croire en son innocence, Nicole sent le doute l'étreindre.

Travis cherche-t-il à la manipuler ?

BLACK ROSE

Best-Sellers n°633 • suspense
Les démons du passé - Heather Graham

Le musée Tarleton-Dandridge. Une somptueuse demeure du dix-huitième siècle chargée d'histoire… et de secrets. Qui, deux jours plus tôt, s'est caché dans ce sinueux manoir niché au cœur de Philadelphie pour y assassiner Julian Mitchell, l'un des guides, en lui transperçant la gorge d'une baïonnette ? C'est la question qui obsède l'agent Tyler Montague, envoyé sur place par le FBI pour enquêter sur l'affaire. Une question à laquelle il doit trouver une réponse, et vite, car le meurtrier va frapper de nouveau, il en est persuadé. Voilà pourquoi il doit à tout prix s'assurer la collaboration de la séduisante Allison Leigh, la responsable du musée – la seule à en connaître tous les mystères. Seulement voilà, en état de choc depuis qu'elle a découvert le cadavre de son collègue et ami, Allison se montre plus que réticente à l'idée de lui parler. Tout en refusant de reconnaître que, comme lui, elle possède le don étrange et unique de dialoguer avec les morts…

Best-Sellers n°634 • suspense
La vengeance en plein cœur - Laura Caldwell

Alors qu'elle s'apprête à faire un break dans son activité de détective privé pour redevenir avocate à temps plein, Izzy McNeil se laisse convaincre par un ami d'aider la célèbre galeriste Madeline Saga, victime de harcèlement : pendant quelques semaines, elle se fera passer pour son assistante. Pour la protéger, mais aussi pour découvrir qui lui en veut assez pour lui avoir dérobé de précieux tableaux et les avoir remplacés par des copies. Afin de l'aider à percer le mystère opaque qui entoure Madeline, Izzy ne peut compter que sur l'inspecteur Vaughn. Une collaboration qui lui aurait paru stupéfiante quelque temps plus tôt, tant leurs relations sont tendues, mais qui aujourd'hui la rassure… et la trouble.
Au cœur de Chicago, la belle Izzy va devoir percer les secrets de ce monde de l'art tout en faux-semblants, et pour cela flirter avec le danger…

Best-Sellers n°635 • suspense
Le souffle de la peur - Lori Foster

Punir le meurtrier de son meilleur ami, c'est l'obsession de Logan Riske. Et pour cela, il est prêt à employer tous les moyens, y compris changer d'identité et s'installer dans l'appartement voisin de celui de Pepper Yates, la sœur de l'unique témoin du meurtre. Son but : approcher la jeune femme, lui inspirer confiance, et même la séduire s'il le faut, pour la convaincre de l'aider.
Mais face à Pepper, au charme étrange de la jeune femme, son audace sensuelle mais aussi à la peur intense qu'il devine en elle, Logan se sent bientôt déchiré entre sa mission et ses sentiments. Des sentiments qui ne font que s'amplifier quand il apprend que Pepper est elle aussi à présent directement menacée.

Best-Sellers n°636 • historique

Sur ordre royal - Margaret Moore

Pays de Galles, 1205.

Promise par le roi à un ténébreux seigneur gallois ! A cette pensée, lady Roslynn de Were se révolte, et redoute de rencontrer celui que l'on décrit comme un barbare sans foi ni loi. Mais après la trahison dont s'est rendu coupable son époux disparu, elle ne songe pas un instant à s'opposer aux ordres du roi. Et si cette alliance ne peut lui apporter l'amour auquel elle aspire, elle lui permettra au moins de s'éloigner de la cour, où Roslynn subit les pires humiliations depuis la mort de son mari. Aussi, en dépit de ses réticences, accepte-t-elle de se rendre au manoir de Llanpowell pour s'offrir au sombre Madoc. Mais alors qu'elle pensait que le guerrier accepterait sans hésiter sa main, et sa fortune, elle a la surprise de découvrir que ce mariage lui déplaît au moins autant qu'à elle : Madoc refuse catégoriquement de prendre pour épouse une femme choisie par un autre… et une Normande qui plus est ! Désespérée à l'idée de retourner auprès du roi, Roslynn décide de tout faire pour séduire l'ombrageux guerrier…

Best-Sellers n°637 • historique

Promise à un baron - Kasey Michaels

Londres, 1816

« Je vous ai trouvé une épouse. » Devant le regard insistant du régent, Justin Wilde sait qu'il ne peut refuser. Pourtant, après un mariage désastreux avec une femme coquette et volage, il s'était juré de ne plus retomber dans le piège du mariage. Mais s'il veut enterrer pour de bon la fâcheuse affaire de duel qui l'a contraint à l'exil pendant des années, Justin sait qu'il doit accepter les conditions du régent. D'ailleurs, cette lady Magdaléna qu'on lui donne pour fiancée n'a rien de la mondaine capricieuse qu'il pouvait redouter : avec son visage d'ange et son teint d'albâtre, cette pupille du roi d'Autriche surpasse en beauté toutes les femmes qu'il a pu côtoyer… Mais bientôt, il comprend que ce mariage est un redoutable piège fomenté par le régent : sa promise n'est autre que la nièce de l'homme qu'il a tué en duel, huit ans plus tôt ! Un terrible secret qu'il devra lui cacher à tout prix...

Best-Sellers n°638 • thriller

Instincts criminels - Andrea Kane

Pour sauver son enfant, elle est prête à tout. Même à défier la mort…

Les Forensic Instincts : des profilers new-yorkais hors normes, capables de résoudre les énigmes les plus obscures et les plus périlleuses. Des enquêteurs à la personnalité complexe et atypique, parfois tourmentés par leur passé, mais qui puisent justement dans leur singularité — et leurs cauchemars les plus noirs —, les ressources et l'intuition nécessaires à la résolution des affaires qui leur sont confiées.Aujourd'hui, ils sont le dernier espoir d'Amanda Gleason, une jeune femme persuadée que l'homme qu'elle aimait et qu'elle croyait mort depuis huit mois est en réalité bien vivant : Paul Everett. Le père de son bébé. Et le seul à pouvoir sauver ce dernier, gravement malade.

A leur côté, Amanda va se lancer dans une course contre la montre, folle et terrible, et se retrouver confrontée à la violence et à la corruption du crime organisé, ainsi qu'aux sombres secrets du FBI…

Composé et édité par HARLEQUIN

Achevé d'imprimer en Italie (Milan)
par Rotolito Lombarda
en février 2015

Dépôt légal en mars 2015

Pour l'éditeur, le principe est d'utiliser des papiers composés de fibres naturelles, renouvelables, recyclables, et fabriquées à partir de bois issus de forêts qui adoptent un système d'aménagement durable. En outre, l'éditeur attend de ses fournisseurs de papier qu'ils s'inscrivent dans une démarche de certification environnementale reconnue.